진실은 없다

진실은 없다

진실은 없다

None of This Is True

리사 주얼 장편소설
장여정 옮김

Lisa Jewell

북레시피
장여정 옮김

차례

프롤로그

시원하고 쾌적한 호텔 로비에서 덥고 끈적이는 밤공기 속으로 휘적대며 걸어 나오니 술이 번쩍 깼다. 숨이 턱 막히고 어찌할 바를 모르겠다. 순식간에 순수 알코올 같은 땀이 피부에 돋아나더니 등줄기는 물론 허리춤까지 축축해진다. 새벽 3시인데 이 정도로 덥나? 그나저나 이 사람은 대체 어디에 있는 건지, 아무리 봐도 찾을 수가 없다. 아까 그 여자는 아직도 거기 있나? 뒤를 돌아보니 호텔 유리창 너머로 흐릿하게 움직이는 여자의 형체가 보인다. 바로 그때 방향지시등을 켜고 속도를 늦추는 차가 시야에 들어온다. 이제 왔구나, 그는 생각한다. 빠르게 뛰던 심장도 그제야 제 속도를 찾아간다. 살았다. 끔찍한 이 밤도 이제 끝이다. 그는 눈을 가늘게 뜨고 운전석을 살핀다. 익숙한 금발 머리, 반짝이는 밝은 금발 머리가 보이지 않는다. 차창이 열린다. 그는 흠칫하며 뒤로 물러선다.

"뭐예요?" 그가 운전석에 앉은 짙은 색 머리의 여자에게 묻는다. "왜 당신이 거기 있어요? 내 아내는?"

"괜찮아요." 운전석의 여자가 대답한다. "당신 아내가 보냈어요. 술을 좀 많이 마셨다고 나더러 데리고 오래요. 자, 얼른 타요."

그는 다시 뒤돌아 호텔에 있던 젊은 여자를 확인한다. 젊은 여자는 이제 호텔을 나와 옆구리에 핸드백을 끼고 반대 방향으로 빠르게 걸어간다.

"물도 있고 커피도 있고, 여기 다 있으니까 얼른요. 집까지 금방이에요."

조수석에 올라타자 여자의 무릎에 앉아 있던 개가 그를 향해 조용히 으르렁댄다.

"떠난 거 아니었어요?" 안전벨트를 찾아 좌석을 더듬으며 그가 묻는다. "이제 아예 안 돌아오는 줄 알았는데?"

여자는 플라스틱 물병의 뚜껑을 돌려 연 다음 그에게 물병을 건네며 씩 웃는다.

"맞아요." 여자가 대답한다. "그랬는데, 내 도움이 필요하다잖아요. 아무튼 이거나 마셔요. 끝까지 쭉."

그는 바싹 마른 입에 물병을 가져가 꿀꺽대고 물을 마신다. 그런 다음 집에 도착하기를 기다리며 눈을 감는다.

1부

넷플릭스 5월 대공개

〈버스데이 트윈〉

〈이웃집 괴물〉, 〈연쇄 바람둥이〉 제작진이 선보이는 신작 팟큐멘터리(다큐멘터리+팟캐스트). 2019년 6월, 성공한 여성들의 인터뷰를 담은 팟캐스트 시리즈 〈올 위민〉으로 잘 알려진 팟캐스트 진행자 알릭스 서머는 자신과 같은 날 같은 병원에서 태어난 한 여성의 인생 이야기를 담은 신작 팟캐스트 작업에 착수한다.

녹음이 진행될수록 겉으로 수수하고 평범해 보이던 여성은 점점 충격적인 이야기들을 들려주는데…… 팟캐스트 작업을 시작한 지 불과 몇 주 만에 산산조각 난 알릭스의 인생, 그리고 두 건의 살인사건. 인간의 어두운 심연이 궁금하다면? 등줄기가 서늘해지는 신작 〈버스데이 트윈〉, 하루 만에 정주행 예감!

지금 넷플릭스에서.

〈버스데이 트윈〉
넷플릭스 오리지널 시리즈

(페이드인. 녹음 스튜디오 내부.)

(자막) **2019년 6월 20일, 알릭스 서머의 팟캐스트 녹음 현장**

(희미하게 들리는 여자 목소리.)

알릭스: 어때요, 조시?

조시: 괜찮아요.

알릭스: 좋아요. 준비하는 동안 오늘 아침 메뉴는 뭐였는지 한번 얘기해보실래요?

조시: 아. 음…….

알릭스: 그냥 사운드체크 목적이에요.

조시: 아, 그래요. 음, 토스트 두 장이요. 한 장은 잼이랑 먹고요. 다른 한 장은 피넛버터 발라 먹었어요. 차도 마셨어요. 막스앤스펜서에서 산, 금색 상자에 든 프리미엄 라인 차예요.

알릭스: 우유도 넣었어요?

조시: 네. 우유 넣고요.

(잠시 정적.)

(텅 빈 스튜디오를 훑는 카메라. 서서히 줌인 후 모니터 속 파형, 나동그라
  져 있는 헤드폰, 빈 커피 컵을 차례로 비춘다.)

조시: 어때요? 괜찮은가요?

알릭스: 네. 완벽해요. 이제 준비는 다 됐고요. 카운트다운 후에 조
  시 소개를 할게요. 알겠죠?

조시: 알았어요.

알릭스: 좋아요. 그럼, 3…… 2…… 1…… 안녕하세요. 알릭스 서머
  입니다. 오늘은 조금 다른…….

(오디오 페이드아웃. 화면 암전.)

(오프닝 크레디트.)

세련되고 은은한 골드 톤의 가스트로펍에 발을 들이는 순간 조시는 이미 남편의 불편한 기색을 눈치챘다. 지금까지 이 앞을 족히 백 번은 지나쳤갔지만, 그때마다 이곳은 조시 부부에게 어울리는 곳은 아니란 인상이었다. 손님 나이대도 너무 어렸고, 바깥에 세워둔 칠판에 쓰여 있는 메뉴 또한 '보타르가'같이, 조시가 듣도 보도 못한 것들 뿐이었다. 하지만 생일에 뭘 하고 싶으냐는 월터의 질문에 조시는 문득 이곳이 떠올랐다. 금빛 조명, 시끌벅적한 분위기, 여름날 야외 좌석과 아이스 버킷에 담긴 샴페인. 늘 테이크아웃 음식에 와인 한 병이면 충분하다고 했던 조시지만 올해는 생일이 마침 토요일이기도 하고 지난달 할머니가 유언장을 통해 남긴 약간의 돈도 있었다. 조시는 거울 속 자신의 모습을 바라보며 퀸즈파크의 가스트로펍에서 생일 기념 식사를 하는 장면을 상상해보았다. "밖에서 저녁 먹자."

월터도 동의했다. "알았어. 가고 싶은 곳 있어?"

조시가 대답했다. "랜스다운. 당신도 알지? 샐스버리 로드*에 있는."

월터의 한쪽 눈썹이 쓱 올라가긴 했지만 그 이상은 월터도 묻지 않았다. "당신 생일이니까 당신 맘대로 해."

랜스다운에 도착해 월터가 조시를 위해 문을 잡아주고 조시가 먼저 안으로 들어간다. '곧 좌석을 안내해드리겠습니다. 여기서 잠시 기다려주세요.'라는 안내문을 보고 두 사람은 그 자리에 그대로 서서 직원을 기다린다. 조시는 배 앞에 핸드백을 딱 붙인 채, 이른 저녁 식사를 즐기고 있는 손님들을 둘러본다.

젊은 남자가 클립보드를 들고 나타나자 조시가 말한다. "예약했어요. 조시 페어요. 7시 반이요."

남자는 조시, 월터와 차례로 눈을 맞춘 다음 빙긋 웃으며 조시를 향해 대답한다. "두 분이시죠?"

남자가 두 사람을 펍 안쪽의 좋은 좌석으로 안내한다. 월터는 소파 자리에, 조시는 벨벳 의자에 앉는다. 곧 웨이터가 클립보드에 끼운 메뉴를 가져다준다. 조시는 미리 인터넷으로 메뉴를 검색해보고 뭘 먹을지 정해두었다. 월터가 뭐라든 간에 샴페인도 주문할 생각이다.

입구 쪽이 소란스러워 조시는 그쪽을 돌아본다. '오늘 생일자 여왕님'이라는 문구가 새겨진 풍선을 든 여자가 굵은

웨이브의 백금발 머리를 찰랑이며 걸어온다. 통이 넓은 바지에 양옆으로 레이스가 달린 검정 탑 차림의 여자는 피부에선 광이 나고 미소는 환하다. 일행들도 바로 뒤따라 펍으로 들어온다. 나이대는 다들 비슷해 보인다. 꽃다발을 든 사람도 있고 비싼 선물 가방을 잔뜩 든 사람도 있다.

"알릭스 서머요!" 여자가 말한다. "14명 예약했어요."

"저기 봐." 월터가 살며시 고갯짓으로 여자를 가리킨다. "저쪽도 오늘 생일인가 봐."

조시가 건성으로 고개를 끄덕인다. "그러게. 그런 것 같네."

여자의 일행은 웨이터를 따라 조시 건너편 테이블로 향한다. 테이블에는 이미 샴페인이 각 두 병씩 담긴 아이스 버킷이 세 개 세팅되어 있다. 여자의 일행은 자리에 앉으면서도 누가 어디 앉아야 한다는 둥, 남편 옆에는 앉고 싶지 않다는 둥 야단법석이다. 알릭스 서머라는 여자가 환한 미소를 띤 채 일행의 자리를 정해주고 아마 남편인 듯한 키 큰 빨간 머리 남자는 여자에게서 풍선을 받아 의자 등받이에 묶는다. 곧 일행 모두 자리에 앉아 첫 번째 샴페인 병을 열고 샴페인 열네 잔을 준비한다. 건배를 하기 위해 일행 모두 잔을 들어 팔을 뻗는다. 테이블 가운데 모인 일행의 팔들은 하나같이 잘 그을린 피부에 골드 액세서리가 둘러져 있거나 혹은 바삭한 흰 셔츠 소매로 가려져 있다. 테이블 끄트머리에 앉은 사람들이 자리에서 일어난다. "알릭스를 위하여! 생일 축하합니다!" 일행이 소리친다.

조시는 여자를 빤히 쳐다보다가 월터에게 묻는다. "몇 살쯤 되는 것 같아?"

"아이고, 모르지. 요새는 통 짐작이 안 가니. 40대 초반?"

조시가 고개를 끄덕인다. 오늘은 조시의 마흔다섯 번째 생일이다. 조시에게도 마흔다섯이 상상조차 되지 않는 먼 미래였던 시절이 있었는데, 어느새 벌써 그 나이라니 믿어지지 않는다. 마흔다섯엔 전혀 다른 인생을 살고 있을 줄 알았건만 마흔다섯은 너무나 빨리 왔다. 그리고 상상했던 것과도 전혀 다르다. 영광의 시절을 지나도 한참 지난 월터를 바라보며 조시는 월터를 만나지 않았더라면 자신의 인생이 과연 어떻게 달라졌을까 생각한다.

두 사람이 처음 만났을 때 조시는 열세 살이었다. 월터는 조시보다 나이가 꽤, 아니, 훨씬 많았다. 두 사람이 함께한다고 했을 때 조시를 제외한 모두가 충격을 받았다. 열아홉에 결혼해 스물둘에 첫아이를, 스물넷에 둘째 아이를 낳았다. 빨리감기 하듯 정신없이 흘러온 인생이니 지금쯤이면 만족스럽게 인생의 정점을 찍고 앞으로는 느긋한 내리막을 기다리고 있어야 할 나이건만, 조시는 인생의 정점은커녕 벗어날 수 없는 트라우마로 인한 심연의 우울과 뱃속 깊이 자리잡은 불안만을 느끼고 있을 뿐이다.

월터는 진작 은퇴했다. 이제는 머리숱도 많이 빠지고 청력, 시력도 떨어졌다. 월터 인생의 정점이었을 그의 중년 시절은 이미 까마득히 옛날 일이 된 데다 워낙 고된 육아에 시달리던 때이다 보니 지금 조시 나이였을 때 월터 모습이 이제는 거의 기억조차 나지 않는다.

조시는 페타 치즈와 말린 토마토를 곁들인 플랫 브레드, 참치 탈리아타(검색했을 때 "탈리아타tagliata는 이탈이아어로 '자르다'라는 뜻의 '탈리아르tagliare'에서 나온 말"이라고 했다), 카넬리니 빈 퓌레, 뵈브클리코("뵈브클리코 옐로 라벨은 풍부하고 고소한 향이 일품") 한 병을 주문한 후 월터의 손을 잡고 엄지로 월터의 손을 매만진다. 피부 곳곳에서 나이가 느껴진다. "괜찮아?" 조시가 묻는다.

"그럼, 물론이지."

"여기 어떤 것 같아?"

"음…… 괜찮은데. 맘에 들어."

"맘에 든다니 다행이야." 조시가 환하게 웃는다.

조시는 샴페인 잔을 들고 월터를 향해 팔을 뻗는다. 월터가 자기 잔을 조시의 잔과 부딪힌다. "생일 축하해."

조시는 애써 미소 띤 얼굴로 알릭스 서머와 그 일행을 지켜본다. 빨간 머리 남편은 알릭스 서머의 의자 뒤로 느슨하게 팔을 두르고 있고 테이블에는 갑자기 뚝딱 마법처럼 고기류와 빵이 담긴 커다란 접시들이 세팅되었다. 저쪽 테이블에서 들려오는 소리, 손과 팔을 휘저으며 야단법석 소란스러운 저들 일행의 소리가 펍 안을 가득 메운다. 공간을 압도한 저들의 활기찬 에너지가 거의 오만하다고 느껴질 정도다. 그리고 그 한가운데 알릭스 서머는 커다란 치아를 드러내며 환한 미소를 짓고 있다. 머리칼은 빛을 받아 반짝이고 심플한 골드 체인 목걸이에 달린 펜던트는 그녀가 움직일 때마다 역시나 광이 나는 쇄골을 스친다.

"오늘이 진짜 생일일까?" 조시가 말한다.

"그럴 수도 있지." 월터가 대답한다. "토요일이니 아닐 가능성도 없지야 않지만."

조시는 목걸이를 더듬는다. 서른 살부터 차고 있는, 그해 월터가 생일선물로 준 목걸이였다. 조시는 펜던트를 달아야 겠다고 생각한다. 반짝이는 걸로 말이다.

바로 그때 월터가 테이블 너머로 조시에게 작은 선물을 건넨다. "별건 아냐. 당신이 아무것도 필요 없다곤 했지만 내가 그 말을 곧이곧대로 믿으면 안 되지." 월터가 조시를 보고 씩 웃는다. 조시도 미소로 화답한다. 포장을 뜯어보니 테드 베이커 향수다.

"너무 좋은데. 정말 고마워." 조시가 월터 쪽으로 몸을 기울여 그의 뺨에 부드럽게 키스한다.

반대편 테이블에서는 알릭스 서머가 선물 가방과 카드를 열어보며 친구들과 가족들에게 감사 인사를 하고 있다. 알릭스 서머가 테이블에 카드를 내려놓는데 45라고 쓰인 숫자가 보인다. 조시가 월터를 쿡 찌른다. "저거 봐. 마흔다섯인가 봐. 그럼 나랑 같은 날 태어난 거니까 쌍둥이나 다름없는 건가? 말하자면 내 '버스데이 트윈'이네."

그 말이 입 밖으로 튀어나오는 순간 조시는 평생을 가슴 속에 지니고 살아온 슬픔이 갑자기 몰려오는 듯한 기분이 다. 지금까지는 이 감정을 어떻게 표현해야 할지, 그게 무슨 뜻인지 알지 못했다.

이제는 알겠다. 그동안 조시가 틀렸었단 뜻이다. 모든 것, 조시의 인생이 그야말로 처음부터 끝까지 잘못됐고 그걸 바로잡기 위한 시간도 얼마 남지 않았다는 뜻이다.

자리에서 일어나 화장실로 향하는 알릭스를 보고 조시가 벌떡 일어선다. "화장실 좀 다녀올게."

월터는 프로슈토와 멜론을 먹다 말고 놀란 표정으로 조시를 쳐다본다. 그러나 딱히 별다른 말은 하지 않는다.

잠시 후 화장실 거울에 나란히 조시와 알릭스의 모습이 비친다.

"안녕하세요, 저의 '버스데이 트윈' 님?" 원래 의도한 것보다는 조시의 목소리가 조금 컸다.

"어머!" 알릭스의 표정이 금세 따스해지며 경계가 풀린다. "그쪽도 오늘 생일이에요?"

"네. 오늘 마흔다섯이에요!"

"어머, 세상에!" 알릭스가 말한다. "저도요. 생일 축하해요!"

"그쪽도요!"

"몇 시에 태어났어요?"

"아," 조시가 대답한다. "모르겠는데요."

"저도 몰라요."

"여기 부근 출생이에요?"

"네. 세인트 메리요. 그쪽은요?"

조시의 심장박동이 빨라진다. "저도 세인트 메리요!"

"어머나!" 다시금 알릭스가 외친다. "거의 소름 돋을 지경인데요."

알릭스가 펜던트를 만지작댄다. 꿀벌 모양의 골드 펜던트다. 같은 날 태어난 사람과 이런 우연이라니, 조시가 이야기를 이어가려던 차에 알릭스의 일행 중 하나가 화장실 문을 열고 들어온다.

"여기 있었구나!" 알릭스의 지인이 말한다. 지인은 물 빠진 1970년대 스타일의 청바지와 오프숄더 탑, 커다란 링 귀걸이를 하고 있다.

"언니! 이 여자분 나랑 생일이 같대! 여긴 우리 큰언니 조이예요."

조시가 조이를 향해 웃어 보인다. "같은 날 같은 병원에서 태어났어요."

"어머나! 그거 신기하네요." 조이가 대꾸한다.

그러고서 조이는 알릭스와 다른 이야기를 시작한다. 더는 이 엄청난 우연에 대해 이야기를 나누지 않는다. 무언가 통했다는 느낌이었는데, 아무래도 그 순간은 이제 지나가버린 것 같다. 알릭스에겐 그냥 대수롭지 않은 일이겠지만 조시에게는 어째서인지 그 순간이 중요하고 의미가 있는 것처럼 느껴진다. 조시는 이미 지나가버린 그 순간을 어떻게든 붙들어 다시 대화에 불을 붙여보고 싶지만 아마도 어렵겠지. 조시는 남편이 있는, 플랫 브레드를 주문한 테이블로 돌아가야 하고 알릭스도 친구들이 있는 테이블로 돌아가야 할 테니 말이다. "그럼 이만 가볼게요." 조시는 조용히 인사하고 돌아선다. 알릭스가 환하게 웃으며 대답한다. "생일 축하해요, 버스데이 트윈 님!"

"그쪽도요!" 조시가 대답한다.
그러나 알릭스의 귀에까진 들리지 않는다.

새벽 1시

알릭스는 머리가 빙글빙글 돈다. 자정에 마신 테킬라 슬래머* 탓이다. 너무 많이 마셨다. 네이선은 위스키 잔에 스카치를 따르고 있다. 그 스카치 냄새 때문에 알릭스는 머리가 더더욱 핑글핑글 돈다. 집안은 조용하다. 가끔 에너지 넘치는 베이비시터가 오는 날이면 알릭스 부부가 집에 돌아올 때까지도 텔레비전이 시끄럽게 켜져 있고 아이들은 졸린 기색 하나 없이 깨어 있기도 하지만 오늘은 아니다. 나긋나긋한 말투의 50대 베이비시터는 30분 전 떠났고 말끔하게 치워진 집안엔 식기세척기 돌아가는 소리만 들린다. 고양이가 알릭스를 보자마자 그르릉대며 긴 소파를 가로질러 알릭스를 향해 걸어온다.

"그 여자," 알릭스가 바지에 박힌 고양이 발톱을 떼어내며 네이선에게 말한다. "계속 우리 쪽을 쳐다보던 여자 있잖아. 화장실에 따라왔었어. 그 여자도 오늘 마흔다섯 살 생일이래. 그래서 그렇게 쳐다봤나 봐."

"하, 생일이 같은 거였군." 네이선이 대꾸한다.

"게다가 그 여자가 태어난 병원도 세인트 메리래. 재밌는

---

* 테킬라와 탄산음료를 섞은 칵테일. 잔 입구를 손바닥으로 막고 '쾅' 내리친 후 마신다고 해서 붙여진 이름.

게, 난 내가 원래 쌍둥이로 태어났을지도 모른다고 생각했거든? 엄마가 혹시 내 쌍둥이를 병원에 두고 왔을지도 모른단 상상을 했단 말이야. 혹시 그 여자가 내 쌍둥이일지도 모르잖아?"

네이선이 생수로 얼린 커다란 원통형 얼음이 든 스카치 잔을 빙빙 돌리며 알릭스 옆에 털썩 주저앉는다. "그 여자가?" 턱도 없다는 말투다. "전혀 아니라고 봅니다."

"왜?"

"왜냐면 당신은 아름답고 그 여자는……."

"그 여자는 뭐?" 알릭스는 네이선의 부적절한 태도가 못마땅하다. 네이선이 자신을 예쁘다고 생각해주는 거야 좋은 일이지만 알릭스는 네이선이 전형적인 미인이 아닌 다른 여성들의 아름다움도 충분히 알아볼 수 있는 사람이면 좋겠다. 네이선이 여성의 외모를 폄하하는 듯한 발언을 할 때면 경박한 여성 혐오주의자 같아서 정떨어지는 느낌이다. "난 그 여자 정말 예쁘다고 생각했는데. 검은색에 가까운 짙은 갈색 눈도 그렇고 곱슬머리도 그렇고. 아무튼 신기하지? 같은 날 같은 장소에서 태어난 사람을 만난 것 자체가 말이야."

"글쎄. 그날 세인트 메리에서 태어난 아기가 족히 열 명은 될 텐데. 열 명 넘을 수도 있고."

"그래도 그중 하나를 생일날 만난 건 대단한 우연이잖아."

고양이는 이제 알릭스의 무릎에 거의 똬리를 틀고 앉았다. 알릭스는 고양이의 목덜미 주변 털 속에 손가락을 넣고 눈을 감는다. 방 안이 다시 빙빙 돈다.

알릭스는 눈을 뜨고 고양이를 무릎에서 부드럽게 내려놓은 다음 화장실로 달려가 그길로 그대로 게워낸다.

6월 9일, 일요일

조시가 눈을 번쩍 뜬다. 거의 의식적으로 통제가 가능할 것만 같은, 아주 얕은 꿈이었다. 꿈속에서 조시는 랜스다운에 있었다. 알릭스 서머는 조시를 자기 테이블로 초대했다. 알릭스의 친구들은 이미 떠나고 없고 테이블 위에는 풍성한 과일바구니가 차려져 있었다. 조시와 마주 보고 앉은 알릭스가 말했다. "당신이 필요해요." 꿈에서 깨어난 건 그때다.

버스 때문에.

늘 버스 때문에 조시는 잠에서 깬다.

조시의 집은 킬번과 패딩턴 사이 번잡하고 지저분한 거리의 버스 정류장 바로 옆에 위치한 빅토리아 양식 집들 중 하나다. 이 동네 역사를 정리해둔 웹사이트에 따르면 1876년 부유한 상인들을 위해 지어진 집들이라는데, 아마 당시에도 이 거리는 킬번 수도원의 샘터로 이어져 마차 바퀴에, 말굽에 파여 험한 길이었을 것이다. 이제 이 거리에 늘어선 집들은 전부 이도 저도 아닌 아파트로 개조됐고 스투코* 재질의 외벽은 많은 유동 인구 때문에 때가 타 지금은 딱 색바랜 신문 같은 색이 됐다. 이 앞을 지나는 버스는 세 대인데 그중 한 대는 몇 분 간격으로 올 만큼 자주 다닌다. 정류장에 멈춰 서는 버스 소리가 얼마나 요란한지 개가 그 소리에 겁을 먹고 구석에 웅크리고 있는 일도 허다하다.

조시는 시간을 확인한다. 오전 8시 12분이다. 무거운 데님 커튼을 젖히고 창밖을 내다본다. 버스의 승객들은 거의 코앞이나 다름없는 거리에서 침실 창문 너머로 그들을 몰래 훔쳐보고 있는 여자의 존재를 알지 못한다. 조시는 창가로 다가온 개의 머리를 쓰다듬는다. "프레드, 잘 잤어?"

숙취가 아주 조금 느껴진다. 간밤은 샴페인 반병에 삼부카**로 마무리했다. 조시가 평소 마시는 것보다 훨씬 많은 양이다. 조시는 거실로 나간다. 월터가 창가 테이블에 앉아 창밖 거리를 내려다보고 있다.

"잘 잤어?" 월터가 살짝 미소 짓고는 다시 컴퓨터 화면으로 고개를 돌린다.

"좋은 아침." 조시는 부엌으로 향한다. "프레드 밥 줬어?"

"응, 줬어. 이미 산책도 시켰고."

"고마워." 조시가 다정하게 말한다. 프레드는 조시의 개다. 월터는 개를 키우고 싶어하지도 않았거니와 프레드처럼 핸

---

* 중세 유럽부터 널리 사용된 석회 기반 건축물 마감재.
** 아니스 향이 나는 이탈리아 리큐어.

드백에 들어갈 법한 작은 포메라니안-치와와 믹스 같은 개는 더더욱 원치 않았다. 프레드를 돌보는 일은 전적으로 조시 책임인 만큼 월터가 프레드를 돌봐줄 때마다 조시는 월터에게 고마워했다.

조시는 토스트와 차 한잔을 준비해 방 한쪽 작은 소파에 웅크리고 앉는다. 휴대폰을 켜자 간밤 알릭스 서머를 검색한 기록이 남아 있다. 꿈에 알릭스가 나온 것이 전혀 터무니없는 일은 아닌 것이다.

알릭스 서머는 꽤 유명한 팟캐스트 진행자이자 언론인인 듯하다. 인스타그램 팔로워 수가 8천 명대고 트위터도 비슷하다. 프로필에는 '엄마, 언론인, 페미니스트, 프로 오지라퍼, (실패한) 요가 애호가, 퀸즈파크를 사랑하는 주민'이라는 자기소개와 함께 팟캐스트 시리즈 〈올 위민〉 링크가 걸려 있다. 성공한 여성들을 인터뷰하는 팟캐스트인데 여배우, 아나운서, 운동선수 등 조시에게도 일부 출연자 이름이 익숙하다.

그중 하나를 재생해본다. 글로벌 화장품 기업의 오너인 마리 르 잔이라는 여자의 인터뷰다. 알릭스의 목소리는 벨벳처럼 부드럽다. 팟캐스트 진행자가 되기로 한 이유를 알 것 같다.

"뭐 들어?" 월터가 묻는다.

"그냥 팟캐스트. 어젯밤 펍에서 만난 그 여자 있잖아, 알릭스. 나랑 생일이 같던. 그 여자가 하는 거야." 조시가 대답한다.

조시는 팟캐스트를 바로 끄지 않고 한번 들어본다. 마리라는 여자는 어린 나이에 자신을 늘 통제하려고 한 남자와 결혼했던 이야기를 하고 있다. "내가 하는 일, 먹는 것, 입는 옷, 뭐가 됐든 하나부터 열까지 다 간섭하고 통제했어요. 그 사람 때문에 아이들과의 사이도 틀어지고 친구들과의 사이도 멀어졌죠. 그땐 내 존재조차 거의 없어진 것 같았어요. 남편한테 하도 시달려서 더는 내가 알던 나란 사람이 남아 있지 않은 것 같았죠. 그러다가 2005년 남편이 암으로 세상을 떠났어요. 갑작스러운 일이었지만 오히려 남편의 죽음이 내 인생의 재시작 버튼을 누르는 계기가 되었죠. 남편과 함께했던 그 암흑의 시간, 세상에 나 홀로라고 생각했던 그 시간 동안 뒤에서 조용히 내가 돌아오길 기다려준 사람들이 있었다는 걸 알게 됐어요. 그동안 날 버리지 않은 사람들이 있었다는 것을 알게 됐죠. 그 사람들 덕분에 다시 일어서고 또 앞으로 나아갈 수 있었어요."

알릭스의 목소리가 이어진다. "조금 냉정하고 불편한 질문이 될 수도 있을 것 같은데요. 남편분께서 그렇게 젊은 나이에 세상을 떠나지 않으셨다면 대표님 인생은 어떻게 되었을까요? 그래도 여전히 지금과 같은 길을 걸어오셨을까요? 그러니까 바꿔 말하면 대표님의 성공, 그동안의 성취가 애초에 운명처럼 결정돼 있었던 것이라고 보시나요, 아니면 남편분의 죽음이란 비극이 역설적으로 대표님을 이 자리까지 오게 한 것이라고 보시나요?"

"정말 좋은 질문이에요. 사실 저도 늘 그 생각을 하거든요.

남편이 죽었을 때 제 나이가 서른여섯이었어요. 남편의 예후를 처음 들었을 때까지만 해도 저는 아직 남편을 떠날 수 있을 만큼 강하지 못했어요. 무의식적으로 아이들이 더 크기만 기다리고 있었죠. 하지만 남편을 언제 어떻게 떠날 것인지 그 방법만 알지 못했을 뿐, 일단 남편을 떠나면 어떤 일을 하겠단 계획은 오래 구상해온 상태였어요. 그러니까 아까 하신 질문에 대한 답을 하자면, 네, 그래도 이 길을 걸어오긴 했을 거예요. 남편이 세상을 떠나지 않았다 하더라도요. 다만 남편의 죽음으로 계획이 조금 더 빠르게 현실화된 것도 맞아요. 덕분에 저도 회사를 세우고, 키우고, 또 함께 성장할 시간을 더 많이 가질 수 있었고요. 그냥 손 놓고 기다리고만 있었다면 상황은 달랐겠죠. 그리고 잔인한 얘기지만 죽음으로 인해 모든 게 깔끔해졌다고 할 수 있겠죠. 회색 영역, 애매한 부분 같은 것 없이 그냥 깨끗한 캔버스 같은 상태가 되니까요. 일을 시작하고 처음 몇 년간 여러 가지 사업 가능성을 평가하고 결정하는 과정에서 그 부분이 큰 도움이 됐습니다. 남편이 살아 있었다면 지금 이 자리에 와 있진 못했을 거예요."

조시는 정지 버튼을 누른다. 숨이 턱 막히고 호흡이 가빠진다. '죽음은 모든 걸 깔끔하게 정리해주죠.' 혹시라도 월터가 들은 건 아닐까, 거실 저편의 월터를 쳐다본다. 월터는 미동도 없다. 조시는 다시 재생 버튼을 누르고 팟캐스트를 든는다. 마리라는 여자는 이제 해외를 포함해 부동산 세 채를 보유하고 있고 네 자녀는 모두 자신의 회사에서 일하고 있으며 영국 최대 규모의 가정폭력 반대 자선재단을 창립했다. 팟캐스트를 끝까지 들은 조시는 그 자리에 그대로 앉아 마리라는 여자의 이야기에서 오는 여운에 잠긴다. 잠시 후 다시 구글 검색 결과 페이지로 돌아가 알릭스의 인스타그램 피드를 한참 스크롤한다. 아일랜드 식탁이 있는 커다란 부엌, 끝없이 펼쳐진 해변에서 노니는 빨간 머리 아이들, 고층 빌딩에서 내려다본 런던 시내 뷰, 칵테일과 고양이와 석양빛 휴가 사진들…… 모두 딱 예상가능한 사진들이다. 알릭스의 아이들은 어리다. 아직 채 열 살도 안 된 것 같다. 조시는 알릭스의 젊은 시절이 궁금해진다. 나이 서른에 애 없는 사람들은 뭘 하지? 뭘 하며 시간을 보내지?

알릭스와 남편이 함께 있는 사진에서 조시는 스크롤을 멈춘다. 알릭스도 평균보다 큰 키인데 남편은 알릭스보다도 크고 필터 효과 때문인지 숱 많은 빨간 머리는 실제보다 색이 더욱 짙어 보인다. 아래에는 이렇게 적혀 있다. '당신이 내 인생에 들어온 지 15년. 늘 쉽기만 했던 건 아니지만 당신과 나, 우리 늘 이렇게 함께였네.' 그 뒤로 이어지는 하트 이모티콘 여러 개.

조시도 소셜미디어 계정이 있긴 하지만 조시는 게시글을 올리지 않는다. 월터와 함께 있는 사진을 인터넷에 올리고 사람들이 그 사진을 보면서 이러쿵저러쿵 말을 얹는 걸 상상만 해도 벌써 불편하다. 하지만 남들이 올리는 게시물은 상관없다. 조시는 보기만 한다. 게시글도 올리지 않고 댓글도 달지 않고 '좋아요'도 누르지 않는다. 그냥 보기만 한다.

일요일 아침은 벌써 덥고 끈적인다. 알릭스는 침대에 누워 지난밤 기억의 조각들을 맞춰보려 애쓴다. 펍, 샴페인, 테킬라. 그리고 공원을 지나 집으로 걸어오던 길 울타리 너머로 체험동물원의 오리들에게 꽥꽥 말을 걸었더랬다. 네이선이 잔에 스카치를 따르고 고양이는 몸을 돌돌 만 채 알릭스의 무릎에 자리를 잡았고 아래층 화장실에선 디퓨저 향기와 토사물 냄새가 뒤섞인 냄새가 났다. 조용히 아이들 방문을 열었을 땐 아이들 모두 평온하게 잠들어 있었다. 침실 수면등 불빛, 잠옷 차림, 거울에 비친 알릭스의 얼굴. 그 옆에 나란히 비친 네이선의 얼굴. 알릭스의 목덜미에 닿은 네이선의 입술, 엉덩이 위에 올린 손, 섹스를 원하는 손길. *하지 마, 지금 제정신이야?* 그리고 알릭스는 침대에 누웠다. 하지만 침대 옆자리엔 네이선이 누웠던 흔적이 전혀 없다. 네이선과 싸웠던가? 어디서 잔 거지?

알릭스는 조심스레 침대에서 내려와 화장실이 붙은 다른 방을 살펴본다. 없다. 아래층으로 내려가니 아이들 소리가 들려온다. 부엌엔 텔레비전이 켜져 있고 일라이자는 그 앞 소파에 고양이와 함께 누워 있다. 리언은 노트북을 하고 있다. 아침을 먹은 흔적이 크림색 조리대 곳곳에 떨어져 있다.

"아빠는?"

일라이자가 쳐다보더니 어깨만 한번 으쓱하고 만다.

"리언, 아빠 어딨니?"

리언은 헤드폰을 벗고 눈을 가늘게 뜬 채 알릭스를 쳐다본다. "뭐라고요?"

"아빠 어딨냐고?"

"몰라요."

알릭스는 정원으로 나가본다. 집 뒤편 테라스 바닥이 벌써 뜨끈하다. 창고에도, 스튜디오에도 네이선은 없다. 알릭스는 잠옷 주머니에서 휴대폰을 꺼내 네이선에게 전화를 건다. 신호음이 울린다.

"아침에 아빠 봤어?" 알릭스는 다시 부엌으로 들어오며 일라이자에게 묻는다.

"아니. 엄마?"

"응?"

"오늘 서점 가면 안 돼요?"

"당연히 되지. 서점 가자."

알릭스는 커피를 내리고 물을 마시고 토스트를 먹는다. 어젯밤 무슨 일이 있었는지, 앞으로 무슨 일이 벌어질 것인지는 이미 알고 있다. 한 몇 달간 잠잠했다고 그 악몽 같은 지긋지긋한 밤들을 잊었을 리 없다. 즐거운 생일 밤의 여운은 이미 날아가버렸다.

두 잔째 커피를 마시며 알릭스는 어젯밤의 기억 하나를 떠올린다. 화장실에서 만났던, 알릭스와 같은 날 태어난 여자. 이름이 뭐였더라? 이름을 말 안 해줬던가?

그 여자는 지금 무얼 하고 있을까, 알릭스는 문득 궁금하다. 그 여자도 밤사이 조용히 사라진 남편 없이 아침에 침대에서 홀로 눈을 떴을까? 아니, 그럴 리 없다. 알릭스의 남편이나 밤에 집을 비우지 다른 남편들은 그러지 않는다.

네이선은 오후 4시가 되어서야 다시 얼굴을 내민다. 어젯밤 입고 있던 옷 그대로다. 그는 알릭스를 지나쳐 부엌 냉장고로 직행하더니 갈증이 난다는 듯 다이어트 콜라를 꺼내 마신다.

알릭스는 네이선을 쳐다보며 그가 먼저 입을 열기를 기다린다.

"당신은 잠들었잖아." 네이선이 말한다. "나는 아직…… 조금 더 즐기고 싶은 기분이었단 말이야. 그냥……."

"더 마시고 싶었다고?"

"그렇지! 아니, 그게 아니라……. 그러니까 집에서 마실 수도 있긴 한데 그…… 알잖아, 분위기가 다르니까."

알릭스가 눈을 감고 크게 심호흡을 한다. "내내 밖에 있다 들어왔잖아. 6시부터 12시까지 밖에서 친구들과 어울리다 들어왔다고. 여섯 시간을 내리 술 마시고 즐겁게 놀다가 집에 왔는데, 심지어 집에 위스키도 있는데, 그런데도 부족했다?"

"응. 말하자면 그런 거지. 어제 좀 많이 취해서 생각하고 어쩌고 할 상태도 아니었고, 그냥 내키는 대로 나간 거야."

"어디 갔는데?"

"소호. 지오바니랑 롭도 있었어. 걔들이랑 그냥 술 몇 잔 더 한 게 다야."

"오후 4시가 되도록?"

"호텔에 방을 잡았어."

알릭스가 꾹 참고 낮은 목소리로 다시 묻는다. "집을 두고 굳이 돈을 써서 호텔에 갔다?"

"도저히 집에 올 수 있는 상태가 아니었어. 그때는 그게 최선이었달까."

네이선의 몰골은 처참하다. 알릭스는 한 잔, 또 한 잔, 입에 술을 털어 넣고 거나하게 취해 한밤중 런던 소호 거리를 휘청이며 걸어가는 네이선의 모습을 그려본다. 새벽 4시 헝클어진 머리로 호텔에 들어가 밤새 먹고 마신 탓에 불쾌한 입 냄새를 프런트 직원 얼굴에 내뿜으며 결제를 하고 빈방에 들어가 침대에 털썩 쓰러져 그대로 요란하게 코를 골며 곯아떨어졌을 네이선의 모습을.

"12시면 나가라고 하지 않나?"

네이선은 인상을 살짝 찡그리며 까칠한 턱수염을 문지른다. 드문드문 흰 수염이 보인다. "응." 네이선이 대답한다. "안 그래도 깨우려고 시도는 했나 봐. 결국엔 방까지 들어왔었어. 그러니까 그, 혹시 내가 죽은 거 아닌가 해서."

네이선이 능글맞게 웃는다. 20년 전이었다면 알릭스도 웃어넘겼을 것이다. 성인 남자가 거의 열두 시간 내리 술을 마시고 소호 거리에서 그대로 사라졌는데 알고 보니 호텔 방에서 누가 봐도 아직 술이 덜 깬 상태로 옷은 반만 걸친 채 침대에 대자로 뻗어 자고 있더라는 레퍼토리. 또 그걸 발견한 건 체크아웃 시간이 다 되어도 소식이 없어 혹시 죽은 건 아닌가 하는 걱정에 강제로 방문을 열고 들어간 호텔 직원이었더라는 그런 불쾌한 이야기도 그때라면 충분히 농담처럼 웃어넘길 수 있었을 것이다.

그러나 지금은 아니다.

알릭스는 이제 마흔다섯이다.
지금은 전혀 재밌지 않다.
이젠 그냥 진저리가 난다.

생일 다음 주 조시는 일주일 동안 30회 남짓 되는 알릭스의 팟캐스트를 하나씩 듣는다. 병, 나쁜 남자, 가난, 전쟁, 정신질환까지 갖가지 인생의 역경을 헤쳐온 여자들의 이야기가 이어진다. 아이를, 신체 일부를, 자기 인생의 주도권을 잃은 사람도 있고 구타와 모욕과 학대를 당한 사람도 있다. 이들은 하나같이 오뚝이처럼 일어나 스스로도 미처 알지 못했던 인생의 목표를 찾아 나아갔다. 이 팟캐스트 시리즈는 상도 많이 받았는데 충분히 그럴 만하다. 여자들의 이야기도 감동적이지만 알릭스의 뛰어난 공감 능력, 영리하고 인간적인 진행도 훌륭하다. 이런 진행 능력이라면 일단 인터뷰를 하겠다고 맘만 먹으면 상대가 누구든 충분히 감동적인 이야기를 끌어낼 수 있을 것 같다.

조시는 인터넷에서 알릭스에 대한 정보를 더 찾아보려 하지만 그다지 성과는 없다. 알릭스의 인터뷰 자체도 드물거니와 있다고 해도 자기 이야기는 거의 하지 않았다. 알릭스는 분명 스스로 열심히 노력해 성공한 여자, 자기 인생을 주도적으로 끌고 가는 여자일 것이다. 알릭스도 자신이 인터뷰한 여성들만큼이나 인상적인 인생을 살아온 사람일 것이다. 조시는 다시 알릭스를 우연히 만나 서로의 이야기를 나누는 상상을 해본다. 알릭스라면 조시에게 조언을 해줄 수 있을지도 모른다. 자신이 꿈꾸던 사람이 되는 법을 알려줄 수 있을지도 모른다.

그러던 어느 날 오후 알릭스의 인스타그램에 새로운 사진이 하나 올라온다. 알릭스의 딸이 생일을 맞은 모양이다. 사진에는 숫자 '11'이 쓰여 있는 풍선이 보이고, 핑크 요정 같은 차림의 빨간 머리 여자아이가 입술을 오므린 채 커다란 핑크색 케이크에 꽂힌 촛불을 불고 있는 모습과 그런 딸을 뒤에서 대견한 듯 지켜보고 서 있는 알릭스의 남편이 보인다. 생일파티에 온 손님들은 박수를 치던 중인지 손을 모으고 있는데 역시 얼굴에 하나같이 미소를 띠고 있다. 그때 사진 속 배경에 보이는 무언가가 조시에게 낯이 익다. 손님들 뒤편 장식장 위에 놓인, 교복 입은 알릭스 아이들의 사진이다. 사진 속 알릭스의 아이들은 연하늘색 바탕에 짙은 파란색 로고가 새겨진 폴로셔츠를 입고 있다. 그러니까 알릭스의 아이들이 록시와 에린이 다녔던 그 학교를 다니는 모양이다. 조시는 갑자기 다시금 알릭스와 인연이 닿은 것 같다. 온 우주가 조시와 알릭스의 재회를 성사시켜주려는 것 같은 느낌을 받는다. 그 학교 운동장에 서 있는 학부모 알릭스의 모습을 상상해본다. 조시도 그곳에서 참 많은 시간을 보냈었다. 알릭스도 아이들 여행비, 급식비를 내러 학교 행정실에 자주 가겠지. 늘 실내 온도가 조금씩 높았던 그곳. 알릭스도 작은 강당 뒤편의 벤치에 앉아 학교 행사와 크리스마스 학예회를 관람하고 남색-하늘색 교복을 늘 빨아 말리겠지.

알릭스는 조시와 태어난 날이 같다.

태어난 병원도 같다.

마흔다섯 생일을 기념한 장소도 같다.

게다가 아이들도 같은 학교를 다닌다.

여기엔 분명 어떤 의미가 있다. 조시는 확신이 든다.

6월 17일, 월요일

알릭스는 부엌에서 남편을 지켜보고 있다. 샤워 후라 머리도 젖어 있고 셔츠는 등에 달라붙은 채로 — 대체 옷을 입기 전에 왜 물기를 제대로 닦지 않는지 모르겠다 — 네이선은 자기가 가장 좋아하는 머그잔에 커피를 마시면서 아이들에게 서둘러라, 아침 빨리 먹어라, 신발 신어라, 갖가지 잔소리에 한창이다. 평소와 다름없는 월요일 같지만 오늘은 평소 같은 월요일이 아니다. 2주 연속 네이선이 고주망태가 된후 돌아온 첫 번째 월요일이다. 밤사이 집에 들어오지 못할 정도로 술을 마시고 또다시 흐트러진 몰골과 미안해하는 표정으로 일요일 오후가 되어서야 술 냄새를 풍기며 집에 돌아와 주말을 마무리한 직후 맞이하는 월요일이자, 알릭스가 진지하게 네이선과의 결혼을 다시금 돌이켜보기 시작한 월요일이다. 이런 식으로 알릭스가 이 결혼에 계속 의문을 품는다면 오늘 이 월요일은 아마 이 결혼의 끝이자 알릭스에겐 새로운 시작점이 되겠지.

처음 만났을 때부터 네이선은 장단점이 확실한 사람이었다. 알릭스는 네이선과의 세 번째 데이트 이후 과연 이 사람을 계속 만나야 할 것인지 확신이 서지 않아 장단점을 하나하나 적어본 적도 있었다. 지난 2주간 주말마다 네이선이 보인 모습 때문에 네이선의 단점 쪽에 갑자기 무게추가 기운 것은 사실이지만 애초 그의 장점이란 것들도 그리 대단한 것들이 아니었다. 춤을 잘 추는 건 두 번째 데이트 때나 대단한 장점으로 꼽혔지, 그로부터 15년 후 아이 둘, 직업 둘, 앞으로의 미래 걱정까지 짊어진 지금 이 시점에선 그다지 돋보일 만한 것도 아니었다.

8시 15분 네이선이 집을 나서며 다녀오겠다고 복도에서 큰 소리로 인사한다. 출근길 습관처럼 키스를 한 지도 꽤 오래되었다. 그로부터 10분 후 알릭스는 아이들과 등굣길에 나선다. 리언은 투덜투덜 기분이 좋지 않고, 일라이자는 평소보다 유독 기분이 좋다.

한쪽엔 리언, 다른 쪽엔 일라이자를 두고 아이들과 함께 걸으며 알릭스는 휴대폰으로 이메일을 확인하고 강아지 분양 웹사이트를 살핀다. 올해는 꼭 강아지를 데리고 오자고 약속은 했지만 원하는 강아지가 하필 양쪽 눈 색이 다른 오스트레일리안 셰퍼드인지라 워낙 찾기가 쉽지 않다. 한편으로는 그래서 안심이 되기도 한다. 예전처럼 집에서 개를 키우고는 싶지만 지금은 정신적으로 강아지 생각을 할 여유가 없다.

알릭스는 막 〈올 위민〉의 30회차 녹음을 마쳤다. 다음 주 30회를 공개하고 나면 뭔가 새로운 것을 시도하고 싶다. 이제 이 주제로는 더 할 이야기도 없고 새로운 도전을 할 준비도 됐다. 하지만 마땅한 영감이 떠오르지 않아 알릭스의 일정은 텅 빈 상태다. 커리어 측면에서 볼 때 텅 빈 일정은 꽉 들어찬 일정만큼 스트레스인 법이다.

잠시 후 아이들은 순식간에 운동장의 다른 학생들 무리 속으로 사라지고 알릭스는 집으로 향한다. 아침에는 구름이 가득 끼어 있더니 갑자기 해가 고개를 내밀고 알릭스를 비춘다. 알릭스는 핸드백을 뒤져 선글라스를 찾은 후 고개를 드는데 바로 앞에 왠지 낯이 익은 여자가 한 명 서 있다. 같은 학교 학부모인가 하다가 이제 막 누구인지 생각났다.

"아." 알릭스가 선글라스 다리를 접는다. "안녕하세요! 펍에서 봤던 그분 맞죠? 저랑 생일 같으신 분!"

지나치게 깜짝 놀라는 여자의 모양새가 꼭 어색하게 연기할 때 같다. "어머, 안녕하세요!" 여자도 알릭스에게 인사한다. "안 그래도 낯이 익다 싶었어요. 어머나!"

"그쪽도 자녀분들이 여기 다녀요?" 알릭스가 학교를 가리킨다.

"아니요! 지금은 아니고 예전에 보냈었죠. 이제는 떠난 지 오래됐고요. 지금은 아이들이 스물하나, 스물셋이거든요."

"어머, 완전히 성인이네요!"

"네, 그렇죠."

"아들? 딸?"

"딸만 둘이에요. 록시랑 에린이요."

"아직 집에 같이 살아요?"

"큰애 에린은 같이 있어요. 걔는 약간 은둔형 외톨이라고 해야 하나, 하여간 그런 타입이에요. 록시는 아주 어릴 때 집을 떠났고요. 열여섯이에요."

"열여섯이요? 와, 정말 어린 나이네요. 그나저나 저는 알릭스라고 해요." 알릭스가 손을 내밀며 악수를 청한다.

"조시예요." 여자가 대답한다.

"만나서 반가워요, 조시. 이 친구 이름은 뭐예요?" 알릭스는 목줄을 한 채 조시의 발치에 서 있는 개를 가리킨다. 갈색과 흰색 털이 섞인 작은 개다.

"프레드예요."

"너무 귀여워요! 무슨 종이에요?"

"폼치요. 분양받은 데서는 그렇다고 하더라고요. 폼치라기엔 좀 더 섞인 것 같은데 이게 다 큰 건진 모르겠네요. 얠 데려온 곳이 좀 신뢰가 안 가긴 해요. 나중에 생각해보니 코셔 인증은 제대로 받았나 싶기도 하고요. DNA 검사를 한번 해볼까 생각도 했는데, 막상 얠 보고 있으면 아무럼 어떤가 싶어요."

"그럴 것 같아요." 알릭스가 동의한다. "무슨 종이든 이렇게 예쁜걸요. 저도 개를 정말 좋아해요."

"개가 있으세요?"

"아니요. 지금은 안 키워요. 티니라고, 3년 전에 키우던 개를 잃어버렸는데 아직도 티니 대신 다른 아이를 들일 마음의 준비가 안 돼서요. 그래도 찾아보고는 있어요. 지금 저희 애들이 딱 개를 키우면 좋을 나이라서요. 큰애가 이제 곧 사춘기, 10대에 접어들거든요. 티니는 원래 아이들 태어나기 전부터 제가 키우던 개인데, 새로 입양을 한다면 이번엔 애들 개가 되겠죠. 아직은 어떻게 될지 잘 모르겠어요.”

알릭스가 허리를 굽혀 개를 쓰다듬으려 하자 개가 뒷걸음질을 친다.

“아휴, 미안해요.” 조시가 과장되게 사과한다.

“부끄러움이 많은가 봐요. 그럴 수도 있죠.”

알릭스는 조시를 흘끔 쳐다본다. 자신을 유심히 쳐다보는 조시의 시선이 느껴져 불편하기도 하지만 이내 조시의 얼굴에 작은 미소가 떠오르는 것을 보고 펍에서 만난 그날 밤에도 생각했듯 내심 예쁜 얼굴이다 싶다. 고른 치아, 장미꽃 같은 입술에 매부리코 스타일의 작은 콧대가 인상적이다. 곱슬기가 도는 갈색 머리칼은 옆 가르마를 타서 하나로 묶었다. 꽃무늬 티셔츠와 블루 데님 스커트를 입은 그녀의 손에는 블루 데님 핸드백이 들려 있다. 지금 보니 개 목걸이와 목줄 역시 블루 데님 소재다. 일종의 보호기제처럼 강박적으로 특정 스타일을 선호하거나 반복하는 사람들이 있다는 건 알고 있다. 친구 어머니 중에도 뭐든 보라색 물건만 사는 분이 있었는데 그분은 냉장고까지도 보라색이었다.

“아무튼,” 알릭스가 선글라스를 쓰며 말한다. “다시 만나서 반가웠어요. 그럼 안녕히 가세요.”

돌아서서 자리를 뜨려는데 조시가 입을 연다. “사실은 그쪽한테 할 말이 있는데요. 혹시 시간 되신다면요. 중요한 얘기 아니고 그냥…… 우리가 생일이 같잖아요. 그 이야기를 좀 하고 싶어서요." 조시가 민망한 듯 웃어 보인다. 알릭스도 미소로 답한다.

"아, 지금이요?"

"네. 혹시 시간 괜찮으세요?"

"죄송해요, 지금은 어려울 것 같아요. 다음에 시간을 한번 잡아보죠."

"내일은요?"

"내일도 힘들 것 같아요."

"수요일은요?"

"조시, 정말 정말 미안해요. 그런데 이번 주는 정말로 일정이 꽉 차 있어서요."

알릭스가 다시금 자리를 뜨려는데 조시가 그녀의 팔에 부드럽게 손을 얹는다. "시간 좀 내주세요." 조시가 말한다. "저한테는 정말 중요한 일이라서요."

조시의 눈에 눈물이 고인다. 어딘가 절박한 듯한 목소리 때문인지 썩 석연치는 않지만 알릭스는 결국 부드럽게 한숨을 쉬며 말한다. "내일 오후에 비는 시간이 있어요. 그때 커피 한잔하실래요?"

조시가 고개를 떨군다. "오후에는 제가 일을 해요."

이제 더는 집요하게 묻지 않겠지 하는 생각에 알릭스는 안도감이 든다. 그러나 조시가 곧 말을 잇는다. "저기 말이죠. 제가 킬번역 근처 수선집에서 일을 하거든요. 내일 혹시 거기로 와줄 수 있어요? 거기서 이야기를 나누면 어떨까 하는데요. 정말 딱 몇 분만 내주면 돼요, 약속해요."

"무슨 이야기를 하고 싶은데요?"

조시는 마치 비밀 얘기라도 되는 듯이 입술을 깨문다. "내일 얘기해요. 혹시 수선할 것 있으면 가지고 오세요. 20프로 할인해줄게요."

딱 한 번 미소를 짓고 그녀는 걸어간다.

오후 6시

조시는 오후 12시부터 5시 반까지 일주일에 네 번 '스티치'라는 수선집에서 시간제로 근무한다. 처음 이 가게가 문을 열었을 때부터 이곳에서 일한 지 벌써 10년 가까이 됐다. 이곳은 조시가 서른다섯 나이에 처음으로 가진 직장이기도 했다. 아이들 어릴 적 옷 만드는 걸 좋아하긴 했다지만 사실상 시험 같은 것도 제대로 치른 적 없이 학교를 나온 데다 그 후로 남편과 아이들 뒤치다꺼리하느라 10년이란 세월을 보낸 조시가 이제 와 세상에 나가 무언가를 해야겠단 생각이 들었다고 한들 할 수 있는 일이 그리 많지는 않았다. 학교에서 아이들 관련 일을 할 수도 있었겠지만 조시는 사람들과 그리 잘 어울려 지내는 편이 아니었다. 하지만 이 일은 많은 사람을 상대해야 하는 일이 아니었다. 창밖으로 철로가 보이는, 그래서 기차가 지나갈 때마다 덜컹거림이 느껴지는 커다란 창문 옆의 자리가 조시 자리였다. 다른 여자들과 가끔 이야기를 나눌 때도 있지만 조시는 거의 대부분 이

어폰을 끼고 하트 FM을 듣는다. 오늘은 하루 종일 총각파티용 티셔츠의 신랑 얼굴 프린트에 인조털로 턱수염을 달고 있다. 파티를 하러 전부 리가*에 가는 모양이다. 평소엔 끝단 처리나 허리 수선 작업을 주로 한다.

집에 돌아오니 월터는 창가 테이블에 앉아 노트북을 보고 있다. 인기척을 느낀 월터가 조시를 돌아보더니 씩 웃는다. "왔어? 일은 어땠어?"

"괜찮았어." 조시는 티셔츠에 인조 턱수염 단 이야기를 하려다 어차피 말로 해봤자 생각만큼 재밌을 것 같지는 않아 관둔다.

"당신은 오늘 하루 어땠어?" 조시가 개를 안아 이마에 입을 맞추며 묻는다.

"별일 없었어. 레이크 디스트릭트 검색을 좀 했지."

"오, 좋아. 괜찮은 딜 있었어?"

"그다지. 다 너무 비싸. 등쳐먹으려고 작정한 것 같아."

"나 이번에 돈 받은 것 좀 있잖아. 올해는 좀 더 쓸 수 있어."

"우리 형편이 문제가 아니야. 대놓고 바가지 씌우는데 당하기 싫은 거지."

조시는 고개를 끄덕이며 개를 바닥에 다시 내려놓는다. 진짜 폼치를 데려오지 못한 이유 중 하나는 월터가 폼치 분양비가 비싸다며 할인을 받으려고 했기 때문이다. 조시는 군말 없이 그 결정을 따랐다.

---

* 라트비아의 수도.

“저녁 뭐 먹을까?” 조시가 묻는다. “냉장고에 뭐 많은데. 파스타 만들까? 미트볼 데우기만 하면 되거든.”

“그거 좋네. 칠리 좀 넣어줘. 매운 거 먹고 싶어.”

조시가 웃는다. “옷부터 갈아입고 올게.”

조시는 에린의 방을 지나 안방으로 간다. 언제나처럼 방문은 닫혀 있다. 에린의 방에서는 게임 의자가 삐걱대는 소리가 들린다. 에린의 16번째 생일날 사주었던 비싼 의자인데 이제는 박스테이프가 여기저기 덕지덕지 붙어 있다. 몇 달에 한 번씩 월터가 WD40 윤활제를 뿌리긴 하는데 그래도 에린이 움직일 때마다 소리가 난다. 문밖으로 컨트롤러 버튼 누르는 소리, 에린의 헤드폰에서 새어 나오는 작은 사운드이펙트까지 다 들린다. 조시는 인사라도 할 겸 에린의 방문을 두드릴까 고민하다 막상 방 안의 고약한 그 냄새를, 그 난장판을 마주할 자신이 없다. 조시는 문을 만지작대다 이내 걸음을 재촉한다. 지금은 그냥 가지만 내일은 꼭 확인해 볼 것이다. 죄책감이 느껴지지만 부디 이 감정이 구름처럼 그냥 조용히 지나가길 조시는 기다린다.

그러나 에린에 대한 죄책감이 지나가자마자 이번엔 록시에 대한 걱정이 몰려온다. 이 감정들은 늘 한꺼번에 덮친다. 조시는 안방 서랍장 위에 놓인 에린과 록시의 사진을 집어 든다. 아이들이 각각 다섯 살, 세 살 때쯤 찍은 사진이다. 통통한 뺨, 긴 속눈썹, 장난기 어린 웃음, 현란한 색의 옷들.

이렇게 될 줄 누가 상상이나 했을까. 이렇게 될 줄 아무도 짐작조차 하지 못했을 것이다.

그러다 오늘 아침 파크사이드 초등학교 교복을 입은 알릭스 서머의 아이들이 떠오른다. 여자아이는 멋있는 스쿠터를 타고 있었고 남자아이는 길을 발로 차며 걷고 있었다. 그 매끄러운 피부하며, 가까이 가지 않아도 아이들 머리에서 어린이 샴푸와 깨끗한 베갯잇 냄새가 나는 듯했다. 어린아이들은 체취랄 게 없다. 체취 같은 게 생기기 시작하는 건 더 크고 나서다. 그때부턴 두피 냄새, 불쾌한 겨드랑이 냄새며 발에서 나는 고린내…… 게다가 그건 시작에 불과하다. 한때는 너무나 사랑스러웠던 아이들을 떠올리며 조시는 한숨을 내쉬고 다시 서랍장 위에 사진을 내려놓는다.

조시는 옷을 갈아입고 손을 씻은 다음 부엌으로 가 냉장고에서 미트볼을, 찬장에서는 다진 토마토 캔과 말린 허브를 꺼낸 후 양파를 썬다. 그러고는 창가에서 노트북을 보고 있는 월터를 한번 보았다가 지나가는 버스에 탄 승객들 얼굴을 하나하나 쳐다본다. 록시를, 에린을 차례로 떠올리다 보니 어느새 생각은 어쩌다 내 인생이 여기까지 흘러왔나 하는 데까지 미친다.

미트볼을 넣은 토마토소스가 보글보글 끓기 시작하자 조시는 팬 뚜껑을 덮고 다른 찬장을 열어 이유식 여섯 병을 꺼낸다. 7개월 이상 아기를 위한 대용량 제품으로 대부분 고기와 채소가 모두 들어간 것들이다. 하지만 완두콩은 없다. 완두콩은 에린이 극구 거부할 것이다. 조시는 뚜껑을 열고 이유식을 병째로 전자레인지에 데운다. 뜨거운 것을 먹지 않는 에린을 위해 따뜻하되 뜨겁진 않을 정도로만 데운 후 천천히 이유식을 젓는다. 그런 다음 티스푼, 키친타올 한 장과 함께 쟁반에 올린다. 냉장고에서 에어로 초콜릿 무스를 꺼내와 그것도 쟁반에 함께 놓는다. 그러고는 복도로 쟁반을 들고 가 에린의 방문 앞에 내려놓는다. 문은 두드리지 않는다. 어차피 듣지도 못할 테니까. 하지만 음식을 거기 두고 가면 잠자리에 들기 전까지는 그 이유식 병들이 싹 비워진 채 방문 앞에 다시 놓여 있을 것이다.

또 다른 버스가 지나간다. 이번 버스는 텅 비어 있다. 월터가 노트북을 덮고 일어선다. "저녁 먹기 전에 개 산책시키고 올게."

"괜찮아, 내가 할게."

"아니야. 나도 나가는 게 좋지. 바깥 공기도 좀 쐬고, 운동도 되고."

"대변 처리도 할 수 있겠어?"

"그냥 배수로에 발로 차 넣지 뭐."

"월터, 그러면 안 돼."

"그깟 뒤처리 뭐 어렵다고 못 하겠어. 끽해야 토끼 똥 같은 거 누는데 뭘."

"꼭 치워야 해. 길거리에 그대로 두면 안 돼."

"일단 알았으니까." 월터가 조시의 손에서 개 목줄을 받아 든다. "알았다고."

앞유리창 너머로 조시는 월터가 개와 함께 집을 나서는 모습을 지켜본다. 프레드는 나무 밑동 냄새를 맡으려 걸음을 멈추지만 월터는 휴대폰에서 눈을 떼지 않은 채 프레드를 기다려주지 않고 줄을 잡아끈다. 개들한텐 냄새를 맡는 게 중요한 문제인데 말이다.

조시는 조리 중인 미트볼을 저은 다음 칠리 플레이크를 조금 넣고 냄비에 물을 붓고 끓인다. 그런 다음 휴대폰 브라우저를 열어 '록시 페어'를 입력한다. 최근 결과만 나오도록 '도구' 항목에서 시기를 '지난주'로 설정한다. 하루 두 번씩 이렇게 검색을 하지만 늘 아무것도 나오지 않는다. 어쩌면 록시는 이제 이름을 바꿨을지도 모른다. 조시도 모르는 건 아니다. 그래도 찾으려는 노력을 멈출 순 없다. 그냥 포기해버릴 순 없다.

오후 8시, 산책 나갔던 월터가 돌아온다.

"배변했어?"

"아니."

"정말로?"

"정말로."

거짓말이다. 하지만 조시는 더 묻지 않을 셈이다.

두 사람은 TV 앞에서 스파게티와 미트볼을 먹는다. 월터는 진짜 매운 듯 호들갑스럽게 물을 잔뜩 들이켜고 조시는 다정하게 웃는다. 10시, 두 사람은 잠자리에 들러 간다. 에린의 방문 앞에는 빈 이유식 병이 나와 있다. 조시는 빈 병을 부엌으로 가지고 가 분리수거를 위해 병을 헹군다. 월터는 상의를 입지 않은 채로 화장실에서 이를 닦는다. 한때는 월터도 젊었던 시절이 있었는데, 뒤에서 보면 이젠 영락없는 노인이다. 조시는 잠옷으로 갈아입고 월터가 양치를 끝내기를 기다렸다가 화장실에 들어가 이를 닦고 머리를 빗고 세수를 하고 얼굴과 손에 크림을 바른다. 침대에 누워 책을 집어 들고 잠시 책을 읽는다.

밤 11시, 이제 조시는 침대 등을 끄고 월터에게 잘 자라고 인사한다.

조시는 눈을 감고 자는 척한다. 월터도 자는 척한다.

30분 후 월터가 침대에서 일어나는 기척이 느껴진다. 카펫을 밟는 부드러운 발소리, 이어지는 복도 마룻바닥 소리. 월터가 갔으니 이제 조시는 아침까지 이 침대를 혼자 쓸 수 있다. 조시는 한껏 기지개를 켠다.

〈버스데이 트윈〉
넷플릭스 오리지널 시리즈

(스튜디오 중앙에 꽃무늬 팔걸이의자가 놓여 있다. 카메라 측면에서 젊은 여자가 등장한다. 여자는 녹색 멜빵바지, 검정색 크롭 민소매 탑 차림에 팔에는 문신이 있다. 여자가 팔걸이의자에 다리를 꼬고 앉아 카메라를 향해 미소 짓는다.)

(자막) **에이미 잭슨, 조시-월터 부부의 이웃**

에이미: (웃으며) 우리끼리는 '더블 데님'이라고 불렀어요.

인터뷰어: (화면 밖) 왜죠?

에이미: 항상 데님만 입어서요. 조시는 데님 외엔 다른 걸 입질 않았어요.

(장면 전환. 데님 치마와 재킷을 입은 조시 페어의 사진.)

인터뷰어: 조시와 월터 부부 옆집으로 이사하신 건 언제인가요?

에이미: 아마 2008년 말쯤이었을 거예요. 그해에 첫아이를 낳았거든요.

인터뷰어: 이웃에 대한 인상은 어땠나요?

에이미: 좀 이상하다고 생각했어요. 월터는 이상했다기보다…… 갓 이사를 왔을 땐 월터가 조시의 아빠인 줄 알았어요. 복도에서 마주치면 월터는 늘 고개를 숙이고 '안녕하세요' 하고 인사를 했죠. 하지만 조시는 정말 사교성과는 거리가 먼 스타일이었어요. '난 남들과 달라' 분위기를 풍기기도 했고요. 다만 관심받는 게 싫어서 일부러 거리를 두는 건지도 모르겠단 생각은 가끔 들었어요. 왜, 남모를 비밀이 있을 수도 있잖아요.

인터뷰어: 부부의 딸들을 본 적 있나요?

에이미: 네. 막 이사 왔을 때는 꽤 자주 봤어요. 에린은 열두 살쯤이었던 것 같고 록시는 아홉 살, 열 살 정도? 꽤 시끄러웠어요. 고성이 자주 오갔고, 문을 쾅 닫는 소리도 잦았죠. 그러다가 한 5~6년 전인가, 어느 날부터 갑자기 조용해졌어요. 영문을 알 수 없었는데 이 난리가 나고 나서야 저희도 그 이유를 알게 됐죠.

인터뷰어: 이 난리요?

(잠시 정적.)

에이미: 네. 사람이 죽었잖아요. 한 명도 아니고 여러 명이요.

(화면 페이드아웃.)

6월 18일, 화요일

스티치는 채광이 좋은 편이었다. 빅토리아 시대 재봉 잡화점 건물 외양을 그대로 유지하고 있어 앞쪽으로는 곡선형으로 활처럼 둥글게 튀어나온 내닫이창이, 뒤쪽으로는 지하철 선로가 보이는 커다란 오르내리창이 있었다. 양쪽 창 사이에 여섯 대의 재봉틀이 두 줄로 놓여 있는데, 조시 자리는 뒤쪽 창문에 가장 가까운 자리다. 조시는 머리를 낮게 하나로 묶고 이어폰을 낀 채 작업 중이다. 알릭스는 캔버스 가방을 탁자에 내려놓고 웃으며 묻는다.

"안녕하세요. 오늘 조시가 자리에 있을까요?"

여자가 어깨 너머로 조시를 부르자 조시는 고개를 들고 이어폰을 벗은 다음 알릭스를 보고 환하게 웃는다. 조시는 손가락 하나를 들며 입 모양으로 '1분만요' 하더니 하던 작업을 마저 마친다.

"알릭스, 와줬군요!" 조시가 청바지에 붙은 실과 보풀을 털어내며 인사한다.

"네! 덕분에 애들 낳기 전부터 수선하려고 했던 옷이 있다는 게 생각났어요."

알릭스는 가방에서 원피스 두 벌을 꺼내 조시에게 보여준다. 한 벌은 끈 달린 맥시 드레스인데 기장이 너무 길고 다른 한 벌은 프린트가 예뻐서 일상복으로 쭉 입을 수 있으면 좋겠다고 생각한 임부복이다.

"입어봐야 알아요. 그래야 끈을 얼마나 줄일지 알 수 있거든요. 자요." 조시가 탈의실 커튼을 열어주며 말한다. "여기서 기다릴 테니까 준비되면 나와요."

알릭스는 조시에게서 옷을 받아 들고 칸막이 탈의실로 들어가 여름 원피스를 벗고 맥시 드레스를 입고 나온다. 조시가 끈을 조절하는 동안 조시의 손이 알릭스의 어깨와 팔뚝 위쪽에 닿는데 느낌이 이상하다. "재단을 희한하게 했네." 조시가 말한다. "알릭스가 꽤 큰 편인데도 이 정도라니. 끈 길이가 딱 맞아야 하는 거 아니에요? 키가 더 작은 사람한테는 턱도 없는 옷이네요. 여자들이 무슨 기린인 줄 아나 봐."

조시가 천에 핀을 꽂고 뒤로 물러서서 확인한 다음 미소를 짓는다. "이 정도면 되겠어요?" 조시는 알릭스가 거울을 볼 수 있게 돌려세운다.

알릭스가 고개를 끄덕인다. "딱이에요."

이번엔 알릭스가 임부복으로 갈아입고 나온다. 조시의 손이 알릭스의 허리 주변을 바쁘게 오가며 허리선을 잡고 핀을 꽂는 동안 두 사람은 임신했을 때 이야기를 나눈다. 조시에게서 보디 스프레이 향이 뒤섞인 먼지 냄새가 난다.

알릭스는 옷을 다시 갈아입고 나온다. 조시는 알릭스가 맡긴 옷을 계산대로 가져가 티가 나게 20프로 할인을 적용한 다음 계산서를 내민다. "그래서," 알릭스가 입을 연다. "하고 싶다는 얘기는 뭐예요?"

조시가 재빨리 주변을 둘러보며 듣는 사람이 있지는 않은지 먼저 확인한다. "팟캐스트 하는 거 알아요. 랜스다운에서 그날 밤 알릭스 이름을 들었는데 왠지 귀에 익어서 검색해보니 익숙했던 이유가 있더라고요. 스토커 이런 건 아니고요. 팟캐스트 몇 편을 들었는데 정말 감동적이었어요. 다들 너무 멋있어요! 그분들이 겪은 일들을 생각하면 정말 대단하더라고요. 그리고……." 조시가 말을 멈추고 다시 주변을 둘러본다. "이상하게 들릴 수도 있는데, 혹시 인생 역전 성공 신화 같은 것 말고 이제부터 새로운 인생을 살아보려는 사람들 이야기를 다룰 생각은 없나 해서요."

"네?" 알릭스가 깜짝 놀라 대답한다. "아뇨. 그런 생각은 해보지 않았어요. 하지만 꽤 재밌는 이야기가 나올 순 있겠어요."

"저도 그렇게 생각해요. 자기 울타리를 부수고 나와 목표를 향해 조금씩 나아가는 과정을 따라가는 거죠."

"그러게요. 다만 문제가 하나 있다면, 한창 변화가 진행 중일 땐 아무리 긍정적인 방향이라 하더라도 달라지고 있단 걸 인식하는 사람이 많진 않다는 거죠. 대부분 시간이 지난 후 뒤를 돌아보며 이렇게 달라졌구나, 깨닫기 마련이라서요."

조시가 인상을 찌푸린다. "글쎄요, 전 동의하기 어렵네요. 왜냐하면 제가 지금 그런 상황을 겪고 있거든요. 제가 지금 변화하는 그 과정에 있어요. 지난 30년 매일같이 똑같은 인생을 살았어요. 남편과 함께한 열다섯 살부터 지금까지요. 같은 옷을 입고 같은 머리를 하고 같은 시간에 같은 대화를 나누고 매일 밤 같은 소파 같은 자리에 앉았어요. 자그마치 30년을요. 그리고……." 조시가 말을 멈춘다. 붉은 기운이 조시의 쇄골에서부터 목, 뺨까지 올라온다. "나쁜 일을 겪었어요, 알릭스. 아주아주 나쁜 일. 결혼하고……."

조시가 잠시 말을 멈추고 숨을 한번 들이쉰다. "남편은…… 남편은 복잡한 사람이에요. 가족이 되어 함께하면서 충격적인 일들도 제법 있었고…… 모르겠어요. 알릭스의 팟캐스트를 듣는데 그 여자들은 다들 너무 대단하고…… 내 나이가 이제 마흔다섯이에요. 지금 당장 과거를 벗어나지 않으면 나한테 언제 또 그럴 날이 오겠어요? 이제는 때가 된 것 같아요. 나도 달라질 때가 됐어요. 도와달라는 게 아니에요. 나는 그냥 알릭스가……." 조시가 적절한 말을 고르느라 잠시 말을 멈춘다.

"제가 조시 이야기의 창구가 돼주었으면 좋겠다?"

"맞아요, 바로 그거예요! 보기엔 평범한 것 같아도 들어보면 전혀 평범한 이야기가 아닐 거예요. 내 이야기를 좋아하는 사람도 있을 거고요. 어떻게 생각해요?"

알릭스는 잠시 아무 말이 없다. 어떻게 대답해야 좋을지 모르겠다. 직감대로라면 하지 않는 게 맞겠지만, 그럴 거라면 애초에 여기 수선집까지 오지도 않았다. 알릭스는 저널리스트로서 '하고 싶은 얘기가 있어요'라는 조시의 유혹을 이기지 못했고, 조시가 하려는 이야기가 궁금했다. 심지어 조시는 이제 자기가 할 이야기가 전혀 평범한 이야기가 아니라고까지 한다. 집요한 조시의 태도에서는 약간 거부감이 들지만 그래도 대체 무슨 이야기인지 너무나 궁금하다.

"음," 알릭스가 입을 연다. "말씀대로 아주 흥미로운 아이디어 같아요. 내일 시간 괜찮으세요?"

집으로 향하는 길, 알릭스는 굳이 먼 길을 돌아 킬번 하이 로드와 퀸즈파크 사이 뒷길을 택한다. 6월의 바람은 시원하다. 알릭스는 그늘을 피해 볕이 잘 드는 쪽으로 걷는다. 아이들을 데리러 학교에 가기까진 아직 두 시간이 남았지만 그렇다고 〈올 위민〉 마지막 회를 편집하러 갈 기분은 아니다. 탁월한 판단으로 자신의 목표를 달성한 여성들의 이야기가 이제는 좀 지루해졌다. 게다가 알릭스 본인의 삶에 먹구름이 드리우기 시작한 지금 이 시점에서는 성공한 여성들의 이야기보단 다른 여성의 결혼생활, 어둡고 우울한 그 이면의 진실에 대한 이야기가 더 매혹적으로 다가온다. 기대감은 점점 부풀어 오른다. 그동안 같은 패턴의 일을 너무 오래 했다. 전혀 다른, 완전히 새로운 이야기를 다룬다고 생각하니 짜릿하다.

알릭스는 샐스버리 로드의 부티크 숍에 들어가 필요도 없는 옷들을 한 시간쯤 구경하고 역시나 필요도 없는 짙은 녹색 프레임 선글라스를 사서 나온다. 델리에 들러 오늘 저녁 정원에서 먹을 고급 이탈리아식 전채 요리도 산다. 이거면 저녁 준비를 하지 않아도 된다. 게일스 베이커리에서는 브라우니를, 트렌디한 플로리스트의 꽃가게에서는 선인장을 산다. 모두 네이션이 번 돈으로 하는 쇼핑이다. 네이션이 런던 곳곳의 화려한 고층빌딩 사무실 임대 계약을 중개하고 벌어오는 돈. 네이션은 정말 열심히 일하고 돈도 잘 벌지만 전혀 인색하지 않다. 명세서를 확인하는 법도, 디자이너 브랜드 종이백이 쌓여 있는 것을 보고 잔소리를 하는 일도 없다. 네이션이 알릭스에게 늘 하는 말이기도 하지만, 네이션의 돈은 곧 알릭스의 돈이다. 알릭스도 벌이는 있지만 네이션은 그렇다고 알릭스에게 가정 경제에 기여할 것을 기대하지 않는다. 이렇게 생각하다 보니 네이션의 장점 쪽으로 다시 무게추가 기운다. 일요일 아침 침대에서 홀로 일어난 기억은 서서히 사라진다. 더는 호텔방에서 필름이 끊긴 네이션 생각도 나지 않는다. 지난 며칠간 꺼지지 않고 조용히 끓고 있던 분노가 이제는 잦아든다. 오늘 저녁은 와인을 열어야겠다. 테라스에 팬시한 음식을 차려놓고 스포티파이로 음악을 틀고 잘 시간을 훌쩍 넘긴 아이들과 함께 10시가 되어도 아직 환한 여름밤을 즐길 것이다. 소셜미디어에서 볼 법한 그런 완벽한 저녁 시간을 보낼 것이다.

6월 19일, 수요일

조시는 다음 날 거울에 비친 자기 모습을 한참 쳐다본다. 피부 상태는 좋다. 비싼 크림이나 관리 덕은 아니고 그냥 타고났다. 머리는 이제 너무 길기도 하고 끝이 갈라지는 걸 보니 좀 다듬어야 할 것 같다. 조시는 데님 파우치 지퍼를 열어 마스카라를 꺼낸다. 평소엔 개 산책을 시키러 나가면서 화장까지 하진 않지만 개를 산책시키러 나가서 유명 팟캐스트 진행자를 만난다고 하면 얘기는 달라진다. 조시는 크고 풍성한 브러시로 얼굴에 브론저를 쓸어주고 색감이 살짝 있는 립밤도 바른다. 그런 다음 가장 좋아하는 원피스를 꺼낸다. 데님 패브릭으로 된 버튼다운 셔츠 드레스인데 허리에 같은 소재로 벨트가 달려 있어서 묶을 수 있게 되어 있다. 조시는 데님 캔버스화를 신은 다음 전신 거울 앞에서 오늘의 룩을 점검한다.

월터는 거리가 내려다보이는 창가에서 노트북을 보고 있

다. 화장도 그렇고 특별한 원피스를 꺼내입은 것도 월터가 의아하게 생각할 테니 조시는 그의 시선을 피하려고 한다. 아직은 알릭스와의 일을 월터에게 말하고 싶지 않다. 일단 일이 진행된 후에, 조시 스스로도 이게 어떤 의미가 있는 일인지 파악한 후에 얘기할 것이다.

조시는 복도에 서서 개에게 하네스를 씌운다. "프레드 산책시키고 올게." 조시가 말한다. "한 시간쯤 걸릴 거야."

월터가 고개를 끄덕인다. "잘 다녀와."

막 집을 나서려다 말고 조시는 잠시 에린의 방문 앞에서 걸음을 멈춘다. 지금쯤 에린은 잠들어 있을 것이다. 에린은 늦게 자고 점심때는 되어야 일어난다. 살짝 문을 열고 잠든 아이의 모습을 확인할 수도 있겠지만 저 문 건너편 상황이 어떨지 너무 잘 알기에 지금은 그것까지 감당할 여유가 없다. 지금은 아니다. 나중에.

샐스버리 로드까지는 아직 한참 남았는데 프레드가 자꾸 여기저기 냄새를 맡고 다녀서 조시는 프레드를 안아 이동 가방에 넣는다. 이렇게 프레드를 이동 가방에 넣으면 가슴에 착 밀착되는 것이 꼭 아기띠를 하고 다니던 그 시절이 떠올라 기분이 좋다. 브랜드 이름이 베이비본이었나? 월터는 히피들이나 쓰는 거라면서 아기띠를 하고 다니는 사람들에게 냉소적이었다. "유모차가 뭐가 어때서? 우리 아들들 다 그렇게 잘만 컸어."

백금발의 머리, 날렵한 턱선과 어깨를 보고 조시는 금세 알릭스를 찾아낸다. 조시가 손을 흔들어 보이자 알릭스도 손을 흔들어 화답한다. 알릭스는 조시에게 볼키스를 한다. 조시는 볼키스 인사를 한 번도 나눠본 적이 없어 사뭇 당혹 스럽다. 알릭스는 조시를 샐스버리 로드의 트렌디한 커피숍 으로 안내한다. 항상 지나쳐만 가고 한 번도 들어가본 적은 없었던 곳이다. 조시는 본인이 커피를 사겠다고 우겨보지만 알릭스는 비용처리 하면 된다며 극구 거절한다. 조시는 비 용처리라는 말에 소름이 돋는다.

"자," 알릭스가 자기 커피잔을 옆으로 밀어놓고 그 자리에 아이패드를 끌고 온다. "조시의 아이디어에 대해 많은 생각 을 해봤어요. 처음에는 확신이 없었어요. 들어봤다고 했으니 까 제 팟캐스트 포맷이 어떤지는 알죠? 에피소드마다 도입, 전개, 결말이 있는 완결된 구조예요. 그러니까 녹음 전에 이 미 포맷이 정해져 있는 거예요. 스무 번, 서른 번 했으니 인 터뷰 풀어가는 법이라든가 청취자들의 몰입을 이끌어낼 수 있게 편집하는 법 같은 것들도 충분히 잘 알고요. 그런데 이 건 전혀 달라요. 조시의 이야기가 어떻게 끝날지 모르니까 요. 하지만 조시가 들어볼 만한 이야기라고 장담했고 나도 실은 조금 설득당해서 이제 조시의 이야기가 궁금해요. 그 리고 내가 궁금하다면 우리 청취자들도 궁금할 수 있겠죠. 그러니까 한번 해보죠. 〈올 위민〉 시리즈는 아니고요, 그건 이제 끝났어요. 이건 아예 다른, 일회성 팟캐스트가 될 거예 요. 인터뷰는 대부분 스튜디오에서 진행되겠지만 조시가 자 란 곳이라든가 다닌 학교, 남편을 만난 곳, 그러니까 조시 이 야기와 관련이 있는 곳에 가서 이야기를 나눠보는 게 좋을 것 같아요. 그런 다음 조시가 얘기한 트라우마에 대해, 또 조시가 스스로 덫이라고 생각하는 그 상황을 벗어나기 위해 어떤 노력을 할 것인지에 대해 이야기를 나누죠. 제목은 '버스데이 트윈'으로 생각 중이에요. 기억할지 모르겠는데 랜스다운 화장실에서 조시가 나한테 처음 건넨 인사말이 그거였어요. 무엇보다 이야기가 어떤 방향으로 흘러갈지 모르는 상황에서 출발점으로 괜찮은 제목 같기도 하고요. 조시와 내가 처음 만난 순간, 바로 그때가 불꽃이 튄 순간이니까요. 어때요?"

그제야 조시는 아메리카노에 설탕을 타다 말고 그대로 얼음이 되어 숨도 안 쉬고 알릭스의 말을 듣고 있었다는 것을 깨닫는다. 티스푼을 아직 커피에 넣지도 못했다. 조시는 알릭스를 쳐다보고 고개를 끄덕인다. "그래요. 좋네요."

"좋아요!" 알릭스가 미소를 짓는다. "그럼 이제 우리가 많은 시간을 함께 보내야 할 텐데, 조시는 파트타임으로 일을 하고 육아 부담은 없죠. 그럼 중간에 비는 시간을 활용할 수 있으려나요? 한두 시간씩 여유 될 때?"

"네, 물론이죠." 조시가 대답한다. "녹음은 주로 어디서 해요?"

"우리 집이요. 집에 스튜디오가 있어요." 알릭스가 금목걸이의 꿀벌 펜던트를 이리저리 움직이며 말한다. "테스트 목적으로 파일럿 에피소드를 만들어도 돼요. 그냥 우리 둘이 스튜디오에서 한 시간 정도 대화하고, 이때 녹음한 걸로 편집본을 만들어서 조시에게 들려줄게요. 부담 가질 필요는 없어요. 영 아니다 싶으면 그때 취소해도 되니까. 그건 약속 할 수 있어요.”

조시는 8천 명의 알릭스 인스타그램 팔로워들을 상상한 다. 직각 어깨에 오버사이즈 선글라스를 쓴 백금발의 여자 들이 에어팟을 끼고 오픈 키친에서 빨간 머리 아이들을 위 해 저녁 식사를 준비하는 모습이 머릿속에 그려진다. 조시 는 가볍게 고개를 젓는다. 지나친 상상이다. 조시는 알릭스 의 스튜디오에서 한 시간 동안 단둘이 이야기를 나누는 것 만 생각하기로 한다. 할 이야기가 너무나 많다.

조시는 커피를 한 모금 마신 다음 조심히 컵 받침 위에 잔 을 다시 내려놓는다. “네, 한번 해보죠.” 조시가 말한다. “시 도라도요.”

알릭스와 커피를 마시고 집으로 돌아오자 월터가 부엌에 서 차를 만들고 있다. 월터는 조시에게도 차를 권한다. “괜찮 아, 막 커피 마시고 왔어.” 조시가 대답한다.

월터의 눈썹이 올라간다. “아, 그래. 혼자서?”

“아니!” 조시는 프레드를 이동 가방에서 꺼내 바닥에 내려 놓는다. “아니. 그…….” 조시는 말문이 막힌다. 팟캐스트라 니, 월터는 소스라치며 절대 안 된다고 할 것이다. “에린이랑 록시 다니던 학교 앞에서 다른 엄마를 우연히 만났어. 잠깐 앉아서 그동안 못 한 얘기 좀 하느라고.”

시선을 피하던 조시는 금세 평정을 찾는다. 어차피 거짓말 도 아니고 사실이다.

“재밌었어?”

“응, 아주 재밌었어. 또 만날 수도 있고.”

월터가 이 이상 묻지는 않을 것이다. 아이들 학교 관련해선 월터가 아는 게 별로 없다. 특히나 에린이 6학년 때 사회복지사가 찾아온 일 이후로는 말이다.

“출근 준비하러 갈게.” 조시가 프레드의 하네스를 행거에 걸며 말한다. 월터는 고개를 끄덕이며 부엌에서 차를 가지고 나오다가 조시를 다시 한번 쳐다본다. “오늘 차려입었네.” 월터가 셔츠 원피스를 가리키며 말한다.

조시가 원피스를 내려다본다. “응. 다른 여름옷들은 전부 빨아야겠더라고. 안 될 것도 없지 싶어서 그냥 입었어.”

“아주 예뻐.” 월터가 인정한다는 듯이 고개를 끄덕이며 말한다. “날씬해 보여.”

“고마워.” 조시가 배를 만지작거린다. “재단이 잘 빠진 거 같아.”

월터가 다시 한번 칭찬하며 고개를 끄덕인다. “예뻐.”

월터는 웃고 있지만 목소리엔 아무 감정이 없다.

6월 20일, 목요일

알릭스의 스튜디오는 정원 끝자락에 있다. 새 팟캐스트의 성공을 축하하며 네이선이 알릭스의 마흔 살 생일선물로 마련해준 것이었다. 그때 네이선은 친구들과 주말을 보내고 오라며 알릭스를 내보내곤 창고에 본격적인 스튜디오 세팅을 마친 후 그 바깥으로 커다란 리본을 둘러놓고 알릭스가 집에 돌아오자 눈을 가린 채 그곳으로 안내했다. 이렇게 자상하고 다정한 남편을 한편으론 또 도저히 못 견딜 것 같은 때도 있었으니, 알릭스가 자신의 결혼생활에 대해 양가적 감정을 갖는 것도 당연했다.

알릭스는 네스프레소 머신이 연결된 벽면의 전기 스위치를 켜고 꽃을 꽂은 화병을 책상에 놓는다. 10시, 초인종이 울리고, 조시가 강아지가 든 숄더백을 메고 문 앞에 서 있다.

"프레드를 데려와도 괜찮은지 모르겠네요." 조시가 말한다. "미리 물어보지 못해서 미안해요."

"전혀 상관없어요." 알릭스가 대답한다. "고양이가 있긴 한데 개를 스튜디오에 같이 데리고 가면 고양이도 못살게 굴진 못할 거예요. 들어와요."

"집이 아주 예뻐요." 조시는 알릭스를 따라 개방형 부엌을 지나 집 뒤편 정원으로 나가며 말한다.

"고마워요."

"우리 집도 옛날엔 그럴듯했을 텐데 말이에요. 원래는 스투코 마감이 된 큰 빌라였거든요. 그런데 70년대 그걸 시에서 아파트로 쪼개놓는 바람에 지금은 흉측해졌죠."

알릭스가 미소를 짓는다. "너무 슬퍼요. 런던에 그런 곳이 너무 많아요."

조시는 알릭스의 스튜디오를 보고 연신 감탄하며 반짝이는 녹음 장비를 만져본다. 마이크의 두툼한 스펀지 부분을 만져보며 조시가 묻는다. "여기에다가 대고 이야기하는 거예요?"

"네."

조시는 눈을 커다랗게 뜨고 고개를 끄덕인다.

조시가 개를 가방에서 꺼내주자 개는 여기저기 냄새를 맡으며 돌아다닌다.

알릭스는 조시에게 차를 한잔 내어주고 자신은 에스프레소를 내린다. 두 사람은 각자 헤드폰을 쓰고 녹음 데스크 양쪽으로 마주 앉는다. 알릭스는 연습 삼아 조시에게 아침은 뭘 먹었는지 같은 사소한 질문들을 한 다음 본격적으로 녹음을 시작한다.

"조시, 일단 이렇게 뵙게 되어 반갑습니다. 시간 내주셔서 정말 감사해요. 새로운 팟캐스트를 시작하게 되어 저도 지금 무척 설레는데요. 〈올 위민〉 청취자분들께도 다시 뵙게 되어 반갑다는 인사 말씀 드려요. 저의 새로운 팟캐스트를 들어주셔서 감사하고요. 자, 그럼 쉬운 질문부터 시작하죠. 조시, 이 이름은 줄여서 부르는 애칭인가요? 원래 풀 네임은 어떻게 되나요?"

"아니요." 조시가 고개를 저으며 대답한다. "줄여서 부르는 이름은 아니에요. 그냥 조시예요."

"누군가에게서 따온 이름인가요?"

"아뇨, 제가 알기론 그렇진 않고요. 엄마는 '팻', 외할머니는 '수'였어요. 그냥 엄마가 저한테는 예쁜 이름을 주고 싶었던 것 같아요. 여성스러운 이름이요."

"이 팟캐스트를 시작하게 된 계기를 설명하는 차원에서 일단 '버스데이 트윈', 제목 이야기부터 해볼게요. 우리가 마흔다섯 살 생일날 밤 동네 펍에서 처음 만났을 때 조시가 저한테 인사를 건네며 한 말이 '버스데이 트윈'인데요. 조시와 저는 생일만 같은 게 아니라 태어난 병원도 같아요. 게다가 둘 다 런던 북서부에 살고 있고, 서로의 집은 불과 1.6킬로미터 거리밖에 되지 않고요. 그러니까 조시의 인생 이야기를 듣기 전에 생일 이야기부터 해보죠. 조시가 태어난 날에 대해 어머니께 들은 이야기가 있나요?"

조시는 눈을 끔벅인다. 아주 길고 어색한 침묵이 흐른다. 알릭스는 이미 속으로 편집할 때 이 부분을 잘라내야겠단 생각을 하고 있다. "음," 조시가 마침내 입을 연다. "별 얘긴 없었어요. 그냥 아팠대요."

알릭스가 웃는다. "맞아요, 아픈 건 확실해요. 혹시 그날에 대해 들은 이야기는 없을까요? 날씨라든가, 조산사라든가, 조시를 처음 마주했을 때의 기억이라든가?"

다시 침묵이 뒤따른다. "아까 말했다시피 전혀요. 엄마한 테는 아무 얘기도 듣지 못했어요. 그냥 너무 아파서 다신 안 하겠다 마음먹었다고만 했어요."

"그리고 실제로 어머님 출산은 조시가 마지막이었어요?"

"맞아요."

"그럼 형제자매가 없겠군요?"

"없어요, 외동이에요. 알릭스는요?" 조시가 아차 하고 가 슴에 손을 얹는다. "죄송해요. 제가 질문을 해도 되나요?"

"그럼요, 당연하죠! 저는 딸 셋 중에 둘째예요."

"와, 좋겠어요. 저도 언니나 여동생이 있었더라면 참 좋았 을 것 같아요."

"자매가 정말 최고예요. 제가 운이 참 좋죠. 어머니 팻 이 야기도 궁금해요. 가까이 계시나요?"

"엄마요? 네, 엄마는 지금도 제가 태어난 곳에서 살고 계 셔요. 주민대표 활동도 하시고 어르신들도 돌보시고 정치인 들한테 소리도 치시고 경찰이랑 불량집단 방지 활동도 하시 고, 아주 잘 지내시죠. 그곳에선 유명인 비슷해요. 엄마를 모 르는 사람이 없을 정도죠."

"아버지는요?"

"아빠라는 존재는 태어나서부터 지금까지 아예 없었어요. 엄마는 어쩌다 실수로 임신을 해서 절 낳게 된 거고, 출산 후에도 아빠란 사람한테 말하지 않았어요. 아빠는 한 번도 못 봤어요."

알릭스는 눈을 감고 머릿속으로 조시의 생일날 보았던 남자를 떠올린다. 알릭스는 그 남자가 조시의 아버지라고 생각했었다. "그럼 우리가 펍에서 만났던 그날 조시랑 같이 식사하던 분이……?"

"남편이요. 아빠가 아니고요. 그런 오해는 자주 받아요. 월터는 저보다 나이가 훨씬 많아요. 저는 열다섯 살 때부터 월터와 함께했고요."

조시가 말을 멈추고 알릭스를 쳐다본다. 알릭스는 놀란 모습을 내비치지 않으려고 애쓴다.

"열다섯이요." 알릭스가 조시의 말을 되씹는다. "그때 월터는……?"

"마흔둘이요."

알릭스는 잠시 말이 없다. "와우. 그건……."

"네, 알아요. 무슨 생각하는지 알아요. 지금 와서 보면 좀 그렇지만 그때 당시엔 꼭 그런 느낌은 아니었어요. 설명하기가 참 어려운데요." 조시는 입술을 일자로 꾹 다물곤 어깨를 으쓱해 보인다. "10대가 되면 힘이 생기죠. 그 힘이 한편으론 좀 그립기도 해요. 되찾고 싶기도 하고요."

"어떤 식으로 힘이 생기나요?"

조시가 다시 어깨를 으쓱해 보인다. "그냥 많은 사람들이

원하는 것을 갖고 있잖아요. 많은 남자들이 원하는 것. 그것
도 아주 많이 원하죠."

"뭘 원하는데요? 젊음?"

"네, 제 말이 바로 그거예요. 어떤 사람을 만났는데 그 사
람이 원하는 건 아주 분명해요. 그리고 그 사람이 원하는 것
을 얻기 위해 필요한 건 딱 하나고요. 나의 동의……. 아직
어린 소녀라도 그 동의를 해줄 수 있는 힘이 어느 순간 생기
죠. 최소한 그땐 그렇다고 생각했어요. 그렇게 느끼게끔 상
황이 만들어지기도 했고요. 물론 실상은 전혀 다르지만요.
이제는 알아요. 내가 이용당했을 수도, 그루밍당했을 수도
있다는 것을요. 하지만 나한테 힘이 있다는 그 느낌, 나에게
주도권이 있었을 때의 그 느낌, 그것만은 아직도 가끔 그리
워요. 정말로요. 무엇보다 그 느낌을 되찾고 싶어요."

청취자들이 조시의 말을 소화할 시간을 가질 수 있게 알
릭스는 잠시 아무런 대꾸도 하지 않는다. 겉으로는 침착한
태도를 유지하고 있지만 속으로는 충격적인 조시의 말에 피
가 빠르게 돈다. "월터를 어떻게 만났어요?"

"월터는 우리 빌라 단지 전기공사를 맡은 용역업자였어
요. 월터가 프로젝트 리더였는데 언제나처럼 엄마는 시시때
때로 오지랖을 부렸죠. 어느 날 방에 있는데 벨소리가 울렸
어요. 제가 열세 살 때 일이네요. 밖을 내다보니 월터가 서
있더군요. 형광색 조끼를 입고 손에는 공사모를 든 채로요.
월터를 처음 본 건 그때였어요."

"어떤 생각이 들었어요?" 알릭스가 묻는다.

조시가 작은 웃음을 터뜨린다. "그때 내가 열세 살, 월터는 마흔이었는데 무슨 생각이란 게 있었겠어요. 뭔가 이상하다는 생각이 들기 시작한 건 열네 살 생일이 되어서였어요. 당시 가장 친한 친구였던 헬렌이랑 같이 생일파티 중이었는데, 막 케이크의 촛불을 끄려고 할 때 월터가 우리 집에 들어왔어요. 엄마가 케이크 같이 먹자고 월터를 초대했는데 그때……." 조시가 한숨을 길게 내쉬더니 성대를 가격당하기라도 한 듯 짧은 소리를 토해낸다. "그때 느껴졌어요. 방 안에 보이지 않는 괴물이 있는 것 같았죠."

"괴물이요?"

"네. 딱 그런 느낌이었어요. 그 사람이 나한테 보이는 관심이 꼭 괴물처럼 느껴졌어요."

"그럼 월터가 무서웠던 거네요?"

"무서웠던 건 아니에요. 월터는 젠틀했어요. 나를 향한 그의 욕망이 두려웠던 거죠. 다른 사람들은 그걸 전혀 보지 못했다는 게, 그게 나한테만 보였다는 게 이해가 안 갔고요. 너무나 압도적이고 생생했는데 엄마도 못 보고 헬렌도 못 봤대요. 하지만 내 눈엔 보였죠. 그리고 그게 무서웠어요."

"그럼 그때는 힘으로 느껴지지 않았던 거네요?"

"그렇기도 하고 아니기도 해요. 두 감정이 동시에 함께 들었어요. 혼란스러웠어요. 월터라는 존재에 대한 생각에 사로잡혔고요. 하지만 그로부터 일 년간은 아무 일도 없었어요."

〈버스데이 트윈〉
넷플릭스 오리지널 시리즈

(짙은 머리색의 여자가 공항에서 작은 여행 가방을 끌고 간다. 여자는 큰 키에 체격이 있는 편이고 머리는 하나로 묶어 말아 올렸다.)

(장면 전환. 여자는 이제 카페에 앉아 있다. 테이블에는 카푸치노 한 잔이 놓여 있다.)

(자막) **헬렌 로이드**, **조시 페어의 학창 시절 친구**

헬렌: 조시와는 가장 친한 친구 사이였어요. 다섯 살, 그러니까 초등학교 때쯤부터요.

(헬렌이 잠시 말을 멈춘다.)

헬렌: 조시는 항상 조금 이상했어요. 통제 성향이 있었달까? 내가 다른 친구들이랑 있으면 싫어했어요. 뭐든지 자기 위주였고요. 요즘 말로 '수동공격'이라고 하죠. 조시는 고민이 됐든 뭐가 됐든 그냥 곧이곧대로 얘기하는 법이 없었어요. 빙 돌려 말해서 기어이 상대가 알아채게끔 하는 식이었죠. 삐지는 일도 잦았어요. 아무 설명도 없이 그냥 가만히 있는 거죠. 조시가 월터를 만났을 때쯤엔 이미 우리 사이도 멀어지기 시작했을 때였어요.

인터뷰어: (오프 마이크) 조시가 월터를 만났을 때는 어땠나요?

헬렌: 이상했죠. 아니 그러니까, 진짜 아저씨잖아요. 그리고 그게 마지막이었어요. 열네 번째 생일날 이후 조시는 그냥 딴 세상으로 사라져버렸어요. 아저씨랑요.

인터뷰어: 월터 페어가 조시를 그루밍했다고 생각하시나요?

헬렌: 아마도 그렇겠죠. 하지만…….

(헬렌의 시선이 인터뷰어를 향한다. 헬렌이 손가락으로 커피잔 입구를 만지작댄다.)

헬렌: 끔찍한 얘기이긴 한데요. 이상한 얘기이기도 하고요. 하지만 원래 길이란 게 양쪽으로 통하잖아요? 조시도 월터를 원했어요. 조시도 월터를 원했고, 월터가 자신을 원하도록 만들었죠.

* * *

오전 11시

조시는 한 시간 후 알릭스의 집을 나선다. 조금 전까지 있었던 일들로 머리가 복잡하다.

조시는 알릭스의 집을 떠올린다. 입구에서부터 깔끔한, 테라스와 베이 윈도가 있는 집. 여기까지야 런던의 다른 빅토리아풍 테라스 하우스와 다를 게 없다지만 내부는 전혀 다른 이야기였다. 짙은 파란색 벽, 은은한 골드 톤 조명, 잡지에 나오는 집 같았다. 집 전체 크기에 비하면 유독 커 보이던 부엌의 회색 찬장과 크림색 대리석 조리대, 버튼 하나만 누르면 뜨거운 물이 나오는 수도꼭지, 아이들 작품을 붙이려고 따로 남겨둔 한쪽 벽 공간까지!

조시도 냉장고에 자석으로 아이들 그림을 붙여두었던 때가 있었다. 지저분해 보인다고 월터가 짜증을 내며 그림을 모두 떼어냈지만.

줄 전구와 굽이진 길로 꾸며놓은 정원 끝에 또 다른 놀라운 세계가 펼쳐지는 마법의 창고가 자리해 있었다. 심지어 고양이마저 그동안 본 고양이들과는 달랐다. 시베리안 고양이인 모양이었다. 자그마한 체구, 풍성한 털, 디즈니 만화에 나오는 공주 같은 커다란 녹색 눈.

조시는 핸드백 안쪽 주머니에 손을 뻗어 알릭스 몰래 가져온 네스프레소 캡슐의 매끄러운 감촉을 느껴본다. 녹음 데스크 뒤편 선반에 놓인 유리용기 안에는 마치 커다란 보석들마냥 색색의 네스프레소 캡슐이 담겨 있었다. 조시의 집엔 네스프레소 머신이 없지만 이거라도 들고 와 허름한 아파트 서랍장 속에 넣어두고 알릭스의 화려한 삶을 조금이라도 느껴보고 싶었다.

집에 돌아오니 월터는 창가에서 노트북을 보고 있다. 도수 높은 돋보기안경 너머로 커다랗게 보이는 눈에 호기심이 어려 있다. 조시는 월터에게 다시 아이들 학교 엄마를 만났다고 말한다. 지난번엔 눈썹만 한번 올릴 뿐 아무 말 없던 월터지만 오늘은 그냥 넘어가지 않는다. "대체 무슨 일이야?"

아드레날린이 솟구친다.

"무슨 일이냐니?" 조시가 대꾸한다.

"아니, 나간 지 한참 됐잖아. 지금까지 커피를 마셨다고?"

"그건 아니고." 조시가 대답한다. "그러고 나서 할머니 뵈러 묘지에 좀 다녀왔어." 미리 계획해둔 사소한 거짓말.

"왜?"

"모르겠어. 간밤에 이상한 꿈을 꿨는데 할머니가 나와서 한번 가봐야 할 것 같더라고. 아무튼 이제 준비하고 출근해야 해. 금방 올게.”

안방으로 가는 도중 에린의 방문 너머로 게임 의자 삐걱대는 소리가 들려온다. 이제 에린의 방에서 나는 냄새가 복도까지 새어 나오기 시작했다. 더는 미룰 수 없다. 하지만 지금은, 오늘은 아니다. 내일은 꼭 열어볼 것이다.

조시는 에린의 방을 지나치며 방문을 매만졌던 손가락 끝에 키스한다. 안방 서랍장 위에 둔 아이들의 어린 시절 사진을 들어 거기에도 키스한다.

그런 다음 가방에서 네스프레소 캡슐을 꺼내 속옷 서랍 안쪽 깊숙이 집어넣는다.

〈버스데이 트윈〉
넷플릭스 오리지널 시리즈

(텅 빈 도심의 어느 펍. 가죽 의자가 놓여 있다. 먼지 낀 창문 너머로 은은한 불빛이 비친다.)
(흰 셔츠, 청바지 차림의 남자가 들어와 의자에 앉는다. 그가 미소 짓는다.)

(자막) **제이슨 페어, 월터 페어의 아들**

제이슨: (캐나다 억양으로) 아빠를 마지막으로 본 거요? 한 열 살 때쯤이려나요?

인터뷰어: (오프 마이크) 왜죠?

제이슨: 아빠가 미성년자에게 눈이 멀어서 엄마를 떠났고, 엄마는 그게 너무 징그러워 우릴 데리고 이민을 떠났거든요.

인터뷰어: 그리고 그 미성년자라는 건……?

제이슨: 맞습니다. 그 미성년자가 조시 페어였죠.

(제이슨이 슬프게 고개를 저으며 시선을 아래로 떨군다.)

(제이슨이 다시 고개를 든다. 제이슨이 울고 있다.)

제이슨: 죄송해요. 정말 죄송합니다. 잠깐만 좀…….

(페이드아웃.)

* * *

저녁 8시

네이선은 아직도 집에 오지 않았다. 시곗바늘이 저녁 8시에서 8시 1분으로 바뀌었다. 알릭스는 이게 무슨 의미인지 알고 있다. 네이선은 7시까지 집에 온다고 했었다. 막판에 조금 늦어진다거나 업무 전화가 있었다든가 아니면 지하철에 문제가 있었다거나 등등의 가능성을 모두 감안해도 8시면 집에 오고도 남을 시간이다. 8시를 넘긴다는 건 다른 무언가를 뜻한다. 알릭스는 초조해진다. 네이선에게 문자를 보내본다. 대답이 없다. 8시 30분, 이번에는 전화를 건다. 음성 메일로 넘어간다. 이게 무슨 뜻인지, 알릭스는 너무도 잘 알고 있다.

9시, 아이들이 잠자리에 들자 알릭스는 와인 한 잔을 들고 스튜디오로 넘어가 아침에 녹음한 조시의 인터뷰를 들어본다.

한 시간이 넘도록 이야기를 나누었지만 지금 들어보니 편집하면 아마 10분 남짓이 될 것 같다. 그리고 그 10분은 아마 조시가 남편을 어떻게 만났는지 이야기한 부분이 될 것이다.

알릭스는 거의 숨도 쉬지 않고 조시의 이야기를 들었다. 눈만 커다랗게 뜬 채 고개를 끄덕이지도, 질문을 하지도 않고 조시의 이야기에 몰입해 있었다.

열네 살 소녀.

마흔한 살 남자.

알릭스는 토요일 밤 식당에서 본 남자를 떠올린다. 조시의 아버지겠거니 막연히 짐작했던, 겉보기엔 평범하기 그지없었던 남자. 그는 안경을 썼고 머리는 벗어지고 기운이 없어 보였다.

조시의 열네 번째 생일파티에서 촛불을 끈 이후 무슨 일이 있었는지, 조시와 월터는 대체 어떻게 연인 관계로 발전하게 됐는지는 아직 얘기하지 않았다. 그건 다음번에 들을 것이다. 조시에 대한 팟캐스트를 만들기로 결심한 순간부터 느껴지던 짜릿함은 이제 점점 커지고 있다. 무언가 어둡고 충격적이고 압도적인 이야기가 곧 펼쳐질 것 같다.

스튜디오를 나와 집 안으로 들어온 알릭스는 빈 와인잔을 보며 다시 잔을 채울까 고민한다. 아니다, 벌써 10시가 넘었고 피곤하기도 하다. 그리고 내일 아침은 맑은 정신으로 일어나고 싶다. 내일 아침에도 알릭스는 혼자 침대에서 눈을 뜰 것이고, 이번엔 네이선과 이야기를 나누어야 할 테니 말이다. 고주망태가 되도록 술을 마신 지 얼마 되지도 않아 이번엔 무려 평일에 폭음이라니. 네이선은 알릭스의 문자를 아직도 읽지 않았고 전화는 여전히 음성메일로 넘어간다. 아드레날린이 치솟는다. 오늘 밤은 편히 잠을 자지 못할 게 뻔했지만, 그래도 어쨌거나 알릭스는 침대에 눕는다. 책을 읽어보려 하지만 심장이 너무 빨리 뛴다. 휴대폰으로 뉴스를 읽어도 머리에 들어오는 건 없다. 갑자기 알릭스는 조시에게 이야기하고 싶다는 이상한 마음이 든다. 매끈한 피부, 사람을 홀리는 듯한 목소리, 아주 짙고 깊은 눈동자를 가진 조시. 조시는 네이선을 알지 못하니까. 알릭스와 네이선의 결혼식에 있지 않았고 알릭스와 네이선의 결혼이라는 신기루에 조금의 기대도 보태지 않았으니까.

알릭스는 조시에게 문자를 보낸다.

오늘 이야기 나눌 수 있어 정말 좋았어요. 시간 내주셔서 정말 고마워요. 방금 녹음본 들어봤는데 앞으로 어떤 식으로 전개할지 구상이 섰어요. 조시만 괜찮다면 이 프로젝트를 계속해보고 싶은데, 어때요? 다음번에는 조시가 자란 집을 직접 볼 수 있을까요? 월터를 처음 만난 곳이요. 답변 기다릴게요.

알릭스는 전송 버튼을 누른다. 메시지 창을 나가지 않고 있으니 조시가 문자를 읽고 답장을 쓰고 있는 중이라는 것이 확인된다. 그러나 10분이 지나도 답장은 오지 않는다. 알릭스는 결국 휴대폰 화면을 끄고 잠을 청한다. 잠이 들 때까지는 한참이 걸릴 것이다.

밤 10시

조시는 책을 가슴 위에 얹어놓고 휴대폰 문자메시지를 확인한다.

알릭스다. 알릭스의 문자를 보자 조시는 가슴속에 불이 밝혀지는 것 같다. 아이처럼 흥분되고 연애 감정 비슷한 설렘이 느껴진다. 조시는 빠르게 문자를 읽고 다시 천천히 곱씹는다. 알릭스와 함께 킬번 빌라 단지에 찾아가는 장면을 상상하니 짜릿하다. 엄마에게 알릭스를 소개하면 알릭스 같은 사람이 자기 딸에게 관심을 보인단 사실에 엄마의 얼굴은 어두워지겠지. 처음엔 영문을 몰라 혼란스러워하다 나중엔 질투를 감추기 힘들 것이다. 알릭스의 팟캐스트 주인공은 조시가 아닌 자신, 전설의 팻 오닐이 되어야 한다고 생각할 테니 말이다. 알릭스는 엄마에게 조시에 대한 질문들을 던질 것이다. 알릭스가 궁금한 건 팻 오닐이 아닌 조시니까. 기분 좋게 가슴이 두근거린다. 조시는 바로 답장을 하는 대신 브라우저를 열어 알릭스 서머를 검색한다. 그리고 한 30분쯤 알릭스의 사진이며 트위터를 살펴보고 몇 개 안 되는 페이스북 페이지의 공개 포스트와 인스타그램 피드를 확인한다. 알릭스의 팟캐스트 리뷰도 읽고, 찰랑이는 새틴 드레스를 입고 시상식에 참석해 상을 받는 알릭스의 사진도 본다. 알릭스 서머를 충분히 검색한 후 다시 문자메시지 창으로 돌아왔을 땐 시간이 벌써 11시가 넘어 있다. 정중히 답을 하긴 너무 늦은 시각이다. 조시는 한숨을 내쉰 후 화면을 끄고 책을 집어 든다.

집안 어디선가 월터의 목소리가 희미하게 들려온다. 조시는 귀마개를 끼고 책장을 넘긴다.

6월 21일, 금요일

아침 6시, 드디어 네이선에게서 문자가 온다. 침대 협탁에서 울리는 휴대폰 진동 소리에 알릭스는 재빨리 안대를 벗고 휴대폰을 집어 들어 눈을 가늘게 뜨고 화면을 본다.

'젠장, 미안해. 나도 왜 이러는지 모르겠어. 지오바니 집이야. 필름이 완전히 끊겼어. 제발 한 번만 봐줘.'

알릭스는 휴대폰을 내려놓고 다시 안대를 쓴다. 알람이 울리기까지는 아직 30분이 남았고 그 시간을 낭비하고 싶진 않다. 간밤에 결국 새벽 2시까지 깨어 있었던지라 피로와 좌절감으로 머리가 무겁다. 도둑맞은 30분을 다시 붙잡아보려 애를 쓰지만 또다시 아드레날린이 치솟기 시작한다. 남편이란 사람이 한다는 말이, 어젯밤 어딜 갔다가 아침에 눈을 떠보니 친구 집인데 그사이 무슨 일이 있었는진 모른단다. 커리어와 갚아야 할 대출과 두 자녀가 있는 사람이, 마흔다섯씩이나 먹은 사람이.

잠시 후 다시 휴대폰 진동이 울린다. 알릭스는 신음하며 휴대폰을 집어 든다.

'지금 집에 가는 길이야. 제발 미워하지 말아줘. 사랑해. 미안해. 내가 바보 멍청이야.'

알릭스는 다시 휴대폰을 내려놓고 안대를 쓴다. 아드레날린이 더욱 치솟는다. 알릭스는 분노에 휩싸인다. '제발 미워하지 말아줘'라니? 애도 아니고.

어떻게든 30분 더 잠을 청해보려던 노력은 포기하고 알릭스는 몸을 일으켜 앉는다. 잠시 휴대폰 문자메시지 창을 노려보며 어떻게 답할까 고민하다 답장을 하지 않기로 한다. 최소한 지금은, 분노가 가라앉을 때까지는 답장하지 않겠다. 잠시 후 다시 휴대폰 진동이 울린다. 이번엔 간절한 듯한 분위기다. '알릭스???'

네이선의 번호를 누르는 알릭스의 손이 분노로 살짝 떨린다.

"자기야." 네이선의 개미 목소리에 알릭스는 더욱 화가 난다.

"새벽 2시까지 못 잤어, 네이선. 새벽 2시. 당신 소식 기다리느라. 대체 어디서 뭘 하고 있는지 알 수가 없어서. 그런데 지금 새벽 6시에 문자로 사람을 깨워? 6시 반에 알람 맞춰져 있는 거 뻔히 알면서 그 30분을 못 기다려서? 참 이기적이다. 알았어, 덕분에 네 시간 자고 일어났으니 참 고맙네. 난 이제 애들 깨워서 학교 갈 준비시키고 하루 내내 일해야 하는데 당신은 어젯밤 어디 있었는지도 모른다?"

"알릭스, 미안해. 그냥…….."
"끊어."
알릭스는 전화를 끊고 휴대폰을 던진다.
그런 다음 침대에서 일어나 평소보다 긴 샤워를 한다.

＊＊＊

8시 50분, 아이들을 학교에 데려다줄 때쯤엔 알릭스도 다시 평정을 되찾는다. 네이선은 문자를 세 번 더 보내 자기도 스스로 놀랐다며 다시는 이런 일이 없을 거라고 했다. 오늘은 금요일이고, 일기예보에 따르면 주말은 날씨도 무척 좋다는데, 마침 일요일엔 자매들과 점심 약속도 있으니 악몽 같은 지난 밤으로 인한 불편하고 무거운 감정은 최대한 빨리 떨쳐내려 노력한다.

학교 입구에서 아이들에게 작별 인사를 한 후 막 돌아서는데 학교에 제출할 것이 있다는 게 그제야 떠오른다. 알릭스는 학교 옆문으로 가서 벨을 누른다. 잠시 후 대답이 돌아온다.

"알릭스, 안녕하세요!"
행정실 관리자 맨디다.
"맨디, 안녕하세요. 이거 내일 자연사박물관 견학 서류인데요. 너무 죄송해요. 제출한다고 해놓고는 가방에 몇 주 동안 갖고만 다니다가 이제야 생각이 났어요. 좀 구겨졌어요, 죄송해요."

알릭스는 구겨진 종이를 책상 너머로 내민다. 맨디는 웃는 얼굴로 대답한다. "죄송하긴요. 더 심한 것도 많이 봤는걸요. 걱정 마세요."

문득 맨디가 여기서 20년을 근무했던 사실이 떠오른다. 작년에 이 학교에서 가장 오래 근무한 직원이라며 20년 재직 기념 축하를 했었다.

"참, 뭐 하나 여쭤보고 싶은 게 있는데요. 최근에 우연히 과거 이 학교를 다니던 아이들 학부모님 한 분과 이야기 나눌 기회가 있었거든요. 지금은 아이들이 20대 초반이라니 아주 오래전에 이 학교를 다닌 것 같아요. 혹시 기억하실까 해서요."

"기억할 수도 있죠! 우리 학교 애들이라면 제가 절대 안 잊어버리거든요."

"록시랑 에린이라는 아이들인데요. 성은 페어고요."

맨디의 얼굴에 이상한 그림자가 스쳐 지나간다. "아." 맨디가 대답한다. "네. 록시랑 에린 기억나요. 그 아이들……."

알릭스가 숨을 들이마신 후 맨디의 말을 기다린다.

맨디는 뒤쪽 교장실로 향하는 문을 한번 흘끔 돌아보고 나서 주변을 살핀 다음 알릭스 쪽으로 몸을 기울이며 목소리를 낮춘다. "그 아이들은 뭐랄까, 가족이 조금 다 이상했어요. 록시가 굉장히 거칠고 반항이 심했어요. 학교 기물도 막 던지고 엎어버리고 할 정도로요. 두어 번 정학을 받았을 거예요. 하지만 에린은 정말 착한 아이였어요. 동생이랑은 정반대로 아주 조용한 아이였어요. 문제가 좀 있긴 했는데, 자폐 진단까진 아니고 아마 자폐 스펙트럼 경계선쯤에 있는 아이였던 걸로 기억해요. 에린이 6학년 때인가, 졸업할 때 거의 다 되어서였던 것 같은데……." 맨디가 말을 멈추더니 다시 주변을 둘러보고 나서 거의 속삭이다시피 말을 이어간다. "한번은 팔이 부러져서 왔어요. 침대에서 떨어졌느니 어 쨌느니 소문만 무성했었는데 어느 날 에린이 친구한테 록시 때문이었다고 말했다는 거예요."

"록시요?"

"네. 동생이요. 동생 짓이라고 했더래요. 결국 사회복지사 까지 불렀죠. 난리도 아니었어요."

"그건 사실로 확인됐나요? 동생 짓인 게? 동생이 에린 팔 을 부러뜨렸었대요?"

"확인됐는진 모르겠어요. 하지만 그 아이들 부모님이 화 를 크게 냈었어요. 중간중간 여러 번 고역이었어요. 그 집 아 버님은 딱 한 번 뵀는데 덩치도 크고 성질도 불같으시더라 고요. 어머니는……."

알릭스가 고개를 끄덕인다. 다시 숨을 멈춘다.

"어머니도 전혀 평범한 스타일은 아니었어요. 속을 알 수 없다고 해야 하나, 그냥 남의 일인 것처럼 무표정으로 가만 히 서 계시더라고요. 그러더니 더는 록시를 학교에 보내지 않았어요. 그 후로 쭉 홈스쿨링을 하다가 나중에 다시 학교 에 갔다는 것 같아요."

"어느 학교로 갔는지 아세요?"

"퀸즈파크 고등학교일 거예요. 정말 특이한 가족이었어요.

그 가족은 어떻게 됐을까 항상 궁금하긴 했어요. 그럼 그 어머니랑 지금 친구이신 거죠?"

"친구라고 하긴 어렵고요. 그냥 지인 정도요."

"아이들은요? 만난 적 있으세요?"

"아뇨. 전혀 없어요."

"지금 어떻게 컸을지 궁금하네요. 그 아이들 관련해선 그리 좋은 기억이 없어요. 무슨 얘긴지 아시겠죠?"

알릭스가 고개를 끄덕이며 미소를 지어 보인다.

6월 23일, 일요일

일요일 조시는 로스트 요리를 하여 월터와 함께 길거리가 내려다보이는 창가 테이블에서 조용히 식사를 한다. 테이블에 앉아 식사를 하는 건 일주일 중 이때가 유일하다. 식사를 마치고 조시는 에린을 위해 남은 음식을 핸드블렌더로 갈아 그릇에 떠 담는다. 그리고 프레드가 음식에 입을 대지 못하도록 그릇 위에 접시를 덮은 다음 초콜릿 맛 뮐러 코너 요거트와 티스푼 두 개를 쟁반에 함께 올려 에린의 방문 앞에 둔다. 아직 에린의 방에 들어가보지는 못했다. 시간을 끌면 끌수록 더 어려워진다. 들어가보긴 할 거다. 다음 주쯤 방문을 열어보고 청소를 할 거다. 월터는 그렇게까지 심각한 건 아니라고 한다. 하지만 이렇게 냄새가 나는 걸 보면 월터 말을 믿긴 어렵다.

조시는 천천히 설거지를 하고 부엌을 깨끗하게 치운다. 3시쯤 되니 아무 일도 없었던 것처럼 부엌은 티 하나 없이 깨끗하다. 조시는 거실 쪽으로 나 있는 열린 창 너머로 월터에게 묻는다. "개 산책시키러 갈 건데 당신도 갈래?"

월터가 제발 싫다고 했으면 좋겠다. 다행히도 월터는 안 가겠다고 한다.

일요일 오후 퀸즈파크 주변에는 다른 사람들이 남긴 여름날의 흔적이 가득하다. 펍 밖에는 마시다 남아 미지근해진 금빛 라거가 담긴 플라스틱 컵들이 즐비하고 공원에는 구겨진 소풍 돗자리들이, 휴지통에는 빈 맥주캔과 피자 상자들이 흘러넘친다. 길 곳곳에 녹아 있는 아이스크림 웅덩이를 밟지 않도록 조시는 프레드를 끌고 간다. 다른 사람들은 이렇게 밖에 나와 친구들, 아이들과 함께 여름을 즐긴다. 타인의 삶은 이렇게 흘러간다.

타인의 특별한 삶을 생각하다 보니 조시의 발걸음은 어느새 무의식적으로 공원을 돌아 알릭스의 집으로 향한다.

조시는 섣불리 알릭스의 집 가까이 다가가지 않는다. 일요일 오후 레깅스에 청재킷, 이렇게 너저분한 차림으로 그 집 주변을 어슬렁대다 알릭스 눈에라도 띈다면 그야말로 굴욕이다. 조시에게 필요한 건 알릭스라는 존재가 주는 약간의 반짝임, 딱 그거면 된다. 그러면 다시 집으로 돌아가 길고 긴 일요일 저녁을 보낼 수 있다.

앞유리창에는 흰색 우드 블라인드가 있어 집 안이 잘 들여다보이지 않는다. 현관문은 하늘색인데 조시가 어릴 적 입던 원피스, 딱 그 색이다. 문 양쪽으로는 문 색깔과 같은 하늘색 화분이 나란히 놓여 있고, 각 화분에는 마찬가지로 똑같이 동그란 공 모양의 식물이 심겨 있다. 저렇게 공 모양으로 다듬은 건지 아니면 원래 그렇게 파는 건지 조시는 문득 궁금해진다. 2층을 올려다봐도 위층 두 개 창문 역시 나무 블라인드로 가려져 있다. 이 집은 표정을 드러내지 않는다. 버스 승객들이 커다란 창문 너머로 조시와 월터의 저녁 메뉴까지 확인할 수 있는 그들의 아파트와는 다르다.

잠시 후 조시가 막 자리를 뜨려는 찰나 반대편에서 여자들 여럿이 함께 걸어온다. 전부 키가 크고 날씬하다. 그중 하나가 알릭스란 것을 조시는 뒤늦게 알아본다. 다른 두 명도 알릭스와 꼭 닮은 것을 보니 아마도 알릭스의 자매들인 모양이다. 한 명은 허리까지 내려오는 짙은 금발 머리, 다른 한 명은 딸기색 금발 머리를 위로 말아 올렸다. 스타일도 비슷하다. 링 귀걸이에 술 달린 커다란 가죽가방, 쪼리 샌들, 검은색 매니큐어, 걸을 때마다 찰랑이는 롱스커트, 해외에 다녀온 듯 적당히 그을린 피부. 조시가 있는 이곳까지 들릴 만큼 세 사람은 소란스럽다. 셋 중 하나가 무어라 말을 하면 나머지 둘은 고개를 젖히고 소리 내어 웃는다. 커다란 입, 가지런한 이. 조시는 세 사람이 알릭스의 집으로 들어가는 모습을 지켜본다. 저 가운데 키 작은 여자는 생일날 밤 펍에서 본 기억이 난다. 조이라고 했다. 알릭스는 팔에 걸친 가방에서 열쇠 꾸러미를 꺼내 하나를 자물쇠에 꽂고 문을 연다. 이제 복도와 고양이와 아이가 차례로 시야에 들어온다. 알릭스가 "다녀왔습니다!" 하고 인사하자 숱 많은 빨간 머리 남편 네이선은 건성으로 대답한다. 모두 집 안으로 들어가고 문이 닫힌다. 저 문 안쪽에선 누군가가 지금쯤 커다란 크롬 냉장고에서 와인을 꺼내고 올리브를 그릇에 담고 있겠지. 뒷마당에는 스프링클러가 느긋하게 돌아가고 있을 것이다. 조시는 문 안쪽의 모습을 상상하고 갈망한다. 너무나도 갈망한다.

알릭스와 가족들이 모두 집 안으로 들어간 것을 확인한 조시는 이제 길을 건넌다. 그리고 마치 자기 집 앞을 지나가 듯 그 집 앞을 지나가며 우아하게 벽을 타고 오르는 식물을 손끝으로 만지작댄다. 아래쪽에 보라색과 밝은 연녹색이 뒤섞인 시계꽃이 이파리들 사이로 고개를 내밀고 있다. 조시는 잠시 숨이 멎는다. 집으로 돌아오는 길 조시의 손에는 아까 꺾은 시계꽃이 들려 있다.

6월 25일, 화요일

알릭스는 조시가 어릴 적 살던 빌라 단지 앞에 서 있다. 대부분 4층을 넘지 않는 낮은 건물들로 이루어진 단지는 놀이터와 굽이진 보행로들을 끼고 있다. 잠시 후 조시가 나타난다. 조시는 청바지에 퍼프소매의 청색 샴브레이 탑을 입고 있다. 데님 소재의 강아지 이동 가방 위로 개가 빼꼼히 고개를 내민다.

"늦어서 미안해요." 조시가 말한다. "뭘 좀 하다 보니 이렇게 됐네요."

알릭스가 몸을 기울여 조시에게 볼키스를 한다. 처음 이렇게 인사를 나누었을 때 조시에게서 느껴지던 그 어색함이 다시금 느껴진다.

"미안하긴요! 괜찮아요." 알릭스가 단지 쪽을 향해 돌아서며 말한다. "그러니까 여기가 조시가 자란 곳이란 말이죠?"

"네, 맞아요. 주민공동시설 건물에서 엄마랑 만나기로 했는데, 괜찮을까요? 준비가 필요하면 일단 거기 가서 해도 돼요.”

“좋습니다.” 알릭스는 조시를 따라 단지 안으로 들어가 뒤편의 낮은 건물로 향한다.

건물 안으로 들어가자 한 여자가 테이블 주변으로 의자를 놓고 있다. 갈색으로 염색한 머리, 유행하는 스타일의 검정 프레임 안경을 쓰고 밝은 프린트의 여름 원피스에 스트랩 샌들을 신은 여자는 알릭스와 조시를 보더니 얼굴이 환해진다. “환영합니다! 어서 와요! 주스랑 페이스트리 좀 준비해 뒀어요.”

알릭스가 예상했던 스타일은 아니다. 뻣뻣하고 감정 표현이 별로 없는 조시와는 달리 조시의 어머니 팻은 제스처도 많고 말도 많다. 멋쟁이이기도 하다. 외모에도 신경을 많이 쓰는 것 같고 스스로를 타인의 관심과 존경을 받아 마땅한 존재로 생각하는 것 같다. 팻은 조시에게 공용부엌에서 차와 커피를 준비해오라고 하곤 알릭스에게 앉으라고 권한다.

“조시한테 얘기 듣고 팟캐스트를 좀 들어봤어요.” 호기심 어린 시선으로 팻이 알릭스를 쳐다보며 말한다. “아주 감동적이더군요. 나도 한때는 그런 팟캐스트 주인공에 부합하는 커리어를 쌓을 수 있었는데, 대신 난 이 빌라 단지에 평생을 바쳤죠. 이곳이 사실상 내 커리어나 다름없어요. 돈을 받는 단 건 아니고, 좋아서 하는 일이죠.”

알릭스가 고개를 살짝 돌려 조시 쪽을 살핀다. 조시는 두 사람에게 등을 보인 채 전기주전자의 물이 끓기를 기다리고 있다.

팻이 말을 이어간다. "내가 가장 궁금한 건 이거예요. 왜 조시죠?"

"아!" 알릭스가 긴장한 듯이 웃는다. 알릭스는 다시 조시 쪽을 흘끔 쳐다본다. 조시는 자신이 이 팟캐스트를 왜 하고 싶다고 했는지 팻에게 사실대로 이야기하지 말아달라고 부탁했다. "그냥 같은 날 태어난 사람들 이야기를 해보려고 한다, 정도로만 해줘요." 조시는 그렇게 말했다. "너무 심각한 이야기는 말고요."

"글쎄요. 왜 조시냐고요?" 알릭스가 입을 연다. "나와 같은 날 같은 곳에서 태어난 여자, 이게 사실 출발점이었어요. '아기가 바뀌었어요' 이런 것과 약간 비슷한데, 이 경우엔 그 반대이긴 하죠. 우린 바뀐 건 아니고 제대로 각자의 부모님을 따라 집에 돌아갔으니까요. 하지만 그렇지 않았다면 어떻게 되었을까요? 팻이 절 데리고 갔다면요? 제가 팻과 함께 이 집으로 왔었다면, 그리고 조시가 여기서 불과 1.5킬로 떨어진 우리 부모님 댁에서 자랐다면요?"

"천성이냐, 환경이냐?" 팻이 말한다.

"네, 말하자면 그런 주제에 가깝죠."

"있죠, 내가 예전에 사회인류학을 공부했었어요. 골드스미스에서요. 그러다가 임신을 했죠." 팻이 한숨을 쉰다. "공부를 관둬야 했어요. 그러니까 여기서 또 다른 '만약에'가 나오네요. 만약 내가 임신을 하지 않았더라면? 내가 학업을 마쳤더라면? 일단 내가 여기 남지 않았겠죠. 그럼 지금 내가 하는 일을 다른 누군가가 대신 했겠죠. 하지만 다른 누군가가 지금 내가 하는 것처럼 이 일을 했을까요? 그렇진 않겠죠. 그럼 이 빌라 단지는 이 주변의 다른 단지들처럼 형편없는 곳이 되었을 거고요. 그러니까 어떻게 보면 내가 임신을 한 이유가 있었나 봐요. 내 꿈은 희생하고 이 단지에 헌신하라는 게 그 이유였나 보죠." 팻이 잠시 몽상하듯 허공을 쳐다보며 아무 말이 없다. "생각해보면 웃기죠. 이상하고요. 하지만 누구든 존재의 이유가 있는 거겠죠. 물론 존재의 이유를 납득하기 힘든 경우도 있지만요." 조시가 알릭스 옆자리 의자를 빼서 앉는데 팻의 마지막 말이 조시를 겨냥한다. 알릭스는 움찔한다. 이 여자, 아무래도 딸을 혐오하는 것 같다.

"조시를 임신하셨을 당시 이야기를 해보죠. 저희 어머니가 저를 출산하신 바로 그날, 같은 병원에서 출산하기도 하셨으니까요. 그날의 기억은 어떠세요?"

"어휴. 그건 가능하면 떠올리고 싶지 않은데요. 그때 내가 스물이었어요. 결혼도 안 했고요. 임신 기간 내내 임신 사실을 부정하면서 술 마시고 담배도 피우고 했죠. 요즘 사람들이 이 얘길 들으면 기절초풍할 텐데, 그땐 그런 거 별로 신경쓰지 않았어요. 그리고 내가 딱 봤을 때 임신한 티가 났던 것도 아니고요. 막달 가서야 배가 나왔지 쭉 10 사이즈* 청바지를 입었으니까요. 그러니까 그냥 평소처럼 지낸 거죠. 그러다가 수축이 오길래 이건 현실이 아니다, 되뇌었어요. 준비가 안 돼 있었으니까. 준비는 하나도 안 돼 있고, 하고 싶

---

* 한국 여성복 사이즈로 66 정도.

은 건 너무 많았죠. 에세이 과제도 아직 반밖에 못 써서 그것도 끝내고 싶었어요. 수축이 온 와중에 그래도 거의 마무리는 했어요. 하지만 진통은 점점 심해졌고 결국 엄마가 택시를 잡아 세인트 메리로 향했죠. 그로부터 네 시간 후에 출산을 했고요. 그 네 시간 동안 있었던 일은 다시는 생각하고 싶지도, 이야기하고 싶지도 않아요."

"조시는 몇 시에 태어났나요?"

"아휴. 모르겠는데. 아침 8시 정도였나 봐요."

"어떤 기분이셨어요? 조시를 처음 봤을 때?"

"어떤 기분이었느냐……." 팻이 말을 멈춘다. 팻의 시선은 먼 곳을 향하더니 한동안 그렇게 허공에 머문다. "아주 무서웠어요."

알릭스는 옆자리에 앉은 조시가 약간 움찔하는 것을 느낀다.

"그냥 무서웠어요. 뭘 어떻게 해야 할지 모르겠더군요. 그냥 그놈의 에세이만 내내 썼죠. 그렇게 에세이를 완성했고요."

"완성하셨어요?"

"네. 신생아들은 원래 그냥 잠만 자잖아요? 에세이를 다 써서 무사히 제출했고 A를 받았어요. 하지만 그 후엔…… 결국은 그냥 엄마로서의 역할에 항복했다고 할까요. 저항하지 않고 그냥 새로운 역할에 끌려갔죠. 다시 학교로 돌아가 학위 과정을 끝내겠단 생각은 늘 있었지만……." 팻이 양손을 펼쳐 보인다. "결국 여기 있네요. 사실 아마 책보며 평생 공부하는 것보다 이곳에서의 경험을 통해 인생에 대해, 사람에 대해 더 많이 알게 되긴 했을 거예요. 그러니까 다 잘됐다고 봐야죠."

알릭스는 눈을 약간 가늘게 뜨고 목소리를 가다듬는다. "그럼 조시가 태어났을 때 그날 병원에서 본 다른 산모들은 전혀 기억 안 나세요? 이 사람 혹시 기억나세요?" 알릭스는 간밤에 챙겨둔 사진을 가방에서 꺼낸다. 사진 속에는 펌을 한 짧은 금발 머리에 회색 맨투맨티, 청바지를 입은 알릭스의 어머니가 갓 태어난 알릭스(혹은 부모님 얘기에 따르면 당시엔 아직 알렉시스)를 품에 안고 카메라를 향해 환히 웃고 있다. "저는 이때 태어난 지 4일쯤 된 상태고요. 막 퇴원해서 집으로 온 날이에요."

팻은 사진을 슬쩍 보더니 건조하게 웃는다. "그날 거기 엘비스 프레슬리가 있었다고 해도 기억 못 할걸요. 기억이 전부 흐릿하거든요. 정말로요. 이때 어머니 나이가 어떻게 되나요?"

"서른하나요."

"어리지 않네요."

"네. 어리지 않죠. 엄마가 막 커리어를 쌓아가던 시기였어요."

팻의 얼굴에 순간 못마땅한 표정이 스쳐 지나간다. "뭐, 그렇게 계획할 수 있다면야 좋죠."

알릭스는 눈을 깜박인다. 당신은 왜 그렇게 계획하지 않았느냐고 묻고 싶다. 영리하고 야심찬 사람이었으니 말이다. 왜 스무 살에 임신을 했나요? 왜 그 후 대학으로 돌아가지 않았죠? 하지만 알릭스는 묻지 않는다. 대신 사진을 다시 가방에 넣고 나서 말한다. "단지 안을 한번 둘러봐도 괜찮을까요? 조시가 자란 곳을 보여주시면서 그때 기억이라든가 다른 이야기들을 해주셔도 좋고요."

"일단 차부터 마셔요." 팻의 말에서 명령에 가까운 날 선 억양이 느껴진다. 알릭스는 차를 마시고 일어선다. 빌라 단지 투어를 해주는 30분 내내 팻은 자신의 업적을 끝없이 늘어놓는다. 언제 무슨 일을 했고 그게 얼마나 어려운 일이었는지, 팻이 나서서 그 일들을 해주는 것에 다른 주민들이 얼마나 감사했는지 등등. 인상적이긴 하다. 평생 이렇게 헌신했으니 여왕에게 훈장이라도 받아야 마땅하겠다. 알릭스는 단정한 투피스 정장에 특이한 모자를 쓰고 여왕 앞에서 한쪽 무릎을 꿇은 채 당당한 미소를 짓고 있는 팻을 상상한다.

어쨌거나 팻이 엄청난 나르시시스트라는 점은 분명하고, 나르시시스트 부모 밑에서 자란 자식이 상처 없이 세상에 나오기란 불가능하다. 팻을 만나보니 조시를 보다 다층적으로 이해할 수 있게 된다.

팻은 두 사람을 자기 아파트로 안내한다. 조시가 어릴 적 살던 곳이다. 집은 1층이고 밖에는 작은 꽃밭이 있다. 팻이 두 사람을 안으로 들인다.

"여기예요." 조시가 어린 여자아이를 위해 꾸민 핑크색 방을 보여주며 말한다. "여기가 내 방이었어요. 여기서 처음 창문 너머로 월터를 보았고요."

알릭스는 잠시 그대로 선 채 그 방에서 나오는 에너지를 느껴본다. 이 창문의 우드 블라인드 창살 사이로 밖을 내다보는 어린 조시의 모습을 그려본다. 다시 부엌으로 돌아가 알릭스는 식탁을 만져본다. "여기 앉았었어요? 월터가 조시의 생일 케이크를 먹었을 때?"

조시가 씩 웃는다. "네. 정확히는 이 테이블은 아닌데, 바로 이 자리이긴 했어요. 이 테이블은 새것이고요."

알릭스가 돌아서서 팻에게 묻는다. "알고 계셨나요? 그날이요. 조시의 열네 번째 생일날. 무슨 일이 벌어질지 알고 계셨나요?"

"조시랑 월터 얘기예요? 아뇨, 당연히 몰랐죠. 이봐요, 그 사람은 나보다도 나이가 많았어요! 알기는커녕 그런 생각조차 못 했죠."

"두 사람 사이를 알게 되셨을 땐 어떠셨어요? 어머니께서도 꽤 놀라셨을 것 같은데요."

"어땠을 거 같나요?" 팻의 말에서 분노의 기운이 느껴진다.

알릭스는 조시를 쳐다본다. 조시의 얼굴엔 불편한 기색이 역력하다. 알릭스는 숨을 들이마신 다음 더는 질문을 이어가지 않는다.

저녁 8시

네이선은 목요일 밤 그 일 이후 유독 더 다정하게 군다. 평소에 다정하지 않다는 뜻은 아니다. 원래도 다정한 편인 것은 맞다. 하지만 그날 이후 네이선은 가족들과 함께 시간을 보내기 위해 집에 일찍 들어와 정원에서 아이들과 놀아주기도 하고 저녁 식사 준비를 도와주기도 하고 TV도 같이 보고 아이들 숙제를 봐주며 함께 대화도 나눈다. 목요일 밤에 대해서는 "고삐가 풀렸다"는 것 이외 다른 설명은 없었다. 다시는 그러지 않겠다고 네이선은 약속했고 결혼생활의 평화가 유지되고 있는 이상 알릭스는 그를 믿기로 한다.

함께 부엌을 치우면서 네이선이 말한다. "참, 나 내일 집에서 일할 거야."

"왜?" 알릭스가 묻는다.

"그냥 밀린 서류작업이 많은데 마침 점심 약속 잡힌 게 없길래 최대한 이 기회를 이용해볼까 해서. 어쩌면 우리 데이트를 할 수 있을지도 모르고 말이야."

알릭스는 멈칫한다. 아직 네이선에게는 조시와 새로운 팟캐스트를 한다는 이야기를 하지 않았다. 하지만 내일 아침 9시 반 조시가 집으로 올 것이고 그럼 네이선에게 조시 이야기를 하지 않을 수 없다. "내일 아침 인터뷰가 잡혀 있어서 집에 누가 올 거야."

"아, 알겠어. 시리즈 끝난 줄 알았는데, 새로운 거야?"

"그게…… 음, 약간 실험 중이야. 전에 펍에서 만난 여자야, 나랑 생일 같은 그 여자. 같은 날 태어난 사람들을 통해 삶의 우연과 타인의 삶, 타고난 천성 대 환경, 뭐 그런 이야기를 해볼까 하고." 알릭스는 하얀 거짓말에 붉어진 얼굴을 들키지 않으려 재빨리 네이선에게 등을 돌리고 돌아선다.

네이선이 의심스러운 눈초리로 알릭스를 쳐다본다. "평소하곤…… 다르네."

"응, 다르지."

"이야기를 끌어내는 게 어려워?"

"그럴 수도. 그런데 사실 벌써 혹할 만한 요소들이 몇 가지 있긴 해."

"그게 뭔데?"

열네 살짜리 여자애를 그루밍해서 결혼한 남편, 나르시시스트 모친, 사회복지사가 출동할 만큼 문제아였던 자녀들 정도? 알릭스는 숨을 들이마신다. 하지만 모두 확실한 사실들은 아직 아니거니와 그 남편에 대한 판단을 내리기도 조금 이른 시점이다. "궁금하면 나중에 팟캐스트로 들어."

네이선이 장난스러운 표정으로 눈썹을 들어 올린다. "일리 있네. 맞는 말이야." 네이선이 대꾸한다.

알릭스는 꽉 찬 쓰레기봉투를 쓰레기통에서 꺼내 입구를 묶은 다음 집 앞쪽 정원으로 들고 가 바퀴 달린 쓰레기통에 던져넣는다. 그런 다음 잉크가 번진 듯한 여름 하늘을 쳐다보며 시간이 지나길 기다린다. 이 얘기는 네이선과 하고 싶지 않다. 최소한 지금은 아니다. 네이선은 알릭스의 비밀을 들을 자격이 없다. 알릭스의 모든 일을 네이선이 알아야 하는 것은 아니다.

네이선도 자신에게 중요한 것, 자신만의 비밀이 있듯 알릭스라고 비밀이 없어야 할 이유가 없다.

6월 26일, 수요일

다음 날 아침 알릭스의 집 앞에 도착한 조시는 숨이 가쁘다. 이곳, 이곳에 오는 것만이 조시의 유일한 관심사였기에 아주 빠른 걸음으로 걸어온 탓이다. 조시는 가방에서 티슈를 꺼내 이마와 윗입술 위에 맺힌 땀을 닦고 초인종을 누른다.

조시는 알릭스의 차분하고 천사 같은 얼굴을 기대하지만 막상 문이 열리자 눈앞에 서 있는 건 알릭스가 아닌 그 남편이다. 그는 섬세한 외모와는 거리가 멀다. 체격이라든가 당당한 태도 같은 걸로나 매력을 어필할 수 있을 법한 그런 스타일이다. 그의 얼굴에선 무엇 하나 도드라지는 매력으로 꼽을 만한 것이 없다. 심지어 눈동자 색마저도 무어라 규명하기 힘든 색이다. 속눈썹은 굵고 짧은 데다 입술은 얇은 일자다. 이틀 기른 턱수염에선 희끗희끗한 수염부터 붉은 수염, 금발에 가까운 수염까지 빨간 머리를 가진 사람이 보여줄 수 있는 모든 컬러 스펙트럼을 자랑한다. 후줄근한 티셔츠에 회색 조거 팬츠를 입고 뿔테 돋보기안경 너머로 조시를 호기심 어린 눈초리로 쳐다보던 그가 손가락을 튕기며 말한다. "조시?"

조시가 고개를 끄덕인다. "안녕하세요. 알릭스를 만나기로 했어요."

갑자기 그가 조시 쪽으로 몸을 기울이기에 아주 잠깐 설마 볼키스를 하려는 건가 싶어 당혹스럽다. 그러나 이내 네이선이 이동 가방에서 고개를 내민 프레드를 보고 다가온 것임을 조시는 깨닫는다. "아이고, 안녕!" 프레드가 으르렁대자 그는 살짝 뒤로 물러선다. "너 아주 용맹한 꼬맹이구나? 남자애예요, 여자애예요?" 그가 주먹 쥔 손가락을 프레드 코 가까이 가져다 대자, 프레드는 신중하게 냄새를 맡는다.

"남자애요." 조시가 대답한다. "이름은 프레드예요. 종은 폼치고요."

"아, 폼치. 그건 몰랐네요. 아무튼 들어오시죠. 알릭스는 부엌에 있어요."

그때 알릭스가 남편 뒤에서 나타난다. 알릭스는 자신이 직접 조시를 맞이하러 나오지 못한 게 못내 아쉬운 표정이다. 조시는 알릭스를 향해 미소 지은 다음 네이선을 지나 안으로 들어간다. 조시의 팔이 그의 면 티셔츠를 스치자 그의 맨살에서 올라오는 체온이 느껴진다.

세 사람은 모두 부엌 쪽으로 걸어간다. 아일랜드 식탁 위에 고양이가 꼭 인형처럼 앉아 있다. 그 옆을 지나가자 개가 조용히 으르렁댄다.

"한 시간 정도 걸릴 거야." 알릭스가 어깨 너머로 네이선에게 말한다. 네이선은 아직 복도에서 얼쩡대고 있다.

"알겠어." 그가 저 멀리서 대답한다.

오늘은 이 집 부엌을 완벽히 기억하겠노라고 조시는 다짐한다. 지금 보니 냉장고는 전혀 크롬 재질이 아니었다. 냉장고는 부엌 장과 맞춤형의 냉장고 장 안에 숨어 있었다. 조리대에는 현관문과 같은 하늘색의 커다란 스탠드 믹서가 놓여 있다. 정원을 향해 난 창가에는 천을 씌운 벤치가 있고 그 위에는 각기 다른 톤의 바다색 면 커버의 쿠션들이 흐트러져 있다. 뒤쪽 문 옆으로는 플라스틱 재질의 신발과 부츠 여러 켤레가 줄지어 놓여 있다. 고양이 밥그릇은 구리 재질이고 부엌 테이블 주변 의자들은 모양이나 크기가 다 제각각이다.

"잘 지냈어요?" 정원을 지나며 알릭스가 묻는다.

"네, 그런 것 같아요."

"어제 약간…… 스트레스를 받은 것 같아서요."

"네. 약간요. 엄마를 만나면 항상 그래요. 왜, 겉으로 봤을 때 엄마가 되게 능력 있는 사람 같잖아요. 빌라 단지를 위해 헌신적으로 일하는 얘기를 들으면 진정성 있는 사람 같고요. 실상은 전혀 달라요. 엄마로서는 형편없는 사람이었죠. 나한테는 정말 끔찍한 엄마였어요."

"사실 저도 어느 정도는 느꼈어요. 그리고 조시만 괜찮다면 오늘 그 얘기를 해보고 싶은데, 어때요?"

조시가 어깨만 으쓱하고 만다. "괜찮을 것 같아요. 나도 잘 모르겠어요. 팟캐스트에 도움이 된다면야 좋아요."

"팟캐스트에 아주 큰 도움이 될 것 같아요. 물론 방송 전에 조시한테 최종 승낙을 받을 거고요. 혹시 마음에 안 드는 부분이 있다고 하면 그 부분은 편집할게요."

스튜디오에 들어와 알릭스는 네스프레소 머신으로 조시에게 커피를 내려준다. 조시는 뒤에서 그 모습을 지켜본다. 알릭스는 레깅스 위에 기장이 긴 얇은 탑을 걸치고 있다. 탑 재질 때문에 알릭스의 척추뼈와 스포츠브라 봉제선이 드러난다. "알릭스는 주말 잘 보냈어요?" 조시가 묻는다.

"아아, 네. 며칠 전인데 벌써 한참 지난 일 같네요. 일요일에 언니랑 동생을 만났어요. 자매들끼리 모이는 건 늘 즐거운 일이죠."

"언니랑 동생 이름은 어떻게 돼요?"

"조이랑 맥신이요."

"이름이 다 예쁘네요. 뭐 했어요?"

"낮술하면서 느긋하게 점심 먹었어요."

낮술과 느긋한 점심. 그 말이 조시를 마치 꿈처럼 휩쓸고 간다. 조시는 고개를 끄덕이며 웃는다. "재밌었을 것 같아요."

알릭스는 조시 앞에 커피를 내려놓고 자리에 앉은 다음 머리를 귀 뒤로 넘기면서 조시를 향해 웃는다. "좋아요." 알릭스가 말한다. "이제 헤드폰 쓰고 시작합시다. 지난번에 이야기를 멈춘 데서부터 시작하면 좋겠어요. 월터 이야기요. 두 분이 어떻게 연인으로 발전하게 되었는지, 거기서부터요."

〈버스데이 트윈〉
넷플릭스 오리지널 시리즈

(알릭스의 빈 녹음 스튜디오 전경. 카메라가 방 안을 훑으며 디테일을 비춘다.)

(알릭스와 대화를 나누는 조시의 목소리가 들린다.)

(자막) 2019년 6월 26일, 알릭스 서머의 팟캐스트 녹음본

조시: 그러니까 제가 이제 열다섯이 되었을 때인데요. 이때쯤엔 이미 월터랑 약간 친구 같은 사이였어요. 단지에서 지나가다 마주치면 월터는 늘 가던 길을 멈추고 말을 걸곤 했어요. 손을 흔들어 인사도 하고 기분 좋은 말도 해주고요. 그러다가 제 열다섯 살 생일날 학교에 가는데 월터가 막 저한테 달려오는 거예요. 작년 내 생일이 기억나서 선물을 샀다면서요.

알릭스: 뭘 사줬나요?

조시: 팔찌요. 이거예요.

알릭스: 와우, 아직도 차고 다니는군요.

조시: 굳이 안 찰 이유도 없죠. 아직 함께하고 있으니까요.

(무겁게 한숨을 쉬는 조시.)

조시: 그날 학교 끝나고 친구들이 절 공원에 데리고 갔어요. 공원 놀이터요. 거기 남자애가 한 명 있었는데, 이름이 트로이였나? 헬렌은 제가 걔랑 그…… 키스하길 원했어요. 그때까지 남자친구를 한 번도 사귀어본 적 없는데 헬렌은 자꾸 저를 남자애랑 엮으려고 하는 거예요. 하지만 전 솔직히 남자애들은 다 징그러워서

전혀 사귀고 싶은 생각이 들지 않았어요. 게다가 트로인가 하는 걔는 사과주를 마시고 있었는데 입 냄새가 정말…… 지금도 그 냄새가 코끝에 생생하다니까요. 그 애가 제 쪽으로 가까이 다가오는데 얼굴이 가까워지니 시큼한 냄새가…… 그 냄새가 어찌나 불쾌하던지 그대로 벌떡 일어나 그 자리를 떴죠. 그러면서 저도 직감했던 것 같아요. 이제 이런 건 끝이다, 어린애들과 이렇게 어울려 노는 일은 내 인생에 더는 없다. 그리고 그길로 곧장 집으로 갔어요.

조시: (이어서) 엄마가 '일찍 왔네.' 하더라고요. 몸이 별로 안 좋다고 했죠. 술을 마셨냐고 해서 사과주랑 남자애 얘기를 해주었더니 엄마가 한다는 말이, 좋은 친구들이라면서 그 친구들이랑 더 어울리려고 노력하래요. 그래서 내가 그랬어요. '나도 노력해요. 하지만 난 걔네들이 하는 걸 하고 싶지 않은데 어쩌라고요.' 엄마가 '조시, 네가 하고 싶은 게 뭔데?' 하고 묻길래 '내가 그걸 어떻게 알아요? 엄마는 열다섯 살 때 뭘 하고 싶었는데요?'라고 대꾸했어요. 엄마는 마치 얘가 내 딸이라는 사실을 믿을 수가 없다는 듯이 나를 쳐다보더니 그러더군요. '세상을 내 걸로 만들고 싶었지. 조시, 난 세상을 내 것으로 만들고 싶었어.' 그래서 내가 또 그랬죠. '공원 놀이터에서 사과주나 마시면서 세상을 어떻게 정복하겠어요?' 이런 식으로 대꾸하니까 엄마가 그러더군요. '여기서 나랑 이렇게 앉아 있는다고 세상을 정복할 수 있는 것도 아니지. 그것도 무려 네 생일날.' 그래서 나도 질세라 '알았어요. 나갈게요.' 하고는 문을 쾅 닫고 집을 나와 폭풍처럼 월터의 현장사무소로 향했죠.

조시: (이어서) 그냥 월터에게 팔찌 고맙다는 인사를 하려고 했어요. 하지만 저도 내심 무슨 일이 벌어질지 알고는 있었던 것 같아요. 그땐 나한테 힘이 있는 것 같았어요. 월터는 나를 펍으로 데려갔죠. 마흔두 살 아저씨랑 펍에 나란히 앉았어요. 열다섯 살에요. 그가 내 레모네이드에 보드카 샷을 넣었고, 나에게 키스했어요. 내 손을 내려다본 기억이 나요. 학교에서 묻혀온 펜 자국이 남아 있었죠. 신발을 내려다본 기억도 나요. 당시 다들 신고 다니던, 작은 가죽 태그가 달린 낡은 키커스 슈즈*였어요. 그러면서 이런 생각을 했었어요. '바로 지금이야, 지금이 내가 도약하는 순간이야. 이제 난 이 세계를 떠나 다른 차원으로 떠날 거야.' 그 순간에도 사실 알고 있었던 것 같아요. 지금 이 길을 가면 다시는 돌아갈 수 없다는 걸. 지금 이 괴물과 함께 가면 그걸로 끝이란 걸. 평생토록 말이죠.

* * *

정오

"세상에." 한 시간 후 알릭스는 조시를 배웅한 후 문을 닫는다. 문에 등을 기대고 손을 뒤로한 채 다시금 중얼댄다. "세상에."

눈을 감고 충격을 진정시켜보려 하지만 알릭스는 머리가 빙빙 돈다. 이야기를 듣는 중에는 충격받은 티를 내지 않았

---

* 프랑스 슈즈 브랜드. 1980년대 영국에서 학생들 신발로 인기를 끌었다.

다. 부지런히 고개만 끄덕였다. 흥미롭다는 듯이, 계속 말을 이어갈 수 있게 반응해주었다. 사이사이 무난한 질문들만 던졌다. 알릭스는 조시가 말하는 내내 끼어들고 싶은 충동을 억눌렀다. '세상에. 조시는 소아성애자랑 결혼한 거예요!'

알릭스는 다시 스튜디오로 돌아가 실내를 정리하고 컵과 컵 받침을 들고 나온 후 스튜디오 문을 잠근다. 그런 다음 부엌으로 가서 컵과 컵 받침을 식기세척기에 넣고 계단 아래에 있는 1층 화장실로 향한다. 화장실을 쓰고 난 후 손을 씻는데 그제야 비누가 없다는 것을 깨닫는다. 알릭스는 뒤를 돌아본다. 수도관을 덮고 있는 선반도, 세면대 아래 수납 공간도 확인한다. 알릭스는 비누 없이 손을 씻고 나서 부엌으로 돌아와 네이선에게 묻는다. "아래층 화장실 핸드워시 어쨌어?"

"어쨌냐니?"

"아니, 어디로 옮겼냐고? 버렸어? 놔둔 지 이틀밖에 안 됐는데."

"아니." 네이선이 대답한다. "그럴 리가. 당신의 이상한 친구 짓인가 보지."

알릭스는 네이선을 쏘아본다. "웃기는 소리 마. 애들이 그런 거면 모를까. 어디서 곧 나오겠지."

오후 1시

조시는 네스프레소 팟을 넣어둔 속옷 서랍 깊숙한 곳에 핸드워시를 함께 집어넣는다. 일본풍 그림처럼 짙은 회색 바탕에 벚꽃 프린트가 그려진 참 예쁜 병이다. 그리고 여기선 알릭스 냄새가 난다.

알릭스의 집을 다시 다녀온 후 조시는 이상하게도 뭔가 기운이 난다. 남편을 본 건 그냥 보너스 정도랄까. 비록 알릭스가 뭘 보고 그 사람을 고른 건진 모르겠지만 말이다. 얼룩이 있는 안티크풍 유리 거울과 공작새가 그려진 화려한 벽지로 꾸민 아름다운 화장실, 고급스러운 핸드워시, 금색 고리에 걸린 부드러운 검은색 수건. 월터와의 연애 초기 시절이며 엄마가 얼마나 형편없는 사람인지 알릭스에게 이야기할 수 있었던 인터뷰는 또 어떤가. 지금까지 살면서 만난 이들 가운데 가장 흥미로운 여성이기라도 한 듯이 알릭스는 조시의 이야기에 완전히 매료된 얼굴이었다.

기왕 기운이 난 김에 조시는 에린의 방을 향해 걸어간다. 문에 귀를 대어보니 삐거덕대는 의자 소리, 버튼 클릭 소리, 이어폰 너머로 새어 나오는 작은 소리가 들린다. 켜켜이 쌓인 방 안의 냄새도 맡을 수 있다. 이렇게 계속 모른 척하고 있을 수만은 없다. 이런다고 자연히 해결될 일도 아니다. 조시는 문손잡이를 아래로 당기고 방문을 민다. 문이 조금 열리는가 싶더니 바닥에 뭔가 잔뜩 쌓여 있어서 더는 움직이지 않는다. 조시는 에린을 불러보지만 에린은 조시의 목소리를 듣지 못한다. 문을 조금 더 세게 밀자 문이 살짝 더 움직인다. 이제 에린의 옆모습이 조금 보인다. 낡은 양가죽 슬리퍼, 컨트롤러를 쥐고 있는 창백하고 뼈밖에 없는 손도 보인다. 안되겠다. 오늘은 아니다.

조시는 알릭스의 부엌을 떠올린다. 그 밝음, 다정함, 아이들 그림을 붙여두려 따로 남겨둔 벽면. 이제 조시는 에린과 록시가 방을 함께 쓰던 그때를 떠올린다. 핑크색 침대 두 개와 하트가 새겨진 흰색 옷장이 놓여 있던 그 방. 지금 에린의 게임 책상이 있는 자리에는 인형과 장난감이 가득 든 서랍이 놓여 있었다. 조시의 머릿속엔 잠자리에 들기 전 꼬마 숙녀 둘의 웃음소리가 아직도 생생하다.

조시는 눈을 감고 다시 문을 닫는다.

6월 29일, 토요일

알릭스는 현관 옆 수납장을 뒤지고 있다. 몇 년 전 축제에 갔을 때 주말 내내 비가 내린다는 예보에 샀던 판초형 우비를 찾는 중이다. 앞으로 며칠간은 화창한 여름날 대신 쌀쌀하고 비가 잦은 날씨가 이어진다고 했다. 알릭스는 우비를 찾아 옷 위에 걸친 후 일라이자를 부른다. 일라이자 친구 집에서 생일파티가 있어 데려다줄 참이다. 한 1.5킬로미터 거리 정도니 걸어가면 된다.

인도 곳곳에는 물웅덩이가 고여 있고 지나가는 차들의 젖은 노면을 지나는 바퀴 소리가 끊임없이 이어진다. 우비와 모자 때문에 알릭스는 조시보다 개를 먼저 알아본다. 조시네 개랑 같은 폼치네, 생각하던 차에 비에 젖어 얼룩진 데님 슬립온과 비슷한 스타일의 벨트, 데님 천 같은 프린트의 우산을 보고 알릭스는 그제야 조시를 알아본다. "조시!"

조시가 눈을 끔벅인다. "알릭스! 어쩐 일이에요!"

"개 산책시키기 좋은 날씨는 아니네요." 알릭스가 말한다.

"그러니까요. 저야 비 그칠 때까지 하루 종일 기다릴 수 있지만 그럼 프레드는 산책을 하나도 못 하게 되니 어쩔 수 없죠. 어디 가는 길이에요?"

알릭스가 일라이자의 어깨에 손을 얹고 말한다. "애 친구 생일파티에 데려다주러 가는 길이에요. 조금만 더 가면 돼요."

애틋한 듯이 조시의 눈가가 촉촉해진다. "그렇군요. 몇 살이에요?" 조시가 묻는다.

"열한 살이요."

"엄청 신나겠네? 즐거운 시간 되렴."

"당이랑 틱톡 효과로 아마 두 시간쯤 후 집에 오면 에너지가 천장을 뚫을 기세겠죠."

"재밌게 놀고 와. 알릭스도 즐거운 주말 보내고요. 다음 주에 봐요."

"네, 다음 주에 봐요."

길을 걸어가며 일라이자가 알릭스에게 묻는다. "저 여자는 누구예요?"

"아, 팟캐스트 때문에 엄마가 요즘 인터뷰하는 사람이야."

"왜? 별로 재밌는 사람 같진 않은데. 개는 빼고요."

"그렇긴 한데, 사실 그게 핵심이랄까. 겉으로 보기엔 흥미로운 사람 같지 않아도 알고 보면 제각각 흥미로운 이야깃거리를 가지고 있더라, 이거지. 그 이야기를 끌어내는 게 관건이고 말이야."

알릭스는 일라이자를 데려다주면서 잠시 머물러 다른 엄마들과 차 한잔과 담소를 나눈 후 파티 장소를 나선다. 물웅덩이를 피해 우산 사이를 뚫고 집으로 향하는 길에 아까 조시를 만났던 곳을 지나치다가 알릭스는 깜짝 놀라 걸음을 멈춘다. 조시가 아직 거기 그대로 서 있다.

"어머, 조시. 비가 이렇게 오는데 여기서 뭐 해요?"

"모르겠어요. 그냥……."

조시가 말끝을 흐린다. 곧이라도 울음을 터뜨릴 것처럼 좀 이상하다.

"괜찮아요?"

"네. 괜찮아요. 그냥…… 요즘에 알릭스랑 같이 이야기 나누면서 마음이 여러모로 복잡해져서요. 오랫동안 느끼지 못했던 감정들이거든요. 그동안 무덤덤해졌던 모양이에요. 방금 알릭스가 귀여운 딸이랑 같이 있는 걸 보니까 그냥…… 저도 사실 정말 모르겠어요, 진짜 모르겠어요. 그냥 발걸음이 떨어지지 않았어요. 말도 안 되는 소리 같죠?"

"아니에요, 조시. 전혀 그렇지 않아요. 무슨 말인지 다 알아요. 저기, 일단 비부터 피하자고요. 우리 차 한잔해요. 아님 더 센 거 마시고 싶어요?"

알릭스는 조시를 가장 가까운 카페로 데려가 자리에 앉히고 카운터로 가서 카푸치노 두 잔을 주문한다. 함께 주문한 초콜릿 쿠키 두 개를 들고 알릭스는 자리로 돌아온다.

그러나 조시가 보이지 않는다.

오후 4시

조시는 뼛속까지 흠뻑 젖은 채로 집에 돌아온다. 일단 개를 수건으로 감싸 털을 말리고 몸을 덥히려 차 한잔을 준비한 다음 거실로 향한다. 맨발이 바닥에 달라붙으며 소리를 낸다. 거실에서는 월터가 소파에 앉아 축구를 보고 있다.

"다 젖었네."

"응. 무슨 생각으로 이 빗속에 나갔나 몰라."

개가 원하는 것이 있는 듯한 눈빛으로 소파를 쳐다보자 월터가 개를 향해 말한다. "안 돼. 너 냄새나. 여긴 안 돼."

조시가 개를 들어 가슴팍에 안는다. 조시는 월터가 개한테 엄하게 구는 것이 맘에 들지 않는다.

조시는 멀찌감치 소파 반대쪽에 떨어져 앉아 멍하니 축구를 본다. 조시는 축구 경기의 그 소리들이 싫다. 남자들의 둔탁하고 단조로운 고함 소리, 끊임없이 옥타브를 오르내리는 중계진 목소리, 호루라기 소리와 드럼 소리가 모두 악몽에나 나올 법한, 피도 눈물도 없는 살인 병기들이 진격하는 소리 같다. 조시가 월터 집으로 들어온 후 지난 27년간 주말마다 조시에겐 축구 경기 소리가 곧 배경음악이었다. 조시도 처음엔 월터와 함께 게임을 보고, 축구에 대한 애정을 표하고, 응원하는 팀이 점수를 넣으면 환호하고 지면 좌절하는 척했다. 아니, 척은 아니다. 당시엔 진심이었다. 그 당시 조시의 모든 생각과 행동과 욕망과 관심은 월터의 시선을 통해 결정되었다. 처음 두 사람이 함께한 순간부터 조시가 원한 건 단순했다. 월터를 기쁘게 하는 것, 그가 생각하는 조시라는 인물의 이미지에 부합하는 사람이 되는 것, 그의 꿈이 현실이 되도록 하는 것.

조시가 차를 다 마시고 부엌으로 빈 컵을 들고 간다. "나 들어가서 좀 누울게." 조시가 말한다. "오한이 좀 드네."

월터가 걱정 어린 눈빛으로 조시를 쳐다본다. "아이고. 당신 감기 걸리면 안 되는데."

"괜찮을 거야."

"렘십* 좀 갖다줄까?"

"아냐, 말이라도 고마워. 사랑해."

"나도 사랑해." 월터의 목소리 끝이 갈라진다, 화면 속에서 뭔가 흥미진진한 상황이 전개되는지 월터의 관심은 이미 조시를 떠나 있다.

조시는 개를 데리고 안방으로 가서 문을 닫는다. 조시는 갑자기 한 방 맞고 나가떨어진 기분이다. 대체 무슨 영문인지조차 모르겠다. 방금 전 한 시간은 기억이 희미하다. 비가 퍼부었고, 판초 우비를 입은 알릭스가 나타났고, 알릭스의 딸은 호기심 어린 눈초리로 조시를 쳐다보았고, 그리고…… 그 후의 일은 전혀 기억이 없다. 그런 다음 조시가 커피숍에 앉아 있는 동안 알릭스는 주문을 했고, 알릭스의 우비에선 빗방울이 반짝였고, 그리고 조시는 창밖에서 무언가를 발견했다. 그게 뭐였을까? 조시는 자신이 없다. 그 순간엔 록시라고 생각했다. 분명히 록시였다. 조시는 개를 안고 가방을

----

* 영국 감기약 브랜드.

챙겨 밖으로 뛰쳐나갔지만 록시의 흔적은 없었다. 진짜였을까? 아니면 그냥 기억의 투영이었을까? 그림자? 그냥 록시와 비슷한 사람이었나?

조시는 침대에서 휴대폰으로 알릭스의 팟캐스트 채널을 검색한 다음 아무 에피소드나 하나 골라 틀어놓고 알릭스의 목소리로 거실에서 들려오는 축구 팬들의 소음을 덮는다.

7월 1일, 월요일

조시는 헤드폰을 쓰고 하트 FM을 듣는다. 테이크 댓의 「그레이티스트 데이Greatest Day」가 한창 벅차오르는 클라이맥스를 향해 달려간다. 위잉 재봉틀 소리, 덜컹대는 지하철 소리, 동료들의 수다 소리, 손님들의 시끄러운 말소리가 헤드폰 사이로 새어 들어오지만 조시는 음악에 집중한다. 이 노래를 들으면 조시는 어쩐지 긍정적인 에너지와 확신이 생긴다. 주말의 기억은 희미하다. 주말 동안 조시는 대부분의 시간을 침대에서 보냈다. 월터는 조시가 여름감기에 걸렸다며 음식과 마실 것을 가져다주었다. 조시 대신 프레드 산책도 시키고 밥도 주었다. 그러나 오늘 아침 일어났을 땐 다시 활기가 돌고 일상으로 돌아온 기분이 들어, 출근하지 말고 집에서 쉬라는 월터의 만류에도 불구하고 출근을 했다.

오후 3시, 쉬는 시간에 조시는 코코아 파우더로 핫초콜릿을 탄 다음 알릭스에게 보낼 메시지를 적는다.

‘토요일 일은 미안해요. 여름감기에 걸렸어요. 주말 내내 오한이 나서 침대에 있었어요. 약간 섬망이 왔었던 것 같아요! 지금은 괜찮아졌으니 알릭스를 만날 수 있어요. 내일 아침도 괜찮고요.’

잠시 후 알릭스에게서 답장이 온다.

‘몸이 안 좋았군요. 그날 확실히 조금 상태가 좋지 않아 보이긴 했어요. 그럼 조시만 괜찮다면 내일 오실래요?’

조시가 기쁘게 답한다.

‘그럼요. 그럼 내일 봐요.’

7월 2일, 화요일

"월터는 어떤 일을 하나요? 지금은 은퇴했죠?" 녹음을 시작하며 알릭스가 묻는다.

조시가 한숨을 쉰다. "좋은 질문이네요." 조시가 대답한다. "딱히 하는 일은 없어요. 그냥 집에 있으면서 온라인으로 뉴스 보고 스포츠 보고 가족들한테 이메일도 쓰고, 그 정도로도 만족하는 것 같아요."

"가족 누구한테 이메일을 써요?"

"아, 아들들이요. 이제 30대거든요. 캐나다에 살아요."

"두 명 다요?"

"네. 아이들 엄마가 월터랑 헤어지면서 아이들 데리고 이민 갔어요. 그 이후로 월터는 아들들을 만난 적이 없고요."

"그때 아이들 나이가 몇 살이었는데요?"

조시가 어깨를 한번 으쓱하고 만다. "열 살, 열두 살이요. 영국을 떠날 당시에요."

"그럼 월터는 아이들이 어릴 적 이후로는 전혀 그 아이들을 본 적이 없는 거네요?"

"없죠. 슬픈 일이에요. 하지만 전 부인이 아이들 근처엔 얼씬도 못 하게 했어요."

"왜요?"

조시가 다시 어깨를 으쓱해 보인다. "저랑 월터가 이렇게 된 것 때문에 많이 언짢았나 봐요."

가뜩이나 평범함과는 거리가 먼 조시와 월터 이야기에 더더욱 심상치 않은 요소를 알릭스가 그냥 지나칠 리는 없다. "저기 조시," 알릭스가 조심히 입을 연다. "이 이야기를 더 듣고 싶은데요. 물론 조시가 불편하면 안 해도 돼요. 혹시 방송했을 때 조시가 불편할 수 있는 내용은 뭐든 편집할 수 있다는 약속, 기억하죠?"

조시가 동의의 의미로 고개를 끄덕인다.

"그럼 월터가 유부남이었던 건가요? 조시가 월터를 만났을 당시에?"

잠시 침묵이 흐른다. 조시가 대답을 꺼려한다는 것을 알릭스도 충분히 느낄 수 있다.

"네." 조시가 대답한다. "맞아요. 하지만 전 몰랐어요. 나한텐 말 안 했으니까요. 얘길 했더라면 월터와 그런 사이가 되진 않았겠죠. 설마요."

"잠깐만요. 그날, 그러니까 조시의 열다섯 살 생일날, 월터가 조시를 펍으로 데려간 그날 이후 얼마나 지나서 월터가 유부남이란 사실을 알았나요?"

이번엔 더 긴 침묵이 흐른다. "꽤 오랫동안 몰랐어요." 마침내 조시가 입을 연다. "몇 년쯤 모르고 있었죠."

"몇 년이요?"

"네. 열여덟 살 때까진 월터가 유부남이란 사실을 몰랐어요."

"그럼 월터는 그때까지 전 부인이랑 살고 있었고요?"

"아뇨, 그건 아니에요. 그러니까 몰랐죠. 월터는 런던에 집이 있었어요. 부친한테 물려받은 아파트가 있었죠. 하지만 전 부인과 아이들은 런던이 아니라 에식스에 살고 있었어요. 주말이면 월터는 집에 갔고요. 좀…… 지저분했죠."

알릭스가 아무 말 없이 고개만 끄덕인다.

녹음이 끝났을 때쯤 비가 내리고 있어 알릭스는 조시에게 집까지 차로 태워다주겠다고 한다. 조시를 내려준 후 알릭스는 조시가 모퉁이를 돌아 집으로 들어가는 모습을 지켜본다. 이 길은 알릭스에게도 익숙하다. 패딩턴과 킬번을 잇는, 쥐가 출몰하는 길. 바로 저기 조시가 얘기한 것처럼 아파트 형태로 개조된 거대한 빅토리아 양식 빌라들이 더러운 매연을 막아줄 나무 하나 없이 인도에 딱 붙어 초라하게 줄지어 서 있다. 조시는 버스 정류장 뒤편에 있는 집 문을 열고 들어간다. 창가에 앉아 있는 월터를 보니 새삼 월터의 나이를 실감할 수 있다. 알릭스는 소녀 조시에게 키스하는 잘생긴 중년 남자의 모습을 상상해보려고 하지만 쉽지는 않다. 세월은 그에게 가혹했다. 조시가 들어오자 월터의 얼굴에 작은 미소가 번진다. 월터는 조시를 향해 무어라 말을 한 다음 다시 노트북에 열중한다. 조시는 개를 안고 창가에 잠시 나타났다가 뒤를 돌아보더니 다시 사라진다. 월터가 앉아 있는 창가 옆에는 다른 창문이 하나 더 나 있는데, 이 창에는 데님 커튼이 반쯤 열려 있다. 커튼 사이로 옷장 모양과 문이 보인다. 저 문 너머 어디엔가 에린이 있겠지. 열여섯에 집을 떠난 동생 록시한테 팔이 부러뜨려졌다는, 아직 이 집에 살고 있는 언니 에린.

때마침 그 집 앞에 멈춰 선 버스 덕분에 알릭스도 정신이 든다. 알릭스는 기어를 바꾸고 집으로 향한다.

알릭스는 부엌에서 노트북을 열고 조시의 주소를 검색한다. '월터 페어'도 검색어에 함께 넣어보지만 별다른 결과는 없다. '조시 페어', '에린 페어', '록시 페어'를 함께 검색해봐도 마찬가지다. 예상한 대로다. 세계 인구의 90퍼센트가 그렇듯 알려지지 않은 사람들이다. 소셜미디어 곳곳에 그렇게 끈적하게 지문을 남기는 요즘 같은 시대에도 여전히 대부분의 사람들은 인터넷에서 그 흔적을 찾을 수가 없다. 알릭스는 조시의 주소를 구글 지도에서 검색한 후 조시네 집 앞 스트리트뷰를 살펴본다. 무엇을 찾는 것인지 알릭스 자신도 미처 알지 못하면서 말이다.

7월 4일, 목요일

조시는 조거 팬츠와 티셔츠 차림으로 데님 재킷을 걸치곤 거울을 본다. 10대 때부터 입던, 월터와 함께 펍에 갔던 열다섯 살 생일날에도 입었던 청재킷이다. 팔꿈치와 소매는 해졌지만 그래도 관리를 잘해서 아직 충분히 입을 수 있다. 이건 조시에게 행운의 재킷이었다. 조시의 인생이 180도 달라졌을 때, 그러니까 멋모르는 남자애들과 미지근한 사과주나 마시던 소녀에서 진짜 남자, 그것도 어여쁜 아기들과 침실 두 개짜리 아파트를 가진 진짜 남자의 사랑을 차지한 소녀가 되었던 그때 입었던 재킷이니까 말이다. 그러나 그 소녀는…… 그 소녀의 모습은 이제 찾을 수가 없다. 더는 진짜가 아닌, 평면적인 종이인형이 되어버렸다. 기억 속에서조차 더는 형체를 찾을 수 없게 되어버렸다.

조시는 재킷을 획 벗어 던지고 다시 거울을 본다. 별 노력 없이도 조시는 몸매를 유지하고 있다. 나쁘지 않다. 알릭스랑 비슷한 옷을 입으면 그럴싸해 보일 것이다. 조시는 옷장을 뒤지며 데님 소재가 아니고 색도 회색이 아닌 옷을 찾아본다. 데님은 대체 왜 이렇게 많은지. 언젠가 무척 날씨가 더웠을 적 레이크 디스트릭트에서 수영복 위에 입으려고 샀던 하늘하늘한 검정 셔츠가 눈에 띈다. 조시는 티셔츠와 조거 팬츠 위에 그 검정 셔츠를 걸치고 이쪽저쪽으로 돌아본다. 이 정도면 괜찮다고 생각하며 조시는 데님 재킷을 옷장 속에 다시 넣는다. 서랍에서 선글라스를 꺼내 머리 위에 끼우고 월터가 언젠가 생일선물로 사준 링 귀걸이 대신 달랑거리는 터키석 귀걸이를 찬다.

개 산책시키러 나갈 준비를 하는 조시를 월터가 흘긋 쳐다본다.

"휴가 가는 사람 같네."

"내가?"

"응. 영락없이 피서객이야."

"날씨가 좋잖아. 공원에 좀 있다 올까 해서. 아이스크림도 사 먹고."

월터가 창밖을 확인하더니 다시 조시를 쳐다본다. "좋은 생각인데. 나도 같이 가지."

조시는 약간 기운이 빠진다. "그게 실은," 조시가 말한다. "거기서 친구를 만나기로 했어. 애들 다니던 학교, 그 학부형 엄마 있잖아."

월터가 눈을 가늘게 뜨고 조시를 바라본다. "학부형 아빠를 만나는 건 아니지?" 장난기 어린 목소리였지만 조시는 그 아래 얇은 분노의 날이 서 있는 것을 알고 있다.

조시도 장난스럽게 대꾸한다. "세상에 월터, 그런 소리 하는 걸 보니 당신 정말 학교에서 다른 아빠들 한 번도 못 봤구나!"

월터가 천천히 고개를 끄덕이더니 다시 안경을 쓰고 화면으로 시선을 돌린다. "재밌게 놀다 와. 이따 봐."

조시는 개 목줄에 끈을 끼우고 아파트를 나선다.

***

"어머!" 그로부터 15분 후 현관 앞에 서 있는 조시를 위아래로 훑어보며 알릭스가 말한다. "데님이 아니네요!"

"네." 조시가 밝은 목소리로 대답한다. "오늘은 안 입었어요. 그럴 기분이 아니더라고요."

"기회가 되면 데님에 대해서도 한번 얘길 들어보고 싶은데, 괜찮을까요?"

"네. 저도 그 이야기 한번 하고 싶어요."

조시는 두리번대며 혹시 빨간 머리 남편이 집에 있지는 않은지 확인한다. 오늘은 집에 없는 듯하다. 집안은 조용하고 정적이 흐른다. 알릭스와 조시, 이렇게 둘뿐이다.

"남편분은 다시 출근했어요?"

"네." 알릭스가 고개를 끄덕이며 웃는다. "집에서 일하는 날은 거의 없어요."

"무슨 일을 하는데요?"

“상업용 부동산 리스 중개요. 거의 시티 지역 위주로요.”

“스트레스가 많을 것 같은 일이네요.”

“그렇죠, 여러 모로요. 정말 열심히 일해요.”

“하지만 그만큼 보상도 확실한 것 같은데요.” 조시가 개방형 부엌을 둘러보며 말한다.

“맞아요. 우린 운이 참 좋은 편인 거죠. 다른 사람들도 대부분 열심히 일하지만 모두가 이런 집에 살 수 있는 건 아니니까요.”

“이 집 정말 좋아요.”

“고마워요.”

“꼭 아름다워서만은 아니고요. 아니, 아름다운 건 맞는데 그보다 아늑한 느낌이 있다고 할까요. 잡지에 나오는 그런 집이 아니라 진짜 집 같아요. 그리고 아주…… 알릭스다운 집이고요.” 조시는 크림색 대리석 조리대를 손으로 훑어본다. “우리 집은,” 조시가 말을 잇는다. “한 번도 내 집같이 느껴진 적이 없었어요. 늘 월터의 집 같았죠. 가구도 전부 월터 것, 물건도 다 월터 것들이고요. 게다가 시에서 관리하다 보니 사실상 집에 돈을 쓸 수도 없어요. 주변을 둘러보면 다른 사람들 것뿐이죠. 그리고 월터는 벽에 뭘 거는 걸 싫어해요. 장식품 같은 것도 싫어하고요. 내가 좋아하는 걸로 채울 수 있는 이런 공간이 있다면 꿈만 같을 거예요.”

“조시가 좋아하는 건 뭔데요?”

“그게 또 문제인데…… 저도 제가 뭘 좋아하는지 모르겠어요. 정말로요. 그냥…… 방향을 잃어버린 것 같아요. 아니,

사실 저도 이제야 깨닫는 중인데, 애초에 저한텐 방향이란 게 없었던 것 같아요. 아직 너무 어릴 때 삶의 주도권을 월터에게 넘겨주고 난 후론 스스로 어떤 사람인지 알아갈 기회조차 가진 적이 없으니까요.”

조시는 울음이 터질 것 같은 기분이 들자 자세를 바로 하고 앉는다. 그러곤 알릭스를 쳐다보며 최대한 밝은 미소를 짓는다.

“이제부터 찾으면 되죠. 아직 늦지 않았어요.” 알릭스가 말한다. “자, 갑시다.” 알릭스가 조시를 스튜디오로 안내한다. “바로 시작하죠.”

〈버스데이 트윈〉

넷플릭스 오리지널 시리즈

(재연 장면. 나이 든 남자를 따라 하얀색 건물로 들어가는 젊은 여자. 여자는 데님 재킷을 입고 있다.)

(알릭스 서머 팟캐스트에서 발췌한 조시의 음성이 재생된다.)

(자막) **2019년 7월 4일, 알릭스 서머 팟캐스트 녹음본**

조시: 아파트로 처음 초대를 받은 건 열여섯 살 때였어요. 열다섯 생일날 펍에서 데이트를 한 지 딱 일 년째 되는 날이었죠. 피자를 먹고 나서 선물을 주겠다고 했어요. 그전까진 한 번도 그곳에 가

본 적이 없었어요. 늘 밖에서 만났죠. 아니면 빌라 단지 내에 있는 그의 현장사무소에서 다른 직원들이 퇴근한 후에 만나거나요. 그때까진 그냥 키스 정도만 하고 이야기 나누는 게 다였어요. 언젠가는 나한테서 키스 이상을 원할 거란 생각은 늘 하고 있었기에 완벽하게 준비하라고 분명히 얘기는 해뒀어요. 그래서 그는 샴페인을 준비했죠. 음악도요. 커튼을 치고 촛불을 켰어요. 그가 약혼반지를 내밀며 청혼을 했죠. 나는 승낙했고요. 당연했어요. 그리고 내가 열여섯 살이 된 지 약 12시간 후 나는 더 이상 처녀가 아니었죠.

7월 5일, 금요일

알릭스의 문 앞에 웬 젊은 남자가 서 있다. 잠시 후에야 알릭스는 그 얼굴을 알아본다. "어머, 해리구나! 안녕! 잘 지냈어?"

해리는 이웃집 부부의 아들이다. 어린 시절부터 보아온 해리지만 이제는 성인이 되었고 벌써 대학 졸업반이다. 알릭스는 한동안 해리를 보지 못했다.

"네. 잘 지내셨어요?"

"그럼. 무슨 일이 있는 건 아니지?"

"그런 건 아니고요. 지금 막 집에 왔는데 엄마는 안 계시고, 저녁때나 돼야 오신다는데 제가 열쇠가 없어서요. 엄마 말로는 이 댁에 여벌 열쇠가 있을지도 모른다고 하시더라고요."

"아." 알릭스가 이웃집들 여벌 열쇠를 모아둔 콘솔을 쳐다보며 말한다. "그러네, 우리 집에 있을 것 같아. 잠깐만."

알릭스는 콘솔 서랍을 뒤져보지만 열쇠는 보이지 않는다. "잠깐 들어와. 부엌에 있나 보다."

알릭스를 따라 집 안으로 들어온 해리는 알릭스가 다른 서랍을 확인하는 동안 부엌 입구에 어색하게 서서 기다린다. 드디어 이웃의 이름을 흘려 써놓은 봉투 안에 든 열쇠를 찾아낸다. "아하!" 알릭스가 팔을 쭉 뻗어 열쇠를 내민다. "자, 여기. 너희 부모님이 이 열쇠를 맡기셨을 때 네가 한 열 살쯤이었던 것 같은데. 미국으로 자동차 여행 떠났을 때 말이야. 기억나?"

"하." 열쇠가 든 봉투를 받아 들며 해리가 말한다. "네, 기억나요. 감사합니다."

"별것도 아닌데 뭘." 알릭스는 다시 해리를 현관으로 안내하다가 문득 한 가지 생각이 떠올라 복도에서 걸음을 멈춘다. "참, 해리. 너희 형제가 퀸즈파크 고등학교를 다녔지?"

"네, 맞아요."

"네가 지금 몇 살이지?"

"스물한 살이요."

"혹시 너희 학교 같이 다녔던 아이들 중에 에린이랑 록시 페어라는 자매 기억나?"

알릭스는 해리가 대답을 준비하는 동안 그의 얼굴을 조심스레 살핀다. "어휴, 걔네요. 그럼요, 기억하죠." 해리가 삐딱한 미소를 지으며 말한다. "록시랑 같은 학년이었어요. 걔는 제정신이 아니었어요."

"제정신이 아니었다고?"

"네. 무시무시했죠."

"흥미로운 얘기네. 어떤 식으로?"

"그냥 무서웠어요. 왜 좀 드세고 공격적인 애들 있잖아요."
해리가 고개를 들고 알릭스를 쳐다본다. "잠깐, 혹시 아는 사이세요?"

"아니. 한 번도 만난 적 없는 사이야. 그 애 엄마는 알지."

"아, 네."

"록시가 열여섯 살 때 집을 나갔다더라고."

해리가 다시 알릭스를 쳐다본다. "집을 나가요? 도망친 거 아니고요?"

"도망을 쳐? 왜?"

"글쎄요. 걔에 대해 소문이 많았거든요. 그 자매 둘 다 소문이 많이 돌았죠. 집안 사정에 대해서도 그렇고요. 좀 좋지 않은 소문이요."

"이를테면……?"

"잘은 몰라요. 가정 내 학대 같은 거겠죠? 록시 언니 에린도 진짜 이상했어요. 진짜 제가 지금까지 본 사람 중에 제일 이상했다니까요. 한 번도 얘기를 나눈 적은 없지만 자주 마주쳤는데 눈도 이렇게 엄청 짙은 갈색이고 체구도 무척 말랐었어요. 소문에는 일반적인 음식은 전혀 안 먹고 평생을 아기 이유식 같은 부드러운 음식만 먹는대요." 해리는 손에 든 봉투를 다른 한 손 위로 기울이며 알릭스를 향해 환히 웃는다. "열쇠 감사해요. 다음에 다시 가지고 올게요. 혹시라도 11년 후에 다시 필요할 일이 있을지도 모르니까요. 그럼 안녕히 계세요."

"그래." 알릭스가 문을 닫으며 말한다. "안녕."

7월 6일, 토요일

조시는 지난주 앨릭스를 우연히 마주쳤던 곳을 다시 찾는다. 분명히 그때 조시는 록시가 이 커피숍 앞을 지나가는 걸 봤다. 최소한 그렇게 생각했다. 조시는 커피를 사서 야외 좌석에 앉는다. 7월 초 아직 여름은 한창인데도 구름 긴 서늘한 날씨에서 마치 9월 여름 끝자락의 아쉬운 공기가 느껴지는 것 같다. 조시도 알고는 있다. 조시가 지난주에 본 건 록시가 아니다. 99퍼센트 조시가 만들어낸 환영이다. 그렇다 하더라도 1퍼센트의 확률은 남아 있는 것이다. 록시가 꼭 아니란 법 있나? 한때 이 세계에 존재했으니 지금 이 세계에 록시가 존재하지 않을 거란 이유도 없거니와 록시가 살고 있는 세계가 여기 조시가 앉아 있는 샐스버리 로드 카페에서 몇 발짝 떨어진 곳이 아니라고 할 이유도 없는 것이다.

조시는 커피를 홀짝이며 멍하니 길 건너편을 바라본다. 젊은 여자가 지나가면 전부 한 번씩 얼굴을 확인해본다. 프레드가 스탠더드 푸들을 보더니 미친 듯이 짖기 시작한다. "쉿." 조시가 개의 귀에 속삭인다. "그만."

조시는 최대한 천천히 커피를 마시곤 이제 한숨을 쉬며 자리에서 일어난다.

조시는 록시를 보지 못했다.

그 깨달음에서 오는 공허함이 뱃속 깊숙한 곳을 파고든다.

이내 그 빈자리에 재빨리 안도감이 채워진다.

이제 거의 한낮인데도 알릭스의 집은 조용하다. 아무도 없는 모양이다. 거리를 둘러봐도 알릭스의 차는 보이지 않는다. 조시는 대담해져서 알릭스의 집 앞까지 다가가 블라인드 틈으로 집 안을 살펴본다. 조시는 한 번도 거실을 본 적이 없다. 알릭스는 늘 조시를 현관에서 곧장 부엌으로, 그리고 정원으로 안내한다. 구름처럼 몽실몽실한 고양이가 의자에 둥글게 몸을 말고 앉아 있다. 조시는 하늘색 문 옆에 난 창문으로 집 안을 훔쳐본다. 계단에는 우편물이, 콘솔 테이블 아래는 신발들이 쌓여 있고 브라스 화분엔 뾰족한 식물이 꽃을 피웠다. 조시는 서두르지 않고 느긋하게 좀 더 시간을 갖고 집 안 곳곳의 디테일을 살펴본다. 온 가족이 함께 우비 차림으로 해변에서 찍은 사진이 보인다. 알릭스는 모자를 쓰고 있는데 모자 밖으로 빠져나온 머리카락 한 가닥이 바람에 날려 이마 한가운데를 가리고 있다. 빨갛게 탄 네이선은 조금 우스꽝스러워 보인다.

길가에서 차 소리가 들려 조시는 뒤를 돌아본다. 알릭스

가족은 아니다. 그러나 아드레날린이 솟구치기 시작한다. 알릭스네 가족도 곧 돌아올 것이고 조시가 왜 여기 있는지에 대한 그럴싸한 설명은 없다. 알릭스를 다시 만나는 날까지 알릭스에 대한 욕망을 채워줄 무언가를 찾아 조시는 다급하게 주변을 둘러본다. 조시는 알릭스의 분리수거함을 뒤지다가《리빙 etc》라는 잡지를 찾아낸다. 유광의 반짝이는 커버에 아름다운 집 사진이 많은 잡지다. 조시는 잡지를 가방에 집어넣고 집으로 향한다.

오후 4시

"음, 알릭스?"

"응." 알릭스가 대답한다. 네이선이 부엌 테이블에 앉아 휴대폰 화면을 들여다보며 미간을 찌푸리고 있다.

"이 사람 자기 친구 조시 아니야?"

알릭스가 하던 일을 멈추고 네이선 쪽으로 다가온다. "뭐라고?"

네이선이 알릭스에게 휴대폰 화면을 보여준다. "링* 앱인데, 우리 아까 아버지 뵈러 나갔을 때 12시쯤 집 앞에서 움직임이 포착됐다는 거야. 근데 이거 그 여자 아냐?"

알릭스가 네이선 옆으로 다가와 휴대폰을 채어간다. 맞다. 분명히 조시다. 처음엔 블라인드로 거실을 들여다보더니 그 다음엔 현관 옆 작은 창문으로 복도를 훔쳐보고 있다. 조시

---

* 보안 카메라 애플리케이션.

의 얼굴이 카메라에 비쳤다 사라졌다 한다. 중간에 조시가 약간 방향을 틀자 카메라 화면에 정면으로 개 얼굴이 잡히는데 곤충같이 커다란 눈이 더욱 도드라진다.

"그냥 들렀는데 혹시나 해서 들여다봤나 보지." 알릭스가 말한다.

"아니 이상하잖아." 네이선이 화면을 가리킨다. "여기 이렇게 한참을 서 있는데? 그것도 창문으로 남의 집 안을 훔쳐보면서? 대체 뭐 하는 거냐고?"

알릭스는 영상을 쭉 지켜본다. 째깍째깍 시간은 흘러가지만 조시는 그 자리에 그대로 서 있고 아무리 생각해도 딱히 마땅한 이유를 생각할 수가 없다.

"이건 어떻게 설명할 건데?" 네이선이 말한다. "이게 제일 이상해. 이다음에 뭐 하는지 잘 봐."

알릭스는 영상을 보고도 이해가 되지 않는다. "잠깐만. 앞으로 조금 돌려봐." 알릭스의 말에 네이선이 영상을 되감는다. 그래, 여기다. 알릭스는 다시 영상을 확인한다. 영상 속 조시는 분리수거함을 열어 잡지를 꺼내더니 그걸 잽싸게 자기 가방 안에 넣고 자리를 뜬다.

"세상에." 알릭스는 말문이 막힌다.

저녁 7시

그날 저녁 알릭스는 우버 뒷좌석에 네이선과 나란히 앉아 친구의 생일파티 참석차 액턴으로 향한다. 알릭스는 네이선과 조시 이야기를 나누고 싶기도 하지만 또 한편으론 이 일을 어떻게 처리할지 네이선의 의견에 영향을 받고 싶지 않다. 이 프로젝트는 짜릿하기도 하지만 무섭기도 하다. 알릭스는 전혀 모르는 이방인에게 문을 열어주었다. 그 여자를 집에 들였고 그녀로 하여금 알릭스의 사생활을 들여다볼 수 있게 해주었다. 지금까지의 선택에 대한 책임은 오롯이 알릭스 자신의 몫이고, 이제 알릭스는 자신의 선택이 본인 혹은 가족들에게 해가 될 경우 그 부정적 결과에 대해서도 전적으로 책임질 준비가 돼 있는지 결정해야 한다. 네이선과 이야기를 나눠봤자 그가 뭐라고 할지는 뻔하다. "정리해. 안한다고 해. 끝내." 그리고 그 말을 무시했다가 나중에 이 팟캐스트가 처절히 실패하면 네이선은 그러게 내가 뭐랬냐며 알릭스의 오판을 지적할 텐데, 알릭스는 개인적인 문제가 됐든 일적인 문제가 됐든 자신의 일을 스스로 결정하는 데 있어 남편 시선 따위를 미리 걱정하고 싶지는 않다.

만약 알릭스의 판단이 옳고 네이선이 틀렸다면, 이 팟캐스트는 알릭스의 경력에 있어 결정적인 작품이 될 수도 있을 것이다.

그날 밤 저녁 식사 자리에서 알릭스는 네이선을 유심히 지켜본다. 함께한 이들은 모두 네이선의 친구들이다. 지오바니는 네이선과 대학 때부터 알고 지낸 네이선의 가장 친한 친구이고, 나탈리는 지오바니의 파트너로, 알릭스와는 지오바니를 통해서만 알고 지내는 사이다. 자기 친구들과 함께 있을 때면 네이선은 신나고 에너지 넘치는 사람을 연기한다. 그리고 친구들의 기대에 부합하도록 에너지 레벨을 유지하기 위해 알릭스의 친구들이나 가족들과 있을 때에 비해 술을 두 배는 빨리 마신다.

보드카 한 병을 비운 후 지오바니가 새 보드카를 꺼내러 가는 것을 보고 알릭스는 불안해진다. 손님들 잔에 넘치도록 콸콸 쏟아붓는 술, 초점 없는 네이선의 눈, 한층 커진 목소리와 앞뒤가 맞지 않는 말, 지나치게 요란한 웃음소리. 이 밤이 어떻게 흘러갈지는 이미 뻔하다. 모두들 거나하게 취해 즐거운 밤을 보내는데 혼자만 입 꾹 다문 채 엄숙한 표정으로 앉아 있는 그런 아내가 되고 싶지는 않다. 알릭스도 테킬라 샷을 마시고 노래하고 춤추고 마음껏 웃고 싶다. 그러나 네이선이 이미 그 역할을 하겠다고 나선 이상 알릭스까지 그럴 순 없다. 둘 중 하나는 정신을 차려야 한다. 둘 중 하나는 성인답게 굴어야 한다.

밤 11시, 알릭스는 네이선의 귀에 속삭인다. "이제 베이비시터도 퇴근해야 해." 그러나 이미 네이선은 알릭스의 말이 들리지 않는 상태란 것을, 설사 들린다 해도 집에 돌아갈 생각은 전혀 없단 것을 알릭스는 알고 있다. 이제 네이선은 현재 시각 따위 아무런 의미가 없는 만취 상태에 접어들었다. 알릭스는 직접 우버를 불러 그 자리를 뜬다.

그로부터 한 시간 후 알릭스는 침대에서 휴대폰을 보고 있다. 술기운에 대담해진 알릭스는 조시에게 문자메시지를 보낸다.

'조시. 아까 우리 집에 다녀간 거 봤어요. 현관에 카메라가 달려 있거든요. 무슨 일 있는 건 아니죠?'

조시가 곧바로 메시지를 확인했는지 파란색 체크 표시가 없어지더니 답장을 쓰는 중인 모양이다.

'전혀요. 그냥 지나가던 길에 인사나 할까 하고 들렀어요. 걱정시켜서 미안해요.'

알릭스는 조시의 메시지를 잠시 들여다본다. 딱 봐선 별 뜻 없어 보이는 메시지지만 그 이상의 무언가가 있다. 하지만 밤도 늦었고 정말로 오늘 조시가 알릭스의 집 앞에서 보인 이상 행동에 다른 어떤 이유가 있다면 그건 다음에 직접 만나 이야기를 나누면 된다.

'걱정은요. 잘 자요.' 알릭스가 답장을 보낸다.

'알릭스도요.' 조시가 잠자는 이모티콘과 하트 이모티콘을 함께 보낸다.

알릭스는 휴대폰 화면을 끄고 책을 집어 든다. 그리고 술 기운으로 인한 불안과 공포가 곧 잠잠해지기를 기다린다.

자정

조시는 화면을 끄고 휴대폰을 내려놓는다. 알릭스에게서 문자를 받기 전 보고 있던 잡지를 다시 집어 들어 읽다 만 기사를 마저 읽는다. 미남 건축가와 인어공주 머리를 한 미인 아내 그리고 레이프라고 하는, 털이 덥수룩한 개가 함께 사는 케이프타운 근처 호숫가의 집을 소개한 기사다. 다른 한 손에는 잡지를 보면서 갖고 싶은 것을 적기 위한 메모장이 들려 있다. 지난 5월 할머니가 유언장에 조시 앞으로 3천 파운드를 남겼다. 지난 몇 년간 저축해둔 6천 파운드도 있다. 대부분 생활비는 월터의 연금으로 충당하기에 조시는 번 돈을 거의 쓰지 않는다. 이 돈으로 올빼미 모양 베이스의 조명이나 바다 물결 효과를 낸 파란 줄무늬 러그를 살 수 있을 것이다. 잘 익은 라즈베리 색 벨벳 담요, 크림색과 진한 파란색의 대조가 선연한 커다란 실크 쿠션도 살 수 있다. 물론 다른 것들도 살 수야 있지만 흥청망청 돈을 쓰고 싶지는 않다.

조시는 침대 옆자리를 쳐다본다. 월터는 침대에 없다. 조시는 어두운 감정을 삼키고 다시 잡지에 집중한다. 책장을 넘기는데 무언가가 떨어진다. 영수증이다. 6월 8일이면 조시의 생일이다. 물론 알릭스의 생일이기도 하다. 오전 10시 48분 플래닛 오가닉에서 알릭스는 해바라기유, 사워도 올리브 빵, 알프로 초코 우유, 오틀리 오트 우유. 유기농 피노 그리지오, 3.99파운드짜리 200그램 무가염 버터를 샀다.

두 사람이 처음 만나기 몇 시간 전 알릭스가 무엇을 했는지를 알려주는 이 영수증이 왠지 행운의 증표 같기도 하고 미래의 암시 같기도 하다. 조시는 영수증에 키스를 한 다음 다시 그것을 잡지 사이에 끼운다.

7월 8일, 월요일

"자," 알릭스가 녹음 데스크 건너편에 앉은 조시를 향해 웃으며 말한다. "오늘은 데님 얘기를 좀 해보죠. 괜찮을까요?"

"그럼요."

"조시가 거의 대부분 데님 소재 제품만 착용하더라고요. 오늘도 조시는 데님 스커트를 입었죠. 위에는 옅은 파란색 탑, 신발은 데님 캔버스 운동화이고요. 핸드백도 데님, 강아지 이동 가방도 데님 재질이에요. 데님을 이렇게 좋아하는 데 이유가 있어요? 아니면 무슨 원칙이라든가?"

"지난주 알릭스가 처음 얘기를 꺼냈을 땐 잘 모르겠더라고요. 왜일까? 그냥 늘 데님을 좋아했던 것 같아요. 실용적이니까요. 편하잖아요. 하지만 알릭스 말이 맞아요. 데님 재킷이야 다들 한 벌씩 갖고 있지만 데님 액세서리는 전혀 다른 얘기긴 하죠. 사실 우리 집 침실 커튼이 데님 재질이거든요. 그러니까 데님에 뭔가 의미가 있기는 하죠. 아마 월터와의 연애 초기 시절 탓인 것도 같아요. 월터와 첫 데이트 때 데님 재킷을 입고 있었거든요. 사귀기 시작하고 처음 한 2년 간은 데님 재킷을 정말 자주 입었는데, 그게 저한테는 우리 관계의 상징 같은 게 됐어요. 늘 손 뻗으면 닿는 자리에 있었어요. 의자 등받이에 걸쳐 있든 내 어깨에 걸쳐 있든. 공기가 차면 월터는 마치 내가 공주님이라도 된 것처럼 내 어깨에 재킷을 걸쳐줬죠. 한번은 월터가 내 재킷을 꼭 껴안더니 냄새를 맡으면서 막 낯간지러운 말을 한 적이 있는데, '이 재킷이 곧 자기야.' 이런 비슷한 말이었어요. 내 정체성이라도 되는 것처럼? 내 체취가 느껴진다는 듯이? 그래서 그 재킷에 아주 강력하고 중요한 존재감이 생겼고 저한테도 그 재킷이 일종의 행운의 아이템이 됐어요. 우리 사이를 더욱 가깝게 해준? 모르겠어요, 막상 설명하려니 더 바보같이 들리네요. 아무튼 그 후로는 늘 데님 소재를 입고 있으려고 했던 것 같아요. 저에 대한 월터의 감정이 변하지 않도록요."

알릭스는 어떻게 대답해야 좋을지 몰라 말이 없다. 머릿속에는 조시의 아파트 창가에서 본 노인의 모습만 자꾸 아른댄다.

"오늘 조시랑 월터 옛날 사진 가지고 왔어요? 그 사진 지금 한번 볼 수 있을까요?"

조시가 고개를 끄덕이곤 가방에서 봉투를 꺼낸다. "사진이 많지는 않아요." 조시가 덧붙인다. "이때는 스마트폰이 없었으니까 카메라로 사진을 찍어야 하는데 그때 당시엔 아직 우리 사이가 비밀스러운 관계다 보니 어디 다니며 사진을 늘 찍진 않았거든요. 그래도 두 장 찾았어요. 여기요.”

조시가 책상 건너편으로 사진을 건넨다. 한 장, 다른 한 장을 차례로 확인한 알릭스의 눈이 커다래진다. “와우.” 알릭스는 장난기 어린 표정으로 조시를 쳐다본다. “와우. 월터가 꽤나 매력남이었네요.”

조시의 얼굴이 붉어진다. “그렇긴 하죠.”

알릭스가 두 장의 사진을 다시 자세히 살펴본다. 첫 번째 사진에서 조시는 데님 재킷에 헐렁한 청바지를 입고 있다. 갈색 머리는 중간쯤 오는 길이에 한쪽만 핀을 꽂아 넘겼다. 립스틱을 바르고 있는 것 같다. 조시와 월터는 약간 거리를 두고 서 있는데 후드티에 청바지를 입고 야구모자를 쓴 월터가 조시를 살짝 내려다보며 환하게 웃고 있다. 두 번째 사진에서는 조시가 그의 무릎에 앉아 있다. 머리는 뒤로 넘겨 하나로 묶었고 월터의 가슴에 고개를 기댄 채 월터가 높이 든 카메라를 향해 환하게 웃고 있다. 풍성하고 반짝이는 머리칼과 맑고 부드러운 피부의 월터는 40대 초반이라기보단 30대 초반 정도로 실제 나이보다 훨씬 젊어 보인다. 두꺼운 팔뚝, 파란 눈동자. 지금 40대의 월터를 우연히 만난다면 알릭스 역시 그에게 매력을 느낄 거라는 생각이 들자 갑자기 뱃속이 기분 나쁘게 울렁거린다. 이해가 된다. 이제는 이해가 된다. 그리고 이해가 된다는 사실에 더욱 괴롭다. 조시는 어린애였고 그는 성인이었으니까. 그때는 전혀 소아성애자처럼 보이지 않고 지금은 그렇게 보인다 한들, 예나 지금이나 그가 소아성애자라는 사실은 변하지 않으니 말이다.

“조시가 정말 앳되네요.” 알릭스가 조시에게 사진을 돌려주며 말한다. “정말 어려요.”

“사실이니까요.” 조시가 대답한다. “제가 참 어렸죠…… 지금 생각하면 말도 안 되는 일이죠.”

“열세 살 조시로 다시 돌아간다면, 그러니까 월터를 만나기 직전의 조시로 돌아간다면, 어린 조시에게 무슨 얘기를 해줄 것 같아요?”

알릭스는 조시의 표정을 살핀다. 조시가 가볍게 고개를 떨궜다가 거의 힘겹게 다시 고개를 든다. “모르겠어요.” 조시의 목소리에서 떨림이 느껴진다. “정말로 모르겠어요. 그동안 월터와 함께한 시간이 나라는 사람을 만든 건 사실이니까요. 어린 나이에 아이도 낳았고 묵직한 인생 경험들도 해봤죠. 또래 여자아이들이 자기 인생에서 소중한 무언가를 찾느라 바보같이 젊음을 허비하는 동안 난 현실을 살았어요. 하지만 한편으론,” 고개를 들어 알릭스를 바라보는 조시의 눈빛에서 공허함이 느껴진다. “다른 한편으론 궁금하기도 해요. 많이 궁금해요. 특히 이제는 아이들도 다 컸고 나도 중년이 됐고 월터는 점점 나이를 먹고…….” 조시가 말을 멈추고 한숨을 쉬더니 알릭스를 정면으로 바라본다. 검은색에 가까운 조시의 눈동자에서 무언가 날카로운 반짝임이 스친다. “이게 다 무슨 의미인가 싶어요. 이 삶을 택하지 않았다면 어떤 다른 삶을 살았을지 궁금해요. 그러고 보니 열세 살의 나에게 이런 얘기를 해줄 수 있을 것 같네요. 멀리 달아나서 절대 뒤돌아보지 말라고요.”

오전 11시

"고양이 이름이 뭐예요?" 한 시간 후 녹음을 마치고 부엌으로 나왔을 때 조시가 묻는다.

"스카이요."

"스카이. 예쁜 이름이네요. 아직도 강아지 들일 생각이 있어요?"

"음, 그다지요. 지금은 조금 무리인 것 같아요. 밤잠 설쳐가며 강아지 훈련하는 것보다는 다른 중요한 문제들이 많아서요."

"문제라면 어떤?"

"아. 그냥……." 알릭스가 잠시 말을 멈추고 시선을 떨군다. 네이선의 최근 일에 대해서는 아무한테도, 언니와 동생한테도 얘기하지 않았다. 얘기를 꺼냈다간 네이선은 물론이고 네이선의 그런 행동을 용납하는 알릭스마저도 비난의 대상이 될 게 뻔했다. 고쳐야 한다고, 피하면 안 된다고, 어떤 조치든 취해야 한다고 알릭스를 몰아붙일 것이다. 알릭스는 지난 며칠간 조시가 털어놓은 이야기들을 생각하다 결국 자기도 모르게 입을 연다. "네이선 때문에요. 네이선이 참 사람은 좋거든요. 정말로요. 그런데…… 술 문제가 좀 있어요."

흠칫하는 조시의 반응이 알릭스의 눈에 들어온다.

"심한 중독은 아니에요. 평소에는 괜찮아요. 그러다가 일단 한번 마시기 시작하면 걷잡을 수가 없죠. 고주망태가 되도록 마셔요. 집에도 안 들어오고요."

고주망태.

예스러운 표현이긴 하다. 요즘 말로 분명 비슷한 표현이 있긴 할 텐데, 그 단어 말고는 딱히 네이선의 행동을 달리 설명할 표현이 떠오르지 않는다. 토요일 지오바니네 파티에서 네이선의 상태. 아마 알릭스가 최후통첩과 협박을 날리지 않는 이상 네이선은 달라지지 않을 것이다.

조시가 숨을 들이마신다. "문제이긴 하네요."

"문제죠." 알릭스가 대꾸한다. "문제예요."

"바람을 피우나요? 집에 안 들어오는 날에요."

알릭스가 화들짝 놀란다. "아니요, 설마요! 전혀 그런 건 아니고요. 바람을 피우려고 한들 그럴 수 있는 상태도 아닐 걸요. 물론 바람을 피울 리도 없고요. 그런 사람은 아니에요." 말은 그렇게 하면서도 알릭스의 머릿속에는 지난 생일날 밤의 기억이 스쳐 지나간다. 화장실 거울에 비친 자신의 모습, 허리를 감싸던 네이선의 팔. 알릭스는 제정신이냐고 쏘아붙였고, 네이선은 어둠이 짙게 깔린 소호의 밤거리로 사라졌다.

알릭스는 기억을 떨쳐내려 애쓴다.

조시가 강렬한 눈빛으로 알릭스를 쳐다본다. "어떻게 할 건데요?"

알릭스가 한숨을 쉰다. "모르겠어요. 아이들이 태어나기 전엔 자주 있던 일이라 저도 걱정이 많았었어요. 과연 아이들에게 제대로 아빠 노릇을 할 수 있을지 의문이었죠. 하지만 일라이자가 태어나고 네이선은 하룻밤 사이에 딴사람이 됐어요. 그걸로 끝인 줄 알았죠. 그러다가 2년 전부터 다시 시작됐어요. 마치 가장 힘든 육아기가 지났고 이제 소임을 다 했으니 말하자면…… '자유다!' 이런 느낌이랄까요."

두 여자는 말이 없다. 조시가 한숨을 쉬며 먼저 입을 연다. "남자들이란."

그리고 모든 감정들이 다시 제자리를 찾는다. 그냥 그렇게 당혹스러움과 분노와 상처를 자아내는 그런 행동에 대해 아무런 말도, 설명도, 이유도 필요 없는 상태가 된다. 그러게나 말이다. 남자들이란.

"알릭스." 조시가 다시 입을 연다. "데님 생각을 좀 해봤는데요. 이상해요. 나도 이상하다고 생각해요. 그렇게 오랫동안 집착했는데 더는 아무 의미가 없는 것 같아요. 나에 대한 월터의 감정도 더는 예전 같지 않죠. 이미 오래전부터 그랬어요. 월터는 이제 나랑 눈 마주치는 일도 거의 없어요. 그러니 그게 무슨 의미가 있겠어요? 그리고 마침 유산으로 받은 돈이 조금 있는데 그 돈으로 뭐랄까, 약간 새출발 같은 걸 하고 싶거든요? 옷을 사든지, 아니면 집을 새로 꾸미든지? 혹시라도 이상하게 듣진 말고요. 저기……." 조시는 손을 휘저으며 말한다. "알릭스는 늘 스타일이 좋으니까 혹시 언제 한번 나랑 쇼핑을 같이 가줄 수 있어요? 도와주는 차원에서요."

알릭스가 눈을 깜박이더니 미소를 짓는다. "당연하죠!" 알릭스가 말한다. "그럼요!"

알릭스가 선반 위의 시계를 쳐다본다. 아직 12시도 안 되었다. "모퉁이 쪽에 '컷'이라는 가게 알아요?"

"네. 어딘지 알 것 같아요."

"조시네 집으로 가는 길목에 있어요. 지금 들러도 괜찮을 것 같은데, 어때요?"

조시도 시간을 확인한다. "그래요. 좋아요."

정오

오며 가며 백 번은 지나쳤지만 한 번도 들어가본 적 없는 가게였다. 조시가 갈 만한 가게는 아니라는 이유였다. 이 가게 옷들은 가격도 비싸고 점원도 불친절하고 무례하며, 또 여기 오는 손님들은 죄다 콧대 높고 성질 나쁜 사람들일 거라고 막연히 짐작했었다. 하지만 막상 검은색 저지 원피스 가격표를 보니 39.99파운드*밖에 되지 않는다. 그리고 어린 여직원이 다가와 개를 보며 아기 대하듯 친근하게 묻는다. "어머나, 너무 귀여워요! 우리 아가씨 이름이 뭐예요?"

"아, 남자애예요." 조시가 대답한다. "이름은 프레드고요."

"프레드! 세상에, 이름도 귀여워요. 소피, 애 좀 봐!" 여직원은 또 다른 어린 여직원 동료를 부른다. 어린 여직원이 아기 대할 때 같은 소리를 내며 묻는다. "몇 살이에요?"

"한 살 반이요."

"어머, 아가네요!"

조시의 걱정과 달리 프레드는 젊은 여직원들을 향해 이를 드러내지 않는다. "그거 입어보시게요?" 소피라는 점원이 묻는다.

---

* 환율에 따라 차이가 있으나 한화로 8만 원 상당.

“어…… 네, 그럴게요.”

“탈의실에 걸어드릴게요. 혹시 도움 필요하시면 부르세요.”

“잠깐만요.” 알릭스가 여름 원피스 몇 벌과 니트 몇 벌, 빨간색 블레이저 스타일 재킷을 조시에게 건넨다. “이것들도 한번 입어봐요.”

조시는 알릭스에게 프레드를 맡기고 탈의실로 향한다. 조시는 자신이 고른 검정 저지 원피스부터 입어본다. 그러곤 너무 헐렁하고 몸매가 전혀 드러나지 않는 옷이라 바로 다시 옷걸이에 건다. 다음으로는 알릭스가 조시를 위해 고른 원피스 중 한 벌을 입어본다. 무릎까지 내려오는 잔잔한 꽃무늬의 브이넥 저지 원피스다. 가격표를 확인하니 49.99파운드, 충분히 살 수 있는 옷이다. 원피스 자체도 훌륭하지만 이걸 입으니 훨씬 예뻐 보이고 몸매도 살려주는 데다 어려 보여서 짜릿한 즐거움이 온몸을 흐른다. 뻣뻣한 데님이 아닌 부드럽고 찰랑거리는 재질이라 만졌을 때 느낌도 좋다. 조시는 다른 원피스, 다른 옷들도 차례대로 입어본다. 이렇게 입고 있으니 마치 딴사람 같다. 그리고 지금 거울에 보이는 이 사람처럼 보이고 싶다.

조시는 원피스 세 벌과 니트 두 벌, 빨간색 면 블레이저를 모두 들고 계산대로 간다. 점원 한 명이 계산을 하고 다른 한 명이 옷을 포장하는 동안 조시는 그저 놀란 모습으로 그 장면을 지켜본다. 가격은 모두 합해 398.87파운드다. 평생 이렇게 많은 돈을 한 번에 써본 것은 처음이지만 왠지 축제 분위기다. 알릭스와 점원들이 마치 조시를 응원하는 것 같고 오늘의 쇼핑은 그간 착실하게 살아온 과거에 대한 보상이자 상인 것 같다.

조시는 가게를 나와 알릭스와 인사를 나눈다. 여전히 어색하긴 하지만 그래도 알릭스 방식대로 포옹을 하고 헤어진다. 집으로 걸어가는 그 10분 동안 조시는 이 기분을 최대한 붙잡고 있으려 애쓴다. 집에 도착한 조시를 보고는 월터가 이상한 낌새를 눈치채도, 에린의 방에서 흘러나온 악취가 여기까지 느껴져도, 더러운 창문 너머로 버스 승객들이 조시네 집을 멍하니 쳐다보는 동안에도 ― 여기 사는 사람들이 어떤 사람들인지 그들은 그 실상을 조금도 알아채지 못할 것이다 ― 조시는 그 감정을 유지하려 애쓴다.

조시는 가방을 그대로 안방으로 가지고 들어가 원피스는 옷장에, 얇은 종이에 포장된 니트는 서랍에 넣고, 핸드백 포켓에서는 다이아몬드 금팔찌를 꺼낸다. 알릭스네 집 현관 옆 콘솔 테이블 위에 놓여 있던 것을 가져왔다. 조시는 팔찌를 손바닥에 올려두고 한참을 쳐다본다. 작은 다이아몬드 스톤들이 마치 반짝이는 웅덩이 같다. 조시는 팔찌에 키스를 한 후 속옷 서랍 깊숙이 넣는다.

그런 다음 며칠 전 새로 만든 핀터레스트 페이지에 접속한다. 싱글 여성으로 사는 것에 대한 멋진 문구들을 스크랩해둔 페이지다. 조시는 미녀 아내를 걱정과 분노와 불행 속에 방치한 채 자취를 감춘 알릭스의 남편을 떠올린다. 아까 조시에게 남편 이야기를 할 때 알릭스는 약한 모습을 보였다. 어쩌면 오늘 알릭스에게 필요한 건 그녀에게 선택권이 있다는 사실을 알려주는 것인지도 모른다. 조시는 밈을 스크롤하다가 그중 하나를 골라 알릭스에게 보낼 왓츠앱 메시지를 작성한다.

약한 남자는 강한 여자를 사랑할 수 없다.
그는 그녀를 감당하지 못한다.

밈 이미지 아래에는 하트 이모티콘과 이두박근 이모티콘을 잔뜩 넣고 전송 버튼을 누른다.

7월 9일, 화요일

알릭스는 휴대폰으로 조시가 어제 보낸 문자를 보고 있다. 검은색 정사각형 배경에 흰색 글씨로 '약한 남자는 강한 여자를 사랑할 수 없다. 그는 그녀를 감당하지 못한다'라고 쓰여 있는 이미지 말이다. 그 아래엔 이모티콘 여러 개가 달려 있었다. 알릭스는 눈을 가늘게 뜨고 이게 대체 무슨 뜻인지, 조시가 무슨 생각으로 이런 문자를 보낸 것인지 답을 찾으려 애쓴다. 잠시 후에야 알릭스는 자신에게 인생의 결단을 내리라고 독려하기 위해 조시가 이 밈과 문구를 보낸 것임을 깨닫는다. 그래서 알릭스는 엄지척 이모티콘을 넣어 보내기 버튼을 누른 다음 아이들과 나갈 채비를 한다.

"네이선, 내 팔찌 못 봤어? 당신이 내 생일선물로 사준 거?"

네이선이 집 안 어디선가 대답한다. "아니. 현관 옆에 있지 않았나?"

"응. 나도 그런 줄 알았는데." 알릭스는 서랍을 열고 다시 팔찌를 찾는다. 일라이자를 불러보지만 일라이자도 알 길은 없다. 알릭스는 한숨을 쉬고 서랍을 닫는다. 일단은 아이들 등교부터 시켜야 하니 나중에 다시 찾아보아야겠다.

9시 반, 알릭스네 집 앞에 도착한 조시는 어제 산 원피스를 입고 있다. 조시는 거의 딴사람이 된 것 같다. 알릭스는 잠시 혼란스러워하다 이내 미소를 짓는다. "조시! 어쩐 일이에요? 우리 혹시 오늘 보기로 했……."

"아닌가요?"

"제 기억에는……." 알릭스가 머릿속으로 재빨리 조시와의 인터뷰 일정을 잡은 적이 있던가 기억을 더듬어보지만 딱히 약속을 한 기억이 없다. "제 기억엔 아닌 것 같은데, 괜찮아요. 들어오세요. 지금은 바쁜 일 없거든요. 그나저나 오늘 아주 예뻐요."

"고마워요! 월터는 심장마비 올 뻔했잖아요."

"월터가 뭐래요?"

"월터는 별말 않죠. 원래도 말수가 별로 없는 사람이라. 당연히 얼마인지부터 묻더라고요. 남자들은 꼭 가격부터 묻더라, 안 그래요?"

알릭스가 웃는다. 네이선은 알릭스에게 가격을 묻는 법이 없다. "그러게요!" 알릭스가 대답한다.

"그렇지만 월터도 맘에 든 것 같아요. 물론 제일 중요한 건 제 맘에 드는 것 아니겠어요?"

어딘가 자신 없는 말투에 알릭스는 얼른 조시에게 동의해 준다.

"그럼요, 당연하죠. 들어가요, 우리."

"네이선은요?" 조시가 거실을 지나가며 집안을 두리번댄다.

"전에도 얘기했지만 네이선은 집에서 일하는 날이 드물어요."

"별일은 없고요? 어제 한 얘기 관련해서요."

알릭스는 창백해진다. 조시에게 얘기하지 말걸 하는 후회가 들기 시작한다. "아마도요." 알릭스가 대답한다. "사실 딱히 그 얘기를 해보진 않았어요."

"그건 정말 아니에요. 알릭스한테 그러면 안 되죠. 알릭스도 저도 이제는 그걸 이해해야 해요. 우리 이제 마흔다섯이에요, 알릭스. 이렇게 살 순 없어요. 더 나은 삶을 살아야죠."

조시의 말이 가슴을 콕 찌른다. 알릭스도 알고 있다. 일주일에 두 번씩 테킬라 샷이며 호텔방에 흥청망청 돈을 쓰고 밖을 쏘다니면서 알릭스를 이렇게 집에 혼자 내버려둬선 안 되는 거다. 문자에 제때 답하고, 전화를 걸면 받고, 12시간씩 연락이 안 되었을 땐 무슨 일이 있었는지 제대로 대답은 해줘야 한다. 알릭스도 모르는 게 아니다. 하지만 어쩐지 무게추는 자꾸만 장점으로 기운다.

"남편을 사랑해요?"

알릭스가 뒤돌아 조시를 마주 본다.

"네이선이요. 네이선을 사랑해요?"

"아." 알릭스가 대답한다. "그럼요. 당연히 사랑하죠."

"저는 최근에 사랑에 대해 많은 생각을 해봤어요. 사랑이란 대체 무엇이며 사람들은 왜 사랑을 하는지 같은 것들이요. 그런데 그 답을 저도 모르겠더라고요. 마흔다섯씩이나 먹었는데도 모르겠어요. 사람들은 마치 사랑이 실존하는 무언가인 것처럼, 만질 수 있는 것처럼 얘기해요. 모두가 동의하는, 사랑이라고 하는 어떤 정의가 있는 것처럼요. 하지만 실은 그렇지 않잖아요? 어떤 실체가 있는 게 전혀 아니죠. 가끔 월터가 죽는 상상을 해요. 내가 월터를 과연 사랑하는지 아닌지 확인해보는 차원에서요. 그리고 월터가 죽으면, 그러면 정말로 모든 게 더 나아질 것 같아요. 그리고 그런 생각이 든다는 건 내가 월터를 사랑하지 않는단 거잖아요?"

알릭스는 말이 없다.

"그렇다면 결국엔 이게 다 무슨 소용인가 싶어지는 거예요. 그 모든 사소한 것들이며 침묵이며. 알릭스는 아직 모를 거예요. 아직 한창때니까. 아이들이 어려서 엄마 손 많이 가는 나이잖아요. 하지만 아이들이 다 커서 떠나고 나면? 그래도 이 가정을 원할까요? 알릭스가 그동안 가꿔온 가정이니까? 그때도 네이선과 함께하길 원할까요?"

"저는……." 알릭스가 목을 만지작대다 꿀벌 펜던트를 손에 쥔다. "저는 잘 모르겠어요. 예전엔 네이선 없인 못 살 거라고 생각했었어요. 하지만 요즘은, 최근 고주망태가 되어 돌아온 날들 이후로는, 혼자가 되면 인생살이가 더 쉬울까 하는 생각이 가끔 들기는 해요."

"그럼 네이선이 죽는 상상을 하면 어떤 기분이 들어요? 진짜로 마음속에서? 진심으로 슬퍼요? 아니면 혹시…… 자유로운 기분이 드나요?"

알릭스는 최대한 마음의 소리에 귀를 기울여 조시에게 진실된 답을 들려주려고 한다. 알릭스는 네이선이 죽는 상상을 해본다. 아이들은 아빠를 잃고 알릭스는 혼자가 되는 상상. "아뇨, 자유로운 기분은 아니에요. 슬픈 기분이 들어요."

무거운 침묵이 내려앉는다. 그 침묵에서 알릭스는 자신에 대한 비난을 충분히 느낄 수 있다. 조시가 알릭스를 차분한 눈빛으로 바라본다. "그렇군요." 두 사람 사이의 공기가 1도쯤 낮아진다. "아무튼," 조시가 아무렇지 않게 말한다. "지금 바쁘면 전 이만 가볼게요."

"아니에요!" 알릭스는 왠지 다시 조시의 호감을 얻어야 할 것 같은 이상한 기분이 든다. "괜찮아요. 지금은 다른 일 없어요. 조시만 괜찮다면 지금 녹음해도 좋아요."

조시의 태도가 누그러진다. "좋아요, 그럼 그러죠." 조시가 미소를 지으며 말한다.

알릭스가 조시를 스튜디오로 안내한다.

〈버스데이 트윈〉
넷플릭스 오리지널 시리즈

(회상 장면. 부엌 식탁에 어린 소녀가 앉아 있다. 소녀의 오른편에는 나이 많은 남자가, 싱크대에는 나이 든 여자가 보인다. 소녀의 어머니다.)

조시: 열여덟 살 생일날 엄마에게 말했어요. 약혼했다고, 결혼할 거라고요. 이사를 나간단 말도 했어요. 월터도 같이 있었어요. 월터는 절대 나 혼자 그런 일을 겪게 할 수 없다고 했어요. 엄마가 어떤 반응을 보일지는 전혀 짐작이 되지 않았어요. 엄마가 웃을지 아니면 울지, 소리를 지를지 혹은 경찰에 전화를 걸지 전혀 알 수가 없었죠. 엄마는 그냥 한숨을 쉬더니 그러더군요. '너도 이제 어른이니 이제 결정도 네 몫이겠지. 하지만 조시, 이건 아니라고 생각해. 이건 정말 아니야.' 그러더니 내 얼굴을 이렇게 손으로 꼭 붙들었어요. 어찌나 세게 잡는지 아플 정도였어요. 엄마는 구멍이라도 날 것처럼 내 눈을 뚫어져라 쳐다보면서 말했어요. '길이 이것뿐인 건 아니야.' 그러곤 엄마는 문을 쾅 닫고 방을 나갔죠. 한동안 그렇게 월터랑 서로 물끄러미 쳐다만 보고 있다가 월터가 저를 데리고 나가서 웨스트엔드 레인의 이탈리안 레스토랑에서 저녁을 사주었어요. 저녁을 먹고 그의 집으로 갔고 그 후론 다시는 집으로 돌아가지 않았죠. 사실상 그때 내 인생이 시작된 거죠. 최소한 그땐 스스로 그렇게 되뇌었어요. 정말 그렇게 믿었으니까요. 그게 얼마나 잘못된 길이었는지 지금은 알아요. 난 그냥 한 사람에게서 다른 사람에게로 나에 대한 통제권을 넘겨준 것뿐이었죠.

(장면 전환. 빈티지 가구와 조명이 돋보이는 아파트. 소파에 젊은 커플이 앉아 있다. 남자는 작은 개를 안고 있다. 남자가 개의 앞다리를 잡고 뒷다리로 서게 한 다음 카메라에 개의 얼굴을 비춘다.)

팀: 프레드, 인사해.

(남자가 개의 앞발을 흔든다. 개가 몸을 비틀며 남자 품을 벗어나 여자의
무릎 위로 뛰어오른다. 남자, 여자 모두 웃는다.)

인터뷰어: (오프 마이크) 프레드와는 어떻게 함께하게 되셨죠?
(팀과 엔젤이 눈을 마주친다. 팀이 입을 연다.)
팀: 2년 전쯤 어떤 여자가 우리한테 다가왔어요. 그때가 2019년
여름인데, 저희는 레이크 디스트릭트에서 신혼여행 중이었죠.
막 벤치에서 점심을 먹는데 그 여자가 갑자기 다가왔어요. 겁을
먹은 것 같았어요. 어딘가 넋이 나간 사람 같기도 했고요. 무척
더운 날씨였는데도 후드를 쓰고 짙은 선글라스에 재킷 깃을 턱
까지 세우고 있었어요. 그 여자가 '제발 도와주세요. 제가 개를
더는 돌볼 수가 없어요. 제발 동물구조센터에 데려다주세요. 제
발요.' 하면서 이동 가방 같은 데에 든 개를 냅다 저희한테 건네
는 거예요. 개 사료가 든 가방도 같이 주면서 '일단 친해지면 괜
찮아요. 정말 세상에서 가장 사랑스러운 아이예요.'라고 했어요.
그러더니 개한테 키스 같은 인사를 하고 그대로 사라졌어요. 지
금까지 살면서 겪은 일 중에 가장 희한한 경험이었죠. 그때는 그
여자가 누군지 당연히 몰랐죠. 불과 며칠 후 그 여자의 정체가 조
시 페어였단 걸 알게 됐지만요.
인터뷰어: 그래도 개는 키우기로 한 건가요?
팀: 어휴, 그럼요. 당연하죠. 이런 애를 어떻게 보내요!

$$* * *$$

오전 11시

조시는 록시를 보았다고 생각했던 그 카페 야외 테이블에 앉아 있다. 테이블 위엔 카푸치노가 놓여 있고, 조시의 무릎 위엔 개가 앉아 있다. 조시의 손은 살며시 떨리고 있다. 머릿속은 이랬다가 저랬다가 상반되는 생각들로 복잡하다. 조시는 알릭스의 남편을 떠올린다. 날렵함이라곤 없는 얼굴, 탁한 눈동자, 알릭스와 아이들을 집에 남겨두고 나가 충격적인 상태가 되도록 술을 마셔대는 그 남자. 월터는 최소한 그런 짓은 안 했다. 월터는 조시와 아이들을 그냥 내버려둔 적이 없다. 한편으로 생각하면 월터는 애초에 자리를 비운 적이 없다. 늘 그 자리에 있었다. 월터가 차라리 그 자리에 없었으면 좋았을걸. 조시는 자기도 거기 있고 싶지 않다. 영원히. 그러려면 어떤 대안이 있지? 알릭스. 어째서인지 알릭스는 답을 알고 있을 것이라고 생각했다. 하지만 정작 알릭스는 우둔해 보이는 얼굴에 바람이나 피우는 그 남자를 본인 말에 따르면 사랑한다고 하니, 알릭스 역시 딱히 조시보다 조금도 영리할 것 없는 여자인지 모른다. 하지만 알릭스는 조시보다 영리해야 한다. 조시는 늘 자기보다 영리한 사람을 필요로 해왔다. 이제는 알릭스를 어떻게 보아야 하는지 잘 모르겠다. 월터에 대해서도 어떻게 생각해야 하는지 모르겠다. 5년 전 사라진 딸이 행여 나타날까 행인들을 살펴보며 록시가 사라진 그날을, 록시가 떠난 이유를 더듬기 시작하자 이내 끔찍한 어둠이 덮쳐와 서서히 조시를 옥죈다. 숨은 가빠지고 발작 같은 증세가 찾아와 조시는 서둘러 주머니에 손을 뻗다 하마터면 커피를 쏟을 뻔한다. 주머니에서 꺼낸 건 알릭스가 스튜디오에서 내어준 커피잔에 같이 놓여 있던 티스푼이다.

부드럽게 티스푼을 만지작대자 호흡도 천천히 제자리를 찾는다. 조시는 누가 보고 있진 않은지 주변을 살핀 후에야 티스푼을 입술에 가져다 대고 키스한다.

한 시간 후 조시가 집에 돌아오자 창가에 앉아 있던 월터가 조시를 돌아보며 미소를 지어 보인다.

"요즘 얼굴 보기 힘드네." 월터가 말한다.

"웃기지 마. 맨날 보면서."

"당신이랑 그 학교 엄마랑은 대체 무슨 사이야?"

"아무 사이도 아냐. 그냥 서로 알아가는 중이야."

"둘이서 어딜 가는데?"

"여기저기. 카페에도 가고 그 사람 집에도 가고 공원에도 가고."

"이름이 뭔데?"

"알릭스."

"알릭스? 당신 생일날 펍에서 본 그 여자 이름도 알릭스 아닌가?"

"맞아."

"그 여자야?"

“응.”

월터는 혼란스럽다는 듯이 얼굴이 일그러진다. “왜 말 안 했어?”

“글쎄. 당신이 이상하게 생각할 수도 있을 것 같았어.”

월터의 오른쪽 눈썹이 살짝 위로 들린다. 월터는 한숨을 쉬며 다시 노트북으로 고개를 돌린다. “내가 언제 당신더러 이상하다고 한 적이라도 있는 것처럼 말하네.” 월터가 건조하게 말한다.

알릭스와의 대화 이후 조시는 평소 같은 제어장치가 작동하지 않는다. 평소처럼 월터의 말을 듣고 흘려버리는 대신 조시는 다시금 닥쳐오는 끔찍한 어둠을 느끼며 팔짱을 끼고 말한다. “그게 무슨 뜻이야?”

“아무것도 아니야, 자기야. 무슨 뜻이 있겠어.”

“그게 아니잖아, 월터! 제대로 말해. 무슨 뜻이야? 그냥 말해.”

월터가 천천히 돋보기를 벗고 콧등에 맺힌 땀을 닦은 다음 조시를 쳐다본다. “그만해, 조시.”

“그만 못 해. 할 말 있으면 하란 말이야.”

“아니. 괜히 시비 걸지 마. 난 싫어.”

갑자기 조시는 순수하게 아드레날린에 이끌려 방 안을 성큼성큼 가로질러 걸어간다. 월터와 한 발짝 거리를 두고 멈춰 서서 크게 숨을 쉰 다음 그의 뺨을 철썩, 사정없이 때린다. “당신 지긋지긋해.” 조시가 소리친다. “정말 지긋지긋해!”

폭력적인 행동 이후 조시가 약간 진정을 되찾는다. 월터는 조시를 향해 눈을 깜박이며 손가락으로 볼을 만져본다. 그런 다음 천천히 다시 안경을 쓰고 컴퓨터로 고개를 돌린다.

오후 2시 30분

"알릭스? 맞죠?"

인사하는 소리에 알릭스가 고개를 돌린다.

잠시 생각한 후에야 알릭스는 조시의 엄마 팻 오닐을 알아본다. "팻. 안녕하세요!"

알릭스는 이모할머니가 생일선물로 보내주신 25파운드 수표를 바꾸러 킬번 하이로드에 있는 은행에 가는 길이다. 이모할머니는 생일마다 수표를 보내주시는데 현금으로 바꾸는 걸 너무 오래 미뤄두고 있었다. 돈이 나가는지 계좌를 계속 확인하고 계시다가 소식이 없으면 이모할머니는 분명 엄마를 통해 배송 중 수표가 분실된 건 아닌지 확인하라고 메시지를 보내실 것이다.

팻은 연녹색 리넨 셔츠에 스키니진, 스트랩 샌들을 신고 있다. 활기 넘치는 차림도 그렇고, 무언가 바쁘고 중요한 일정이 있다는 인상이다.

"잘 지내시죠?"

"그럼요." 팻이 대답한다. "우리 단지 이웃을 대신해 서류 작업을 하러 가는 길이에요. 샐리라고, 이제 거의 아흔이 다 되신 분인데 아직도 혼자 다 할 수 있다고 생각하신다니까요. 알릭스는 어때요?"

"저도 잘 지내요. 저는 은행에 볼일이 있어서요."

"최근에도 조시 만난 적 있어요?"

"네! 사실 오늘 아침에도 봤어요."

"아, 그 팟캐스트는 아직도 하는 모양이죠?"

"네, 맞아요." 알릭스가 잠시 말을 멈춘다. 좀 더 이야기를 들어보고 싶다. "어떻게 생각하세요?"

"솔직히요? 이상하죠. 그나마 알릭스가 이렇게 멀쩡한 사람이니까 그러려니 하지, 안 그랬으면 대체 무슨 생각인지 캐물었을 거예요. 기왕 얘기한 거 솔직히 말할게요. 알릭스 이름을 검색해봤어요. 이력도 봤고요. 실체 없는 사람은 아닌 줄 알겠어요. 하지만 같은 날 태어난 사람 이야기라는 이 콘셉트는 아직도 약간 의아하네요."

알릭스가 고개를 약간 기울이고 허공을 쳐다본다. "네." 알릭스가 대답한다. "이제 그런 얘기는 아니에요. 거기서 조금 발전해 지금은 일반적인 이 나이대 여성들에 대한 이야기가 됐어요. 갱년기를 앞둔, 젊지도 그렇다고 아주 늙지도 않은 여성으로서 그동안 살아온 인생과 그 인생을 결정지었던 선택들을 되돌아보고 또 미래에 대해 고민해보는 식으로요. 조시와 저 사이의 공통점도 있지만, 또 한편으로는……." 신중하게 말을 고르느라 알릭스는 잠시 말을 멈춘다. "한편으로 또…… 조시와 저는 무척 달라서요."

"그건 확실하죠." 그 말을 하고 난 팻이 입술을 일자로 꾹 다문다. "알릭스랑 조시는 거의 극과 극이에요. 난 내 딸이 알릭스 같은 사람일 거라고 생각했어요. 끈기 있고 재능 있고 추진력도 강한 그런."

조시에 대한 약간의 부정적인 어조가 느껴지지만 알릭스는 무시하고 계속 묻는다. "월터를 어떻게 생각하세요?"

"얘기 들었죠? 어떻게 만났는지?"

알릭스가 고개를 끄덕인다.

팻은 비난하듯 알릭스를 쳐다본다. "그럼 내가 월터를 어떻게 생각할 것 같나요? 열여덟 살 먹은 여자애를 사귀는 마흔다섯 남자를? 역겹죠. 그리고 그 둘이 솔직히 언제부터 만났는지는 누가 어떻게 알겠어요. 월터 만난 적 있어요?"

"아뇨. 멀리서만 봤어요. 혹시…… 통제 성향이 강한 사람인가요?"

팻은 그 질문에 대해 잠시 생각한 후에야 입을 연다. "내 입장에선 그 두 사람이 똑같이 나빠요. 해악이 되는 관계라고 할까요. 딸내미들만 불쌍하죠."

"맞아요, 그 아이들 이야기 좀 해주세요. 조시는 딸들 이야기를 잘 안 해요. 한 명은 아직 같은 집에 살고 다른 한 명은 열여섯 살에 집을 나갔다고만 얘기한 게 다예요. 뭔가 이야기가 더 있는데 감추는 듯한 느낌이 들어서요."

선을 넘은 질문이란 것을 알릭스는 즉각 느낄 수 있다. 팻의 얼굴에서 더는 얘기할 생각이 없다는 의지가 느껴진다. 팻이 한 걸음 뒤로 물러나며 말한다. "그런 건 조시랑 직접 이야기해요. 내가 할 얘긴 아니라서." 팻이 덧붙인다. "잘 한 번 얘기 나눠봐요. 들어볼 만한 이야기일 테니까."

그러더니 팻은 가방을 어깨에 걸치고 희미한 미소를 지은 후 돌아서서 걸어간다.

✳ ✳ ✳

알릭스는 집으로 돌아와 조시에게 문자를 보낸다.

'월터를 만나서 직접 이야기를 들어보는 게 중요할 것 같아요. 혹시 월터가 스튜디오에 직접 나와줄 수 있을까요? 아니면 제가 조시네 집에 찾아가 이야기를 나눠도 되고요. 어떻게 생각하는지 알려줘요.'

잠시 후 답장이 온다.

'월터가 한다고 할지 모르겠어요. 사생활에 엄격한 사람이라서요.'

알릭스가 잠시 조시의 답장을 곱씹은 후 다시 답을 적는다.

'월터도 팟캐스트에 대해 알고 있나요?'

'대충은요. 내가 알릭스를 만나 이야기하는 건 알아요.'

'알겠어요. 아무튼 월터와 꼭 이야기를 나누어보면 좋겠어요. 월터가 원한다면 오프더레코드도 가능하니까요. 어떻게 설득하는 게 좋을까요?'

조시는 즉각 답을 하지 않는다. 잠시 후 조시가 문자를 쓰기 시작한다. 알릭스는 답장을 기다리며 화면을 지켜보고 있다.

'여러 사람이 모이는 자리면 올지도 모르겠어요. 알릭스의 남편도 온다거나? 저녁 식사 자리라면요.'

7월 10일, 수요일

"주말에 조시 부부 초대해서 저녁 같이 먹을까 하는데. 팟캐스트 관련해서 말이야."

이 말을 꺼내기까지 알릭스는 오늘 아침 눈을 뜬 순간부터 한 시간이 넘도록 고민했다. 지난밤 절반을 뜬눈으로 보내면서 알릭스는, 이건 팟캐스트를 더 잘 만들기 위한 방법 중 하나일 뿐이며 완벽한 아이디어라는 생각과 또 반면, 이건 지금까지 알릭스가 시도한 것 중 최악의 아이디어라는 생각 사이에서 갈피를 잡지 못했다. 불과 10초 전까지만 해도 알릭스는 어느 쪽으로 결정을 내릴지 확신이 서지 않은 상태였다. 그러나 이미 말은 입 밖으로 흘러나왔고 이제 네이선의 답을 기다리는 중이다. 알릭스는 입술을 잘근잘근 씹는다.

"세상에."

"알아." 알릭스가 대꾸한다. "알고 있어. 엄청 어색하겠지.

하지만 그렇게 하면 정말로 이 프로젝트에 진전이 있을 것 같단 말이야."

"근데 거기 내가 꼭 필요해?"

"응, 당신이 꼭 필요해. 그 남편이란 사람이 마초인 것 같더라고. 여자들만 둘 있는 자리에 같이 어울리진 않을 것 같아. 그냥 내가 인터뷰를 해도 되긴 하겠지만 같이 어울리는 상황이 되면 더 많은 이야기가 나오지 않을까 해. 술도 함께 하면 더더욱. 무슨 말인지 알지?"

알릭스의 간곡한 표정에 네이선의 얼굴도 누그러진다. "알았어. 당신을 위해서라면야 내가 뭐든 못 하겠어." 비꼬듯 말하고는 있지만 알릭스는 네이선의 말에 진심이 담겨 있음을 알고 있다. 지금 네이선은 알릭스의 부탁을 거절할 수 있는 입장이 아니다.

알릭스가 안도의 한숨을 내쉰다. "고마워." 알릭스는 곧 전화기를 들고 조시에게 초대 문자를 보낸다.

오전 8시 30분

조시는 휴대폰 화면을 흘긋 확인하다 알릭스의 이름이 보이자 재빨리 부엌 조리대에서 휴대폰을 집어 든다.

'월터랑 같이 금요일 밤 우리 집에 와서 저녁 먹으면 어때요? 답 기다릴게요! 그리고 내일 녹음 괜찮아요?'

조시는 그 자리에서 얼음이 된다. 조시의 시선은 방 안 저편에서 가운 차림으로 소파에 앉아 BBC 브렉퍼스트 쇼를 보며 토스트를 먹고 있는 월터를 향했다가 다시 휴대폰 화면

으로 돌아온다. 토스트가 다 되기를 기다리며 일단은 문자메
시지로 받은 제안을 생각할 시간을 갖는다. 조시의 눈은 자
꾸만 월터에게로 되돌아간다. 뒤통수 아래 뻣뻣하게 선 흰머
리, 힘없이 펄럭이는 귓불, 듬성듬성하게 난 짧고 거친 수염.

"월터." 조시가 말한다. "이발소 가야 할 것 같아."

"알고 있어." 월터가 대답한다. "토요일에 갈 거야."

"금요일 저녁 식사에 초대받았어. 알릭스 집으로. 금요일
전에 가야 해."

월터가 조시를 휙 돌아보더니 눈을 가늘게 뜬다. "뭐?"

"알릭스네서 저녁 먹는 거야. 우리 같이 갈 거고. 알겠지?"

"당신이랑 같은 날 태어난 그 여자 말이야? 당신이 요즘
자주 만난다는?"

"응."

"그 여자가 우리를 왜 저녁 식사에 초대하고 싶어하는데?"

"말했잖아, 친구라고. 원래 친구끼린 그래."

"집이 어딘데?"

"공원이랑 샐스버리 로드 사이를 지나는 거리에 있어."

월터의 왼쪽 눈썹이 쑥 올라간다. "별일이 다 있네."

"월터, 농담 아니야. 중요한 일이라고. 당신 새 옷도 필요
해. 지금 당신 옷 중에 입고 갈 수 있는 건 하나도 없으니까.
새 옷 마지막으로 산 게 대체 언제야?"

조시가 한마디 한마디 내뱉을 때마다 아파트 안의 공기가
바뀐다. 마치 그 한마디 한마디가 차례대로 보이지 않는 벽
을 부수며 점점 진실에 다가가는 것만 같다.

월터는 항복하듯 양손을 들어 보인다. "진정해, 조시. 알았으니까. 내가 알아서 할게. 됐지?"

"머리도? 옷도?"

"응. 머리랑 옷 다. 휴우."

월터는 텔레비전을 끄고 빈 접시를 부엌으로 들고 온다. 월터 특유의 냄새가 난다. 아무래도 가운을 빨 때가 된 모양이다. 까칠한 수염, 아침이라 나는 입냄새도 있겠지. 썩어가는 냄새. 패배자의 냄새가 난다. 조시는 목구멍 깊숙이에서부터 분노가 치민다.

"도대체 당신 요즘 무슨 생각인지를 모르겠네." 월터가 씻으러 화장실로 향하며 말한다. "정말 모르겠어."

오후에 출근해서 조시의 손은 기계적으로 오버로크 재봉틀에 원피스 밑단을 넣고 바쁘게 움직이지만 최근 조시를 잠식한 여러 가지 생각들이 정신없이 휘몰아치는 머릿속은 혼란스럽기 그지없다. 조시는 금요일에 무슨 옷을 입고 갈 것인지 집요하다시피 계획하면서도 상상 속에서 어떤 옷을 입혀도 어울리지 않는 월터 생각에 초조하다. 이제 조시의 머릿속에선 금요일 밤 알릭스의 부엌 식탁에 둘러앉아 저녁 식사를 함께 하는 모습이 고전 필름 영화처럼 재생된다. 화려 찬란한 잠옷 차림의 빨강 머리 아이들은 집 안을 뛰어다니고 눈에 거슬리는 빨강 머리 남편은 커다란 유리잔에 와인을 따라준다. 스피커에서 흘러나오는 쿨한 음악, 발치에 웅크리고 앉은 구름 같은 고양이, 대화가 흘러가며 서서히 어두워지는 하늘. 그러나 그때 다시 조시의 머릿속을 헤집고 들어오는 건 월터다. 영락없는 노인네 치아, 짜증이 치미는 단조로운 목소리, 인생의 패배자 같은 그 분위기. 열네 살의 조시, 열여섯 살, 열여덟 살의 조시, 남편이 벌어온 돈으로 세인즈베리에서 알뜰하게 장을 보는 젊은 아기엄마 조시, 사람 사는 기척 없이 조용한 아파트의 중년 여자 조시. 언제 어디서나 조시는 그대로였다. 언제나 그 자리에 정체되어 있었다. 이제 조시가 알릭스에게 처음 자기 이야기를 다룬 팟캐스트를 해보지 않겠느냐고 제안했을 때 바랐던 것처럼 새로운 자아가 단단한 겉껍질을 깨고 나오려고 한다. 지금의 조시와는 전혀 다른, 더 강하고 연륜 있는 이 여인은 마침내 자신의 진실을 밝힐 준비가 됐다.

조시는 오버로크 재봉틀에 걸린 실 끝을 자르고 다른 쪽 밑단을 정리하기 위해 원피스를 뒤집는다. 큰 창밖 너머 철로 위로 열차가 덜컹대며 지나간다. 유리창에 희미하게 조시의 얼굴이 비친다. 미완성의 그림 같은 얼굴이다. 화가가 다시 돌아와 나머지 부분을 채워 넣어야 할 것 같은 얼굴.

그때 휴대폰 진동이 드르륵 울린다. 알릭스에게서 온 문자다. 화면에 뜬 알릭스의 이름을 볼 때마다 조시는 엔도르핀이 솟는 느낌, 무언가 좋은 일이 일어나는 듯한 느낌을 받는다.

'내일 딸아이들 사진을 좀 보여줄 수 있을까요? 아이들 얼굴을 한번 보고 싶어요. 그럼 내일 봐요!'

갑자기 온몸이 서늘해진다. 딸들 사진이라. 알릭스에게 대체 어떻게 아이들 이야기를 할 것인가, 조시는 자문한다. 그 순간 큰 창문에 비친 희미한 제 모습이 조시에게 더는 어색한 소녀를 그린 미완성 초상화처럼 보이지 않는다. 이제 조시는 긴 시간 끝에 마침내 자신의 인생을 바로잡을 때가 왔음을 깨달은 여왕의 얼굴을 발견한다.

7월 11일, 목요일

"여기요." 조시가 녹음 데스크 건너편으로 알릭스에게 여러 장의 사진을 내민다. "우리 딸들이에요."

알릭스가 조시와 눈을 맞추고 미소를 짓는다. "고마워요. 좋네요."

첫 번째 사진에서는 두 명의 통통한 꼬마가 두꺼운 스웨터와 청바지를 입고 서로 손을 잡은 채 퀸즈파크의 커다란 모래 놀이터처럼 보이는 곳에 서 있다. 큰아이는 조시처럼 갈색 머리지만 색은 더욱 선명하다. 작은아이는 모래색 같은 금발이고 머리끝에 아직 동그랗게 말린 아기 시절의 곱슬머리가 남아 있다.

"누가 누구예요?" 알릭스가 묻는다.

"얘가 록시고요." 조시가 곱슬머리 아이를 가리키며 말한다. "이쪽이 에린이에요." 이번엔 갈색 머리 아이를 가리킨다.

"너무 귀여워요. 정말 귀엽네요."

알릭스의 말에 조시가 고개를 끄덕이며 미소 짓는다. 알릭스는 이제 두 번째 사진을 들여다본다. 아까 그 두 여자아이가 이번엔 알릭스의 아이들이 다니는 학교 앞에 나란히 서 있다. 알릭스의 아이들이 아침에 집을 나설 때 입었던 그 똑같은 하늘색 폴로 셔츠와 남색 하의 차림이다.

"록시가 학교에 입학한 날이에요." 조시의 목소리에 고통스러운 추억이 묻어난다. "그날 네 시간쯤 울었죠."

알릭스가 조시를 쳐다본다. "어머나, 정말요?" 알릭스는 리언이 처음 학교에 간 날을 떠올린다. 7년 만에 처음으로 아무도 없는 집에 돌아와 잠깐이나마 혼자만의 시간을 보낼 수 있다니 얼마나 행복했던지. 알릭스는 놀이터 밖에서 흐느껴 우는 엄마들을 전혀 이해하지 못했다.

"상실감이 들었어요. 뭘 해야 할지 모르겠더라고요. 갑자기 이렇게 시간은 생겼는데 집안은 고요하고요."

알릭스는 학교에서 맨디와 나눴던 대화를 떠올리며 묻는다. "아이들 초등학교 시절은 어땠나요? 학교생활을 좋아했나요?"

조시는 약간 긴장한 눈치다. 조시의 어깨가 약간 귀 쪽으로 솟는다. "뭐, 그냥 그랬어요." 조시가 입을 연다. "첫째 에린은 항상 좀 문제가 있었어요. 어떻게 설명해야 할지 정말 잘 모르겠는데, 선생님들 말로는 전반적 발달 지연이라고 했었어요. 저는 그 의견에 동의하진 않고요. 에린은 조금 게을렀던 것 같아요. 조금 수동적이고요. 반응을 끌어내는 게 어려웠어요. 무슨 생각을 하는지 알기도 힘들었고요. 록시는 정반대였어요. 선생님들 말로 록시는 적대적 반항장애라고 하더군요. 저도 그 의견엔 동의했던 것 같아요. 록시에게는 무슨 말을 할 수가 없었어요. 들으려고도 하지 않았고, 늘 화가 나 있었어요. 엄마인 저도 때리고 언니도 때리고, 그냥 늘 화가 잔뜩 나 있는 아이였어요.” 조시는 기억을 떠올리며 몸서리친다. “그러니까 아이들 문제를 생각하면 솔직히 썩 행복한 시절이라고 하긴 어렵죠. 물론 고등학교 시절이라고 더 나아지지도 않았고요.”

알릭스는 아무 말 없이 마지막 세 번째 사진을 본다.

“제가 갖고 있는 사진 중에서 둘이 함께 있는 사진은 이 사진이 마지막이에요.” 조시가 사진 모서리를 부드럽게 만지작댄다. “록시가 집을 나가기 직전에 찍은 거죠.”

알릭스는 사진을 보며 숨을 멈춘다. 생각했던 것과 전혀 다른 모습이다. 이 아이들이 아까 그 사진 속 아이들이라고? 같은 아이들이란 걸 믿기조차 어렵다.

금발의 곱슬머리 아이는 이제 덩치 큰 소녀가 되어 한 올도 빠짐없이 머리를 빗어넘긴 채 번들번들한 이마를 드러내고 있고, 콧구멍 사이는 물론 양쪽 콧구멍에도 각각 링 피어싱을 하고 있다. 그리고 연약하고 수줍어 보이던, 반짝이는 피부의 사랑스러운 에린은 다크서클 드리운 무표정한 얼굴과 축 늘어진 머리에 야위었다고 할 만큼 수척하고 작은 체구의 소녀가 되어 있다.

“전혀 다른 애들 같죠?” 조시는 곧이라도 부서질 것 같은 목소리다.

"네. 정말 그러네요."

조시가 세 장의 사진을 다시 겹쳐 가방 안에 넣는 동안 불편한 침묵이 흐른다. "제발 이걸로 날 비난하진 말아줘요."

알릭스가 재빨리 조시를 쳐다본다. "네?"

조시는 입을 열어보지만 말이 혀끝에서 맴돌 뿐 아무 소리도 입 밖으로 나오지 않는다. 조시는 이내 뻣뻣한 미소를 지으며 말한다. "아무것도 아니에요!" 그러곤 바닥에 가방을 내려놓은 후 헤드폰을 낀다. "그럼 시작할까요?"

〈버스데이 트윈〉
넷플릭스 오리지널 시리즈

(먼지 낀 창문 너머로 햇살이 들어오는 빈방. 등받이에 하트 모양 구멍이 나 있는 핑크색 나무 의자가 놓여 있다. 의자에는 끈과 벨트가 달려 있다.)

(자막) **2019년 7월 11일, 알릭스 서머 팟캐스트 녹음본 중**

조시: 월터는 애들을 볼 수 있는 상황이 아니었어요. 집을 떠나 있는 시간이 많았거든요. 원래는 런던에서 일했는데 회사에서 인력감축을 단행했어요. 다행히도 스코틀랜드랑 동북 지역 기반의 전기 회사에서 훨씬 더 좋은 일자리를 찾긴 했지만, 그 대신 며칠씩 일하러 갔다 주말에만 집에 돌아오는 식이었죠. 솔직히 좋았어요. 몇 년간 남편 없이, 엄마로만 살았죠. 그전까진 사실 혼자

였던 적이 거의 없었어요. 애들 태어나기 전까진 나한테 아파트 열쇠도 없었다니까요? 그냥 남편이 퇴근하고 집에 오기만을 기다리곤 했죠. 하루 종일 그냥 그렇게요…… 그래서 주중엔 월터는 멀리 일하러 가고 없고 애들이랑만 지냈던 그 시간이 좋았어요. 우린 행복했고 자유로웠죠. 나는 아이들에게 자유를 주고 숨 쉴 공간을 주었어요. 하지만 주말에 월터가 집으로 돌아오면…… 주말엔 모든 게 바뀌었어요. 부정적인 쪽으로요.

(가죽끈이 달린 핑크 의자가 서서히 자취를 감춘다. 화면 페이드아웃.)

* * *

오전 11시

이발소에 다녀와도 딱히 달라진 게 없는 월터의 모습에 조시는 무척 실망스럽다. 그래도 조시는 실망감을 감추고 자기 말에 따라준 월터에게 고마움을 표한다. 월터는 못마땅한 듯한 소리로 대꾸한다. 월터의 인내심이 거의 한계에 달했다는 것을 조시도 알고 있다.

조시는 가끔 이 결혼이 항해 중 멈춰버린 배 같다는 생각을 한다. 한때는 목적지를 향해 힘차게 항구를 출발했지만 슬프게도 서서히 방향을 정반대로 바꾸어 잘못된 방향으로 나아가다 결국 그대로 바다 위에서 멈춰버린 커다란 배. 어쩌다 보니 조시가 그 배를 이끌어오긴 했지만 조시도 월터만큼이나 그리 훌륭한 선장은 아니었다. 결국 그 이후 배는 저 멀리 어디선가 구조대가 오기만을 기다리며 제자리만 맴

맴 돌고 있었다. 알릭스가 나타날 때까지는 말이다.

조시는 찬장에서 이유식 세 병을 꺼내 데운다. 데운 이유식과 숟가락, 엘라스키친 망고 앤 애플 퓌레 파우치를 쟁반에 함께 놓고 에린의 방문 앞에 쟁반을 가져다 둔다. 조시는 손가락에 입을 맞추고 그 손으로 에린의 방문을 가볍게 터치한 후 출근 준비를 하러 안방으로 간다.

***

퇴근 후 집에 오니 월터는 그사이 옷을 사러 다녀왔다. 월터는 새 옷 입은 모습을 보여줄 생각은 없고, 그냥 고갯짓으로 프라이마크 가방을 가리키는 게 다다. "저기 있으니까 당신이 확인해."

제법 잘 골라왔다. 남색 캐주얼 긴팔 셔츠에 카멜색 치노 팬츠. 양말도 새로 샀다.

"좋은데." 조시가 고개를 끄덕인다. "쇼핑 잘 했어."

월터는 불만 가득 섞인 소리를 낸다. 더는 대화할 생각이 없다는 신호다.

조시는 셰퍼드 파이를 만들기 시작한다. 조시의 요리 중 월터가 가장 좋아하는 게 셰퍼드 파이다. 요즘은 보다 다양한 레시피를 시험해보는 중이지만(어제는 쿠스쿠스, 할루미, 병아리콩을 넣은 요리를 했다) 오늘은 월터가 좋아하는 요리를 해줘도 괜찮을 것 같다. 그런 다음 조시는 개를 데리고 산책을 나가 한 블록을 돌고 온다. 밖에 다녀온 그 10분 동안 조시는 록시를 세 번이나 본 것 같다고 생각하며 집에 오자마자 노트북을 열어 늘 찾아보는 장소들을 다시금 검색한다. 그러나 언제나처럼 록시는 거기 없다.

조시는 월터에게 록시 이야기를 하지 않는다. 두 사람은 절대 아이들 이야기를 꺼내지 않는다. 왠지 모르겠지만 아이들 얘기를 하지 않는 편이 더 수월하다. 하지만 오늘은 조시가 월터와 소파에 나란히 앉아 셰퍼드 파이를 먹다가 묻는다. "당신도 가끔 개가 보여? 록시 말이야."

월터가 조시를 쳐다본다. 조시는 오늘 밤 월터가 이야기를 나눌 생각이 없다는 걸 안다. 아직도 지난 며칠간 조시의 흉포에서 회복 중인 상태다. 하지만 이건 화가 나 있다고 해서 무시할 수 있는 그런 질문이 아니다. 월터의 벽이 허물어진다. 이내 월터가 다시 벽을 세운다. "무슨 소리야?"

"당신도 길 가다 또래 여자애를 보고 록시라고 착각한 적 있냐고? 록시인 줄 알았다가 다시 보고 어, 아니네, 이렇게."

월터는 한참의 정적 후 고개를 끄덕인다. "응. 가끔."

"혹시 록시가 죽었을까 생각한 적도 있어?"

"응. 항상 생각하지."

잠시 두 사람은 말없이 음식을 먹는다. 그러나 둘 다 말을 입 밖으로 꺼내지 못하고 있는 기색이 역력하다. 조시가 먼저 입을 연다.

"저기, 알릭스한테 애들 얘기 할 수도 있어."

월터가 고개를 홱 돌려 조시를 쳐다본다. "애들 얘기를 한다는 게 무슨 말이야?"

"알릭스한테 털어놓을 거야. 무슨 일이 있었는지. 우리가
한 일도 다."

월터가 눈을 가늘게 뜬다. "미쳤어?"

조시는 움찔한다. 월터가 이런 식으로 말할 때 정말 싫다.

"이제는 얘기할 때가 됐어. 그냥 그렇다고. 알릭스가 우리
를 도와줄 수 있을 거야."

"도와준다고? 헛소리 마. 경찰에 신고나 하겠지."

"그것도 나쁘지 않지."

"이야, 어이가 없네. 당신 정말 진심으로 하는 소리야? 정
말 제정신이 아니로군. 진짜로. 조시, 다 지난 일이야. 우리
이미 그렇게 하기로……."

"아니, 아니야. 그렇게 하기로 한 적 없어. 어떻게 하기로
아무것도 정하지 않았어. 우리는 이제……."

"그래, 우리는 이제 아무것도 할 필요 없어. 아무것도. 난
데없이 이게 무슨……." 월터는 손으로 이마를 짚더니 무릎
위에 놓여 있던 음식 쟁반을 밀어놓고 자리에서 일어선다.

월터가 자리를 피하려는데 조시가 그의 팔을 잡아당긴다.
월터의 다른 한 손이 포물선을 그리는 것을 보고 조시는 움
찔한다. 월터는 재빨리 다시 손을 내리고 창가를 향해 걸어
간다.

"당신이 좋든 싫든 더는 피할 수 없는 일이야, 월터. 알릭
스에게 다 말할 거야. 더는 이렇게 살 수 없어. 이제 과거는
털고 미래를 향해 살아야지."

"당신이랑은 말 안 해. 당신은 제정신이 아니야. 단단히 미

쳤어. 내가 이렇게 정신 나간 여자랑 결혼을 했으니.”

“그래? 난 소아성애자랑 결혼을 했는데 말이야!”

방 안의 공기가 순식간에 얼어붙는다. 조시도, 월터도, 둘 다 어떤 움직임도 없다. 숨소리조차 들리지 않는다.

“방금 뭐라고?” 마침내 월터가 입을 뗀다.

조시는 다시 소리치고 싶다. 다시, 또다시 소리치고 싶다. 조시는 주먹으로 그의 가슴을 치면서 그 말에 질식해 숨이 넘어갈 때까지 몇 번이고 다시 그의 면전에 외치고 싶다. 하지만 그럴 수 없다. 이미 끝났다.

조시는 음식을 비우지 않은 접시를 부엌으로 들고 가 일부는 블렌더에 넣고 나머지는 쓰레기통에 버린다.

조시는 에린을 위해 파이를 퓌레로 만들어 그릇에 담고 뮐러라이트 딸기향 요거트를 쟁반에 함께 놓는다. 에린의 방문 앞에 쟁반을 내려놓는데 냄새 때문에 조시는 코와 입을 틀어막는다. 조시는 에린의 방문에 손 키스를 남기려다 말고 멈칫한다.

문득 에린도 조시의 상황을 악화시키는 여러 문젯거리 중 하나란 생각이 든다. 이제 조시는 에린이 더는 자기와 한 편이 아닌 것 같다.

7월 12일, 금요일

네이선이 저녁 6시 반 알릭스에게 문자를 한다.

'잠깐 지오바니 만나서 한잔하고 있어. 7시 반까지는 갈게. 들어가는 길에 뭐 사갈까?'

알릭스는 크게 한숨을 내쉰다. 키보드 위에 엄지손가락을 올린 채 한참을 생각한 후 다다다 쏘아붙인 답장을 열 번쯤 썼다 지웠다 한 후 결국 '알겠어' 한마디만 써서 보내고 휴대폰을 내려놓는다. 그리고 다시 저녁 식사 메뉴 준비로 돌아간다. 아까 다듬다 만 양파를 다른 방향으로 돌려 잘게 썬 후 캐서롤 그릇에 넣는다. 녹은 버터에 양파가 지글거린다.

일라이자는 친구 집에서 자고 오기로 했다. 리언은 거실에서 텔레비전을 보고 있다. 알릭스는 냉장고에 있는 반병쯤 남은 와인을 떠올린다. 지금 한잔 따라 마실까 하다가 관둔다. 그건 아니다. 알릭스가 오늘 식사 자리를 이끌고 가야 한다. 알릭스는 닭가슴살을 길게 잘라 볶은 양파와 함께 넣는다.

7시 반이 되었지만 아직도 네이선은 집에 오지 않았다. 알릭스는 아무 소식 없는 줄 알면서도 절박한 마음으로 휴대폰을 들여다본다. 제발 조시와 월터가 늦게 도착하길 온 마음을 다해 빌어보지만 정확히 7시 32분 초인종이 울린다. 알릭스는 손을 닦고 머리를 매만진 후 현관으로 향한다.

"안녕하세요!"

조시는 알릭스와 함께 가서 산 원피스를 입고 현관 앞 제일 윗 계단에 서 있다. 머리는 한쪽만 프렌치 스타일로 땋아 뒤로 넘겼고 옆구리엔 분홍 장미 한 다발과 비싼 샴페인 한 병을 끼고 있다. 평소 활짝 웃는 일이 거의 없는 조시가 알릭스를 보고 환한, 하지만 어딘가 긴장된 듯한 웃음을 지어 보인다. 그러더니 알릭스와 제대로 볼키스 인사를 나눈다. "안녕하세요! 오늘 정말 예뻐요!"

그런 다음 돌아서서 월터를 부드럽게 제 옆으로 끌어온다. "알릭스, 월터예요. 월터, 알릭스야."

월터는 어색한 듯 미소를 지어 보이며 알릭스에게 손을 내밀어 악수를 청한다. 지난번 봤을 때와 비교하면 머리는 거의 잔인하다시피 짧아졌고 옷은 소매와 바지에 칼주름이 잡혀 있는 것으로 보아 딱 봐도 새 옷임을 알 수 있다. 알릭스는 월터의 모습에 마음이 조금 누그러지지만, 월터가 겉으로 보이는 것처럼 그렇게 순진한 노인은 아니란 사실을 다시금 상기한다.

"들어와요! 어서 들어오세요! 네이선은 아직 퇴근 전이에요. 그래도 곧 올 거예요."

알릭스는 조시에게서 분홍 장미 꽃다발을 건네받으며 적극적으로 감사 표현을 한 뒤 실온의 샴페인을 냉장고에 넣는다. 두 사람에게 음료를 건네고 키친 아일랜드의 바 좌석으로 안내해 칩과 견과와 디핑 소스를 권한 후 파스타 소스를 확인한다.

"집이 아주 좋네요." 월터는 방금 알릭스에게 받은 페로니 한 병을 손에 들고 말한다.

"고맙습니다!"

"여기서는 얼마나 살았습니까?"

단조로운 톤 때문에 월터의 말이 마치 비아냥대는 것처럼 들리기도 한다.

"10년 정도요." 알릭스가 대답한다. "그전에는 켄잘 라이즈에 있는 아파트에 살았어요."

"원래 거기 출신인가요? 켄잘 라이즈?"

"아니요. 자란 곳은 사실 패딩턴이에요. 네이선이랑 결혼하고 나서 여기로 이사를 왔죠. 네이선 말이 나왔으니……." 알릭스가 휴대폰을 집어 들어 화면을 터치한다. "지금 오는 길인지 확인 좀 해볼게요."

이제 거의 7시 45분인데 네이선에게서는 아무런 소식이 없다. 전화를 걸어보지만 곧장 음성 메시지로 넘어간다. 알릭스는 긴장한 듯 웃으며 말한다. "바로 음성 메시지로 넘어가네요. 지하철인가 봐요."

"퇴근 후 한잔하는 중이라거나?" 월터가 말한다.

"그러게요. 그런 것 같아요."

"부군께서는 무슨 일을 하시나요?"

"큰 회사 상대로 상업 공간 임대하는 일을 해요."

월터는 알릭스의 대답이 마치 일리 있는 말이라도 되는 것처럼 진지하게 고개를 끄덕인다. 그러더니 견과를 한 줌 손에 쥐고 곧바로 입에 털어 넣는다.

"조시, 잘 지냈어요?" 알릭스가 묻는다. 목소리가 너무 높았다.

"네, 물어봐줘서 고마워요."

"헤어스타일 너무 예뻐요." 알릭스가 전문가처럼 땋은 머리를 가리키며 말한다. "직접 한 거예요?"

"네. 애들 머리를 이렇게 자주 해줬었어요. 머리 만지는 건 항상 곧잘 해서요."

"저는 진짜 못하는데." 알릭스가 말한다. "어떻게 하는지 생각만 해도 머리가 아파요!"

"제가 손재주가 좀 있는 편 같아요. 바느질, 옷 만들기, 뜨개질, 코바늘뜨기, 이런 거 다 곧잘 하거든요."

조시가 얼른 월터를 한번 쳐다보는 것을 알릭스는 눈치챈다. 월터는 행복하지 않은 표정으로 병맥주 레이블을 물끄러미 보고 있다.

"나 원래 그런 건 늘 잘했잖아, 안 그래요?" 조시가 월터를 쳐다보며 묻는다.

월터가 병맥주 레이블을 뜯으며 고개를 끄덕인다. "맞아, 그렇지."

알릭스가 월터를 향해 묻는다. "월터 이야기도 좀 듣고 싶어요. 월터는 원래 여기 출신이세요?”

“아니요. 자란 건 에식스인데 열다섯 살에 부모님이 이혼하시고 아버지를 따라 킬번으로 왔습니다.”

“지금 사시는 그곳이요?”

“그렇습니다.”

“아이들도 거기서 키우셨죠?”

“네. 에린이랑 록시요.”

“그럼 에린은 오늘 밤 뭘 하나요?”

“그냥 집에 있을 겁니다. 게임을 하겠죠.”

“어머! 게이머예요?”

“네. 하드코어 게이머죠.” 월터가 그렇게 대답하며 건조한 웃음을 터뜨릴 때 조시의 얼굴엔 순간 이상한 표정이 스친다. 에린이 게이머라는 걸 조시는 왜 말하지 않았을까? 알릭스는 궁금해진다. 부엌 시계를 슬쩍 확인하니 이제 거의 8시가 되었다. 알릭스는 조시와 월터에게 사과하고 다시 네이선에게 전화를 건다. 이번에는 음성 메시지로 넘어가지 않고 벨이 울린다. 어쩌면 네이선은 술 몇 잔 걸친 후 기분 좋게 취해 타이를 느슨하게 푼 채 집 앞에 거의 다 왔는지도 모른다. 알릭스는 희망에 부푼다. 이 괴상한 저녁 모임에 네이선이 이제 곧 활기를 불어넣어줄지도 모른다. 무엇보다 알릭스는 지금 당장 네이선이 필요했다. 그 시끄럽고 요란한 목소리가 간절했다. 얼마나 취했든 그건 상관없다. 그냥 지금 여기 같이 있어주기만 하면 된다.

“저,” 월터가 입을 연다. “그쪽이랑 조시요. 꽤 의외입니다.”

"저희……요? 무슨 말씀이신지……." 알릭스는 본인과 조시를 번갈아 가리킨다.

"네, 두 분의 우정 말입니다."

"우정이요?" 알릭스가 대꾸한다. "팟캐스트 말씀이신 줄 알았어요."

"팟캐스트요? 무슨 팟캐스트?"

"무슨 소릴 하는 거야, 월터." 조시가 끼어든다. "내가 얘기했잖아. 다 얘기했는데."

"무슨 얘기?"

"알릭스가 팟캐스트를 한다고 했잖아."

"팟캐스트 얘기야 한 적이 있는지 모르겠지만, 당신에 대한 팟캐스트를 하고 있다곤 안 했지."

"나에 대한 거 아니야. 생일이 같은 사람들에 대한 거지. 나랑 알릭스처럼."

거짓말 때문에 어색해진 공기가 방 안을 맴돈다. 월터가 여기 와서 팟캐스트에 참여하겠노라 동의했다는 데에 내심 알릭스도 놀랐다. 그리고 어쩌면 월터는 조시가 말한 것보다 훨씬 열린 사람인지도 모른다고까지 생각했었다. 그런데 그게 아니었다. 이제 알겠다. 이게 전형적인 조시 스타일인 것이다. 진짜 폼치인지 아닌지 확인도 않고 그냥 폼치라는 개를 덥석 사는가 하면 아버지 나이 또래 남자에게 그루밍 당해 평생을 약속하는, 자신의 인생에 대해 딱히 깊은 생각도, 계획도 없이 일단 일부터 먼저 저지르고 뒷일 걱정은 나중으로 미루는 그런 스타일. 알릭스는 졸지에 조시의 거짓말에 동참해야 하는 처지가 되어버렸다.

알릭스가 목소리를 가다듬고 미소를 지어 보인다. "마실 것 좀 더 드릴까요?" 알릭스는 밝은 목소리로 그렇게 묻더니 저장고에 음료를 가지러 간다며 자리를 비운다. 그러고서 다시 부엌으로 돌아오니 월터와 조시는 아무 말 없이 칩만 씹고 있다. 알릭스는 시간을 확인한다. 네이선에게 전화한 게 10분 전이었으니 예상대로라면 지금쯤 집에 왔을 법한데 아직도 네이선은 소식이 없다. 알릭스는 다시 전화를 건다. 또다시 음성 메시지로 넘어간다. 알릭스는 한숨을 쉬며 지오바니 번호를 검색한다. 평소라면 이렇게까진 하지 않겠지만 오늘은 이것 말곤 달리 방법이 없다.

"여보세요. 지오! 알릭스예요. 정말 미안한데 혹시 지금 네이선이랑 같이 있어요?"

전화기 건너편에서 웃음소리와 음악 소리가 요란하게 들린다.

"아, 알릭스! 네, 잠깐만요. 바꿀게요."

잠시 후 네이선이 전화를 받는다. "젠장." 아직 8시 반도 안 됐는데 이미 혀가 꼬여 있다. "젠장. 알릭스. 젠장. 지금 가. 지금 바로 가. 지금 나가는 중이야. 바로 택시 잡을게, 알았지? 진짜 미안해. 지금 출발하니까…… 30분 있다 봐. 먼저 먹고 있어도 돼."

알릭스는 애써 어색한 웃음을 지으며 전화를 끊는다.

"무슨 일 있는 건 아니죠?" 조시가 묻는다.

"네, 오고 있대요. 시간을 확인 못 했나 봐요. 먼저 시작하래요. 그럼 지금 파스타 내올까요?"

"유감이에요, 알릭스. 정말 실망스러운 행동이네요."

조시의 말에 파스타 팬을 들고 싱크대로 향하던 알릭스가 멈춰 서서 조시를 돌아본다. "저는……."

"정말로요. 유감이에요. 하지만 전화기 너머로 혀 꼬인 소리가 다 들렸어요. 알릭스는 지금 이렇게 완벽하게 차려입고 열심히 남편을 위한 요리를 준비하면서 손님들 상대까지 하고 있는데 말이에요. 대체 얼마나 대단한 분이시길래 그렇죠?"

알릭스는 목구멍이 턱 막히고 숨이 잘 쉬어지지 않는다. 갑자기 협박당한 기분이다. 살기가 느껴지는 그 목소리…… 조시는 마치 딴사람 같다. 월터는 입도 뻥긋 않고 코로만 숨을 쉬고 있지만 그 거친 숨소리가 알릭스에게까지 들린다. 알릭스는 옆방에서 커다란 헤드폰을 끼고 소파에 다리를 옆으로 접고 앉아 있는 리언을 떠올린다. 제법 많이 컸는데도 아직 그 소파에만 앉으면 리언은 작은 아이가 된다. 대체 내가 무슨 짓을 한 건가, 알릭스는 생각한다. 문 앞을 서성이다 분리수거함을 뒤져 오래된 잡지를 꺼내 가던 조시. 아직 어린애에 불과한 조시를 열쇠 하나 없이 자기가 퇴근하고 올 때까지 기다리게끔 집에 가둬두었던 월터. 초점 없는 눈동자를 한 두 사람의 딸들. 알릭스는 갑자기 모든 것을 취소하고 싶다. 냉장고에서 샴페인을 꺼내 이들에게 돌려주고 서둘러 복도로, 현관 밖으로 내쫓은 후 조시 페어라는 여자를 이 집에, 알릭스의 삶에 들인 것 자체를 완전히 백지화하고 싶다.

그러나 이젠 너무 늦었다. 이들은 이미 알릭스의 부엌에 앉아 알릭스가 내어올 치킨 베이컨 시금치 알프레도 파스타를 기다리는 동안 스위트 칠리 맛 케틀 칩을 먹으며 알릭스의 남편을 모욕하고 있다. 알릭스는 조시의 따가운 시선을 느끼고 뻣뻣하게 미소 짓는다. "아, 별거 아니에요. 금요일 밤에 시간 개념 없어진 게 어디 네이선뿐이겠어요. 그나저나 뭐 좀 더 드릴까요? 맥주 더 드릴까요, 월터?"

그가 고개를 끄덕이며 알릭스에게 감사를 표하고 알릭스는 그에게 차가운 맥주를 건넨다. 그때 조시가 말한다. "알릭스 스튜디오 정말 멋진데, 월터한테 구경 한번 시켜줄 수 있어요? 월터가 그런 거 정말 좋아하거든요."

알릭스가 확신 없는 눈빛으로 월터를 쳐다본다. 그러나 그는 알릭스를 향해 고개를 끄덕인다. "그래요. 궁금하네요. 알릭스만 괜찮다면요."

"당연히 괜찮죠. 그럼요. 조시도 올래요?"

조시가 미소를 지어 보인다. "아뇨, 괜찮아요. 당신만 가. 난 이미 본 적 있으니까."

알릭스는 태양열 램프와 꼬마전구들이 환히 켜진 정원으로 월터를 안내한다. 그리고 스튜디오 문을 열고 불을 켠다.

"와우. 멋지네요." 월터는 스튜디오 곳곳의 디테일을 살펴보며 전선이며 전기 관련 질문들을 던지지만 알릭스는 제대로 된 대답을 해주지 못한다.

"네이선한테 물어보셔야 할 거예요." 알릭스가 대답한다. "네이선이 절 위해 만들어준 공간이라서요."

이 자리에 없는 네이선 이야기에 두 사람은 건조한 눈빛을 주고받는다. 마침내 알릭스는 힘을 내어 월터에게 처음 조시를 만났을 때부터 묻고 싶었던 질문을 던진다.

"하나만 여쭤봐도 돼요? 두 분에 대해? 조시와는 어떻게 만나셨는지 듣고 싶어요."

월터의 얼굴이 살짝 창백해진다. 이내 월터는 다시 평정을 되찾고 천천히 맥주를 한 모금 마신다. "조시가 어떻게 이야기했느냐에 따라 대답은 달라지겠죠."

"정말로 그냥 월터 이야기가 듣고 싶어요."

월터가 어깨를 한번 으쓱해 보이곤 한숨을 쉰다. "처음 만났을 때 조시는 아직 애였어요. 처음엔 조시 엄마와 친구 사이였습니다. 그러다가 가끔 조시와도 어울리게 됐고요. 조시는 또래 친구들과 어울리긴 너무 성숙했어요. 조시한텐 친구들이 전혀 재미가 없었던 거죠. 외동이라 그랬던 것 같기는 합니다. 나도 그랬거든요. 늘 어른들과 어울리는 게 더 좋았지요. 그러다가 어떻게 상황이 흘러 흘러 결국 서로 그런 사이가 된 겁니다. 내가 조시보다 나이가 훨씬 많다 보니 남들 눈에 우리가 이상하게 보이기도 하겠지요. 하지만 우리는 서로 이상하다고 느껴본 적이 없습니다. 한 번도요."

알릭스는 마치 최면이라도 걸린 듯 천천히 고개를 끄덕인다. 높낮이 없이 일정한 월터의 목소리는 주관적인 의견도 사실처럼 들리게 하는 힘이 있다. 뉘앙스나 어떤 해석의 여지, 다른 견해 같은 건 존재하지 않는 것처럼 들린다. 그래, 두 사람 사이에 충분히 그런 일이 생길 수도 있겠다. 그러다 갑자기 알릭스는 최면에서 깨어난다. 이 사람은 열다섯 소녀에게 생일날 금팔찌를 사준 남자다. 소녀를 펍에 데려가 레모네이드에 보드카를 섞어 건넨 남자다. 심지어 그때 유부남이었으면서 말이다.

"그럼 전 부인께서는 월터보다 나이가 많이 어렸나요?" 알릭스가 질문을 이어간다.

"그렇게 어리진 않았습니다. 나보다 열 살 어렸죠."

"전 부인을 만났을 때는 나이가 어떻게 되셨어요?"

"아, 그때요." 월터가 뒷덜미를 긁으며 눈을 가늘게 뜬다. "아마 20대 후반 정도였을 겁니다."

알릭스는 머릿속으로 얼른 나이 차를 계산해보지만 따로 무어라 언급하진 않는다.

"저기 말이죠." 월터가 가늘게 뜬 눈으로 알릭스를 쳐다보며 고심 끝에 입을 연다. "조시는 아주 복잡한 사람입니다. 겉으로 봐선 단순한 것 같아도……."

"단순한 것 같아도?"

"네, 꼭 아무 생각 없이 사는 사람처럼 보이지 않습니까? 하지만 지난 세월 조시와 함께하며 배운 건, 조시는 그것과는 정반대의 스타일이라는 겁니다. 저 머릿속은 지금도 너무 많은 생각들로 가득 차 있지요. 겉으로 보이는 것하곤 달라요. 아주 다르죠."

월터의 말이 꼭 스튜디오 안에 던져진 시한폭탄 같다. 알릭스가 고개를 끄덕인다. "저도 겉으로 보이는 것과는 다른 무언가가 있다고는 느꼈어요."

"꽤 점잖은 표현이군요." 월터가 말한다.

"그럼 혹시……." 알릭스가 자신 없는 목소리로 입을 연다. "혹시 저랑 이야기를 조금 나눠보시면 어떨까요? 팟캐스트 목적으로요."

"생일이 같은 사람들, 그 팟캐스트 말입니까?"

"네." 알릭스가 엄지와 검지로 아랫입술을 뜯으며 초조하게 그를 바라본다.

"그게 나랑 무슨 상관이 있다고요? 나는 같은 날 태어난 사람도 아닌데요."

"아니죠. 아니지만, 저와 같은 날 태어난 조시와 결혼하셨 잖아요. 그리고 조시의 인생에서 상당한 시간을 함께하셨고 요. 월터를 통해 이야기를 끌고 갈 아이디어를 좀 얻을 수 있 으면 좋을 것 같아요."

알릭스는 그의 반응을 살핀다. 월터는 천천히 고개를 젓는 다. "아니요. 그건 아닌 것 같습니다. 다만 이 정도는 이야기 해드릴 수 있겠지요. 조시에게 진실이란 고무줄 같은 겁니 다."

"고무줄이요?" 알릭스가 월터의 말을 되읊는다.

"네. 조시는…… 어떻게 말해야 할까요? 현실이 싫으면 조 시는 자기 맘에 드는 현실을 찾아냅니다."

"그럼 조시가 지금까지 저한테 한 얘기가 모두 사실이 아 니라는 말씀이신가요?"

"아니요, 그렇게까진 비약이고요. 하지만 조시 말을 있는 그 대로 다 믿어선 안 됩니다. 그냥 항상 조심하는 편이 좋아요."

과연 이 남자는 지금 알릭스를 조종하려 드는 것일까, 알릭스는 눈을 가늘게 뜨고 월터를 살핀다. "알겠습니다. 기억해둘게요."

"조시에겐 아무 말 하지 않는 게 좋을 겁니다. 이 대화도 물론."

"왜 조시에게 말하면 안 되는데요?"

"그냥……." 그가 잠시 말을 멈춘다. "그냥 조시는 자기가 주도권을 갖는 걸 좋아해요. 내가 알릭스와 이렇게 이야기 나눈 걸 알면 당신에게 전과 같은 영향력을 행사할 수 없게 된다고 생각할걸요."

"저한테요?"

"예. 알릭스에 대해, 또 이 일 전부에 대해서요." 월터가 한숨을 쉰다. "내 말 들어요. 조시를 나만큼 잘 아는 사람도 없을 겁니다. 조시는 거의 병적이에요. 알릭스는 조시에게 끌려가는 줄도 모르고 있겠지요. 나중에 그걸 깨달았을 땐 이미 너무 늦었을 테고요."

알릭스는 잠시 월터를 바라본다. 다시금 백지 같은 월터의 모습에 새삼 놀란다. 절대 뚫리지 않을 것 같은 단단한 벽을 쌓고 세상을 밖에 둔 채 그 안에 홀로 들어가 있는 듯한 이 남자가 실은 가스라이팅의 대가인 것이다. 생기라곤 없는 저 눈동자 너머에는 어린 여자아이를 그루밍하고 거짓말을 일삼고 학대하는 그의 진짜 모습이 숨어 있다. 온몸에 냉기가 흐른다. 알릭스는 몸을 부르르 떤다.

그로부터 30분 후 알릭스는 부엌 테이블에서 파스타를 서빙한다. 네이선은 아직도 집에 오지 않았다. 대화는 맥없이 이어진다. 그나마 초등학교라는 공통된 소재로 어떤 선생님이 아직 학교에 남아 있고 누가 떠났는지 같은 얘기를 주고받는다. 세계정세 이야기도 해보지만 전혀 깊이 있는 대화로 이어지진 못한다. 중간에 리언이 부엌으로 나온 덕에 알릭스는 잠깐이나마 자리에서 일어나 아이에게 간식과 음료를 챙겨준 뒤 충전선을 찾아주고 온다. 음식이 정말 맛있다는 말에 알릭스는 레시피를 한 5분 동안 장황하게 늘어놓는다.

"그나저나," 고통스러운 정적 끝에 조시가 입을 연다. "남편분은 어딨어요? 다시 전화해봐야 하는 것 아니에요?"

"네, 그래야 할 것 같아요. 한 10분 있다가 해보려고요." 알릭스가 대답한다.

"지금 와봐야 소용도 없지만요." 조시가 말한다. "저녁 식사는 끝났잖아요." 조시가 슬픈 듯 고개를 저으며 조용히 혀를 찬다. "최악이네요. 정말 유감이에요, 가여운 알릭스."

알릭스는 이상하게도 조시의 말에 조용히 화가 치민다. "난 가여운 사람 아니에요." 알릭스가 간결하게 대꾸한다. "전혀요." 그러고는 자리에서 일어난다. 의자가 타일 바닥에 끌리는 소리가 요란하다. 알릭스는 요란하게 테이블에서 접시를 치워 식기세척기 위 선반에 내려놓는다. 그런 다음 복도로 가서 리언에게 소리친다. "잘 시간이야! 지금 당장!" 아이는 놀란 얼굴이다.

알릭스가 부엌으로 돌아오자 조시와 월터도 짐을 챙기고

있다. 세 사람 사이의 분위기는 그야말로 끔찍하다.

조시가 입을 연다. "즐거운 저녁 식사 고마웠어요. 음식이 진짜 맛있었어요. 우린 그래도 이제 가봐야죠."

알릭스가 고개를 아래로 떨구고 크게 한숨을 쉰다. "정말 미안해요. 너무너무 미안해요. 하지만 그래도, 와줘서 고마워요."

월터는 빈 맥주병을 조심스레 조리대에 올려놓는다. 뭔가 할 말이 있는 듯해 보이지만 타이밍이 맞지 않은 것 같다. 월터는 갈 준비를 한다. 알릭스는 두 사람을 문까지 배웅하고 조시는 알릭스의 팔을 어루만지며 이상한 포옹을 한다.

"남자들이란." 조시가 알릭스의 귀에 속삭인다. "정말 지긋지긋해요, 남자들이란."

두 사람을 보내고 알릭스는 부엌을 치운 다음 자리에 앉아 조시와 함께 마시다 남은 와인 3분의 1병을 마저 끝낸다. 식기세척기를 돌려놓고 부엌일을 마감한 후 이제 취기가 조금 돈 알릭스는 자리에서 일어나 거실로 향한다. 리언은 불 꺼진 거실에서 고양이와 나란히 커다란 소파에 웅크리고 앉아 피곤한 눈을 부릅뜨고 TV 화면을 쳐다보고 있다.

알릭스는 그 옆에 앉아 부드럽게 리언의 헤드폰을 벗긴다. "늦었어, 리언. 이제 우리 둘 다 잘 시간이야."

"5분만 더 있으면 안 돼요?" 리언이 다정한 목소리로 묻는다.

소파에 앉으니 기분이 좋다. 고양이가 기분 좋게 그르렁댄다. 알릭스는 고개를 끄덕인다. "알겠어. 그럼 엄마 타이머

맞춘다." 알릭스는 5분 후 휴대폰이 울리도록 타이머를 맞추고 소파에 기대 아이의 발을 제 무릎 위로 끌어당긴다.

"그 사람들은 오늘 왜 왔어요?" 잠시 후 리언이 묻는다.

"아, 엄마가 인터뷰하는 사람들이야. 팟캐스트 때문에." 알릭스는 아무 생각 없이 아이의 발가락을 문지르며 말한다.

리언이 고개를 끄덕이더니 알릭스를 쳐다보며 다시 묻는다. "그 여자분은 왜 엄마 스튜디오 밖에 서 있었어요?"

"오늘 왔던 분?"

"응, 오늘 같이 왔던 여자분이요. 엄마랑 그 할아버지랑 스튜디오 들어가 있을 때 이야기 엿듣는 것처럼 혼자 밖에 서 있던데. 아까 봤어요. 저 문으로요. 화가 많이 난 것 같았어요. 아주 많이."

밤 10시

조시와 월터가 말없이 집으로 돌아온다. 조시는 속이 영 좋지 않다. 기름진 음식이며 와인까지. (알릭스라면 그런 느끼하고 부담스러운 파스타보다는 더 세련된 음식을 내올 줄 알았다. 제대로 대접받지 못한 것 같은 느낌을 지울 수가 없다.) 비싼 샴페인을 사들고 갔건만 냉장고에서 꺼낼 기회조차 없었다는 것도, 애써 사간 장미를 알릭스가 다듬지도 않고 싸구려 같은 꽃병에 대충 꽂은 것에도 화가 난다. 12파운드나 하는 비싼 장미였는데. 최소한 이보단 나은 대접을 기대했다.

그리고 물론 식사 자리 자체가 그렇게까지 불편해진 데엔 전적으로 네이선의 공이 컸다. 알릭스는 딴 데 정신이 팔려 있었고 신경이 날카로웠다. 그 자리를 마련한 사람으로서 역할도 제대로 하지 못했고 식사는 전혀 즐겁지 않았다.

일단 집에 돌아와 조시는 문을 열고 아직 불도 켜기 전에 개를 부른다. "프레드! 엄마 왔다!"

개는 재빠르게 달려와 조시의 품에 뛰어든다.

조시는 개를 데리고 나가 용변을 보게 한 후 다시 들어온다.

월터는 이미 새로 산 단정한 옷은 벗어두고 조거 팬츠와 헐렁한 티셔츠로 갈아입었다. 리넨 바구니 옆에 훌러덩 벗어놓은 새 프라이마크 셔츠와 바지가 꼭 조시를 약 올리기라도 하는 것 같다.

조시는 에린의 방을 지나가며 문에 귀를 대어본다. 게임 의자가 삐거덕대는 소리가 들린다. 조시는 아까 알릭스의 집 소파에서 잠옷 차림으로 커다란 헤드폰을 끼고 앉아 몇 시간이고 멍하니 TV 스크린만 보고 있던 꼬마 아이를 떠올린다. 아니 정말이지, 리언이나 에린이나 뭐 그리 다르다고? 조시는 생각한다. 내가 정말 그렇게 나쁜 엄마인가? 지금부터 10년, 20년 후에 개가 어찌 될지 누가 안다고?

월터가 냉장고에서 맥주를 꺼내 뚜껑을 따고 창가 테이블로 향한다. 월터는 목을 가다듬고 노트북을 연다. 두 사람은 아직까지 말 한마디 나누지 않았다. 두 사람 사이의 분위기는 여태껏 함께한 시간 중 지금 가장 살벌하다.

"당신 때문에 오늘 너무 부끄러웠어." 조시가 말한다.

월터는 조시 말을 무시한다. 월터가 코로 크게 한숨을 내쉬는 소리가 들린다.

"처음부터 끝까지 말이야. 죽어버리고 싶더라."

"그럼, 그럼." 월터는 노트북 화면에서 눈을 떼지 않고 키보드를 치며 예의 그 단조로운 목소리로 천천히 대답한다.

"월터." 조시가 소리친다. "지금 당신한테 얘기하고 있잖아."

"응. 듣고 있어."

"그럼 말을 해!"

"무슨 말을 하라는 거야?"

"오늘 밤 일. 당신이 날 얼마나 부끄럽게 만들었는지에 대해서."

마침내 월터가 키보드를 치던 손가락을 멈추고 고개를 돌려 조시를 쳐다본다. 너무나도 지치고 나이 든 월터의 모습에 조시는 일순간 깜짝 놀란다. "내가 어떤 식으로 당신을 부끄럽게 했는데?" 월터가 입을 연다.

"그냥 당신 늘 하던 대로 했지."

"그것 참 고마운 말이네."

"듣기 좋으라고 한 말 아냐. 오늘 밤 내내 최악이었어. 내가 이날을 얼마나 기대했는데, 아주 끔찍했다고. 당신은 그놈의 맥주나 손에 들고 아무 관심도 없는 사람처럼 앉아만 있더라. 노력은 하나도 않고. 일은 나 혼자 다 했잖아."

"일을 해? 무슨 일? 이봐, 당신이랑 그 여자가 대체 무슨 사인진 모르겠지만 내가 한 가지는 확실하게 알겠어. 그 여자는 당신 '친구'가 아냐. 그 여자는 당신을 좋아하지도 않아."

조시는 폐 속까지 숨이 얼어붙은 기분이다. "당연히 좋아하지."

"아니, 조시. 그렇지 않아. 그 여자는 그냥 당신의 그 작고 이상한 뇌 속에 들어가서 당신이 어떤 것에 반응하는지 그걸 보고 싶은 것뿐이야."

조시는 지금 폭풍의 눈 한가운데 서 있다. 수십만 개 조각으로 부서진 우주가 조시를 중심으로 소용돌이치고 있다. 조시는 눈을 감아보지만 감정은 더욱 거세진다.

"이상하다고 하지 말랬지."

"그럼 이상하게 굴지를 말든가."

"그만해!"

"과연 이렇게 계속 살 수 있을지 모르겠군."

"이렇게가 뭔데?"

"당신이랑 같이 사는 거. 더는 당신을 참고 살 수 있을지 모르겠어."

"나는 어떻고? 나는 당신이랑 사는 게 어떨 거 같아? 이렇게 사는 게?" 조시는 집 안을 가리켜 보인다. "나도 더는 이렇게 살 수 있을지 모르겠어. 나도 이제 한계야. 나도 죽겠어. 이러다가 나도 죽겠다고. 누군가는 알아야지. 알릭스한테 말해야 해!"

월터는 지치고 실망한 눈빛으로 조시를 쳐다보며 천천히, 냉랭한 목소리로 말한다. "당신 정말 멍청한 사람이었군. 아 아주 멍청한 사람이었어."

그 말에 조시 주변으로 휘몰아치던 소용돌이가 점점 느려지더니 어느 순간 잠잠해진다. 그리고 이제는 가슴속에서 뜨거운 분노가 끓어오른다.

조시는 월터가 알릭스의 스튜디오에서 했던 말들을, 조시
를 모함하던 그 비열한 거짓말을 떠올린다.

드디어 때가 됐다. 이 순간을 기다려왔다.

격렬한 확신이 자리 잡기 시작한다.

2부

7월 13일, 토요일

익숙한 초인종 소리가 알릭스의 꿈속을 파고든다. 처음엔 6시 반을 알리는 알람 소리겠거니 짐작하곤 일어나 아이들 학교 보낼 준비를 해야겠다고 생각한다. 아니, 시간을 확인하니 새벽 3시 2분이다. 그리고 보니 어젯밤은 금요일, 오늘은 토요일이다. 그제야 침대 옆자리가 비어 있단 것이 눈에 들어온다.

"정말 가지가지 한다." 알릭스는 이불을 걷어내고 포근한 침대를 박차고 나간다. "가지가지 해."

발꿈치를 들고 아래층으로 내려가는데 다시금 초인종 소리가 들려온다. 알릭스는 피가 거꾸로 솟는 기분이다. 아빠라는 사람이 이러다 애들 깰까 걱정도 안 되나? 머리끝까지 화가 나 길게 상대하지 않고 다시 침대로 돌아갈 생각으로 문을 휙 열었다가 알릭스는 소스라치게 놀란다. 눈앞에 서 있는 건 네이선이 아니다.

조시다.

조시는 힘없이 어깨가 축 처져 있다. 상처 난 얼굴, 말라붙은 핏자국 위로는 눈물이 흐른다. 개가 데님 이동 가방 위로 빼꼼히 고개를 내민다.

"세상에, 조시! 아니 이게 무슨 일이에요?"

목이 메어 흐느낄 뿐 조시는 아무 말이 없다.

알릭스가 문을 더 활짝 연다. "얼른 들어와요!"

알릭스는 조시를 부엌으로 데리고 들어와 조심스레 소파에 앉힌다. "무슨 일이에요, 조시? 말을 해야 알죠."

"월터요." 조시가 몸을 떨며 흐느낀다. "월터가 때렸어요."

"월터가 이런 거예요?"

"네. 오늘이 처음도 아니고요. 술 마시면 그래요. 그냥 아무 이유 없는 화풀이죠."

"자, 일단 물수건을 가져올 테니까 얼굴부터 닦읍시다. 더 다친 덴 없는지도 보고요."

조시가 풀죽은 채 고개를 끄덕인다.

알릭스는 서랍에서 깨끗한 행주를 꺼내 흐르는 수돗물에 적신다. 젖은 수건으로 조시의 얼굴을 부드럽게 닦아내자 끔찍하게 찢어지고 부풀어 오른 입술과 양 볼에 긁힌 상처가 드러난다.

"머리 뒤쪽에도 상처가 난 것 같아요."

조시가 고개를 돌리자 정수리 뒤쪽에도 피딱지가 붙어 있다. 두피에 살짝 벌어진 상처가 보인다.

"어지럽거나 하진 않아요?" 알릭스가 묻는다.

조시가 고개를 흔든다. "괜찮아요. 그냥 좀 충격받은 것 말고는 괜찮아요."

"구급차 부를까요?"

"아니요! 아니에요, 그러지 마요. 그럼 더 복잡한 일만 잔뜩 생길 텐데 지금은 감당이 안 돼요. 그리고 크게 다치지도 않았고요. 정말로요."

알릭스는 피 묻은 수건을 흐르는 물에 헹구고 물을 짠 다음 조시에게 건넨다. 그리고 전기주전자에 물을 채워 버튼을 누른다. "대체 무슨 일이에요, 조시?" 알릭스가 묻는다. "아까 나갈 때만 해도 괜찮아 보였는데, 아니었어요?"

"그렇기도 하고 아니기도 해요. 딱 봐도 월터 심기가 불편하긴 했어요. 네이선이 안 나타난 게 아주 무례하다고 생각한 것 같아요. 사실이긴 하죠. 아무튼 집에 가는 내내 한마디도 안 하고 집에 도착해서는 맥주를 또 마시더니…… 분위기가 살벌해졌어요. 나더러 멍청하다느니 별의별 막말을 다 쏟아붓고요. 그때쯤엔 나도 화가 머리끝까지 나서 지지 않고 월터한테 맞섰죠."

"조시도 월터를 때렸어요?"

"네. 아니, 시도에 그쳤죠. 그냥 노인네 같아도 아직 기운이 쌩쌩해요. 덩치도 크고요. 결국 월터한테 제압당했죠. 맞고 또 맞고…… 그러다가……."

"그러다가?" 알릭스가 숨을 멈춘다.

"에린이 끼어들었어요. 내가 맞는 걸 보고 에린이 나한테서 월터를 떼어내려고 했어요. 월터는 에린도 때렸고요."

"세상에, 끔찍한 일이네요. 에린은 괜찮아요?"

"네, 괜찮아요. 지금은 친구 집에 있어요."

"월터는 어디 있어요?"

"몰라요. 집에 그냥 있겠죠." 조시의 눈에서 다시 눈물이 떨어진다. 조시는 젖은 수건으로 눈물을 닦는다.

알릭스는 숨을 한번 들이쉰 다음 조시의 손 위에 제 손을 얹는다. "지금 이거 경찰에 신고해야 하는 일인 것 알죠?"

조시가 알릭스를 노려본다. "안 돼요! 싫어요. 그건 아니에 요."

"그럼 이대로 그냥 가만히 있을 거예요? 월터는 조시한테 끔찍한 범죄를 저질렀어요. 전에도 그런 적 있다면서요. 게 다가 딸한테까지 손찌검이라뇨! 이건……."

"안 돼요! 경찰은 끌어들이고 싶지 않아요. 그건 절대 아 니에요."

"아니 그럼 어쩌려고요? 다시 그 집으로 돌아갈 거예요?"

"그 집에 다신 안 돌아가요."

"어머니는요? 엄마한텐 얘기했어요?"

알릭스를 쳐다보는 조시의 눈이 커다래진다. 다시 눈물이 떨어진다. "엄마한텐 말 못 하죠! 엄마는 다 내 탓이라고 할 게 뻔한데요. 월터 편을 들면서요."

"월터 편을 들다니요? 월터가 조시한테 한 짓을 빤히 보고 도 그럴 리가 있나요."

"우리 엄마 봤잖아요. 어떤 사람인지 봤잖아요. 엄만 내가 형편없다고 생각하는 사람이에요."

“아니죠, 그건……..”

“맞아요. 우리 엄만 날 그렇게 생각해요. 엄마한텐 말 못 해요. 아무것도 말 못 해요.”

“하지만 누군가에게는 말을 해야죠.”

“알릭스한테 하고 있잖아요! 지금 알릭스한테 얘기하잖아요!”

“그래요, 나한테 얘기해줘서 고마워요. 하지만…….”

“하지만 뭐요?”

“나보다는 가까운 관계에 있는 사람한테 이야기해야 하지 않을까요?”

“나한텐 ‘가까운 관계’라고 할 만한 사람이 없어요, 알릭스.” 조시가 울부짖는다. “나한테 누가 있는데요? 월터랑 애들, 프레드, 알릭스뿐이에요.”

가족 다음으로 자신을 지목하다니, 알릭스는 기분이 이상하다. 마치 무슨 특별한 사이라도 되는 것처럼. 아니요, 난 조시와 아무런 관계도 아니에요. 알릭스는 그렇게 대꾸해주고 싶다. 그러나 대신 알릭스는 조시의 떨리는 어깨를 감싸고 조시의 말이 옳다는 듯 조시를 꼭 안아준다. “차 한잔 가져올게요. 아니면 더 센 거 줄까요?”

조시는 빨개진 눈으로 멍하니 알릭스를 쳐다본다. “브랜디 있어요?”

알릭스가 웃으며 일어선다. “그럼요.”

알릭스가 브랜디를 준비하는 동안 조시는 깊은 한숨을 내쉰다. “네이선한테 소식은요?”

"없어요. 그냥 오늘은 집에 안 오기로 했나 봐요."

조시가 조용히 혀를 찬다. "남자들이 그렇죠. 하여간 남자들이란."

하고 싶은 말은 많지만 알릭스는 꾹 참는다. '제발 다시는 월터랑 네이선을 비교하지 마세요. 음주 문제가 있어 그렇지 기본적으로 네이선은 좋은 사람이거든요. 초점 없는 눈으로 가스라이팅을 하는 늙은이 소아성애자하고 비교당할 수준이 아니에요.' 당장이라도 이렇게 쏘아붙이고 싶은 마음을 억누르고 알릭스는 브랜디 병에 코르크 마개를 부드럽게 끼운 다음 조시에게 잔을 건넨다. 조시는 떨리는 손으로 브랜디를 받아 든다.

"어떻게 할 거예요?" 여기 있겠다고 할 게 뻔하지만 제발, 제발 다른 대답을 하기를 기대하며 알릭스가 묻는다.

"모르겠어요."

"마리라는 친구가 있는데, 가정폭력 관련 자선단체 일을 많이 해요. 그 친구한테 한번 얘기해볼게요. 조시가 있을 만한 안전한 곳을 알고 있을 거예요. 지금 바로 전화해볼까요?"

"아니에요. 밤중이잖아요, 그럴 것 없어요. 난 괜찮아요. 알릭스만 괜찮으면 오늘 밤 여기서 보내도 될까요? 그게 가장 안전하게 느껴질 것 같아요."

심장이 철렁한다. "글쎄요. 그게 좀……."

알릭스의 말에 조시는 움츠러든다. 눈을 크게 뜨고 곧이라도 울음을 터뜨릴 것 같다. "알겠어요. 그렇게 해요. 조시가 머무를 방을 준비해줄게요. 괜찮을 거예요."

알릭스의 말에 긴장돼 있던 조시의 어깨가 금세 부드러워진다. 떨리는 입술로 아직 진정되지 않은 한숨 소리가 새어 나온다. "고마워요. 정말 고마워요."

오전 10시

'최악의 인간인 것 인정. 지금 당장 집에 들어가면 당신 앞에 엎드려 빌게. 아님 나 그냥 죽을까? 분부대로 하겠습니다.'

이상한 밤을 보내고 나니 이제 네이선의 문자를 보고도 알릭스는 화가 나지 않는다. 그러기엔 마음이 너무 누그러졌다. 알릭스는 곧바로 답장을 보낸다.

'죽지 마. 난 당신이 필요해. 집에 문제가 좀 있으니까 빨리 와!'

네이선은 달려가는 남자 GIF 파일로 대답을 대신한다. 알릭스는 네이선의 답장에 미소를 참지 못한다.

조시는 맨 위층 손님방에 있다. 아까 문틈으로 살짝 들여다보려고 하니 침대 발치에 앉아 있던 개가 이빨을 드러내며 으르렁대기 시작해 더는 확인해볼 수가 없었다. 이마저도 벌써 두 시간 전 얘기다. 조시는 아직도 기척이 없다. 알릭스는 다시 뒤꿈치를 들고 조용히 위층으로 올라가 문틈으로 방 안을 살핀다. 지독한 냄새가 코를 찌른다. 개를 키울 적 맡아보았던 냄새다. 방 한쪽 구석, 그래도 다행히 마룻바닥 위에 작은 개똥과 오줌이 보인다. 프레드가 알릭스를 향해 다시 이빨을 드러낸다. 이번엔 알릭스도 자리를 피하지 않는다.

시끄러운 소리에 조시가 깊은 잠에서 깨어나 갑자기 벌떡 일어나 앉는다. 조시 얼굴의 멍은 이제 누런색이나 보라색으로 진해져 얼룩덜룩한 것이 어제보다 상태가 훨씬 심각해 보인다. "아." 방 안으로 살짝 들어오는 빛에 조시는 눈을 끔벅이며 말한다. "아, 알릭스군요."

"잘 잤어요? 기분은 좀 어때요?" 알릭스가 묻는다.

"와우. 미안해요. 완전히 기절 상태로 잤네요. 몇 시예요?"

"이제 막 10시 넘었어요."

"정말 미안해요. 전혀 몰랐어요." 조시는 옆으로 고개를 돌려 냄새를 맡더니 개똥과 오줌을 보곤 괴로운 듯 신음한다. "아아, 너무너무 미안해요. 배변시킬 시간이 지나도록 잠이 들어 있었네요. 불쌍한 우리 아가. 청소도구만 좀 갖다주면 내가 치울게요."

조시는 힘겹게 침대에서 내려온다. 조시는 어젯밤 알릭스가 빌려준 토스트 잠옷을 입고 있다.

"괜찮아요. 내가 할게요. 다시 침대 가서 누워요. 커피 좀 가져다줄게요."

조시는 고맙다는 듯이 고개를 끄덕이고 다시 침대로 들어간다. "정말 고마워요, 알릭스. 커피 딱 좋아요."

아래층으로 내려가다 알릭스는 리언을 마주친다.

"저분은 왜 아직도 우리 집에 있어요?" 리언이 묻는다.

"집에 가는 길에 사고가 좀 있었대." 알릭스가 대답한다. "오늘은 엄마가 도와주기로 했어."

"상태가 엄청 심각한 것 같아요." 리언이 속삭인다.

“봤어?”

리언이 고개를 끄덕인다. “몰래 들여다봤어요. 개가 으르렁댔어요.”

“오늘 저녁엔 가실 테니까 지금은 잘 대해드리자. 알았지?”

리언이 고개를 끄덕인다.

알릭스는 조시에게 줄 카푸치노 한 잔을 만든 다음 스프레이 클리너와 키친타월을 통째로 들고 손님방으로 향한다. 알릭스는 조시의 침대 옆에 커피를 내려놓고 프레드의 배설물을 화장지 위로 옮겨 욕실 변기에 버리고 그 주위로 스프레이를 잔뜩 뿌려 닦는다. 그런 다음 창문을 열며 묻는다. “환기 좀 시킬게요? 개 산책도 좀 시켜줄까요?”

“네, 그럼 프레드가 무척 좋아할 것 같아요. 하네스는 이동가방에 있어요. 저쪽에요.”

알릭스가 조시에게 하네스를 건넨다. 조시는 개에게 하네스를 입힌 다음 클립으로 목줄을 끼운다. 개는 목줄을 보자마자 태도가 바뀌어 조시를 돌아보지도 않고 알릭스와 기쁘게 산책길에 나선다.

알릭스는 공원으로 향한다. 아침엔 흐리지만 오후엔 날이 갠다고 했다. 산책을 하며 알릭스는 생각을 정리한다. 어젯밤 월터에게 녹음 스튜디오를 보여주었을 때 월터는 조시에 대해 몇 가지 이야기를 했었다.

‘겉으로 보이는 것하곤 다른 사람입니다. 아주 다르죠……
조시는 자기가 주도권을 갖는 걸 좋아해요.’

월터는 조시가 남들 눈에 단순한, 아무 생각 없이 사는 사람인 것처럼 비치길 바라지만 실상은 생각이 많아도 너무 많은 사람이라고 했다. 또 조시에게 진실이란 고무줄 같은 것이라고도 했다. 월터가 어젯밤 한 말은 모두 두 가지 방향으로 해석이 가능했다. 자신이 악역이 되는 게 싫어 월터가 조시를 나쁘게 말한 것이거나 그게 아니면 진실이거나, 둘 중 하나다. 만약 월터의 말이 진실이라면, 그건 무슨 뜻이지? 대체 조시의 머릿속엔 뭐가 들어 있단 거지? 좋은 생각? 나쁜 생각? 애초 이 팟캐스트를 하기로 마음먹었을 때부터 조시의 조금은 이상한 점들에 끌린 것도 사실이다. 데닝 집착증이라든지, 나이 차이가 아주 많이 나는 남편이라든지, 감정이 느껴지지 않는 로봇 같은 말투라든지 등등. 나르시시스트 모친 밑에서 자라고 너무 어린 나이에 월터 같은 남자와 결혼한 탓일 수도 있겠지만 혹시 조시가 원래부터 조금 이상한 사람이었다면? 애초 타고난 이상한 성격 때문에 그런 결혼을 하게 된 거라면? 사실 정말로 이상한 사람은 조시라면?

생각이 여기에 미치자 알릭스는 잘 알지도 못하는 사람과 집에 홀로 남겨둔 리언이 떠올라 얼른 개를 데닝 이동 가방에 넣은 후 최대한 빠른 걸음으로 집을 향해 걸어간다.

오전 10시 30분

현관문이 딸깍하고 열리더니 이내 쾅 닫힌다. 조시는 개를 데리고 나갔던 알릭스가 산책에서 돌아온 것이라 생각하고 아래층을 내려다본다. 알릭스가 아니다. 그 남자다. 멍청한 알릭스 남편. 조시의 상태도 썩 좋진 않지만 네이선의 몰골은 더하다. 떡이 진 머리, 어깨에 걸친 양복 재킷. 게다가 해도 안 났는데 선글라스라니. 리언이 복도를 달려가더니 아빠 품에 안긴다.

"윽, 냄새." 리언이 말한다.

"고맙다, 아들." 네이선이 대구한다. 그는 계단 위로 시선을 돌리다 조시를 발견하고 흠칫 놀란다. 그의 얼굴에 공포가 스친다.

"세상에." 네이선이 가슴을 붙들며 말한다. "깜짝 놀랐네요. 조시, 맞죠?"

조시가 고개를 끄덕인다.

"그 잠옷 때문에요. 알릭스 잠옷이죠? 그 뭐냐, 인지부조화가 왔네요. 잘 지내셨어요?"

조시가 제 얼굴을 가리킨다. "잘 지냈다고 하긴 그렇죠."

"세상에. 우리 집에서 그렇게 다치신 건 아니죠?"

조시가 얼굴을 찡그린다. 저 사람은 이게 지금 농담거리로 보이나? "아니에요." 조시가 대답한다. "당연히 아니죠."

네이선은 조시를 쳐다보며 눈을 껌벅이다 거실로 향한다. "혹시 알릭스 보셨나요?"

"프레드를 데리고 공원에 갔어요. 곧 올 거예요."

"프레드요?"

"제 개요."

"아. 그렇군요. 음…… 그럼 다음에 뵈어요."

네이선은 재킷을 계단 아래쪽 기둥에 걸쳐놓고 부엌으로 들어간다.

조시는 방으로 돌아가 알릭스가 아침에 갖다준 흰 티셔츠와 헐렁한 파란 바지로 갈아입는다. 땋은 머리를 풀어 손가락으로 빗자 말라붙어 있던 피가 우수수 떨어진다. 조시는 다시 머리를 하나로 모아 묶는다. 방 안 화장실에서 이를 닦는데 헤링본 스타일로 붙인 타일이 눈에 들어온다. 단순하지만 미적 효과가 참 좋은 것 같다.

이를 닦은 후 조시는 거울에 비친 제 모습을 확인한다. 끔찍한 몰골이다. 밤사이 멍이 번지고 색도 바뀌었다. 아랫입술은 찢어진 토마토 같고 피는 검게 말라붙었다. 미소를 지어 보이자 딱지가 조금 뜯어지면서 선홍색 피가 살짝 배어나온다. 조시는 혀끝으로 피를 닦고 아래층으로 내려간다.

"저기 그쪽은 어쩌다가 그⋯⋯?" 조시가 부엌으로 걸어오자 네이선이 손으로 조시의 얼굴을 가리켜 묻는다.

"화가 난 남자 때문에요." 조시가 대답한다.

"정말로요?" 밝은색 속눈썹 너머로 네이선이 조시를 쳐다본다. 심각함을 눈치챈 네이선이 우편함 입구마냥 입술을 일자로 굳게 다문다.

"네. 남편 짓이에요."

"세상에. 너무하네요."

"맞아요, 끔찍해요. 아내는 저녁 식사 준비해놓고 기다리는데 밤새 집에 안 들어오고 다음 날 아침 회사 갔던 그 복장 그대로 들어온 남편과 비교했을 때 좀 더 끔찍하긴 해요."

아직도 술이 덜 깨 몽롱한 네이선의 얼굴에 복잡한 감정이 퍼져나가는 것을 내심 즐겁게 바라보며 조시는 대답을 기다린다.

"아, 그렇죠." 네이선이 입을 연다. "그건 참 잘못했죠. 그게 음……."

"그거 문제예요."

네이선의 왼쪽 눈썹이 솟아오른다. "네." 네이선은 딱 끊어 말한다. "알릭스와 제가 알아서 할 문제고요."

"최소한 어젯밤은 아니었어요. 우리 셋 다 고통스러웠죠. 결국 이런 결과로까지 이어졌고요."

네이선이 아연실색한다. "방금 뭐라고요?"

조시가 한숨을 쉰다. "남편을 데리고 오려고 그쪽, 그러니까 초대받은 집 남편도 그 자리에 같이 있을 거라고 얘기했거든요. 여자들만 있는 자리에 올 사람이 아니니 방법이 그뿐이라서요. 겨우 끌고 왔더니 상대방 남편은 끝내 나타나지 않았죠. 바보가 된 기분이었을 거예요. 저녁 식사 자리도 끔찍했거니와 저도 이렇게 화풀이를 당했네요."

네이선의 표정이 대답을 대신한다.

"정말 죄송합니다." 네이선의 얼굴이 조금 붉어져 있다. "정말로 죄송해요."

조시는 입술을 일자로 만든다. "남편 역할을 잘 좀 하세요."

네이선이 조시를 보며 눈만 끔벅인다. "와우." 잠시간의 정적 후 네이선이 다시 말한다. "와우."

그때 현관문이 다시 딸깍 열린다. 두 사람의 시선도 현관을 향한다. 약간 숨이 가쁜 채 스트레스받은 얼굴로 집에 들어온 알릭스는 네이선을 발견하고 표정이 조금 누그러진다. 그 모습에 조시는 놀랍게도 화가 치민다.

"왔어?" 네이선이 인사한다.

"응." 알릭스가 이동 가방에서 개를 꺼내 조시에게 건넨다. "두 사람 나 없이도 벌써 인사 나눴네?"

"인사라면 확실히 했지." 네이선이 건조하게 대답한다.

네이선은 알릭스에게 눈으로 무어라 말을 하고 알릭스는 미간을 살짝 찡그리며 네이선이 무슨 말을 하려는 건지 파악하려 애를 쓴다. 조시는 두 사람의 그런 모습을 고스란히 지켜본다.

"전 이제 가서 좀 누울게요. 그래도 괜찮아요, 알릭스? 아직 충격이 가시지 않아서요."

"그럼요." 알릭스가 대답한다. "당연하죠. 뭐 좀 가져다줘요? 아침 먹을래요?"

"아니에요. 괜찮아요. 별로 식욕이 없네요."

"그래요, 그럴 만하죠. 혹시 필요한 거 있을 때 문자 하거나 아래층으로 소리쳐요. 알았죠?"

조시는 힘없이 미소를 지으며 고개를 끄덕인다.

부엌을 나서며 조시는 네이선을 지나쳐간다. 네이선은 약간 움츠러든다. 조시는 네이선에게서 나는 냄새에 분노가 치솟는다. 계단을 오른 후 곧장 방으로 가지 않고 조시는 복도에 선 채 부엌에서 들려오는 대화 소리에 귀를 기울인다. 오랫동안 침묵 아닌 침묵이 이어진다. 아마 알릭스와 네이선이 표정으로 이야기하고 있겠지. 두 사람은 곧 낮은 목소리로 다급하게 속삭이더니 점점 목소리가 커진다. 알릭스는 "그럼 내가 뭘 어떻게 했어야 하는데?"라고 하고 네이선은 "진짜 어처구니가 없네."라고 한다. 그때 리언이 배가 고프다며 부엌에 나타나 대화의 주제가 바뀐다.

조시는 방으로 들어와 문을 닫는다. 침대에 앉아 핸드백 안쪽 주머니를 뒤져 열쇠를 찾는다. 어젯밤 아파트에서 챙겨온 열쇠다. 열쇠에 손가락이 닿자 과거의 기억이 파노라마처럼 눈앞을 스친다. 무거운 살과 뼈, 여기저기 튄 핏물, 손가락 사이로 깜박이는 불빛. 피의 쇠맛, 손에 밴 땀의 짠맛, 숨죽인 울음소리. 바닥에 웅크리고 있는 조시 자신의 모습도 보인다. 개가 조시의 머리 냄새를 맡는다. 이어지는 적막. 창밖 버스 정류장에 멈춰 선 버스가 문을 여닫는 소리, 낑낑거리는 개 울음소리, 버스가 다시 출발하는 소리만이 적막을 깬다.

조시는 열쇠를 꺼내 매트리스 아래 밀어 넣는다.

<h1 style="text-align:center">7월 14일, 일요일</h1>

“에린이랑 얘기해봤어요?” 다음 날 아침 알릭스가 부엌에서 조시에게 묻는다.

조시가 고개를 끄덕인다. “문자는 했어요. 잘 있대요.”

“묻기 조심스럽지만 월터는요? 월터랑은 조금이라도 이야기 나눠봤어요?”

“아뇨. 얘기 안 해봤어요. 할 생각도 없고요.”

“그럼…… 앞으로는 어떻게 할 생각이에요?”

마지막 그 질문을 하면서는 알릭스도 약간 목이 잠긴다. 조시가 이 집에 머문 건 불과 하루 남짓이지만 네이션은 조시를 싫어하고 아이들은 조시의 얼굴을 보고 기겁하고 고양이는 자신을 향해 으르렁대는 개의 존재가 못마땅하다.

“정말 모르겠어요. 할 일이 아주 많다는 생각이 들어요.”

“어쩌면 조시 어머니가…….”

“아니요.” 조시는 알릭스가 문장을 채 끝내기도 전에 말을 자른다. "엄마 도움은 받지 않을 거예요. 이 일은 나 혼자 해결할 거예요."

"그래요, 그건 그렇다 쳐도 월터랑은 얘기해야죠. 안 그래요? 월터는 어쩔 수 없이 봐야 할 거예요."

조시의 얼굴에 어두운 그림자가 드리운다. 조시가 고개를 젓는다. "아직은요. 아직은 얘기할 준비가 안 됐어요."

"내가 가서 얘기해볼까요?"

"아뇨. 세상에, 그건 절대 안 돼요. 난 그냥…… 그냥…… 알릭스, 나 여기 있어야 해요. 조금만 더 있으면 안 돼요?"

알릭스는 장이 꼬이는 것 같다. "음…… 그럼요, 되죠. 하지만 오래는 어려워요. 다음 주에 언니랑 동생이 오면 손님 방을 써야 해서요."

"아, 알겠어요." 조시가 눈을 끔벅인다. "언제 오는데요?"

"토요일이요."

"알겠어요. 알았어요. 그 전까지는 꼭 나갈게요. 약속해요."

방금 무슨 짓을 저지른 것인지 알릭스는 뒤늦게 깨닫고 쓸쓸해진다. 조시는 이제 일주일 내내 여기 있어도 된다고 생각하고 있다. "고마워요. 그리고 미안해요." 알릭스가 미소를 지으며 말한다.

"미안하긴요. 천만에요. 알릭스가 얼마나 좋은 사람인데요."

잠시 기다렸다가 알릭스가 다시 말을 꺼낸다. "있잖아요, 조시. 제가 조시를 도와줄 수 있는 사람들을 알고 있어요. 전에도 얘기했지만 마리 르 잔이라고, 팟캐스트 때문에 만났던 분인데 가정 내 학대 문제 관련해서 영국에서 제일 큰 자선단체를 운영하세요. 마리가 조시를 도와줄 수 있을 거예요. 조시만 괜찮으면 제가 연락해볼게요. 혹시라도 지금 조시가 위험하다는 느낌이 들면요.”

알릭스는 숨을 멈추고 조시의 반응을 기다린다. 그러나 조시는 그냥 고개를 끄덕일 뿐이다. “알겠어요. 고마워요. 위험하다고 느끼진 않아요. 그건 확실해요.”

“다행이네요.” 알릭스가 말한다.

“오늘은 뭐 해요, 알릭스?” 조시가 묻는다.

“별다른 일정은 없어요. 네이선은 일하니 아이들 데리고 나가 점심 먹을 생각이었어요.”

“나는…… 아니에요, 됐어요.”

“괜찮아요. 얘기해요.”

“어쨌든 지금 여기 있으니까 녹음을 좀 더 하면 어떨까 해서요. 딸아이들 이야기를 정말 하고 싶어요.”

알릭스가 고개를 끄덕인다. “그래요, 그럼. 스튜디오에 있을 거라고 애들한테 얘기만 하고 올게요. 그러고 나서 가죠.”

〈버스데이 트윈〉
넷플릭스 오리지널 시리즈

(김 서린 통창 옆에 앉아 있는 여자. 그 뒤편으로 흐릿하게 크롬 커피머신을 닦는 남자가 보인다. 여자가 인터뷰어를 보고 멋쩍은 듯 웃으며 목소리를 가다듬는다.)

맨디: 알릭스의 두 아이들 모두 파크사이드에 다녔어요. 사랑스러운 아이들이죠. 그냥 보기만 해도 즐거운 가족들이 있어요. 알릭스의 가족도 그중 하나였고요. 그래서 갑자기 알릭스가 페어 가족에 대해 물었을 때 더더욱 의외였어요. 워낙 두 가족의 분위기 자체도 극과 극이고, 양쪽 어머님들도 워낙 다른 사람들이라서요. 그게 그러니까 2019년인데, 당연히 알릭스가 페어 가족에 대해 팟캐스트를 준비하고 있는 줄은 전혀 몰랐기 때문에 기억나는 대로만 얘기했었어요. 그러다가 이런 일들이 있고 나서 기록을 뒤져보니 다른 사건들도 생각이 난 거죠. 이를테면 록시가 1학년 때 교실 안 책 읽는 공간에서 다른 아이 손가락을 부러뜨린 적이 있어요. 손가락을 신발 신은 발로 밟고 서서 그냥 완전히 으스러뜨려버렸어요. 피해 아이는 소리를 지르고요.

(몸서리치는 맨디. 이어 건조한 미소를 띤다.)

맨디: 당연히 학교에선 부모님을 호출했는데 그 아이 부모님은…….

(맨디가 테이블로 시선을 떨구고 적절한 단어를 고심한다.)

맨디: 무표정이었어요. 전혀 감정이란 게 없는 것 같았죠. 정말 이상했어요. 그때는 그냥 충격적이라는 생각만 하고 말았는데 지금 와서 보면…… 이제는 어찌 보면 이해가 돼요. 집안에서 그런 일이 벌어지고 있었는데…… 너무 당연한 것 같아요.

(다시 몸서리치는 맨디. 이내 고개를 절레절레 흔들고 한숨을 쉰다.)

(암전 후 장면 전환. 아무도 없는 스튜디오. 카메라가 방 안을 훑는다.)

알릭스: 록시가 다른 아이 손가락을 부러뜨렸다는 이야기를 듣고 월터는 어떤 반응을 보였나요?

조시: 월터한텐 말 안 했어요. 그때는 아침 7시면 집을 나섰으니 출근이 이르기도 했고, 저녁에도 5~6시는 되어서야 집에 왔거든요. 학교 일이라면 월터는 하나도 몰라요. 아이들이 학교 다니는 동안 월터가 직접 아이들 학교에 간 게 총 다섯 번 정도 되려나요? 그래서 그냥 아무 말도 안 했어요.

알릭스: 록시도 월터에게 말하지 않고요?

조시: 안 했죠, 록시도 말 안 했어요. 그냥…… 월터의 욱하는 성미 때문에 우리 둘 다 월터를 조금 무서워했어요.

알릭스: 월터가 아이들한테 폭력적이었나요?

조시: 아뇨, 그때는 그렇지 않았어요. 하지만 거칠긴 했어요. 특히 록시한테는요. 아이들을 밀치기도 하고요. 그래도 폭력적이라고 할 정돈 아니었어요. 그건 나중 일이에요.

조시: (크게 한숨을 쉬며) 난 좋은 엄마는 아니었어요. 좋은 엄마가 못 되었죠.

알릭스: 무슨 뜻인가요?

조시: 그냥……. (다시 한숨)

조시: 상황이 나빠질 때까지 손을 놓고 있었어요. 나쁜 일이 생겨도 손을 쓰지 않았죠. 그냥 보고만 있었어요.

＊ ＊ ＊

오후 2시

알릭스의 휴대폰이 세 번 연속으로 울린다. 알릭스는 손가락을 들어 보인 후 녹음을 멈추고 헤드폰을 벗는다. "조시, 미안한데 이번엔 받아야 할 것 같아요. 일라이자네요. 응, 아가."

"엄마, 지금 좀 오면 안 돼요? 리언도 진짜 짜증나고 나도 배고파요."

알릭스는 시간을 확인한다. 거의 2시가 다 됐다. "알겠어. 정말 미안해. 지금 갈게."

알릭스는 조시에게 미안한 표정을 지어 보인다. "정말 미안해요. 너무 오래 아이들끼리만 있게 둔 것 같아요."

조시가 고개를 끄덕인다. "네, 제가 미안하죠. 제가 이기적이었네요. 워낙 가슴속에 오래 품고 있었던 이야기라 한 번에 다 털어버리지 않으면 다시는 못 꺼낼 것 같아 겁이 나서 그랬네요."

알릭스가 미소를 짓는다. "다시는 그런 일 없을 거예요, 알겠죠? 내일은 하루 종일 여유가 있으니까 오늘은 여기까지 하죠. 내일 일 안 가는 것 맞죠?"

조시가 고개를 끄덕인다.

"그럼 내일은 하루 종일 녹음해요. 괜찮겠어요?"

"네. 좋아요." 조시가 대답한다.

7월 15일, 월요일

조시는 알릭스 가족의 등교 준비 소리에 잠을 깬다. 그 소리에 마치 해변에서 보낸 행복한 하루, 유년 시절 크리스마스 기억처럼 마음이 편안해진다. 조시는 처음 엄마가 되었던 그 시절을 잠시 떠올려본다. 그땐 아직 아이들도 천사 같았고 남편도 의지할 수 있는 멋있는 존재였다. 아니, 어쩌면 그건 전혀 사실이 아닌지도 모른다. 조시가 미화된 과거를 떠올리는 것인지도 모른다. 그래도 분명 처음엔 지금보다 행복했다. 그리고 그건 사실일 수밖에 없다. 그렇지 않고서야 지금까지 이렇게 버티고 살았을 리는 없으니 말이다.

조시는 침대를 나와 알릭스가 준 리넨 가운을 걸친다. 조시는 개를 안고 슬립온 신발을 신고 아래층으로 향한다. "좋은 아침이에요." 조시는 부엌으로 들어가며 말한다.

아이들이 고개를 돌려 조시를 보더니 화들짝 놀란다. 파크사이드 교복을 입은 아이들 모습에 조시 역시 마음이 편치 않다. 개는 부엌 조리대에 앉아 있는 몽실몽실 구름 고양이를 향해 이빨을 드러낸다.

"좋은 아침이에요, 조시!" 알릭스는 요가 팬츠 위에 흰색 자수 튜닉을 입고 천으로 된 머리띠로 머리를 넘겼다. 맨발로 서서 바나나를 잘라 잘 구워진 베이글 위에 올리고 있는 알릭스의 모습을 보고 있자니 조시는 마치 인스타그램 포스트를 라이브로 보는 기분이다. "어서 와요. 뭐 먹을래요?"

조시가 고개를 젓는다. "괜찮아요. 저는 그냥 커피만 마실게요. 머신 좀 써도 돼요?"

"그건 걱정 마요. 네이선이 커피를 내려줄 거예요. 네이선!"

네이선이 빈 시리얼 그릇과 머그컵을 들고 나타난다.

"조시한테 카푸치노 한 잔만 만들어줘."

희미한 미소로 가리고는 있지만 네이선의 얼굴에 비친 못마땅한 표정을 조시는 놓치지 않는다. "그러지 뭐." 네이선이 말한다. "설탕은요?"

조시는 고개를 끄덕인다. "하나만요. 고맙습니다."

조시는 의자를 하나 골라 테이블 앞에 앉는다. 건너편에 앉은 리언이 의심스러운 눈초리로 조시를 살핀다. "아줌마 딸들도 너희랑 같은 학교 다녔어." 조시가 말한다. "그 누나들 아직 어릴 때. 지금은 다 컸고."

"지금은 어딨는데요?"

"에린은 친구네 집에 있고 록시는 세계여행 중이야."

"그럼 어른이에요?"

"응. 어른이란다." 마지막에 조시의 목소리가 조금 갈라진다. 조시는 목소리를 가다듬는다. "학교 행정실에 아직 맨디 선생님 계신다며?"

리언이 심각한 표정으로 고개를 끄덕인다. 조시는 리언의 손을 물끄러미 쳐다본다. 아직 통통하게 살이 붙어 있는 것이 딱 어린아이 손이다. 엄지손가락 관절 부분에는 딱지가 앉아 있다. 조시도 딱지를 기억한다. 사마귀, 서캐, 내성 발톱, 실을 묶어 뽑은 유치…… 아이들다운, 아이들만의 그 모든 상처와 흔적들을 기억한다. 조시는 리언의 딱지를 만져보고 싶은 마음을, 거기 입을 맞추고 싶은 충동을 억누른다. "어머나, 여기 아야했네." 하마터면 그렇게 말할 뻔했다. 아이를 잃었다는 상실감은 너무나도 본능적이고 끔찍한 고통이어서 비명을 내지를 수도 있을 것 같다.

조시는 겨우 미소를 띠고 말한다. "우리 아이들 다닐 때도 맨디 선생님 있었는데."

리언은 테이블 가장자리를 만지작대다 조시를 쳐다보며 묻는다. "우리 엄마랑 나이가 같은데 어떻게 어른 자식이 있어요? 우리는 이렇게 작은데?"

"글쎄. 그건 수학 계산이 필요한 문제 같은데?"

리언은 무슨 말인지 모르겠단 표정이다.

"자, 아줌마는 마흔다섯 살이고 우리 큰딸이 스물세 살이야. 그럼 아줌마가 누나를 낳았을 때 몇 살이었을까요?"

리언이 인상을 구기며 말한다. "45 빼기 23?"

"그렇지! 맞아, 바로 그거야. 똑똑하네!"

"그러면……." 리언은 주먹 쥔 손을 테이블 위에 올리고 손가락을 하나씩 펴며 계산을 한다. 하나씩 펼치는 손가락이 마치 피어나는 꽃 같다. "22?"

"우와! 우리 리언 몇 살이야?"

"여섯 살이요."

"여섯 살! 그런데도 그렇게 복잡한 계산을 다 해? 대단하네. 맞아, 45 빼기 23은 22야. 아줌마가 큰누나를 낳았을 때 22살이었어. 그럼 45 빼기 6은 얼마게?"

"그건 쉽죠. 39요."

"맞아! 그러니까 너희 엄마는 39살에 너를 낳은 거야. 그래서 아줌마 딸들은 어른이고 너는 아직 여섯 살인 거란다. 모든 사람이 같은 나이에 같은 일을 하는 건 아니거든."

조시가 고개를 돌려 알릭스를 쳐다본다. 알릭스는 미소를 띠고 있다. "아들이 수학을 아주 잘하네요."

"네, 잘하죠. 리언은 다 잘해요, 그렇지? 그러니까 이제 학교 갈 시간 맞춰 나갈 준비 하는 것만 잘하면 되겠네? 자, 얼른. 이제 신발 신자."

이내 집은 텅 빈다. 네이선은 출근했고 알릭스는 아이들을 학교에 데려다주러 갔으니 30분쯤 있다 돌아올 것이다. 조시는 혼자다. 조시는 부엌을 가로질러 아이들을 위해 남겨둔, 벽에 붙은 그림들을 살펴본다. 혹시 어두운 감정이나 스트레스가 내비치는 그림이 있지는 않은지 찾아본다. 학부모 상담을 가면 에린과 록시의 선생님들은 아이들이 그린 불안정한 그림들을 내밀며 '정서불안의 신호'라면서 걱정스러운 표정을 지어 보이곤 했다. 여기엔 노란 해와 오렌지색 꽃과 행복한 엄마와 웃는 아빠 그림뿐이다. 행복한 가정에서 자라는 건강한 아이들이 그린 그림이다. 조시는 작은 스케치 한 점을 떼어낸다. 머리에 커다란 리본을 단 여자아이와 꼭 프레드 같은 목줄을 한 개가 함께 있는 그림이다. 아래쪽엔 '티니'라고 적혀 있다.

이 소녀가 누군지, 이 개는 누구 개인지 몰라도 너무나 순수하고 완벽한 그림이다. 조시는 욕망을 절제하지 못하고 그 그림을 떼어 리넨 드레싱 가운 포켓에 넣는다. 그리고 빈 공간을 가리기 위해 그림들을 다시 배치한다.

이번엔 달력을 확인한다. 가족사진이 인쇄되어 있다. 조시는 다음 주 토요일 일정을 확인한다. '조이 & 페탈'이라고 적혀 있다. 조이는 알릭스의 언니 이름이다. 조시는 안심한다. 알릭스의 말은 거짓이 아니었다. 정말로 알릭스의 자매들이 토요일에 온다. 조시는 작은 미소를 띠고 달력의 메모를 손가락으로 만져본다.

다음으로 조시는 냉장고를 열고 뭐가 들었나 훑어보다가 스트링 치즈와 미니 페퍼라미*가 보여 깜짝 놀란다. '스키르'**라고 하는 것과 '바바가누쉬'***라는 것은 오히려 놀랍지 않다.

---

* 살라미 소시지 스낵.
** 아이슬란드식 요거트.
*** 레바논 음식으로, 가지로 만든 일종의 디핑 소스.

알릭스가 돌아오기 전까지 샤워를 하고 옷을 갈아입어야 할 것 같아 조시는 위층으로 올라간다. 2층에는 방이 세 개 있다. 하나는 알릭스와 네이선의 방이고 다른 하나는 리언의 방, 그리고 집 뒤쪽으로 정원을 내려다보고 있는 방은 작은 서재다. 조시는 서재 문을 열고 안을 들여다본다. 창가에는 책상이, 뒤쪽 벽에는 책꽂이들이 있고 그쪽 벽으로 소파 베드로 보이는 가구가 놓여 있다. 조시는 아래쪽 쿠션을 들어 올려 금속 프레임을 확인한 다음 쿠션을 다시 내려놓는다. 소파 베드가 맞는다면 이 집엔 빈방이 하나 더 있는 셈이다. 토요일에 꼭 떠나지 않아도 된다. 조시는 씩 웃으며 위층의 일라이자 방 옆에 나란히 붙은 자신의 방으로 올라간다.

조시는 아직 이 집을 떠날 준비가 되지 않았다. 전혀.

〈버스데이 트윈〉
넷플릭스 오리지널 시리즈

(조명이 어두운 바. 스툴 의자에 여자 둘, 남자 한 명이 앉아 있다. 모두 청바지에 티셔츠 차림이고 문신도 있다. 한 명은 비니를 쓰고 있다.)

(자막) **게임 플랫폼 글리치 구독자 아리, 주노, 댄**

남자: (미국 억양을 쓰며) 네, 그날 밤은 그냥 늘어져 있었어요. 친구들이 놀러 와서 맥주를 좀 마셨고요. 7월이라 밤에도 꽤 더웠거

든요. 창문도 다 열려 있었죠. 그래서 그날은 평소랑은 달리 그냥 배경처럼 화면을 틀어만 둔 상태였어요. 딱히 집중해서 보진 않았고요.

인터뷰어: (오프 마이크) 평소에는 집중하는 편인가요?

남자: 네. 그렇다고 봐야죠. 이레이즈드Erased는 진짜 장난 아니었거든요. 원래 그게 저희가 알고 있던 닉네임이에요.

인터뷰어: (오프 마이크) 닉네임이 '이레이즈드'예요? '지워진'이라는 뜻의?

남자: 네. 지금 와서 보니 그게 원래 자기 이름 이니셜 플러스 평소 본인 생활을 의식해서 약간 농담처럼 지은 것 같아요. 물론 그때 당시야 우리에게 이 사람은 그냥 이레이즈드라는 이름의 게이머일 뿐이지 실제 생활 같은 건 전혀 알 길이 없었죠. 평소 게임을 할 때는 늘 녹색 스크린을 배경으로 깔아놔서 실제 방 안을 볼 수 없었는데 빈 창고 같은 데 있는 것 같긴 했어요. 이레이즈드는 엄청 조용했어요. 사실상 말을 한다기보다 속삭인다고 할까요? 워낙 이쪽 세계에선 그렇게 조용한 사람이 드물다 보니 또 유독 쿨하게 보이는 부분도 있었어요. 그래서 큰 소리가 났을 땐 무슨 일이 생겼구나 싶었고요.

인터뷰어: 화면에서요?

남자: 네. 이레이즈드가 의자에서 일어나는 거예요. 원래 게임 중에 절대 일어나는 법이 없는 사람인데! 그러곤 화면에서 사라졌는데 녹색 스크린 때문에 영상이 좀 흐릿했어요. 녹색 스크린이 있으면 움직임이 잘 안 보이거든요. 하여간 갑자기 비명 소리, 고함 소리가 들리더니 이어서 쿵 하는 소리가 들리는 거예요. 그러고

는 조용해졌어요. 그냥 고요했어요. 의자엔 아무도 없었고요. 계속 화면을 들여다보고 있어도 이레이즈드는 돌아오지 않았어요. 그때부터 다들 메시지를 보내기 시작했죠. 전 세계에서요. 하지만 이레이즈드가 어디 사는지, 진짜 이름은 뭔지 아무도 알지 못했어요. 이레이즈드에 대해 알려진 게 아무것도 없었어요.

비니 쓴 여자: 그날 스트리밍 전부 녹화된 영상이 있어서 경찰에 전화를 했어요. 경찰에서는 그래서 뭐 어쩌라는 거냐는 식이었죠. 사실상 다른 세상에 사는 사람이라고 봐야 하니까요. 그래서 스트리밍 녹화 영상을 글리치에 보냈어요. 글리치에도 주소는 없고 IP주소랑 이메일만 있다는데, 그래도 런던 북부 소재 정도는 확인이 됐어요. 그래서 런던 북부에 사는 아는 사람들한테 모조리 메시지를 보내기 시작했죠. 그러다 보니 저희도 어느 순간 포기할 수 없게 됐고, 그게 바이럴까지 된 거죠. 그리고 이레이즈드의 신원과 주소를 이제 거의 확인할 수 있겠다 싶을 때쯤 뉴스가 터졌어요. 와, 이게 무슨…… 진짜 말이 안 나오더라고요.

＊＊＊

오전 9시 30분

알릭스가 아이들을 학교에 데려다주고 돌아오니 조시는 이미 옷을 갈아입고 준비를 마친 후 부엌에 앉아 있다. 개는 뒷마당 꽃밭 주변을 쿵쿵대며 돌아다닌다. 조시가 메이크업으로 상처를 최대한 가린 것을 보고 알릭스는 잠시 화장품이 어디서 났을까 생각한다. 토요일 새벽 이 집 앞에 나타났을 때 조시는 작은 핸드백과 개만 들고 있었다.

"오늘은 좀 낫네요." 알릭스가 조시의 얼굴을 가리키며 말한다.

"네. 거울 볼 때마다 지긋지긋해서요. 화장실 캐비닛에 파운데이션 같은 게 있더라고요. 쓰면 안 되는 건 아니죠?"

알릭스는 별생각 없이 고개를 흔든다. 손님방 화장실 캐비닛에 파운데이션이나 메이크업 제품이 있을 리 없다고 99퍼센트 확신하지만, 그래도 혹시 누가 남기고 간 것을 알릭스가 못 봤을지도 모른다.

"일단 집안일 좀 해놓고 녹음하러 가요. 괜찮아요?"

"그럼요." 조시가 말한다. "알릭스네 예쁜 부엌에 이렇게 앉아만 있어도 좋아요."

알릭스는 최대한 다정한 미소를 지어 보인 후 침실로 간다. 리언의 침대에서 침구를 걷어내 둘둘 뭉친 다음 새 시트를 깔고 쓰레기통을 비운다. 안방과 화장실도 정리한다. 집안일을 하나씩 하는 동안 알릭스는 왠지 모를 불안함을 느낀다. 아무리 그 느낌을 떨쳐보려 해도 맘처럼 되지 않는다. 모든 것이 잘못된 느낌이다. 미묘하게 무언가 어긋나 있다. 뒷마당에서 왈왈 개 짖는 소리에 창밖을 내다보니 개가 나무 위 다람쥐를 애타게 바라보고 있다. 조시는 지금쯤 부엌에 앉아 온화하고 차분한 미소로 이 모습을 지켜보고 있겠지. 토요일 새벽 남편의 폭력을 피해 새벽에 도망 나와 집에 돌아가지 못하고 있는 사람치고 조시는 유독 여유가 있다. 막 끔찍한 트라우마를 겪은 사람 같지 않고 뭐랄까…… 이상하게 행복해 보인다.

알릭스는 빨랫감과 검정 봉투를 들고 아래층으로 내려온다. 조시는 아까 알릭스가 방을 치우러 올라갔을 때 앉아 있던 그 자리에 그대로 있다. "이제 2분이면 돼요." 알릭스가 다용도실에 세탁물을 들고 가며 소리친다.

"천천히 해요!"

다시금 느껴지는 저 이상한 기운. 조시는 당혹스러우리만치 즐거워 보인다.

오전 10시가 다 되어 두 사람은 각각 커피 한 잔과 함께 헤드폰을 쓰고 스튜디오에 앉는다. 알릭스는 녹음 버튼을 누른다.

〈버스데이 트윈〉
넷플릭스 오리지널 시리즈

(재연 장면. 조시의 집. 오픈형 주방에 앉아 있는 소녀. 스툴에 앉은 소녀가 록시 역 배우의 말에 큰 웃음을 터뜨린다. 조시 역 배우는 소파에 앉아 잡지를 보며 조용히 미소 짓는다.)

(자막) **조시 페어, 2019년 7월 14일, 알릭스 서머의 팟캐스트 녹음본 중**

조시: 브룩 얘기를 해야 할 것 같아요.

알릭스: 브룩이요?

조시: 네. 록시의 친구였어요. 학교 친구요. 브룩을 만나기 전엔 록시한테 친구가 없었어요. 하지만 10학년 초에 브룩이란 애를 만나면서 그때부터 둘은 뗄 수 없는 사이가 됐죠.

(침대에 양반다리를 하고 앉아 휴대폰을 하며 함께 웃고 있는 두 소녀.)

조시: 브룩도 록시처럼 거칠고 입도 험했어요. 겁이 없기도 했고요. 무서운 것도, 무서워하는 사람도 없었죠. 그래도 난 그 아이가 록시에게 좋은 영향을 주는 것 같아서 그 아일 좋아했어요. 브룩 덕분에 그해엔 록시가 무려 공부라는 것도 하더군요. GCSE*가 쓸모없는 게 아니라고 록시를 설득한 거예요. 재밌는 아이이기도 했어요. 우리 가족은 평소 재미와는 거리가 멀었어요. 최소한 하하호호 하는 가족은 아니었죠. 하지만 브룩이 와 있으면 우리 가족도 모두 즐거웠고 어느새 브룩은 거의 우리 가족의 일원이나 다름없는 사이가 됐어요. 브룩은 이부동생들 둘과 함께 작은 아파트에 살았는데 새아버지랑 사이가 좋지 않았고 집에서도 문제가 많았어요. 그래서 아마 우리 집이 브룩에겐 피난처 같은 곳이겠구나 생각했죠. 돌아보면 행복한 시간이었어요. 그리고 11학년 말이 되어 GCSE 시험이 코앞으로 닥쳤고 브룩도 우리 집에서 록시와 공부를 하는 일이 많았어요.

(바닥에 앉아 문제집을 보며 집중하는 두 소녀.)

조시: 하지만 그런 행복한 시절도 갑자기 끝이 나버렸어요. 시험이 시작되기 직전이었죠. 어느 날 록시가 학교에 갔다 오더니 브룩

---

* 영국 학생들을 대상으로 하는 성취도 평가시험. 주로 10~11학년(16살 전후)에 치르는 시험이다.

이랑 크게 싸웠대요. 브룩은 록시한테 맞아 입술이 터지고요. 학교에서 방문하라고 전화가 왔는데 그때 록시가 집을 나갔어요. 한창 시험이 진행 중일 때요. 그렇게 사흘을 사라졌다가 다시 나타났을 땐 록시 꼴이 말이 아니었어요. 씻지도 못한 것 같았고 큰 충격을 받은 것 같았어요. 호스텔 같은 데에 누가 데려다줬는데 3일 동안 잠을 못 잤대요. 록시에게 목욕물을 받아줬어요. 한 시간 동안 욕조에서 나오질 않더라고요.

(어두운 화장실 욕조에 누워 있는 록시 역 배우.)

조시: 그렇게 긴 목욕 후에 나와서 록시는 그동안 있었던 일들을 얘기해줬어요. 브룩에 대한 이야기…… 그리고 월터 이야기도요.

(잠시 긴 침묵.)

(물 아래로 사라진 록시 역 배우. 머리카락이 물 위에 펼쳐진다.)

알릭스: 월터요?

조시: 월터가 그동안 브룩을 그루밍하고 있었다고요. 나한테 그랬던 것처럼요. 그 아이가 우리 집에 올 때마다, 그 아이가 우리 가족의 일원이라고 느껴졌을 때 실은 그 이상의 일이 벌어지고 있었던 거죠. 나한테 그랬던 것처럼 월터는 그 아이에게 목걸이를 사주고 펍에 데려가고 레모네이드에 보드카 샷을 넣고, 그러곤 열여섯 살 생일에 그 아이랑 잠자리를 했죠.

(암전 후 천천히 바뀌는 화면. 어두운 스튜디오 안, 의자에 앉아 있는 소녀의 모습.)

조시: 내가 일하러 가고 없을 때, 록시가 학교에서 시험공부를 하고 있을 때, 월터는 우리 집으로 그 아일 불러 내 침대에서 그 아이와 잤어요. 내 침대에서.

알릭스: 록시는 그걸 어떻게 알게 된 거죠?

조시: 에린이 얘기해서요. 에린이 늘 게임만 하며 방 안에만 있으니 그 두 사람은 에린이 전혀 모를 거라고 생각했던 거죠. 하지만 에린은 알고 있었어요. 두 사람 소리를 듣고 방문 틈으로 브룩이 떠나는 모습을 봤고, 록시가 시험을 보고 오자 그 얘기를 해주었던 거예요. 그 일로 다음 날 록시는 학교에 가서 브룩을 때렸고요. 아주 처참하게.

(학교 운동장에서 두 소녀가 싸우는 모습과 어두운 스튜디오 안에 혼자 앉아 있는 소녀의 모습이 교차된다.)

록시: 노숙자 보호소에서 돌아온 지 얼마 되지 않아 록시는 영원히 집을 떠났어요. 그 후로는 록시를 한 번도 보지 못했어요.

(어두운 스튜디오에 앉아 있는 소녀 위로 잠깐 불빛이 비치며 얼굴 일부가 얼핏 보인다.)

(클로징 크레디트.)

* * *

오전 11시

조시는 알릭스의 눈을 바라본다. 알릭스는 충격에 넋이 나가 있다.

"맞아요." 조시가 말한다. "미안해요, 역겨운 얘기죠. 하지만 드디어 털어놓았네요. 그게 내가 결혼한 남자의 진실이랍니다."

"직접 이야기해봤어요?"

"아뇨. 그때는 안 했어요. 모르는 척했죠."

차분한 알릭스의 얼굴에 다시금 스쳐 지나가는 찰나의 의구심. 알릭스가 마른침을 삼킨다.

조시는 결정타를 날린다. "그날 밤," 조시가 다시 입을 연다. "금요일이요. 여기서 저녁 먹고 집에 돌아갔을 때가 처음이었어요. 그날 처음으로 월터한테 브룩과 무슨 일이 있었는지 직접 물어봤어요."

"그럼 혹시 그것 때문에……?" 알릭스는 조시의 얼굴 상처를 가리킨다.

조시가 고개를 끄덕인다. "네, 맞아요. 그 때문이었어요."

두 사람은 점심을 먹기 위해 녹음을 중단한다. 알릭스는 사워도 빵을 구워 후무스, 바바가누쉬를 함께 낸다.

알릭스는 테이블 건너 조시의 표정을 살피며 입을 뗀다. "월터한테는 무슨 소식 있어요?"

"아뇨. 전혀요."

"이런 일이 있고 나면 평소엔 월터가 연락을 하는 편인가요?"

"지금까지는 집을 나온 적이 한 번도 없었어요."

"그럼 그냥 아무 일 없는 척해요?"

"그렇죠. 지금까지는요."

"그럼 이번엔 뭐가 달랐어요?"

"전부 다요. 마흔다섯이 되면서, 이미 이 팟캐스트를 하기 전부터 모든 게 전과는 조금 달라졌단 느낌이었어요. 애초 그날 밤 그 펍에 간 것 자체가 그런 이유였고요. 원래는 외식도 잘 안 하고, 특히나 그런 곳은 거의 안 가요. 그런데 거기서 알릭스를 만났고……."

알릭스는 마치 조금이라도 움직이거나 눈을 깜박이면 마음속 불편함을 들킬 것 같아 눈을 떼지 않고 조시를 바라본다.

"운명 같았어요. 하늘의 계시 같았죠. 그게 나한텐 터닝 포인트였어요. 이제 내 관점에서 내 목소리로 내가 아는 진실을 이야기할 때가 됐다고 생각했어요. 이제 변화할 때라고 생각했어요. 그래서 금요일 밤 월터가 나를 향해 손을 들었을 때 이번엔 벌써 느낌이 달랐어요. 난 이미 알고 있었어요. 내가 떠나리라는 걸, 다시는 돌아오지 않으리란 걸."

알릭스가 마른침을 삼킨다. "처음 조시에게 손찌검을 한 게 언제예요?"

"정확히 언제라고 말하긴 어렵고요. 서서히 어느 순간 그렇게 됐달까요? 조금씩 여기저기서 신호가 왔어요. 애들한테 물리적인 힘을 쓰기 시작했을 때쯤이 아니었나 싶어요. 한편으론 애들 대신 내가 타깃이 되는 게 더 나았어요. 돌이켜 생각하면 충격이죠. 그렇게 덩치 큰 남자가 아이들한테, 여자한테 손찌검을 하고 상처를 입힌다는 게요. 동물한테 해코지하는 사람들처럼 이해조차 불가능한 일이고요." 조시는 발치에 앉아 원하는 게 있는 듯한 애처로운 눈빛으로 자신을 쳐다보는 프레드에게 시선을 돌린다. 조시는 사워도 빵을 조금 뜯어 바바가누쉬를 찍은 다음 프레드에게 건넨다. 프레드가 신이 나서 빵을 씹는다.

"프레드를 해친 적이 있나요?"

"아뇨. 아직은 없었어요. 하지만 시간문제긴 하겠죠." 조시는 다시 빵을 뜯어 딥 소스를 찍은 다음 개에게 준다. "알릭스는 어때요?" 조시가 알릭스를 쳐다보며 묻는다. "네이선이 손을 올린 적이 있나요?"

"어휴, 설마요." 알릭스는 뒤늦게 아차 싶다. 자신은 조시와 전혀 다르다는 듯이 선을 긋는 것처럼 들리는 대답이다. 마치 빌라 단지에서 나고 자라 월터 같은 전기기술자랑 결혼한 조시 같은 여자는 가정폭력을 경험할지 몰라도 알릭스 같은 사람에겐 전혀 해당 사항 없는 일이라는 듯이. 물론 전혀 사실이 아니라는 건 알릭스도 잘 알고 있다. "아뇨." 알릭스가 보다 조심스러운 톤으로 덧붙인다. "한 번도 없어요."

"아이들은요?"

"전혀요. 저희 둘 다 아이들한텐 손댄 적 없어요."

조시는 자기 접시를 옆으로 밀더니 알릭스와 직접 눈을 맞춘다. "하지만 알릭스도 다른 문제가 있잖아요. 술 문제요."

"맞아요. 그렇죠. 금요일 밤 이후로 앞으로는 그런 일이 없기를 바라지만요."

"그거야 두고 봐야죠, 안 그래요?"

조시의 목소리엔 어딘가 날이 서 있다. 마치 네이선이 또다시 인사불성으로 취해 7대 죄악을 저지르길 바라기라도 하는 사람처럼, 꼭 네이선이 월터만큼 나쁜 사람이 되길 바라마지 않는 사람처럼.

7월 16일, 화요일

"대체 언제 가?" 다음 날 아침 네이선이 알릭스의 귀에 대고 날카롭게 속삭인다.

두 사람은 안방 화장실 각자의 세면대 앞에 나란히 서 있다. 네이선은 와이셔츠 단추를 잠그고 있고 알릭스는 페이스 크림을 바른다.

"하, 나도 몰라. 토요일에 조이가 온다고 했으니까 그때까지 방을 비워줘야 한다는 건 알아."

"잠깐, 잠깐만. 처형이 온다고? 그거 나도 들은 얘기?"

알릭스가 한숨을 쉬며 눈동자를 높이 굴린다. "응, 당연히 들었지. 한 달 전부터 달력에 적어뒀는데. 조이랑 페탈이 와서 자고 갈 거라고 했잖아. 맥신도 애들 데리고 올 거니까 피자랑 마가리타 파티한다고 당신이랑 얘기까지 했는데."

"아, 걸스나잇 같은 거야? 남자들 없이?"

알릭스가 다시 한숨을 쉰다. "걸스나잇 맞고, 응, 당신은 그날 친구들 만나도 돼. 하지만 '제에발' 집에는 제때 좀 들어와. 당신 행동 가지고 언니랑 동생한테 잔소리 듣기 싫어."
그러더니 알릭스는 위층에 있는 조시를 의미하며 천장을 가리킨다. "저 여자한테 싫은 소리 듣는 것도 이미 충분히 짜증 나거든. '제에발' 좀 평범하게, 밖에서는 재밌게 놀되 때 되면 들어와 잠은 집에서 자. 일요일 아침에 가족들 다 일어났을 때 당신만 빠져 있는 일은 없으면 좋겠어."

네이선이 거울 속 알릭스를 쳐다보며 세상에서 가장 다정한 표정을 지어 보인다. 알릭스는 금세 누그러지고 만다. "좋아." 알릭스가 가볍게 미소를 띤다. "좋아."

"하지만 저 여자가 토요일 밤까지 여기 있으면 나도 장담 못 해."

"그렇진 않을 거야." 알릭스가 대답한다. "내가 약속할게. 갈 거야."

8시 반 조시가 부엌으로 침구를 잔뜩 들고 온다.

"알릭스, 정말 미안해요. 어젯밤 프레드가 사고를 쳤어요. 그것도 여러 번이요. 어제 먹은 것 때문인 것 같아요. 그 갈색 음식이요. 바바 어쩌고?"

"가누쉬요?"

"네, 그걸 먹고 배탈이 났나 봐요. 정말 미안해요. 바닥에도 오염이 좀 남았는데, 내가 알아서 할게요. 청소용품이 어디 있는지만 알려주면 내가 다 치울게요."

조시가 말을 하는 와중에 프레드가 부엌 바닥에 묽은 변을 누는 것을 보고 알릭스는 기겁하며 조시의 손에서 얼른 침구를 받아 든다. "저기, 조시. 그냥 개 데리고 정원에 나가 있어요. 이건 내가 치울게요."

"정말 미안해요, 알릭스. 정말로요. 한 번도 이런 적 없었 거든요."

"아니에요, 아니에요. 괜찮아요. 걱정하지 마요."

조시는 미안하단 표정을 짓고 개를 안아 정원으로 향한다. 정원에 나가자마자 개는 그 자리에 그대로 쭈그려 앉아 뱃속에 남은 변을 비워낸다. 테라스에서 커피를 마시던 네이선은 개와 조시를 차례로 쳐다보더니 폴딩도어 안쪽에 경악한 얼굴로 서 있는 알릭스와 눈을 맞춘다. 알릭스는 어깨를 한번 으쓱해 보이곤 싱크 아래서 청소용품을 꺼낸다. 알릭스는 토요일만 생각한다. 토요일이면 조시와 작별 인사를 나누고, 언니랑 동생을 맞이한다. 테킬라 병을 열고 라임즙을 짜고 알릭스가 됐든 누가 됐든 딜리버루* 앱을 열어 무슨 피자 시킬까 큰 소리로 묻고 이 방 저 방을 오가며 뛰노는 아이들로 왁자지껄한 토요일. 얼마나 간절한지 벌써 그날의 장면이 눈앞에 생생하다. 하지만 아직은, 지금은 폼치가 싸놓은 설사를 치우고 더러워진 침구를 빨고 새 침구를 씌워야 한다. 알릭스는 흡수력 뛰어난 키친타월로 프레드의 묽은 변을 치우고 부엌용 살균 스프레이를 뿌린 다음 쓰레기통에 던져넣는다. 속이 메스껍다.

---

* 음식 배달 앱.

"얘들아," 알릭스가 이를 악물고 말한다. "서두르자. 이러다 늦겠다."

5분 후 집을 나설 때까지도 알릭스는 아직 코에서 개의 배설물 냄새가 나는 것 같다.

30분 후 집으로 돌아오는 길에 알릭스는 막 자기 집으로 향하는 이웃집 해리를 마주친다.

"안녕!" 알릭스가 인사한다.

해리가 소리 나는 쪽을 향해 돌아보더니 알릭스를 발견하고 표정이 부드러워진다. "안녕하세요."

"잘 지내니?"

"그렇죠, 뭐. 물어봐주셔서 감사해요. 별일 없으시죠?"

"응. 잘 지내." 알릭스는 자기 집 현관문을 한번 쳐다보더니 해리네 정원으로 향하는 샛길 입구로 얼른 걸어간다. "저기, 록시 페어 말이야." 알릭스가 조용히 말을 꺼낸다. "그 아이 친구 중에 혹시 브룩이라는 아이 기억나?"

"어, 네. 기억나요. 걔는 약간⋯⋯."

해리가 적절한 단어를 찾느라 고심한다.

"음⋯⋯ 노는 애였을걸요?" 해리가 마침내 문장을 마친다.

알릭스가 확실하느냐는 듯한 표정으로 다시 묻는다. "그렇게 생각하는 이유는⋯⋯?"

"죄송해요. 사실 딱히 무슨 이유가 있는 건 아니고요. 나이에 비해 꽤 성숙한 편이었어요. 남자애들이랑도 자주 어울리고요. 정말로 걔들이랑 자는 사이였는진 모르지만 분위긴 그랬어요."

"그럼 그 브룩이란 아이는 학교를 떠난 후에 어떻게 됐어? 혹시 알고 있니?"

해리가 볼을 부풀리고 나서 입을 연다. "제 기억으론 실종됐을걸요. 집을 나간 거겠죠? 저도 잘 기억은 안 나요. 하지만 막판에 록시랑 브룩 사이에 무슨 일이 좀 있었던 건 알아요."

"그래, 맞아. 혹시 무슨 일 때문이었는지 아니?"

"저도 모르겠어요. 근데 한동안 사이가 계속 안 좋았어요. 심각하게요. 몸싸움까지 했으니까요. 입술이 찢어질 정도로요. 누가 입술이 찢어졌는지까진 기억이 안 나지만요."

"그럼 이 브룩이라는 아이 성은 혹시 기억나?"

"네. 리플리요."

"브룩은 이름 스펠링이⋯⋯?"

"B-R-O-O-K-E일 거예요."

"좋았어!" 알릭스가 환하게 웃는다. "고마워, 해리. 부모님께 안부 인사 전해드리고."

집에 돌아오자 조시가 보이지 않는다. 부엌에 여전히 희미하게 살균제와 배설물 냄새가 남아 있어 알릭스는 문을 열고 환기를 시킨다. 그런 다음 커피를 한잔 내리고 노트북을 열어 '브룩 리플리Brooke Ripley'를 검색한다.

검색 결과는 적지 않지만 록시 친구라기엔 대부분 나이가 너무 많다. 인스타그램에서도 브룩을 검색한다. 검색 결과 5명이 나온다. 전부 알릭스가 찾는 브룩은 아닌 듯하지만 그래도 순서대로 한 명씩 클릭해본다. 다들 사는 곳도 킬번 출신이 이사했을 것 같지 않은 곳들이고 나이도 스물한 살이라고 보기는 어렵다. 딱 맞아떨어지는 사람은 아무도 없다. 이번엔 페이스북에서 브룩을 검색해본다. 처음에는 '사람'을 검색했다가 역시나 대부분은 가능성이 없어 보이는 이들이라 '게시물'로 검색 방향을 바꾼다. 찾았다. 알릭스의 심장이 잠시 멎었다가 순식간에 빠르게 뛴다. 실종된 소녀 관련하여 지속적으로 올라온 게시물에 브룩 리플리라는 이름이 하이라이트 되어 있다.

알릭스는 첫 번째 게시물을 클릭해 읽기 시작한다. '도와주세요! 킬번/패딩턴/퀸즈파크/크리클우드 주민분들께 도움 청합니다. 우리 사랑스러운 조카 브룩이…….'

알릭스는 게시물을 읽다가 화들짝 놀란다.

조시가 프레드를 안고 바로 앞에 서 있다.

"어머, 깜짝 놀랐어요!" 알릭스가 말한다.

"위층 청소를 좀 했어요." 조시가 대답한다. "환기하려고 창문도 열어뒀고요. 침구 새로 씌우는 건 내가 할게요."

"좋아요. 이따 올라갈 때 꺼내올게요."

"다시 한번 정말 미안해요. 이제 괜찮아진 것 같아요. 몸에서 받아들이질 못해 다 내보내는 과정이었나 봐요. 전에는 그런 음식을 전혀 준 적이 없거든요. 프레드한텐 그런 것 주면 안 되겠어요."

"불쌍한 프레드, 고생했네요." 알릭스가 말한다. "그럼 오늘 아침에 녹음을 좀 더 할까요?"

조시가 고개를 끄덕인다. "좋죠. 커피 한 잔만 내릴게요."

"그래요. 난 얼른 화장실 갔다 올게요. 좀 이따 봐요."

알릭스는 노트북을 닫고 위층으로 올라가 계단 옆 창고에서 새 침구를 꺼낸다. 이따 조시가 들고 가도록 꼭대기 층으로 향하는 계단 아래쪽에 침구를 놔두었다가 마음이 바뀌어 알릭스는 직접 침구를 들고 맨 위층으로 올라간다. 손님 방 방문은 살짝 열려 있다. 열린 창문 사이로 들어오는 살랑바람에 커튼이 흔들리고 있다. 토요일 새벽 조시가 이곳에 나타났을 때 입고 있던 옷은 깨끗이 빨아 이동식 행거에 걸어두었다. 알릭스가 조시에게 빌려준 잠옷은 시트를 벗겨낸 침대 위에 단정하게 개켜져 있다. 화장실 수건걸이에는 축축한 수건이 걸려 있고 싱크 위 유리 선반에는 파운데이션과 마스카라가 놓여 있다. 알릭스가 직접 갖다준 기억이 없는 알릭스의 화장품. 알릭스는 마치 탐색하면 어찌 된 일인지 설명이라도 들을 수 있을 것처럼 화장품을 집어 들고 호기심 어린 눈초리로 살핀다.

이제 알릭스는 새 침구로 침대 정리를 시작한다. 베개는 베갯잇, 이불은 이불 커버 속에 넣고 매트리스 아래 새 시트를 끼워 넣는데 손끝에 무언가 딱딱하고 차가운 것이 느껴진다. 알릭스는 손을 더듬어 침대 밖으로 물건을 꺼낸다.

열쇠다. 열쇠고리에는 숫자 6이 쓰어 있는 종이 라벨이 안쪽으로 붙어 있고 피가 말라붙어 있다. 알릭스는 너무 뜨거워서 손에 들고 있지 못할 물건인 양 열쇠를 떨어뜨리고 만다. 다급하게 다시 열쇠를 주워 매트리스 아래에 집어넣은 후 알릭스는 방을 나와 문을 닫는다.

조시는 부엌에서 알릭스를 기다리고 있다. 조시가 미소를 띤다. "준비됐어요?"

알릭스가 고개를 끄덕인다.

〈버스데이 트윈〉
넷플릭스 오리지널 시리즈

(초콜릿색 라브라도를 데리고 공원을 산책하는 여자. 여자의 뒤로 보이는 짙은 핏빛으로 물든 하늘과 저녁노을.)

(장면 전환. 쇠격자로 막힌 난로 안에 장작불이 타고 있다. 공원을 산책하던 여자가 난로 옆 작은 팔걸이의자에 앉아 있다. 개는 여자의 발치에서 졸고 있다. 여자의 앞에는 레드 와인 한 잔이 놓여 있다. 여자는 다리를 의자 위에 올리고 옆으로 접은 채 앉아 있다.)

(자막) **피온 로버츠, 브룩 리플리의 이모**

(피온이 노트북을 연다. 카메라, 페이스북 포스트 클로즈업. 풀백. 이번에는 게시물을 읽는 피온을 잡는다.)

피온: '도와주세요! 킬번/패딩턴/퀸즈파크/크리클우드 주민분들께 도움 청합니다. 우리 사랑스러운 조카 브룩이 수요일 학교 프롬 파티 후 친구를 만나러 간다고 하고 사라졌어요. 학교 친구들과는 저녁 9시를 조금 지난 시각 크리클우드 숏업힐에 있는 파티

장 앞 버스 정류장에서 헤어졌다고 합니다. CCTV 영상에 따르면 9시 11분 28번 버스 탑승, 9시 22분 메이다베일 북쪽 구간에서 하차했고, 이후 행적은 확인되지 않고 있습니다. 전화도 받지 않아요. 브룩의 엄마와 가족들이 무척 걱정하고 있습니다. 수요일 밤 9시 반 브룩이 만나기로 한 친구를 아시는 분은 제발 연락주세요. 그리고 이 게시물을 최대한 많이 공유해주세요. 경찰에 신고는 했지만 할 수 있는 게 별로 없다고 합니다.'

(피온이 노트북을 덮는다. 곧 울 것 같은 표정으로 눈에는 눈물이 가득 고여 있다.)

피온: 죄송해요. (카메라 반대쪽으로 고개를 돌리며) 정말 죄송해요. 잠시만요.

7월 17일, 수요일

페이스북에 올라와 있는 사진 속 브룩 리플리는 발목 길이의 하얀색 몸에 붙는 드레스에 은색 운동화를 신고 있다. 브룩은 무언가 깊은 생각에 잠긴 듯 불안하고 확신 없는 모습이다. 이 사진을 찍은 시점으로부터 불과 6주 전 이 소녀가 월터 페어에게 그루밍을 당했던 사실을 알릭스는 알고 있다. 그러니까 그 정보 때문에 소녀의 영혼까지 꿰뚫어 볼 것처럼, 살며시 기울인 고개의 각도나 얕은 미소에서도 의미를 찾는 것인지 모른다. 솔직히 전후 상황을 생각하면 브룩 리플리가 학교 프롬 파티에 갔다는 것 자체가 놀라울 지경이다.

브룩을 찾는 페이스북 게시물은 20회 정도 공유되었다. 게시물을 올린 건 브룩의 엄마가 아닌 이모 피온이다.

알릭스는 댓글을 읽어본다. 대부분은 응원 메시지일 뿐, 무언가를 알고 있는 사람은 아무도 없다. 브룩과 함께 찍은 사진 가장자리에 있는 미아라는 아이는 이렇게 댓글을 달았다. '저 사진 속 학생 중 한 명이에요. 정말 말 그대로 브룩이 실종되기 불과 몇 분 전까지 브룩과 함께 있었는데 집에 간다고 했었어요. 어디 있는지 알 수 있음 좋겠어요.' 미아는 댓글에 슬픈 표정의 이모티콘과 하트를 함께 올렸다.

알릭스는 미아의 프로필을 클릭해보지만 보안 설정이 최고 수준으로 되어 있어 친구 목록도 확인할 수 없다. 알릭스는 '메시지'를 클릭해 한동안 빈 창을 쳐다본다. 뭐라고 해야 하지? 어떻게 말을 꺼내야 하지?

그런데 어째서 알릭스는 '브룩 리플리'라는 이름을 들어본 적이 없을까 스스로 의아했다. 2014년 여름 이렇게 예쁜 흰 드레스를 입은 소녀가 실종된 사건이 있었다면 그 이름이 여기저기서 자주 오르내려 충분히 귀에 익을 만도 한데 말이다. 그제야 알릭스는 2014년 6월 당시 통잠 안 자는 아기와 기운 넘치는 여섯 살 아이 육아에 한창이었던 사실을 깨닫는다. 육아에 몰입해 있던 때이니 이런 이야기를 듣고도 까마득히 잊어버렸을 수도 있고, 아니면 더 큰 사건이 일어나 묻혔을지도 모른다.

계단 쪽에서 발소리가 들려와 알릭스는 노트북 화면을 잽싸게 바꾼다. 조시다. 수요일인 오늘도 조시는 토요일에 알릭스가 준 옷을 그대로 입고 있다. 직접 입고 왔던 자기 옷은 이미 세탁도 끝났고 언제든 입을 수 있는 상태로 방에 걸려 있는데도 말이다.

"조시, 저기 말이에요." 알릭스가 말을 꺼낸다. "여기서 며칠 더 지낼 거라면 내가 조시 집에 가서 옷을 좀 가져다줄까요?"

조시의 얼굴에 무언가가 빠르게 스쳐 지나간다. "아니요, 괜찮아요." 조시의 입매는 단호하다.

"날씨가 본격적으로 더워지는 것 같아서요. 앞으로 며칠은 30도를 육박할 것 같은데, 내가 가서 여름 원피스 좀 챙겨오면 돼요."

"솔직히," 조시의 입매가 조금 누그러진다. "없어도 괜찮아요."

"혹시 맘 바뀌면 얘기해요."

"네, 그럴게요." 조시가 대답한다. "알겠어요."

"그리고 앞으로는 그럼 어떻게 할 거예요? 토요일에 어디로 가요?"

알릭스는 조시의 대답을 기다리며 너무 노골적으로 조시를 쳐다보지 않으려고 애를 쓴다. 사실 당장 내일 계획도 없는 조시가 토요일 이후의 계획에 대해 쉽사리 대답할 수 없는 게 당연하다.

"생각해봤는데……." 조시가 잠깐 말끝을 흐린다. "잘 모르겠어요. 저기, 알릭스 생각은 어때요……?"

알릭스는 갑자기 긴장이 된다.

"보니까 서재에 접이식 침대가 있더라고요. 알릭스네 언니랑 동생 와 있는 동안 난 거기서 자도 되거든요. 토요일 밤에는 아무도 서재 안 쓸 거잖아요, 그렇죠? 알릭스가 자매들끼리 시간 보내는 동안에는 절대 방해 안 할게요."

알릭스는 입안이 바싹 마른다. 이제 더는 물러설 수 없는 곳까지 왔다. 처음부터 조시와의 관계에 있어 알릭스는 이 지점에 선을 그어두었다. 매일 두 사람은 조금씩 그 선에 더 가까워져 이제는 발가락 끝이 아슬아슬하게 선에 닿을 정도까지 됐다. 하지만 그 선을 아예 넘어버리는 순간 알릭스는 과연 어떻게 다시 이 관계를 통제할 수 있을지 알 수가 없다. 조시는 토요일 오후까지 이 집에서 나가야 한다. 알릭스도 그건 너무나 잘 알고 있다. 동시에 조시가 지금 이 관계의 주도권을 쥐고 있고 이제 막 팟캐스트가 본격적으로 흥미진진해지는 시점에서 조시가 자발적으로 떠날 준비가 되기 전에 조시한테 나가라고 하는 건 팟캐스트의 미래를 흔드는 일이란 것도 알릭스는 잘 알고 있다. 알릭스는 잠시 어떻게 답을 할지 궁리한다. "음, 네이선에게 물어볼게요. 토요일 밤에 여자들만 있을 거라 나가라고 할 생각인데 그러면 일하느라 토요일엔 서재를 써야 할 수도 있거든요."

알릭스가 얼른 조시의 반응을 살핀다. 조시의 고개가 살짝 뒤로 기울며 위협적인 분위기를 띠더니 이내 다시 평정을 찾는다.

"음, 알겠어요." 조시가 대답한다. "하지만 최대한 빨리 알려줘요."

"그럼요! 물론이죠." 알릭스가 다정하게 말한다.

오후에 출근하지 않는단 조시의 말에 알릭스는 외출할 구실을 만든다. 금요일 밤 조시와 월터가 이 집에 발을 들인 그 순간 이후 모든 게 극도의 긴장 상태다. 매일매일 일분일초

이들의 존재가, 이들의 끔찍하고 혼란한 삶이, 알릭스의 집을 점거하다시피 한 조시와 개의 물리적인 존재감이 알릭스의 일상을 지배한다. 시간은 그 형태와 의미를 잃었다. 다시 주말이 다가오고 그 주말만 지나면 학교는 방학에 들어간다. 정해진 일정 없는 6주라는 느슨한 시간 동안 알릭스에게도 평범한, 자신만을 위한 시간이 필요하다. 알릭스는 도서관에 책 좀 반납하고 공원 카페에서 점심을 먹고 오겠다고 조시에게 얘기한다.

퀸즈파크의 카페는 알릭스와 네이선이 10년 전 이 동네에 처음 이사를 왔을 때부터 알릭스의 일상에서 큰 부분을 차지했다. 인생의 매 시기 이곳에서 보낸 시간들이 알릭스에겐 선명하다. 리언을 임신해서 이곳에 앉아 있던 기억, 신생아 리언과 다섯 살 일라이자를 함께 데리고 왔던 기억, 어린 이집 엄마들이며 학교 엄마들과 수다를 나누던 기억, 주말에 온 가족 모두 함께 나왔던 기억. 아이스크림 부스를 보면 풍선껌 맛 아이스크림을 먹고 입안이 파래진 리언과 일라이자의 모습이, 냉장고의 차가운 맥주를 보면 맥주 한잔 후 가벼운 취기에 나른해진 어느 더운 여름 오후가 떠오른다. 이 카페 자리 곳곳에서 수없이 많은 인생의 단면들을 함께했다. 그러니 오늘도 이 카페에 앉아 파니니를 먹고 알릭스 인생의 또 다른 단면을 함께하며 평범한 일상의 순간을, 6주 전 조시 페어를 만나기 전 알릭스의 인생을 되찾아보겠다.

알릭스는 아이스티와 늘 시키는 염소 치즈와 햄이 들어간 파니니를 주문한다. 나무로 된 번호판을 테이블 위에 올려두고 음식이 나오기를, 평범한 일상을 되찾는 순간이 오기를 기다린다. 그러나 그 순간은 오지 않는다. 어쩌면 평범한 일상은 공원 저기 어딘가에 있는지도 모른다고 알릭스는 생각한다. 어쩌면 평범한 일상이란 아직 아이들이 어릴 때 가끔 데리고 갔던 모래 놀이터에 있는지도 모른다. 아니면 집라인이 있는 모험 놀이터에 있을지도. 어쩌면 마흔다섯 살 생일날 밤 찬 기운이 느껴지지 않던 밤공기 속에 네이선과 함께 술에 취해 지나쳐가던 체험 동물원에 있는지도 모른다.

파니니가 나왔다. 늘 주문하는 똑같은 파니니지만 평범한 일상은 여전히 돌아오지 않는다. 마치 조시가 알릭스의 평범한 일상을 가져가 그녀의 어두운 세계 깊숙한 어딘가에 숨겨버린 것만 같다. 알릭스는 매트리스 아래 있던 피 묻은 열쇠가 떠오른다. 열쇠고리에 손글씨로 갈겨 쓴 숫자 6이 붙어 있던. 알릭스가 가족들과 함께 외출하고 없을 때 집 앞을 서성이다 분리수거함을 뒤지던 조시의 모습도 떠오른다. 지금 이 순간에도 조시는 알릭스의 옷을 입고 알릭스의 화장품으로 화장을 하며 자신의 머리카락과 죽은 각질을 집안 곳곳에 흘리고 다니고 있을 것이다. 알릭스는 조시가 서재에 들어가 소파 베드를 확인하고 안방 화장실에 들어가 알릭스의 파운데이션을 가져가는 모습을 그려본다. 브룩과 성관계를 갖는 월터를, 벽에 귀를 갖다 대고 있는 에린을, 아무 일도 없는 척 평소처럼 지내는 조시를 상상한다.

알릭스는 파니니를 밀어내고 자리에서 일어난다. 일단 이 팟캐스트를 끝내야 한다. 이 지저분한 이야기에 완전히 발을 담그고 이야기의 끝을 본 후에, 그 후에 조시를 내보내고 일상을 되찾아야 한다. 하지만 그에 앞서 일단 조시 집부터 찾아가야겠다. 대체 월터는 무슨 생각이며 무얼 하고 있는 지 짐작이라도 할 수 있게 그 집 앞을 찾아가 창문 너머로 월 터의 동정이라도 살펴야겠다.

오후 12시 30분

알릭스는 한 시간 정도 나갔다 오겠다고 했다. 나갔다 와 서 조시만 괜찮다면 녹음을 하자고 했다. 한 시간은, 특히 남 의 집에 혼자 있을 때라면 더더욱 아주 긴 시간이다. 알릭스 는 조시에게 혼자 점심을 먹으라고 했다. "냉장고에 있는 거 다 괜찮으니까 편하게 드세요."

그래서 조시는 냉장고를 연다. 바바 어쩌고 하는, 프레드 가 먹고 탈이 났던 그 갈색 음식이 아직 남아 있다. 조시는 몸서리를 친다. 좀 더 살펴보니 체더 치즈 한 덩이가 보인다. 치즈 한 조각과 버터 바른 빵 한 조각이면 충분할 것 같다. 조시는 부엌 테이블에 앉아 멍하니 허공을 바라보며 단출한 점심을 먹는다. 프레드는 떨어진 빵조각은 없는지 부엌 곳 곳을 쿵쿵대고 다닌다. 바닥은 의외로 지저분하다. 플라스틱 빵 봉지 클립이 3일째 바닥에 그대로 떨어져 있을 정도다. 아무도 보지 못한 모양이다. 알릭스가 인스타그램에 올리는 이미지와는 사뭇 다르다. 자세히 보면 사실 사뭇 다른 정도 가 아니라 전혀 다르다. 하지만 상관없다. 월터가 워낙 깔끔 한 사람이라 그렇지 조시도 원래는 그리 깔끔한 편은 아니거니와, 바닥에 빵 봉지 클립이 3일째 떨어져 있다고 알릭스를 탓할 사람도 없으니 알릭스에게도 잘된 일이다.

어느 순간 조시는 자기도 모르게 자리에서 일어나 클립을 주워 바지 주머니에 넣는다.

조시는 부드럽게 열리는 부엌 서랍들을 하나하나 다 열어보고 드디어 지저분한 잡동사니 서랍을 발견한다. 배달 음식 메뉴, 볼펜, 핸디 앤디스 티슈 여러 팩, 더블 클립, 우표책, 와인 스토퍼, 고무줄…… 질서라곤 하나도 없는, 그야말로 잡동사니 서랍이다. 조시는 서랍을 뒤지다 손에 잡히는 사진 같은 것을 꺼낸다. 리언의 여권 사진이다. 리언은 아주 진지한 얼굴을 하고 있다. 옅은 파란색 교복 상의가 살짝 보이는 것도 같다. 조시는 리언의 사진도 주머니에 집어넣는다.

집에 있는 속옷 서랍 생각이 난다. 속옷 아래 기념하고 싶은 잡동사니들을 숨겨둔 서랍. 모두 알릭스 것은 아니고 다른 것들도 있다. 조시는 집에 가고 싶은 충동을 느낀다. 애들 그림과 빵 봉지 클립과 리언의 사진을 그 서랍 속에 넣고 싶다. 불가능한 일은 아니다. 얼른 들어갔다 바로 나오면 된다. 아무도 조시를 보진 못할 것이다. 내일 퇴근길에 들러야겠다고 조시는 생각한다.

이어 조시는 네이선의 명함도 찾아낸다. 반짝이는 검정색 명함에는 '콘도어 앤드 브라이트, 상업용 부동산 전문, EC1'이라는 회사 정보와 네이선의 사무실 번호, 휴대폰 번호가 적혀 있다. 조시는 네이선의 명함도 주머니에 넣는다.

〈버스데이 트윈〉
넷플릭스 오리지널 시리즈

(어두운 바, 작은 빨간 소파에 쾌활한 금발 머리 젊은 여자가 앉아 있다. 풍성한 웨이브 헤어는 뒤로 묶고, 커다란 골드 링 귀걸이를 하고 있다. 겉에는 검은 카디건을 걸친 채 몇 번씩 자세를 고쳐 앉는다.)

여자: 이 각도로 앉으면 혹시 가슴 보여요?

인터뷰어: (오프 마이크) 아니요, 괜찮아요.

여자: (웃음을 터뜨리며) 좋아요. 그럼 됐어요. 이제 시작하죠.

(자막) **케이틀린 랜드**

케이틀린: 조시와 친구 사이라고 하긴 좀 그렇고요. 서로 알고는 있었어요. 어릴 때 같은 빌라 단지에 살았거든요. 조시도 그렇지만 특히 조시 엄마는 확실히 기억해요. 팻 오닐은 모르는 사람이 없었을걸요. 워낙 눈에 띄는 사람이라서요. 그 사람 눈 밖에 나고 싶은 사람도 없었을 거고요. (냉소적인 웃음.)

케이틀린: 조시가 열여덟 살에 갑자기 집을 나갔더란 얘기를 엄마한테 듣긴 했었어요. 당시에 조시가 나이 많은 남자랑 집을 나갔다는 이야기가 떠돌았어요. 제가 마지막으로 조시를 본 게 열 살 때쯤? 그 이후로는 오랫동안 조시를 다시 보지 못하다가 어느 날 옷 수선할 게 있어서 킬번에 있는 수선집 스티치에 갔는데, 조시가 거기서 일을 하더라고요. 금세 알아볼 수 있었어요. 이상하다 싶을 정도로 하나도 안 변했더라고요. 10대 때 입던 옷을 여전

히 입는 것 같았고요. 그렇게 조시랑 이야기를 나누게 됐어요. 뭘 하느냐고 해서 연기를 하는데, 잘 풀리진 않는다고 했어요. 아시잖아요, 배우란 직업이 그렇죠. 별로 대단한 이야기는 아니었어요. 그러다가 조시가 저한테 일감이 있을 수도 있다고 번호를 알려달래요. 조시가 한 말 그대로 옮기면 '소개해줄 만한 일이 있을 것도 같아요. 번호 주고 가요.'라고 했어요. 그래서 제 번호를 남겼고 그로부터 며칠 후 조시한테 전화가 왔어요. 그러니까 전후 상황은 이렇게 된 거랍니다. 제대로 엮여버렸죠. 아주 제대로.

＊＊＊

오후 12시 40분

푸르른 녹음이 드리운 퀸즈파크에서 조시의 아파트가 위치한 스투코 마감의 건물까지는 걸어서 12분 거리다. 조시의 아파트 건물은 화창한 날조차도 때 묻은 그 외관 때문에 굴욕적으로 보인다. 처음엔 길 건너편에서, 나중엔 바로 건물 앞에서 창문 너머로 알릭스는 집 안을 살핀다. 베이 윈도 쪽에 테이블이 보인다. 요즘 유행과는 거리가 먼 짙은 나무색 테이블이다. 테이블 주변으로는 발리 트위스트 꼬임으로 등받이를 장식한 짙은 나무색 의자가 세 개 보인다. 소파는 구식 텔레비전을 마주 보고 있다. 벽에는 장식이 전혀 없다. 거실과 이어진 오픈형 부엌은 뒤쪽이 깊게 들어간 알코브 형태다. 부엌 캐비닛은 소나무 마감에 흰색 플라스틱 손잡이가 달려 있다. 어두운 복도 끝에는 문이 하나 보인다. 크기가 좀 더 작은 창문 위로는 데님 커튼이 반쯤 닫혀 있고 커튼 틈으로는 옅은 꽃무늬 이불과 꽃무늬 베개 두 개, 데님 쿠션 두 개, 라미네이트 표면재로 마감된 흰 서랍장이 보인다.

마치 전에 살던 세입자가 막 이사를 나가고 다음 들어올 세입자를 위해 정리해둔 집 같다. 지금 누군가 살고 있는 집 같지는 않다. 알릭스는 다시 커다란 베이 윈도 쪽으로 시선을 옮겨 거실 주변을 살핀다. 토요일 새벽 이곳에서 가정폭력 사건이 일어났다는 것이, 덩치 큰 남자가 작은 체구의 아내를 피가 나고 멍이 들도록 때린 사건이 벌어졌다는 것이 도저히 믿기지 않는다.

대체 덩치 큰 그 남자는 지금 어디 있는 거지? 식탁 위에 노트북이 보이긴 하지만 그것 말고는 아무것도 없다. 노트북도 닫혀 있다. 조시 말론 월터가 밖에 거의 나가지 않는다고, 늘 집에 있다고 했다. 하지만 월터는 지금 집에 없다. 그럼 대체 어디 있는 거지?

알릭스는 다시금 소파로 시선을 돌린다. 월터가 브룩에게 저지른 짓의 여파를 삼키며 월터와 나란히 저 소파에 앉아 말없이 텔레비전을 보는 조시의 모습을 상상해본다.

발걸음을 돌리다 알릭스의 시선이 왼편을 향한다. 저 멀리 남쪽으로 메이다베일을 향해 덜컹대며 킬번 하이로드를 달리는 빨간색 이층버스가 보인다. 5년 전 브룩 리플리는 바로 저기서 흰 드레스 차림으로 버스에서 내렸다.

바로 저곳, 킬번 하이로드가 메이다베일을 만나는 지점.

조시와 월터의 집에서 도보로 2분밖에 걸리지 않는 곳이다.

오후 2시

알릭스는 조시를 뚫어져라 쳐다본다. 최대한 부드러운 표정을 지으려고는 하지만 이미 마음속 감정이 뾰족해질 대로 뾰족해져 있어 좀처럼 표정 관리가 쉽지 않다. 조시는 헤드폰을 쓰고 알릭스가 가장 좋아하는 머그잔으로 차를 마시고 있다. (알릭스가 가장 좋아하는 컵인 걸 알고 일부러 그 컵만 쓰는 게 아닌가 싶은 생각도 든다.) 알릭스는 음량을 조절한 다음 목을 가다듬으며 노트북 화면의 파형을 확인한다. 다음 질문은 목에 턱 걸려 입 밖으로 좀처럼 나오질 않는다. 알릭스가 다시 목을 가다듬고 입을 연다. "브룩은 혹시 어떻게 됐나요?"

"브룩이요?"

알릭스가 미소를 지으며 고개를 끄덕인다. "네, 브룩이요."

"모르겠어요. 그 후론 전혀 소식을 듣지 못했어요."

"전혀 소식을 못 들었어요?"

"전혀요."

"찾으려고는 해봤어요?"

조시가 눈을 가늘게 뜨고 이상하다는 듯이 알릭스를 쳐다본다. "아니요. 내가 왜요? 걔가 한 짓이 있는데."

"브룩이라면 록시가 어디 있는지 짐작 가는 곳이라도 있을지 모르잖아요."

알릭스는 조시의 대답을 기다리며 조시의 얼굴을 살핀다.

"글쎄요." 잠시의 침묵 후에 조시가 답한다. "걔도 모를걸요. 사이가 많이 벌어졌거든요. 이미 둘 사이가 완전히 틀어진 후라서요."

알릭스는 태연한 듯 눈썹을 들어 올린다. 하지만 사실상 감정을 감추기는 어렵다.

"혹시," 알릭스가 대화를 이어간다. "내가 브룩이랑 연락을 해보면 어떨까요? 브룩의 이야기를 들어보기 위해서요. 팟캐스트 목적으로요."

"싫어요."

면전에서 문을 쾅 닫는 듯 즉각적이고 확실한 대답이다.

"왜요?"

"왜냐하면…… 그냥, 싫어요. 그건 부담스러워요. 난 내가 하고 싶은 이야기, 내가 해야겠다고 생각하는 이야기를 하려고 이걸 하는 거예요. 이 팟캐스트가 끝나도 내 인생이 끝나는 건 아니잖아요. 남들 시선도 있죠. 걜 끌어들이는 건……." 조시가 말을 멈추고 숨을 들이마신다.

알릭스는 기다린다.

"걘 믿을 수 없어요. 그게 다예요."

"하지만 궁금하지 않아요? 그 후로 브룩은 어떻게 됐는지?"

"당연히 궁금하죠. 항상 궁금해요. 록시에 대해서. 브룩에 대해서. 늘 생각하죠. 내 인생은…… 내 인생은 그날 끝난 거나 다름없는걸요. 그때부터 내 인생에 좋은 일이란 더는 없는 느낌이에요."

"그럼 에린은요?" 알릭스가 묻는다. "에린은 어떤가요?"

"에린이 뭐요?"

"에린도 조시에게 행복을 안겨주는 딸 아닌가요? 그렇죠?

록시가 떠났을 때 에린은 어땠나요? 에린 이야기는 거의 안 하잖아요."

조시는 어깨만 가볍게 으쓱해 보인다. "별로 할 말이 없어요."

"음, 그럼 시도라도 해볼래요?"

조시가 고개를 끄덕인다.

〈버스데이 트윈〉
넷플릭스 오리지널 시리즈

(재연 장면. 아파트 안. 여자가 소파에 앉아 창밖으로 버스가 지나가는 것을 지켜본다.)

(자막) **2019년 7월 17일, 알릭스 서머 팟캐스트 녹음본 중**

조시: 브룩 일이 있은 후 월터와의 관계는 체스 게임이 되었어요. 난 체스판 위의 폰 말이죠. 보이지 않는 커다란 손가락이 내 필요와 욕구는 조금도 고려 않고 날 여기서 저기로 옮겨요. 월터는 당연히 킹이에요. 집안의 모든 것은 다 킹을 보호하기 위해 존재하죠. 난 이 집을 중심으로 보이지 않는 벽을 쌓고 가족들을 보호했어요. 하루이틀 사이 벌어진 일은 아니었어요. 아이들이 학교를 다니기 시작하면서부터 다른 엄마들, 선생님들, 사회복지사들하고도 거리를 두었고 동료들, 옆집이며 윗집 이웃들과도 거리

를 뒀죠. 딱히 누가 무슨 큰 잘못을 저지른 일도 없었는데 말이에요. 그때 고민이라곤 문제아인 아이들, 폭력적인 남편을 보고 남들이 날 어떻게 생각할까 정도였죠. 하지만 이젠 졸지에 미성년자를 유혹해 집에서 잠자리를 갖는 남자랑 같이 사는 여자가 되게 생긴 거예요. 월터의 노트북을 확인하니 온갖 불편하고 역겨운 불법 영상들을 그동안 보고 있었더군요. 역겹고 혐오스러운 변태에 범죄자랑은 다시는 같이 있고 싶지 않았어요. 최소한 더는 살 섞고 지낼 순 없었죠. 월터한테도 그렇게 얘기했어요. 우리 결혼생활에서 이제 그런 부분은 끝이라고요. 그래서 난 요리도 하고 청소도 하고 일도 하면서 신뢰하는 사람들에겐 웃고 믿음이 가지 않는 사람들 앞에선 눈에 띄지 않게 행동했어요. 그러다가 2년 전쯤 개를 들여야겠다고, 이제는 사랑을 줄 존재가 좀 필요하다고 월터에게 얘기했어요. 월터가 개를 들일 거면 산책 다닐 때 있어 보이는 아키타나 도베르만 같은 개를 원한다고 하길래 내가 그랬어요. '아니, 이 개는 내 개고, 난 아기처럼 데리고 다닐 수 있는 개가 좋아. 왜냐하면 당신이 내 아기들을 망쳤으니까. 당신이 망쳤어,'

조시: (계속) 왜냐하면 그때쯤엔 록시만 잃은 게 아니었거든요. 월터가 에린에게도 손을 대기 시작했어요.

(페이드아웃. 엔딩 크레디트 롤.)

＊＊＊

오후 2시 30분

"손을 대다뇨? 무슨 뜻이에요?"

조시가 고개를 살짝 뒤로 젖히더니 눈을 크게 한 바퀴 굴린다. 알릭스는 숨도 쉬지 못하고 고통스럽게 조시의 답을 기다린다. 결국 이렇게 흘러갈 것임을 알릭스는 왠지 처음부터 알고 있었던 것 같은 느낌이다. 맨 처음부터 쭉 불길한 배경음악처럼 깔려 있었던 것 같다.

"거의 매일 밤 내가 잠든 후 월터는 침대에서 나와 에린의 방으로 갔어요. 그리고 아침에 일어나면 아무 일도 없었다는 듯이 거실 테이블에 앉아 있었죠."

"그게 다예요? 제 말은 그러니까, 어떻게 알아요?"

"그냥 알아요. 그 남자는 자기가 왕이라고 생각해요. 나한테 어느 정도는 허용해주죠. 원하는 개를 키우게 해준다든지 저녁 식사 자리에 함께 가달라는 내 부탁을 들어준다든지 등등이요. 하지만 그건 어디까지나 왕으로서 말 잘 들은 개한테 '옛다' 하고 주는 상이나 다름없어요." 조시는 손으로 간식을 던지는 흉내를 내보인다. "그것도 그냥 하사하는 게 아니라 갈구하게 만들고요. 하지만 그 사람은 집안의 모든 것이 자기 소유물이라고 생각해요. 그러니까 내가 난 더는 당신 것이 아니라고, 내게 손대지 말라고 한 순간, 다음으로 가장 소중한 것을 빼앗아 간 거죠. 에린을요."

"직접 본 거라도 있어요? 소리를 들었다든가?"

조시는 고개를 젓는다. "난 귀마개를 껴요. 아침까지 방에서 나오지 않고요."

"조시!" 이제는 알릭스도 참을 수가 없다. 충격과 혐오를 더는 속으로 참고 있을 수가 없다. 알릭스는 객관적이어야 한다. 어떤 판단이나 반응을 보이지 않고 그냥 중립적으로 질문을 던지고 대답을 듣는 것이 알릭스가 할 일이다. 하지만 객관적인 태도를 유지하기에 이건 너무 짐승 같은 얘기거니와(물론 알릭스의 반응 부분은 편집해야 할 것이다), 아무리 상투적인 표현이라 해도 자식을 키우는 '엄마' 입장에서는 더욱이 도저히 들어줄 수 없는 얘기였다.

"그럼 내가 뭘 어떻게 했어야 하는데요?" 조시가 쏘아붙인다. "서서히 일어난 일이었어요. 처음엔 무슨 일이 벌어지고 있는지 눈치채지 못했죠. 몇 번 밤중에 잠에서 깼는데 월터가 침대에 없었고, 어디 있었느냐고 물으니 캐나다에 있는 아들들이랑 온라인으로 채팅을 했다고 했어요. 왜 굳이 한밤중에 채팅을? 저녁엔 뭐하고? 그런 생각이 들긴 했죠. 그리고 일단 무슨 일이 벌어지고 있는지 알아낸 후엔 나한테 와서 얘기할 줄 알았어요. 에린이 와서 털어놓길 기다렸어요. 하지만 에린은 털어놓는 대신 점점 더 혼자 고립돼갔죠. 내가 주는 건 아무것도 먹지 않았어요. 원래도 먹는 문제로 까다로운 편이긴 했는데 그 정도가 점점 심해지더니 급기야 아기 음식을 요구하기 시작했어요."

"아기 음식이요?"

"네. 에린이 그러더군요. '어릴 때 먹었던 게 먹고 싶어요. 병에 들어 있는 거요. 엄마가 스푼으로 떠먹여줬었잖아요.' 이런 걸 뭐라고 하죠? 퇴행? 일종의 퇴행이라고 짐작은 했어요. 다시 안전한 아깃적으로 돌아가고 싶은 거죠.”

“조시, 저기 미안한데,” 알릭스가 끼어든다. 아무래도 조시가 중요한 이야기를 상당 부분 건너뛰는 것 같다. “월터는 뭐라고 하던가요? 월터한테 조시가 무슨 말이라도 했을 거 아니에요?”

조시가 고개를 젓는다. 알릭스는 노트북 화면에 파형이 요동칠 정도로 큰 한숨을 내쉰다. “정말 너무 유감이고 미안해요. 진심으로요. 하지만 정리를 좀 할게요. 그러니까 조시 말은 월터랑 브룩 사이에 일어난 일 때문에 둘째 록시는 집을 나가고 조시는 월터에게 더는 부부의 의무를 다하지 않겠다고 선언했고, 그 결과 월터가 아마도 성적인 목적으로 당시 미성년자였던 에린 방에 매일 밤 찾아갔다는 거예요? 그리고 그 후로 에린은 아기 음식만 고집하고 방 밖을 거의 나오지 않을 정도로 퇴행하기 시작했고요? 이게 지난 5년간 조시에게 벌어진 일이란 거예요?”

“네, 대충 맞아요.”

조시가 짧게 대답한다. 입술은 이제 일자로 굳게 다물었다.

“그리고 조시는 딸한테든 남편한테든 이 얘기를 전혀 꺼내지 않았고요?”

조시가 고개를 끄덕인다. “맞아요.”

“그냥…… 그렇게요?”

“그냥 그렇게요.”

“큰딸 에린 말인데요, 혹시 강압적인 통제가 있었나요? 그러니까 에린이 스스로 원한다면 떠날 수 있는 상황이었나요?”

"네. 충분히 떠날 수 있었어요."

"하지만 떠나지 않았고요?"

"떠나지 않았죠."

"왜 떠나지 않았다고 생각해요?"

"아마 월터가 에린 머릿속에 들어갔겠죠. 별일 아니라고 생각하게끔 조종했을 거예요. 늘 그렇듯이요."

알릭스는 잠시 아무런 대꾸 없이 앉아 있다. 이 시점에서 청취자들은 이 정적이 필요할 것이다. 물론 알릭스도 다르지 않다. 잠시 후 알릭스가 용기를 내어 묻는다.

"금요일 밤, 그러니까 조시와 월터가 다투고 결국 월터가 조시에게 손찌검을 했던 그날 밤을 기준으로 조시가 마지막으로 에린을 본 게 언제예요?"

조시는 어깨를 가볍게 올렸다 내린다. 그리고 코를 훌쩍이며 의자에 앉은 채로 몸을 약간 움직인다. "한 6개월? 1년? 그 정도쯤 될 것 같아요."

"그동안 전혀 안 봤어요? 한 번도? 화장실도 안 가요?"

"내가 집에 없을 때까지 기다려요. 날 안 보고 싶어해요."

"그걸 어떻게 알아요?"

"볼 생각이 있었다면 나왔겠죠. 내가 집에 없는 시간을 알아요. 내가 밥을 주니까요. 밥을 놓고 가면 다 먹은 그릇은 문밖에 내놔요. 확실히 할 게 있는데, 난 에린을 보기 싫은 게 아니에요. 정말 그 무엇보다 에린을 보고 싶어요. 하지만 어떤 상태가 이렇게 오래 지속되다 보면 뭐랄까, 상황을 돌이키기가 더 어려워지잖아요? 일을 바로잡기가 더 어렵죠.

매일, 하루에도 두세 번씩 에린의 방문 앞에서 걸음을 멈춰요. 이렇게 주먹을 쥐고 그 앞에 서요." 조시는 손등뼈가 튀어나오게 주먹을 쥐어 보인다. "문을 두드릴 것처럼 이렇게 서서 한 번도 문을 두드리지 않았어요. 못했죠. 나도 이미 충분히 스스로를 혐오하고 있으니까 더 말 안 해도 돼요. 이 악몽 같은 현실을 멈추는 데, 깨부수는 데 이렇게 긴 시간이 걸렸다는 게 너무 화가 나요."

"우리 집에 저녁 식사를 하러 오지 않았더라면 또 모르죠."

"맞아요. 처음 만났을 때 얘기했던 것처럼 전부 익숙한 패턴을 깨는 일이었어요. 그날 밤 세련된 펍에 간 것도, 데님을 버리는 것도, 알릭스를 알아가는 것도, 이 팟캐스트를 하는 것도, 전부 다요." 조시는 두 사람 사이의 공간을 가리켜 보인다. "작은 것들을 먼저 깨부숴야 커다란 것들도 깨부술 수 있는 준비가 될 것 같았어요."

알릭스는 눈을 가늘게 뜨고 천천히 고개를 끄덕인다. "알겠어요." 사실 잘 모르겠지만 그래도 일단은 그렇게 말한다. "알겠어요. 그런데 조시 말론 지난 몇 달간 에린이 사실상 은둔 상태로 방 밖으로든 집 밖으로든 나간 적이 없다고 했잖아요. 그럼 금요일 밤 에린은 어디로 간 거죠? 어떤 친구 집에 간 거예요?"

조시가 자세를 바꾼다. "전혀 모르겠어요."

"학교에 같이 다녔던 친구?"

"그럴 리는 없어요. 아마 게임하다 알게 된 친구겠죠. 온라인 친구요."

"걱정이 많이 되시겠어요."

"맞아요, 그래요. 끔찍하게 걱정돼요. 에린에 대해서도, 록시에 대해서도."

"월터는요? 월터에 대해서도 걱정이 되나요?"

"설마요. 내가 그 사람 걱정을 왜 해요? 변태에 아내를 때리는 남자인데요. 그 사람은 괴물이에요. 난 그 사람을 경멸해요. 전적으로 경멸해요. 그나마 좋은 건……."

조시가 잠시 말을 멈춘다.

"좋은 건?"

"날 때렸단 거요. 나를 다치게 해서 좋아요. 덕분에 내가 그 집을 나올 수 있었으니까. 그 끔찍한 감옥에서 나올 수 있었으니까. 자유를 위해서라면 때려도 얼마든지 다시 맞을 수 있어요."

조시의 얼굴이 굳는다. 팟캐스트 아닌 영상이었다면 가면처럼 굳은 조시의 얼굴을, 검정 눈동자에서부터 반짝이는 맑은 눈물 한 방울이 볼을 타고 흐르는 장면을 모두가 볼 수 있을 텐데, 알릭스는 생각한다.

"월터는 어떻게 될까요? 월터가 에린에게 한 짓을 경찰에 얘기할 건가요?"

조시는 손등으로 눈물을 닦고 코를 훌쩍인다. "아뇨. 그건 내가 할 일이 아니에요. 그건 에린이 결정할 일이죠."

"에린과 그 이야기는 나눠봤어요?"

"아뇨. 전혀요. 내 전화를 받지 않아요. 문자를 보내도 답이 없고요."

알릭스는 입을 동그랗게 말고 숨을 내쉰다. 아무것도 말이 되지 않는다. 하나도 말이 되지 않는다. "집에 가서 에린의 컴퓨터를 확인해볼 생각은 해봤어요? 거기 무슨 단서라도 있을지 모르잖아요?"

"컴퓨터라면 난 아는 게 없어요."

"난 알아요. 내가 같이 가줘요?"

"아뇨. 괜찮아요. 에린은 자기가 준비되면 날 찾아올 거예요."

"하지만 조시, 생각해봐요. 에린은 집에서 몇 년씩이나 학대를 당했어요. 조시는 에린을 보호할 수 있는 조치를 아무것도 취하지 않았고요. 에린은 조시가 외출할 때까지 기다렸다가 화장실을 간다면서요. 그 정도인데 어떻게 조시에게 연락을 해요?"

조시가 한숨을 쉬며 어깨를 한번 으쓱한다. "알릭스 말이 아마 맞을 거예요." 조시가 대꾸한다. "분명 알릭스 말이 맞을 거예요. 하지만 어떤 일이 벌어지든 그 사람이랑 거기 있는 편이 걔한텐 더 나아요. 무슨 일이 생겨도 최소한 에린은 그럼 자유예요."

오후 3시 30분

알릭스는 교문 앞에 서 있다. 오늘 산책 못 한 개를 함께 데리고 나왔다. 집을 조금 일찍 나서고 조금 늦게 들어갈 구실이 필요했다. 머릿속은 폭주하고 있다. 메스꺼울 지경이다. 최소한 몇 시간을 앉아 있었던 그곳에서 나와 다른 엄마들과 이렇게 잡담을 나눌 기회가 있어 다행이다. 프레드가 다른 개를 보고 날카롭게 짖어서 알릭스는 그 개 주인에게 사과한다. 아이들이 작은 개 주변으로 몰려들어 관심을 보인다. "조심해, 얘들아. 가끔 사납게 굴 때가 있어." 알릭스가 당부한다. 누군가가 혹시 알릭스의 개인지 묻는다. "아뇨, 친구네 개예요." 그러더니 다시 정정한다. "친구는 아니고 그냥 아는 사람이요."

알릭스는 아이들과 공원으로 가 개를 옆구리에 끼고 아이들이 그네 타는 모습을 지켜본다. 개가 말을 할 수 있다면 좋을 텐데. 이 개라면 모든 진실을 알고 있을 터다. 조시의 엄마와 이야기를 나눌 수 있다면 좋겠지만 알릭스는 이미 조시에게 절대 그러지 않겠노라 약속해버렸다.

금요일 밤 저녁을 먹으러 왔을 때 월터의 모습이 자꾸만 떠오른다. 주름이 아직 고스란히 잡혀 있는 새 옷, 절제된 음주(그날 밤 월터는 맥주 두 병 정도밖에 마시지 않았다). 스튜디오에 월터와 알릭스 둘만 있을 때 월터가 조시의 애칭을 섞어 부르면서도 조시가 곧잘 거짓말을 일삼고 편의대로 이야기를 꾸며내는 경향이 있다며 차분하게 이야기하던 그 모습. 모두 가스라이팅의 달인다운 모습이라고, 다 연기라고 알릭스는 단정했었다. 어쩌면 알릭스의 짐작이 틀리지 않았는지도 모른다. 하지만 아직 숨겨진 무언가가 더 있다는 불편한 느낌을 좀처럼 떨칠 수가 없다. 통제적이고 강압적인 남자로 인해 비극으로 얼룩진, 이 전형적인 어두운 가족사 뒤에 분명 무언가가 더 숨어 있다.

'겉으로 보이는 것하곤 달라요. 아주 다르죠.'

월터는 그렇게 말했었다. 본능이 알릭스에게 가정폭력 피
해자인 여성의 말을 믿으라고 한다. 동시에 알릭스의 본능
은 조시를 전적으로 믿지 말라고 한다.

7월 18일, 목요일

알릭스는 이미 아이들을 학교에 데려다주러 나갔고 네이선은 능장을 부리고 있다. 조시는 아까 네이선이 알릭스한테 얘기하는 소리를 들었다. 10시에 비숍스게이트에서 회의가 있다며 그 전에 사무실에 들를 필요는 없다고 했다.

알릭스의 예상대로 날씨는 7월 중순의 쾌청한 날씨에서 이제 견디기 힘든 무더위로 바뀌었다. 네이선이 정원에 앉아 커피를 마시며 노트북을 하고 있는데 멀리서도 이마에 송송 맺힌 땀이 보인다. 아마 조시와 실내 공간에 함께 있기 싫어 일부러 정원에 나가 앉아 있는 것 같다. 조시는 애써 얼굴에 웃음을 띠고 유리문 밖으로 나간다. 아직도 옷은 지난 토요일에 알릭스가 준 옷 그대로다. 조시가 입고 왔던 옷은 깨끗이 세탁된 상태로 방에 고이 걸려 있지만 더는 그 옷을 입고 싶지가 않다. 매일 아침 같은 상의와 바지를 입고 계단을 내려오는 조시를 안타깝게 생각해서 알릭스가 새 옷을 더 꺼내주지 않을까 기대도 해보았지만 그런 일은 없었다.

"와." 조시가 네이선과 약간 떨어져 서서 말한다. "아직 9시도 안 됐는데 벌써 기온이 끓네요!"

"점심때는 32도까지 올라갈 거래요."

"세상에."

조시는 잠시 아무 말 없이 기다렸다가 네이선을 돌아보며 입을 연다. "참, 알릭스 말로는 토요일 밤에 서재를 쓰실 수도 있다면서요? 알릭스 언니랑 동생 와 있는 동안에요?"

"아, 그거요." 네이선은 약간 당황한 눈치다. 네이선의 반응을 보니 네이선과 알릭스가 조시 모르게 자기들끼리 몰래 이 이야기를 나눈 게 분명하다. "네, 원래는 그랬는데 계획이 바뀌었어요. 아예 자고 갈 거라네요. 알릭스가 얘기하려고 했던 것 같은데, 언니네랑 동생네 아이들도 모두 올 거래요. 그럼 접이식 침대를 펼쳐야 해서……." 네이선은 목을 가다듬으며 말끝을 흐린다.

거짓말. 전부 거짓말이다.

"그렇군요. 괜찮아요, 다른 곳 찾으면 되죠. 그쪽은 그럼 어떻게 할 거예요? 어디 숨어 있게요?"

"아마 같이 좀 어울리다가 7시쯤 나가 친구들이랑 술 한잔 하려고요."

"우리를 바람맞힌 금요일 밤에 어울렸던 그 친구들인가요?" 가벼운 농담처럼 던지려던 말인데 계획처럼 되지 않았다. 그 생각을 하면 조시는 너무 화가 나서 소리라도 지를 수 있을 것 같다.

네이선은 무슨 소리를 하는 건가 하는 표정으로 조시를 쳐다보더니 어깨만 한번 으쓱한다. "아직 잘 모르겠네요." 네이선이 대답한다. "모르겠어요." 그러곤 바닥만 남은 커피를 들여다보더니 양손으로 무릎 위를 탁 치면서 일어선다. "그럼 저는 이만 일하러 가볼게요. 오늘은 뭐 하십니까?"

"별것 없어요. 팟캐스트 녹음 좀 더 하고 출근할 거예요."

"그럼 앞으로 계획은요? 그냥 대강이라도요. 그러니까 이제 토요일 이후 계획이 필요하잖아요. 안 그래요?"

조시가 차가운 시선으로 네이선을 쳐다본다. 분명 저건 계획에 없던 발언이다. 알릭스가 물어보라고 시킨 게 아니다. 조시는 알 수 있다. 당신이 뭔데 내 계획을 묻지? 조시는 속으로 분노하지만, 가까스로 평정을 유지한 채 차분하게 대꾸한다. "네, 계획이 필요하겠죠. 하지만 제가 살면서 보니 계획이 없을 땐 삶이 나아갈 방향을 알려주기도 하더군요. 그러니 뭐, 한번 지켜보죠." 조시는 어깨를 으쓱하곤 부엌에서 개를 안아 방으로 올라간다. 얼마 후 네이선이 현관문을 쾅 닫고 나가는 소리가 들린다. 조시는 침실의 작은 창문 너머로 네이선이 어깨 위에 양복 재킷을 대충 걸치고 저 멍청한 코에 선글라스를 얹은 후 세상이 자기 것이라도 되는 양 거들먹거리며 걸어가는 모습을 지켜본다.

알릭스는 아이들을 등교시킨 후 장을 보고 9시 반까지 집에 오겠다고 했다. 지금은 오전 9시 10분, 조시는 개를 방 안에 두고 문을 닫은 후 발꿈치를 들고 아래층으로 내려온다.

알릭스와 네이선의 침실 문은 활짝 열려 있다. 그렇다면 알릭스는 딱히 누가 자기 침실을 들여다보는 것을 그리 개의치 않는다고 해석해도 될 것이다. 아직까지 알릭스의 침실을 제대로 들여다본 적은 없었다. 그건 지나친 것 같았다. 선을 넘는 일 같았다. 그러나 지금은 다르다. 네이선이 감히 조시에게 "계획"을 묻다니, 기분이 나쁘다.

그가 조시에게 계획이 필요하다고 생각한다면, 계획이란 걸 기꺼이 세워주겠노라 조시는 결심한다.

알릭스와 네이선의 침대는 아주 크다. 라탄 소재에 옅은 초록색 벨벳을 씌운 베드헤드도 있다. 침대는 아침에 일어난 상태 그대로다. 어젯밤 열대야에 이불을 다 걸어찼는지 크림색 침구가 침대 발치에 구름 덩어리를 이루고 있다. 머리맡에는 거대한 베개 두 개가 포춘쿠키 모양으로 찌그러져 있고, 침대 양옆 바닥에도 베개가 하나씩 떨어져 있다. 벽에는 프린트와 그림과 사진들이 여럿 걸려 있고 천장에는 침대 양쪽으로 은은한 흰 조명이 달려 있다. 아마 테이블 조명 대신인 것 같다. 뒷마당이 보이는 베이 윈도에는 작은 벤치가 붙어 있고, 그 위로는 (새 양말 정돈 얼마든지 살 수 있는 사람이면서) 심하게 낡은 양말을 포함해 네이선이 벗어놓은 옷가지들이 널려 있다.

침실과 화장실 사이에는 전실 혹은 드레스룸 같은 공간이 있다. 한쪽엔 알릭스 옷, 다른 한쪽은 네이선 옷이 걸려 있다. 조시는 잠시 알릭스의 옷을 구경하며 시간을 보낸다. 실크, 리넨, 부드러운 대나무 면직물들. 손가락으로 옷감을 한

274

번씩 만져도 본다. 이번엔 아래에 있는 신발 서랍을 열어본다. 금색 끈 샌들부터 스웨이드 힐 부츠, 발목 스트랩이 달린 실크 힐까지 나란히 줄을 맞춰 정리되어 있다. 조시는 신발을 신어보고 전신거울 앞에서 포즈도 취해보고 싶지만 시간 여유가 없다. 조시는 네이선 옷이 걸린 쪽으로 가서 주머니를 뒤지기 시작한다. 딱히 정해놓은 목표물 같은 건 없지만 네이선이라면 분명 조시가 써먹을 만한 무언가를 남겨뒀을 것이고 알릭스는 조시가 그 무언가를 찾아낼 시간을 충분히 줄 거란 확신이 든다.

네이선의 옷 주머니에선 구겨진 영수증, 명함, 빈 껌종이 같은 것들이 나온다. 종이 클립, 개별포장 설탕, 구겨진 빨대 포장 종이 같은 것들도 있다. 브뤼셀과 더블린행 비행기표, 빗, 폴로 민트 반 개…… 아, 찾았다. 됐다. 이거다. 파란색 비즈니스 재킷 안쪽 주머니에 딱 조시가 찾던 것이 들어 있다. 흰 가루가 조금 남아 있는 작은 투명 봉지. 조시는 바에서 넥타이를 어깨 위로 넘기고 테킬라 샷과 개떼 같은 남자들에 둘러싸여 유리 테이블 위에서 코카인을 흡입하는 네이선의 모습을 그려본다. 파렴치하다. 아내와 아이들을 집에 두고 그런 짓이라니 정말 파렴치하기 그지없다. 다른 주머니에서는 읽기 힘든 손글씨로 숫자를 적어놓은 종이 냅킨을 찾았다. 23호실이라고 방 번호가 표시된 레일링스 호텔 카드키 홀더도 찾았다.

조시는 네이선의 옷 주머니에서 나온 이 세 가지를 챙겨 자기 주머니에 넣고 방으로 가 알릭스가 돌아오길 기다린다.

네이선은 조시에게 계획이 필요하다고 했다.

이제 조시에겐 계획이 생겼다.

잠시 후 알릭스가 커다란 슈퍼마켓 장바구니를 들고 집에 돌아온다. 알릭스가 장 봐온 것들을 아일랜드 식탁에 내려놓는 동안 조시는 그 모습을 지켜본다. 멜론과 딸기 커팅 과일, 크런치 넛 콘플레이크, 커다란 스테이크, 양파 한 봉지. 고양이 사료도 있다. 포장에 그려진 고양이도 털이 풍성한 것이 알릭스의 고양이와 꼭 닮아서 마치 이 집 고양이를 위한 주문 제작 사료라도 되는 것 같다.

"난 엄마네로 갈게요." 조시가 말한다. "토요일에요. 알릭스 언니랑 동생 오면요."

바삐 움직이던 알릭스의 손이 멈춘다. 손에는 초콜릿 비스킷이 든 통이 그대로 들려 있다. "아!" 알릭스가 대답한다. "알겠어요. 잘됐네요. 그런데 엄마네라니, 왜 생각이 바뀌었어요?"

조시는 어깨를 한번 으쓱하곤 프레드의 느슨한 짧은 털 한 가닥을 잡아당겨 바닥에 버린다. "별로 선택지가 없더라고요. 네이선 말로는 언니랑 동생 다 와서 자고 갈 거라던데요. 그럼 접이식 침대도 써야 할 테니까요. 그런데 다른 자매는 런던에 살지 않아요?"

"네, 맞아요. 하지만 그 집 애들도 같이 놀고 싶어해서요. 아이들이 자고 가길 원했어요. 그래서 미안하지만 그렇게 됐어요. 약간 막판에 그렇게 결정이 됐네요. 그래도 조시가 엄마를 보러 간다는 건 너무 좋은 소식이에요! 이제는 때가 됐다고 생각해요."

조시는 마치 알릭스의 말을 진심으로 고민해본 뒤에 동의한다는 듯이 고개를 끄덕인다. "어쩔 수 없으니까요." 조시가 말한다. "아무튼 여기 머무는 시간이 이틀 더 남았으니까 우리 그 시간을 유용하게 잘 써봐요."

"팟캐스트 말인가요?"

"네. 최대한 많이 녹음해보죠."

다음 주를 생각하니 비싼 알릭스의 면 티셔츠에 닿는 조시의 심장이 더욱 빨리 뛴다. 이제 공기가 제법 뜨겁다. 이미 포물선을 그리며 빈 하늘에 떠오른 해는 알릭스네 확장 부엌 유리 지붕 위로 이글이글 불볕을 내리쬔다. 이건 시작에 불과할 뿐 앞으로 더 더워질 것이다.

일요일이면 35도까지 올라갈 것이다.

조시는 시간이 더 있을 줄 알았다. 이젠 시간이 별로 없다.

고개를 들어보니 알릭스가 생각에 잠긴 눈빛으로 조시를 쳐다보고 있다. "할 이야기가 더 남았을까요? 이제 끝까지 온 것 같아서요. 현재 시점까지 따라잡았으니까요. 물론 금요일 밤 일이 남아 있긴 하네요. 그 얘기를 하고 싶어요?"

조시가 입술을 일자로 꾹 다문 채 고개를 끄덕인다.

"그럼 우리……?" 알릭스가 스튜디오 쪽을 가리킨다.

"네, 그래요." 조시가 대답한다.

⟨버스데이 트윈⟩

넷플릭스 오리지널 시리즈

(재연 장면. 어두운 길거리를 걷는 남과 여.)

(자막) 2019년 7월 18일, 알릭스 서머의 팟캐스트 녹음본 중

조시: 애초에 가고 싶지 않아했어요. 난리도 아니었죠. 좋은 옷도 몇 벌 사줬지만 안 입겠다면서 프라이마크에서 산 싸구려를 입겠다고 고집을 부리고, 머리도 이상하게 잘라서 오고……. 다 그냥 내 화를 돋우려는 거였어요. 그리고 그날 네이선이 나타나지 않자……. (한숨을 쉬는 조시.)

조시: 얼마나 짜증이 났을지 짐작이 되죠. 집에 가는 내내 부글부글했어요. 화가 끓어오르는 게 느껴졌죠. 분노가 차츰차츰 커지고 있었어요. 그리고 집에 도착했을 때는…….

(남과 여, 페어의 아파트 건물로 들어간다.)

조시: ……공기가 이미 불쾌했어요. 그 시점에선 나도 더는 화를 억누를 수 없었어요. 폭풍처럼 분노가 휘몰아쳤죠. 그리고 마침내, 긴 세월 끝에, 드디어 나한테도 월터를 향해 그 분노를 토해낼 힘이 생겼죠. 월터를 향해 소리를 질렀어요. '이 소아성애자! 당신은 소아성애자야! 아직 멋모르는 아이였던 날 그루밍해서 날 가졌지. 아직 뭣도 모르는 아이인 브룩을 그루밍해서 걜 가졌어. 그걸로도 모자라 당신은 딸한테까지 손을 댔어. 록시를 그렇게 잃고 이제 남은 딸은 걔 하나인데도. 당신이 반복해서 에린에게 손

을 대는 동안 내가 아무 말도 하지 않은 건 당신은 신이고 당신이 원하는 건 다 가질 수 있다고 날 그동안 세뇌했기 때문이야. 하지만 당신은 신이 아니야, 월터. 원하는 걸 다 가질 수도 없어. 안돼. 오늘 밤으로 그것도 끝이야. 에린에게 하는 짓, 오늘 밤으로 끝이라고. 더는 안 돼. 더는.'

조시: (계속해서) 그리고 에린의 방으로 달려가 문을 열었어요. 우리 아기 에린. 에린은 눈이 커다래져서 날 쳐다보았어요. 에린한테 말했죠. '아가, 가방 챙겨. 얼른. 엄마가 여기서 꺼내줄게. 이제 떠나는 거야. 아빠가 너한테 무슨 짓을 했는지 알고 있어. 정말 진심으로 미안해, 아가. 널 이렇게 버려둬서 정말 미안해.' 바로 그때 누가 뒤에서 내 머리를 가격했어요. 뭔가 뜨거운 액체가 나오는 것 같기도 하고 아프기도 하고 축축한 느낌도 들었어요. 뒤를 돌아보자 월터의 팔이 다시 나를 향하고 있었어요. 손에는 좀 전에 나를 친 리모컨이 들려 있었어요. 그러더니 그걸로 내 얼굴을, 머리를 때렸어요. 여기저기 사정없이 때렸죠. 에린은 그냥 가만히 서 있었어요. 에린은 힘이 없었어요. 너무 가녀렸어요. 나는 온 힘을 다해 월터를 향해 몸을 던지고 월터의 가슴팍을 손으로 밀쳐냈어요. '됐어. 그만해.' 월터는 다시 손을 들어 에린을 때리려고 했어요. 나는 잽싸게 두 사람 사이로 몸을 날렸어요. 시작도 갑작스러웠지만 끝도 그렇게 갑작스러웠어요.

(재연 장면. 월터 역 배우가 문 앞에 서서 거칠게 숨을 몰아쉰다. 손에는 리모컨이 들려 있다. 에린과 조시 역 배우들은 에린의 방에서 서로 부둥켜안고 있다. 잠시 후 월터가 돌아서서 그 자리를 떠난다.)

조시: 시간이 조금 지난 후에 거실을 몰래 살펴봤어요. 월터는 노트

북 앞에 앉아 있었어요. 리모컨은 커피 테이블 위에 놓여 있었고 요. 난 입술이 찢어졌고 뒷덜미 쪽으로는 피가 흐르고 있었지만, 월터는 마치 아무 일도 없었다는 듯이 굴었어요. 마치 이대로 그 냥 없던 일이 될 거라는 것처럼요. 평소처럼, 우리가 늘 그랬듯 이. 하지만 이번엔 월터의 생각이 틀렸어요. 나는 핸드백과 개를 챙겨 에린을 끌고 집을 나왔어요. 작별 인사도 하지 않았어요.

(재연 장면. 에린과 조시가 아파트 건물 현관문을 닫고 나온다. 조시 역 배 우가 잠시 창가를 올려다본다.)

(페이드아웃.)

* * *

오전 11시

알릭스가 숨을 몰아쉰다. 한 몇 분쯤 숨을 멈추고 있었던 것 같은 느낌이다. 조시의 묘사를 들으며 알릭스는 폐쇄공 포증 같은 기분까지 든다. 그 세 사람과 함께 어둡고 초라한 그 아파트에 함께 갇혀 있는 것 같다. 코로 그 집 안의 냄새, 공포와 피 냄새까지 느낄 수 있다. 알릭스는 대충 짐을 챙겨 나온 조시와 에린이 길가에 서 있는 모습을, 피가 말라붙은 조시의 얼굴을 생생히 그릴 수 있다. 창가에 비치는 월터는 여전히 아무런 후회도 없는 얼굴이다.

그러나 여기서부터 그림이 깨지기 시작한다. 킬번 근처에 있는 조시의 집에서 퀸즈파크에 있는 알릭스네 집까지는 걸 어서 16분이 걸린다. 그러나 조시가 알릭스의 집 앞에 나타난 건 새벽 3시였다. 날씨도 쌀쌀했다. 그럼 집으로 돌아간 10시부터 조시가 이곳에 다시 나타난 새벽 3시 사이엔 무슨 일이 있었던 거지?

알릭스가 조시를 쳐다본다. "아파트를 나와서 어디로 갔어요?"

조시가 작은 웃음을 터뜨린다. "당연히 여기로 왔죠."

"여기 오기 전에요."

"아무 데도 안 갔는데요."

"하지만…… 집에 도착했을 때 다투기 시작했다고 했잖아요. 그리고 다툼이 길어봐야 몇 분 정도였고요. 그냥……."

조시가 말을 끊는다. "아뇨. 집에 막 도착했을 때 일어난 일이 아니에요. 난 그렇게 말하지 않았어요. 일이 일어난 건 월터가 한밤중에 침대를 나왔을 때예요. 다른 여느 날처럼요. 함께 잠자리에 들었는데 난 잠을 잘 수가 없었어요. 잠이 들기까지 한참이 걸렸죠. 그러다 드디어 잠이 들었는데 그때 월터가 이불을 젖히는 기척이 느껴졌어요. 당연히 알았죠. 뭘 하려는지, 어디 가는 건지 알았죠. 그때 마침내 월터를 마주했고요."

"그럼 잠자리에 들었던 거군요. 잠옷 차림이었어요?"

"네."

"일어나서 월터를 따라갔나요?"

"네. 에린의 방으로 가는 걸 봤어요. 그리고 그때 월터에게 소리를 질렀죠."

"그런데 우리 집에 나타났을 땐 잠옷 차림이 아니었잖아요. 원피스를 입고 있었어요. 그 예쁜 원피스요.”

“그걸로 갈아입은 거예요. 잠옷 차림으로 킬번에 나갈 수는 없으니까.”

“하지만 원피스에 피가 묻어 있었잖아요. 폭력이 있었을 때 그 옷을 입고 있지 않았던 거면 그 옷엔 어쩌다 피가 묻은 거예요?”

“알릭스. 무슨 말을 하고 싶은 건지 이해가 안 되네요. 내 말을 못 믿겠다 이건가요?”

“아니요! 전혀요. 당연히 아니죠. 하지만 청취자들은 소설을 읽듯 팟캐스트를 들으니까 줄거리에 구멍이 있다고 생각할 수 있다고요. 우리야 지금 한 달 동안 이야기를 나누고 있지만 일단 편집 후 팟캐스트가 공개되면 청취자들은 이걸 하루에 전부 몰아 듣거든요. 앞뒤가 맞아야 해요. 청취자들을 위해서요. 무슨 말인지 알겠어요?”

조시가 깊이 한숨을 쉰다. “네, 이해해요. 하지만 알릭스 방송을 듣는 사람들이라면 동정심, 공감대 같은 게 있는 사람들이지 않을까요? 이런 일이 있었다면, 나처럼 학대와 가정폭력과 가스라이팅을 겪은 피해자라면 혼란스러워할 수도 있겠다, 그렇게 생각하지 않겠어요?”

“맞아요, 조시. 전적으로 조시 말이 맞아요. 그렇기 때문에 제가 지금 이야기의 퍼즐을 다시 잘 맞출 수 있도록 조금씩 얽혀 있는 이야기들을 풀어내는 작업을 도우려는 거고요. 그래서 앞뒤가 맞게요. 그뿐이에요. 자, 그래서 월터가 밤중에 침대에서 나왔어요. 조시는 월터에게 확실하게 말을 했고, 월터는 조시를 때렸어요. 에린도 때리려고 했고요. 그런 다음 조시는 짐 몇 가지를 챙겨서 — 옷도 갈아입고요 — 에린과 함께 집을 나왔어요. 맞아요?"

조시가 확실하게 고개를 끄덕인다. "네."

"그리고 여기까지 걸어왔고요. 에린은요? 에린은 어디로 걸어갔어요?"

"반대편으로요."

"새벽 3시에요?"

"네."

"에린도 자기 짐이 있었나요?"

"아마도요. 작은 가방이 있었던 것 같아요."

알릭스는 조시에게 빈 웃음을 지어 보인다. 알릭스는 더 캐묻고 싶다. 어떻게 가녀린 자기 딸을 목적지도 모르는 채로 한밤중에 혼자 걸어가게 내버려둘 수 있는지 알릭스는 이해하고 싶다. 진심으로 알고 싶다. 하지만 조시가 이제 서서히 마음의 문을 닫고 있다는 것이 느껴진다. 알릭스는 한숨을 쉰다. "에린한테 별일 없으면 좋겠어요. 그 밤중에 혼자 걸어가는 생각만 해도 무서워요."

"네." 조시의 대답은 단호하다. "하지만 그 집에 있을 때보다 밖이 더 안전해요. 그게 어디가 됐든, 에린은 안전해요."

조시는 이상하게 확신에 차 있다. 마치 이 세상에 약자를 이용하려고 노리는 위험한 사람들 같은 건 존재조차 하지 않는다는 듯이, 토요일 새벽 3시부터 지금까지 자기 딸한테 절대 나쁜 일이 일어날 리 없다고 확신하는 말투다.

"조시, 정말로 에린을 찾아봐야 하지 않을까요. 이제 6일이 다 되어가는데요. 문자도 없고 전화도 없다면서요. 월터한테서 안전하단 건 알겠어요. 하지만 더 위험한 곳에 있을 수도 있잖아요. 온라인으로 알게 된 친구가 실은 온라인에서 알던 것과는 전혀 다른 사람이라면요? 그런 이야기들이 워낙 많잖아요. 온라인에서 다른 사람인 양 행세하는 그런 사람들이요. 그냥……."

"걘 괜찮아요, 알릭스. 괜찮다고요. 혼자서도 충분히 알아서 할 수 있어요."

"혼자 알아서 할 수 없다면서요? 에린한테 아기 음식을 준다고 했잖아요. 전에 조시가……."

조시가 헤드폰을 벗어 탁자에 쾅 내려놓는 소리에 알릭스는 움찔한다. "나는 내 이야기, 내가 아는 진실만을 얘기해요, 알릭스. 그런데 알릭스는 지금 내 말이 진실이 아니라고 하는 것 같네요. 내 이야기를 들을 건지 말 건지, 둘 중 하나를 골라요. 다 듣고 멋대로 판단하지 말고."

조시는 무릎에 앉아 있던 개를 안고 스튜디오를 홱 빠져나간다. 알릭스는 혼자 남아 그 여파를 감당한다.

7월 20일, 토요일

조시는 아침 일찍 일어난다. 알릭스의 집에서 보내는 마지막 아침이다. 낡은 침실 창문 밖으로 버스 승객들 얼굴을 마주하는 대신 커튼을 열어 작은 창문으로 퀸즈파크 뷰를 즐기는 마지막 아침. 알릭스의 잠옷을 입고 알릭스의 세련되고 고급스러운 욕실에서 샤워를 하고 알릭스의 반짝이는 커피머신으로 커피를 마시는 마지막 아침. 어젯밤엔 커리를 포장 주문했다. 조시가 내려고 했지만 알릭스는 받지 않겠다고 했다. "마지막 밤이잖아요. 저희가 낼게요." 알릭스는 조시의 손 위에 부드럽게 자기 손을 올리며 말했다. 커다란 잔에 담긴 와인, 집 안 전체에 쩌렁쩌렁 울리는 서라운드 오디오 시스템을 켜고 보는 텔레비전, 웅크리고 앉아 조시의 다리 밑에 부드럽게 발가락을 파묻은 리언. 이어 온 가족이 잠자리에 들 준비를 하는 시간 한층 낮아진 목소리와 속삭임, 딸깍 불 끄는 소리, 어두워진 복도를 걸으며 마치 다들 어디로 간 거냐고 묻는 듯한 고양이의 야옹 소리.

어떻게 보면 조시의 인생에서 가장 완벽한 밤이었다.

조시는 무거운 한숨을 내쉰다. 화창한 날인데도 공기는 끈적하다. 휴대폰을 확인하니 아직 7시 반인데 벌써 기온이 21도다. 이번만큼은 조시도 차라리 뻔한 영국의 여름 날씨가 낫겠다고 생각하지만 날씨의 신은 무시무시한 무더위를 몰고 왔다.

조시는 일주일 전 여기 올 때 입었던 원피스와 카디건을 쳐다본다. 원피스를 코까지 잡아당겨 냄새를 맡아본다. 알릭스의 세제 냄새다. 알릭스의 집 냄새. 조시는 이국적인 향이 나는 알릭스의 샤워젤로 샤워를 하고 알릭스의 허브향 샴푸로 머리를 감고 아주 두꺼운 알릭스의 수건으로 몸을 감싸고 알릭스의 푹신한 침대 한 귀퉁이에 앉아 잠시 이 슬픔이 지나가기를 기다린다. 그러나 앞으로의 계획을 떠올리자 이내 슬픔은 빠르게 가신다.

"아!" 잠시 후 부엌으로 걸어오는 조시를 보고 알릭스가 말한다. "원래 옷 입었네요!"

"네, 이제 그래야죠." 한 손엔 그동안 입었던 옷과 잠옷을, 다른 한 손엔 개를 안고 조시가 말한다. "이건 어디다 둘까요?" 조시는 옷을 들어 보이며 묻는다.

"그냥 저한테 주세요."

조시가 옷을 건네자 알릭스는 그것을 받아 들고 세탁실로 간다.

"고마워요!" 조시가 알릭스의 등에 대고 말한다. "정말로요." 그러곤 묻는다. "언니랑 동생은 몇 시에 와요?"

"5시쯤 올 거예요. 그러니까 서두르지는 않아도 돼요. 편하게 있다 가요." 알릭스는 예의 그 환한 금빛 미소를 보이며 크루아상 봉지를 뜯는다. "하나 줄까요?" 조시가 고개를 끄덕인다.

한 시간 후 네이선이 아래층으로 내려온다. 리언도 잠옷 차림으로 그 뒤를 따라온다. 네이선은 조시를 위아래로 훑어보며 말한다. "원피스 예쁘네요, 조시."

"고마워요." 조시는 기분이 좋으면서도 동시에 혐오스러운 감정이 든다.

잠시 후 일라이자가 스냅챗에서 나쁜 말을 들었다며 울음을 터뜨리기 일보 직전인 상태로 나타난다. 이제 떠날 때가 됐다. 조시는 프레드를 이동 가방에 넣고 어깨에 핸드백을 맨다.

알릭스의 걱정 어린 눈초리가 느껴진다. "차로 바래다줄까요?" 알릭스가 묻는다. "걸어가긴 꽤 먼 거리인데요. 특히나 오늘같이 더운 날은요."

조시가 고개를 젓는다. "괜찮아요. 그늘에서 걷죠. 서두를 일도 없는데요."

"어머니는 조시 오는 거 알고 계세요?"

"네. 알아요."

알릭스는 양팔을 벌려 조시를 안는다. 이번만큼은 조시도 그냥 편안하게 안긴다.

포옹 후 알릭스는 조시와 눈을 맞춘다. "연락 끊지 마요, 조시. 알겠죠? 필요한 도움 구하고 꼭 계속 연락하고요."

그런 다음 하늘색 문이 열린다. 문 안쪽에는 알릭스와 그녀의 세계가, 바깥쪽에는 조시의 세계가 펼쳐져 있다.

길모퉁이를 돌아 조시는 핸드백을 열어 소지품을 확인한다. 일주일 동안 알릭스네 집과 직장을 오가며 여기저기 현금인출기에서 찾은 현금은 무사하다. 계단에서 찾은 일라이자의 분홍색 반짝이 머리 고무줄로 묶어둔 현금 뭉치가 제법 묵직하다. 조시는 다음으로 오늘 아침 정원 의자 아래서 찾은 커다란 초록색 프레임 선글라스를 꺼내 쓰고 걸음을 옮긴다.

다음 목적지를 향해 걸어가는 조시 위로 무자비한 햇살이 내리쬔다.

3부

7월 20일, 토요일

집안 분위기가 순식간에 달라졌다. 더 가벼워지고 부드러워졌다. 드디어 다시 평범한 분위기로 돌아왔다. 알릭스는 잠시 복도에 서서 이 변화를 온몸으로 만끽한다. 고양이가 도도하게 복도를 걸어오더니 마치 축하라도 하듯, 마치 되찾은 제 영역에 표시라도 하듯 알릭스의 다리에 몸을 비빈다. 알릭스는 고양이를 안아 부엌으로 들고 간 다음 고양이 밥그릇 앞에 내려놓는다.

"갔어?" 네이선이 돋보기안경 너머로 알릭스를 쳐다보며 묻는다.

"갔어."

"확실해? 확인했어?"

"아니, 확인 안 했어. 하지만 간 거 맞아."

"괜찮으실까요?" 리언이 묻는다.

알릭스가 미소를 지어 보인다. "괜찮으실 거야. 아줌마네 엄마가 옆에서 잘 돌봐주실 테니까."

그렇게 말은 했지만 스스로도 빈말처럼 느껴지긴 한다. 팻이 조시를 잘 돌봐줄지 의심스럽다기보다 조시가 정말로 팻의 집에 가는 게 맞는지 확신이 서지 않는다. 하지만 일단 불안한 느낌은 한구석으로 밀어둔다. 오늘은 일주일 내내 알릭스가 기다려온 날이다. 맥신과 맥신네 아이들이 쓸 손님방, 조이와 페탈이 쓸 서재를 준비하려면 할 일도 많다.

조시가 없으니 꼭대기 층으로 올라가는 알릭스의 발걸음도 가볍다. 이제 조시의 드라마 속 알릭스의 역할도 끝났다. 비록 작은 그림자가 남아 있기는 하지만 말이다.

침구를 다 벗겨내는 정도까진 아니어도 조시가 침대를 꽤 깔끔하게 정리해두었다. 베개도 폭신하게 복구되어 있고 이불도 구김 없이 매끈하다. 알릭스는 정리된 침구를 다시 흐트러뜨리고 시트와 커버를 벗겨낸다.

샤워실도 아주 깔끔하다. 수건은 심지어 라디에이터와 평행을 맞춰 똑바르게 걸려 있다. 알릭스는 수건을 홱 잡아당겨 빨래 더미에 함께 넣는다.

다음으로는 창문을 열고 햇빛을 가리기 위해 커튼을 닫는다. 점심때쯤엔 이 방에 해가 직접 들어올 테니 말이다.

알릭스는 방 안을 둘러본다. 애초에 조시가 이곳에 머무르지조차 않은 것 같은, 아무 일 없었던 것 같은 기분조차 든다. 알릭스는 무릎을 꿇고 앉아 침대 아래를 살핀다. 먼지 말곤 아무것도 없다.

이번엔 매트리스 아래로 손을 넣는다. 열쇠가 아직 거기 그대로 있다. 숫자 6이 쓰인 태그가 달린 열쇠. 지금이라도 달려 나가 조시에게 열쇠를 돌려주어야 하나 싶은 고민은 잠시뿐, 알릭스는 금세 아니라는 결론에 이른다. 이 열쇠에 분명 의미가 있을 것이다. 열쇠를 여기 두고 간 데엔 이유가 있을지도 모른다. 알릭스는 조심히 고리 쪽을 잡아당겨 한동안 열쇠를 뚫어져라 쳐다보다가 곧 주머니에 넣는다.

이제 알릭스는 새 침대 시트를 씌우고 새 수건을 걸고 방을 나온다.

조이가 먼저 도착한다. 조이는 알릭스의 언니로 세 자매 중 키가 가장 작고 말수도 가장 적다. 조이의 외동딸 페탈은 사촌들 가운데 나이가 가장 어리다. 오랫동안 아이를 원했던 조이는 마흔한 살에 정자 기증을 받아 페탈을 낳았다. 조이가 도착하고 30분 후에 맥신도 도착한다. 맥신은 세 자매 중 막내로 키도 가장 크고 목소리도 제일 크다. 빌리와 조니, 아들만 둘인데 그중 하나는 리언, 페탈과 같은 나이이고 다른 하나는 일라이자와 동갑이다. 맥신네 아이들이 어지간히 말을 안 듣긴 하지만 그렇다고 맥신네 가족이 딱히 손이 많이 간다고 할 정도는 아니다. 솔직히 지난 몇 주간 조시의 딸들 이야기를 듣고 나니 그에 비하면 맥신네 아이들은 천사 수준이다.

알릭스는 정원에 공기주입식 수영장 두 개를 설치하고 그늘에는 와인과 아이들 마실 음료를 차게 유지하도록 커다란 아이스 버킷을 놓는다. 세 자매가 모두 하늘하늘한 면 원피스를 입고 서로 목과 어깻죽지에 선크림을 발라주는 동안 공기 중에는 선크림 냄새가 가득하다.

스프링클러가 고장나 네이선은 새것을 사러 정원용품 가게에 갔다가 6시쯤 돌아온다. 네이선이 새 스프링클러를 설치해주자 아이들은 신이 나서 소리를 지르며 물줄기 사이를 뛰어다닌다. 네이선은 세 자매와 함께 앉아 평소 모습과는 전혀 다르게 천천히 맥주를 마신다. 아마도 나중에 친구들과 함께 진짜 술을 마실 때를 위해 지금 속도 조절을 하는 거겠지. 네이선의 오늘 밤 계획을 떠올리면 알릭스는 불편한 마음을 지울 수 없지만 애써 그 감정을 떨쳐버리고 네이선이 한 약속을 떠올린다. 네이선은 알릭스를 실망시키지 않을 것이다. 99퍼센트 확신한다. 네이선은 알릭스의 자매들을 좋아하고 늘 이들에게 인정받으려고 애쓴다. 오늘 밤 알릭스를 실망시키면 조이와 맥신의 가차 없는 시선을 피하기 힘들다는 것을 네이선도 잘 알고 있다. 게다가 알릭스는 네이선이 자정 전에 집에 돌아오면 잠자리를 하겠다고 약속까지 했다. 알릭스는 손을 뻗어 네이선의 손목을 다정하게, 따스하게 꼭 쥔다. 네이선이 알릭스를 향해 미소 짓는다. 그 미소에서 알릭스는 잘해보겠다는 네이선의 결심을 충분히 읽을 수 있다. 알릭스는 다시 한번 네이선의 손목을 꼭 쥔 다음 자매들과의 대화에 몰두한다.

7시, 알릭스와 자매들은 피자를 주문하고 마가리타를 만들기 시작한다. 20대 때 칵테일 바에서 3년간 일한 적이 있는 맥신이 마가리타를 맡는다. 7시 반, 네이선이 집을 나선다. 알릭스가 현관까지 따라 나와 네이선의 목에 키스하고 다리로 네이선의 가랑이 사이를 쓸어내린다. "잘해." 알릭스가 말한다. "제발."

"약속할게. 이번엔 꼭." 네이선이 대답한다.

네이선은 알릭스의 입술에, 그리고 목에 부드럽게 키스한다. 최근엔 이렇게 분위기를 잡는 일이 워낙 드물어서 알릭스는 부끄러움에 온몸이 달아오르는 기분이다. 알릭스는 복도 창문으로 네이선을 바라본다. 남색 반바지에 꽃무늬 셔츠를 입고, 선글라스로 붉은 머리칼을 얼굴 뒤로 넘긴 그의 모습을 지켜보며 알릭스는 그동안 네이선이 그리웠음을 깨닫는다. 알릭스는 네이선을 원한다. 벌써 집에 빨리 들어오면 좋겠다. 알릭스는 이제 자매들과 아이들의 요란법석 속으로 뛰어든다. 뜨거운 햇살이 부엌 지붕을 뚫고 타일 바닥을 달구고 있다. "잔에 소금 묻힐 사람?"

저녁 7시 30분

킬번 지하철역을 향해 걸어가던 네이선이 휴대폰을 귀에 댄다. 그러곤 마치 세상 사람 모두 자기 이야기에 관심이라도 있는 줄 아는지 큰 목소리로 통화를 한다. 제법 멀리 떨어져 있는 조시 귀에조차 거슬릴 정도다. 들리는 바에 따르면 계획이 바뀌었다고, 원래 만나기로 한 곳 말고 램 앤드 플래그에서 만날 예정이라고 한다. "응, 나 오늘은 필름 끊기면 안 된다, 기억해라. 알릭스한테 12시 전까진 들어간다고 했어. 알릭스가 뜨거운 밤을 약속했단 말이지!" 그가 웃음을 터뜨린다. "맞아!"

네이선이 전화를 끊는다. 조시는 혐오스럽다는 듯한 표정으로 그의 뒤통수를 바라본다. 교양 있는 성인답게만 행동하면 잠자리를 해준다고? 이 남자와는 애초 모든 면에서 차원이 다른 알릭스가 대체 어떻게 저따위 생각을 할 수가 있단 말인가? 알릭스에 대한 존중의 마음도 조금 시들해진다. 조시가 알릭스에게 실망한 것이 처음도 아니다. 하지만 조시는 자신이 지금 무엇을 하고 있는지, 왜 그 일을 벌이고 있는지 떠올리자 이내 다시 힘이 난다.

조시는 지하철역으로 네이선을 따라간다. 조시는 오늘 아침 세인즈베리에서 산 새 원피스를 입었다. 알릭스와 함께 산 옷들만큼 좋은 옷은 아니지만 더위엔 제격이거니와 이렇게 입고 있으면 네이선도 알아차리지 못할 것이다. 머리도 세인즈베리에서 산 밀짚모자 안에 말아 넣었다. 그리고 태어나서 처음으로 빨간 립스틱을 발랐다. 덕분에 평소 조시의 모습과는 사뭇 다르다.

혹시 지하철에서 네이선을 놓칠지 모르니 조시는 네이선이 친구들을 만나기로 했다는 펍을 검색해본다. 옥스퍼드 스트리트에서 빠져나온 샛길에 위치한, 셀프리지 백화점 뒤편의 펍이다. 가장 가까운 지하철역이 본드 스트리트니까 여섯 정류장 다음이다.

킬번역은 플랫폼이 지상에 있어 모자를 계속 쓰고 있어도 이상하지 않다. 갑자기 어디선가 불어온 바람이 치맛단을 살랑이고 목의 땀을 식혀준다. 네이선은 플랫폼 저쪽 끝에서 폰을 만지작대고 있다. 반바지 차림이라 애들 다리처럼 삐쩍 마르고 허연 다리가 드러나 있다. 대체 알릭스는 어딜 보고 이 남자를 선택한 걸까 조시는 다시금 궁금해진다. 최소한 월터는 젊었을 적 잘생기기라도 했지. 월터는 강인하고 키도 크고 잘생겼었다.

지하철을 타고 이동한 지 20분 후 조시는 토요일 밤 번잡한 옥스퍼드 스트리트를 가로질러 네이선을 따라간다. 상점들도 아직 모두 열려 있고 인도는 쇼핑객들과 일찍 저녁을 먹는 사람들로 붐빈다. 영국 사람들은 참 이상하다. 다른 나라 사람들은 더위에 그늘을 찾거나 에어컨 빵빵한 실내에 있거나 커튼을 치는데 영국 사람들만 용광로에 들어가는 돼지들마냥 자진해서 열기에 몸을 던진다.

펍 야외 테이블에 앉아 있던 세 명의 남자가 네이선이 다가오는 것을 보고 자리에서 일어나 개떼처럼 동물 소리를 낸다. 네이선의 등을 후려치고 맥주를 건네고 네이선이 앉을 수 있게 벤치에 자리를 만든다. 넷은 서로 다들 조금 닮았다. 네이선의 각기 다른 버전 같기도 하다. 한 명은 아시아계, 한 명은 흑인, 한 명은 검은 머리색의 백인이지만 옷 스타일도, 말투도, 웃는 것까지 똑같다. 뻔한 남자들 패거리다. 덩치만 큰 철없는 남자애들처럼, 집에서 가족들과 함께 있어야 할 시간에 밖에 나와 어울려 노는 패거리.

펍 바로 옆은 야외석이 있는 이탈리안 레스토랑이다. 조시는 레스토랑에 앉아 신선한 토마토와 바질을 넣은 파스타와 콜라를 주문한다. 네이선과 친구들은 한 45초 간격으로 귀

가 멀 것같이 시끄럽게 웃어 젖힌다. 그들의 테이블에 맥주
와 샷이 추가된다. "지옥에서 온 손님"이 떠났으니 축하해야
한다는 네이선의 말이 조시의 귀에까지 들려온다.

"그러니까 그게 누군데?" 아시아계 남자가 묻는다.

"아내 친구. 아, 친구까진 아닌가? 하여간 아내가 이 여자
에 대한 팟캐스트를 만들고 있는데 지난 주말 남편이랑 싸
우고 맞아 터진 얼굴로 우리 집 앞에 나타난 거야. 알릭스야
당연히 들어오라고 했지. 워낙에 맘이 약하잖아. 그런데 이
여자가 집에도 안 간대, 경찰에도 안 간대, 자기 엄마 집에도
안 간대, 그냥 우리 집에 눌러앉아 일주일 내내 똥 씹은 얼
굴로 알릭스 옷을 입고 집안을 활보하는 거야! 그런데 오늘!
드디어! 그 여자가 나갔다 이 말씀이야! 그러니까 건배하자!
되찾은 우리 집을 위하여, 건배!"

조시는 못마땅한 표정으로 네이선 무리가 맥주잔을 부딪
치는 모습을 지켜본다.

"그래서 그 여자는 어디로 갔어?" 검은 머리의 남자가 묻
는다.

"나도 모르지. 내 알 바도 아니고. 정말 내 집에서 그렇게
불편하게 있은 적은 처음이었다. 진짜 이상한 여자야."

누군가가 다시 동물 소리를 내고 네이선 무리는 또 잔을
부딪친다.

조시는 반밖에 먹지 않은 파스타 접시를 밀어낸다. 네이선
의 말들이 썩 듣기 좋은 건 아니지만 그렇다고 충격적인 것
도 아니다. 조시가 그 집에 머무르는 걸 네이선이 못마땅해

한 것은 조시도 잘 알고 있다. 괜찮다. 모두 다 조시의 결심을 더 단단하게 해줄 뿐이다.

조시는 전화기를 들고 메시지 목록에서 예전 대화를 찾는다. 그리고 새 메시지를 작성한다.

'램 앤드 플래그 야외석에 있어요. 꽃무늬 셔츠를 입은 빨강 머리예요. 남자 세 명하고 같이 있고요. 10분 안에 올 수 있어요?'

즉시 답이 온다.

'지하철에서 내리는 중이에요. 곧 갈게요.'

조시는 엄지를 세운 이모티콘을 보낸 후 휴대폰을 내려놓는다. 입가에 작은 미소가 번진다.

저녁 9시

"친구 기다리는 동안 여기 좀 앉아도 될까요?"

젊은 여자가 다가와 말을 건네자 네이선의 표정은 조금 놀란 듯하지만 기분은 나쁘지 않은 모양새다.

"아, 네. 그럼요. 당연하죠." 네이선은 친구들 쪽으로 더욱 가까이 붙어 앉는다. 벤치 끝에 앉는 여자의 팔이 네이선의 팔에 닿는다. 여자는 자기 앞 테이블에 음료를 올리고 작은 핸드백을 뒤지더니 담뱃잎과 리즐라 롤링 페이퍼를 꺼내 담배를 만다. 여자가 네이선을 돌아보더니 묻는다. "하나 드려요?" 조시는 이 모습을 지켜본다.

"아뇨. 아니에요, 괜찮습니다. 저는 전혀……."

"제가 피우면 실례일까요?"

"아니요. 피우세요. 괜찮습니다."

네이선의 얼굴이 붉어진다. 여자는 살랑이는 재질의 검정색 홀터넥 탑과 딱 붙는 흰 청바지를 입었다. 금발의 곱슬머리를 뒤로 넘겨 묶은 덕에 전문가 수준의 꼼꼼한 메이크업으로 맨얼굴 효과를 낸 예쁜 얼굴이 더욱 환히 드러난다.

네이선은 다시 친구들과의 대화로 돌아가지만 바로 옆에 앉은 너무나도 아름다운 젊은 여자를, 여자의 팔이 자기 팔에 자꾸 닿는 것을 여실히 의식하고 있다. 여자는 잠깐 폰을 보더니 나직하게 욕을 하며 테이블에 휴대폰을 요란하게 내려놓는다. "괜찮아요?" 네이선이 여자를 돌아보며 묻는다.

"방금 퇴짜맞았어요." 여자가 한숨을 쉰다. "친구인데, 얜 맨날 이래요. 한두 번이 아니라니까요. 벌써 연속으로 세 번째네요. 아, 정말."

"짜증날 만하네요." 네이선이 말한다. "그런 사람들 진짜 싫어요."

"네. 예의라는 게 없죠."

잠시 둘은 아무 말이 없다. 여자는 롤링 타바코를 한 모금 빨더니 입 가장자리로 연기를 뿜는다. 네이선은 자기 맥주잔을 들고 맥주를 한 모금 마신다. "여기서 잠깐만 같이 있으면 안 되겠죠?" 여자가 묻는다. "이거 다 마실 때까지만요. 버리고 가긴 그래서요."

"아휴, 당연히 되죠. 여기 계세요."

"정말 감사합니다. 구세주세요. 아, 저는 케이틀린이라고 해요."

여자가 악수를 청하며 손을 내밀자 네이선이 그 손을 잡는다. "네이선입니다. 만나서 반가워요, 케이틀린."

그러더니 네이선은 친구들에게 여자를 소개하고, 여자는 네이선의 친구들과 악수를 나눈다. 남자들은 미소를 짓는다. 여자도 미소를 짓는다. 젊고 예쁜 여자가 함께한다는 데에 모두가 기뻐하며 남자들은 배에 힘을 주고 한껏 멋있는 척을 해 보인다. 조시는 이 장면을 만족스럽게 지켜보며 다시 케이틀린에게 문자를 보낸다.

'대단한데요. 다 끝나면 알려줘요. 기다리고 있을게요.'

조시는 먹다 만 파스타와 김빠진 콜라 값을 낸 다음 무더운 여름밤의 혼돈 속으로 사라진다.

밤 10시 30분

알릭스는 네이선에게 문자를 보낸다.

'어떻게 돼가? 여긴 난리도 아니야. 재밌게 놀고 있어?'

알릭스는 잠시 메시지 확인 여부를 알려주는 체크 마크를 지켜보지만 회색 체크는 바뀌지 않는다. 알릭스는 불안함을 애써 덮고 휴대폰을 치운다. 내심 이때쯤이면 네이선이 집에 돌아오길 기대했다. 밖에 오래 있을수록 스스로 통제하기 더 어려워질 가능성이 높다.

조이는 자기가 마실 민트 티를 준비하고 있다. 조이는 한참 술을 마시다가도 어느 순간 잔을 딱 내려놓는 자기만의 선이 있다. 언제나 조이가 가장 먼저 술잔을 내려놓는다. 맥신과 알릭스는 연 지 한참 되어 아이스 버킷 안에서도 미적

지근해진 프로세코 남은 것을 마시는 중이다. 조이는 취침 시간에 아주 엄격해서 페탈은 이미 잠자리에 들었다. 다른 아이들은 거실에서 컴퓨터 게임을 하고 있는데 소리가 너무 시끄럽다. 아무래도 옆집이 이제 아파트 형태로 개조해서 우리 집 거실이 그 집 침실과 붙어 있으니 조용히 해야 한다고 주의를 줘야겠다. 하지만 지금 당장은 부드러운 밤의 정취를 즐긴다. 한낮의 강렬한 더위는 식었어도 맨팔에 닿는 밤공기가 아직 차지 않다. 세 자매의 대화도 아직 한창이다. 다들 여름휴가 이야기에 열을 올린다. 크로아티아의 저택에서 세 자매와 아이들, 남편들, 엄마까지 다 같이 수영장을 오가며 보낼 10일간의 휴가를 생각하면 벌써부터 행복하다. 1월에 예약을 할 때는 이미 마음이 그곳에 가 있었는데 막상 봄을 기다리며 기나긴 겨울을 보내다 보니 오지 않을 미래처럼 멀게만 느껴졌었다. 이제 출발일은 불과 22일 앞으로 다가왔다. 조이는 존 루이스에서 막 주문한 새 비키니를 휴대폰으로 보여주고 세 자매의 대화 주제는 가슴에서 배, 호르몬과 감정선으로 이어진다. 11시 반이 되자 조이는 하품을 하며 자러 갈 채비를 한다.

알릭스는 혹시 네이선에게서 지금 집으로 오는 길이라는 문자가 오진 않았을까 휴대폰을 확인해본다. 아무 문자도 없다. 알릭스는 방금 동생이 한 말에 어색한 웃음을 지어 보인다. 혹시라도 질문을 받게 되는 상황에 놓이는 건 싫다. 언니와 동생 모두 네이선이 다시 술을 많이 마시기 시작했단 건 알고 있지만 상황의 심각성에 대해서는, 그러니까 네이선의 술 문제 때문에 헤어지는 것까지 고민하고 있다는 이야기는 전혀 하지 않았다.

아이들이 우르르 잠자리에 들고 세 자매도 모두 각자의 침대로 가고 나니 어느새 시간은 자정이 되어 있다. 알릭스는 아직도 긴장한 채 허리를 꼿꼿이 펴고 침대 끄트머리에 앉아 있다. 5분만 더 기다려보고 전화해야지. 일단 지금은 옷부터 갈아입으러 가야겠다. 샌들을 벗어 제자리에 넣으려는데 신발장에서 무언가가 눈에 띈다. 작은 투명 지퍼백. 읽을 수 없는 악필로 숫자와 이름 '데이지'가 적혀 있는 냅킨. 그리고 호텔 카드키 홀더. 호텔 이름은 레일링스다. 레일링스라면 알릭스도 알고 있는 곳이다. 패링던의 네이선 사무실 근처에 있는, 창문 프레임과 벽돌을 전부 탁한 검정으로 칠한 힙한 부티크 호텔이다. 네이선의 사무실 동료들이 퇴근 후 한잔하거나 고객들을 만날 때 자주 가는 곳이기도 하다. 네이선을 따라 알릭스도 몇 번 간 적은 있지만 바를 이용했을 뿐 그곳에 묵은 적은 한 번도 없다. 알릭스는 작은 지퍼백을 들어 빛에 비추어본다. 흰색 가루가 조금 남아 있다.

뱃속 깊숙이에서부터 구역질 날 것 같은 기분이 목구멍까지 차오른다. 알릭스는 다시 그것들을 살펴본다. 어디에도 날짜 같은 건 없다. 시기와 출처를 특정할 수 없는 것들이다. 하지만 이것들이 난데없이 여기 이렇게 나타날 리는 없겠지. 최근 네이선이 집에 들어오지 않았던 날, 블랙홀이라며 기억이 없다고 주장하는 그 날들과 분명 관련이 있을 것이다.

알릭스는 분노하며 이를 닦는다. 거울 속에는 배신당한 아내의 일그러진 얼굴이 자신을 노려보고 있다. 지금까지 알릭스는 배신당한 적이 없다. 네이선과 긴 시간 함께하며 그가 펍에서 여자를 만나고 함께 호텔에 갔다가 24시간 후 집에 돌아와 아무 기억이 없다고 둘러대는 그런 남자일지 모른다고 의심한 적은 단 한 번도 없었다. 이건 생전 처음 겪어보는 감정이다. 알릭스는 너무나도 불쾌하다.

조이와 맥신은 12시가 되도록 집에 돌아오지 않은 네이선에게 이미 화가 나 있다. 알릭스가 방금 신발 서랍 밑에서 발견한 것들을 조이와 맥신이 본다면 어떻게 생각할까? 알릭스가 앞으로 어떻게 해야 하는지, 네이선에게 어떤 벌을 줄 것이며 어떤 조치를 취해야 하는지 잔소리를 늘어놓겠지. 그건 아니다. 알릭스는 이 일을 자신의 방식대로 처리하고 싶다. 차분하게, 이성적으로. 알릭스는 감정적으로 대응하는 사람이 아니다. 기분 나쁜 일은 남의 일인 양 몇 걸음 떨어져 객관적인 시각으로 평가하고, 그런 다음 평화와 현 상태를 유지하기 위한 최선의 방법을 찾는 편이 좋다. 스스로 인정하는 건 조금 괴롭지만 알릭스에겐 지금 이 상태를 유지하는 것이 최선이다. 아이들 때문에, 이 생활 수준을 유지하기 위해서, 또 갖가지 다른 이유 때문에. 분노에 휩쓸려 행동했다간 잃을 것이 너무 많다. 알릭스는 네이선에게 기회를 줄 것이다. 지금 이 공포가 근거 없는 것임을 네이선에게 증명해 보이도록 한 후 이 일은 그대로 묻어둘 것이다.

12시 7분, 알릭스는 다시 침대 끝에 앉아 네이선의 번호를 누른다. 통화음이 울린다.

새벽 12시 30분

자정이 지난 시각, 조시는 지금쯤 알릭스가 무엇을 하고 있을지 상상해본다. 도대체 이 바보 같은 남자는 왜 아직도 집에 들어오지 않고 있는지 침대에 걸터앉아 걱정하고 있겠지. 오늘 아침 그 집을 떠나기 전 조시가 알릭스의 신발 서랍에 남겨둔 가짜 증거들도 발견했을 것이다. 카드키 홀더, 작은 지퍼백, 읽을 수 없는 숫자며 조시가 써넣은 여자 이름 '데이지'까지. 그 이름은 정말 만족스럽다. 어리고 여성스러운 느낌이 드는, 여자의 직감을 건드리는 이름이다.

지금쯤 알릭스는 그 멍청한 남자에게 전화를 걸어 신호음을 듣고 있겠지.

그리고 알릭스의 그 멍청이 같은 남편은 사랑스러운 케이틀린과 함께 소호의 어느 시끄러운 바에서 독한 술을 마시고 약을 하고 있을 것이다.

그때 조시의 휴대폰 진동이 부르르 울린다. 조시는 휴대폰을 집어 든다. 케이틀린이다.

'지금 들어가요. 올 거예요?'

'바로 갈게요.' 조시가 답장한다. '지금 출발해요.'

7월 21일, 일요일

알릭스는 잠들지 못한다. 이제 거의 새벽 3시가 되어가지만 여전히 침대에 누워 천장만 쳐다보는 중이다. 공기는 덥고 끈적하다. 협탁에 펼쳐둔 책은 선풍기 바람에 책장이 휙휙 넘어간다. 충격을 받기는 했지만 동시에 네이선이 결국 알릭스와의 약속을 저버렸던 사실이 아주 놀랍지 않은 것도 사실이다. 그리고 자정까지 집에 들어오는 조건으로 네이선에게 잠자리를 약속했다는 것 자체가 치욕스럽다. 이제 와 생각하면 사실 네이선은 굳이 섹스를 위해 집에 돌아올 필요도 없었을 테니 말이다.

바람피우는 남자들을 한심하게 여기며 네이선이 했던 말들이 알릭스의 머릿속에 줄줄이 떠오른다. 자기 친구들은 다 "좋은 녀석들"이기 때문에 절대 그런 짓은 하지 않는다고 했다. 자기 아내를 그렇게 대하는 남자들하곤 어울릴 수 없다고도 했다. 하지만…… 데이지. 코카인. 23호실.

새벽 1시경 알릭스는 지오바니에게 문자를 보낸다. 지오바니는 12시가 되기 직전 네이선을 소호에 있는 바에 두고 나왔다고 했다.

'혼자였어요?'

'네, 제가 알기로는요.' 지오바니의 말은 분명 거짓이다. 알릭스는 알 수 있다.

미국 드라마에 나오는 것처럼 화장실 캐비닛에 수면제라도 상비해두면 좋았을걸 싶다. 지금 뇌의 전원을 꺼버릴 수 있는 무언가가 있으면 좋겠다. 결국 알릭스는 잠을 청하기를 포기하고 아래층으로 내려간다. 고양이는 예상치 못한 한밤중의 손님을 보고 기뻐한다. 알릭스는 쭈그려 앉아 고양이를 쓰다듬는다. 확장 부엌의 유리 천장 너머로 오렌지빛 둥근 달이 보인다. 지금 어디서 뭘 하고 있는지 알 길은 없지만 부티크 호텔에서 얼굴 모를 데이지란 여자와 몸을 섞고 있는 거라면 옴폭한 네이선의 허리에도 똑같이 저 오렌지 달빛이 비치고 있겠지.

새벽 5시, 알릭스는 눈을 뜬다. 가장 먼저 휴대폰부터 찾아 혹시라도 집에 온다는 네이선의 문자가 와 있지는 않은지 확인한다. 아무것도 없다. 알릭스는 휴대폰을 협탁에 내려놓고 다시 자리에 눕는다. 아침 해가 커튼을 복숭앗빛으로 물들이고 집 안 곳곳에서는 다시 일상의 시작을 알리는 소리가 들려온다. 알릭스는 고양이 밥을 챙겨주고 큰 컵으로 물 한 컵을 마신다. 잠시 후 복도 저편에서 발소리가 들린다. 페탈이다.

파란색 면 원피스 잠옷을 입은 요정 같은 조카의 존재는 어둡고 우울했던 알릭스의 지난밤과 너무나도 대조되어 잠시 숨이 멎을 정도다. "우리 페탈 일어났어?" 알릭스가 인사한다. "일찍 일어났네."

"나는 항상 일찍 일어나요." 페탈이 말한다. "원래처럼 하는 게 좋아요."

알릭스는 고개를 끄덕이며 페탈을 향해 웃어 보이곤 아침 먹을 것을 내주며 주스를 마시겠냐고 묻는다. 그런 다음 뒷문을 열고 밤사이 텁텁해진 공기를 환기한다. 페탈이 부엌에 앉아 스페셜 케이 시리얼 한 그릇을 천천히 먹는 동안 알릭스는 식기세척기를 비우고 가끔씩 페탈을 눈으로만 확인한다. 이른 아침의 고요함을 즐기도록 굳이 방해하지 않는다. 네이선에게 전화를 걸어본다. 커피를 내린다. 다시 네이선에게 전화한다. 뭘 어떻게 해야 할지 알릭스는 감조차 오질 않는다.

시간이 이렇게 느리게 갈 수도 있다는 것을 알릭스는 이날 처음 알았다. 아침 7시, 다시 침대로 돌아가 한 시간쯤 잠을 청하지만 잠은 금방 깨어버린다. 커튼을 뚫고 들어오는 아침 햇살에 몸은 지글지글 타는 듯하고, 머릿속은 날카로운 걱정들과 뾰족한 생각들로 가득 차 있다. 알릭스는 입맛이 없어도 꾸역꾸역 토스트를 먹고 에스프레소도 세 잔 연속으로 마시지만 그렇다고 이 피곤함이 가시진 않는다. 언제까지 이렇게 아무것도 하지 않고 가만히 기다리고만 앉아 있을 수 있을까?

오전 9시, 이제 지오바니에게 전화를 걸어봐도 괜찮을 것 같다. 지오바니는 즉각 알릭스의 전화를 받는다. "네이선이 아직도 집에 안 왔어요. 혹시 나한테 말 안 한 거 있으면 제발 지금 말해줘요." 알릭스가 말한다.

전화기 저편에서 들려오는 구린내 나는 침묵에 알릭스는 대답을 듣지 않아도 알 것 같다. "아뇨," 지오바니가 어색하게 말한다. "그냥 다른 때처럼 바에 두고 우리 먼저 나왔어요. 딱히 별일은 없었어요."

"아, 남자들끼리의 의리란 거네." 통화를 끝내고 알릭스가 그 얘기를 전하자 조이가 대꾸한다. "그 사람이야 그렇게 말하겠지, 안 그래?"

알릭스는 한숨을 쉰다. 조이의 말이 맞는다.

"원래 이렇게 인사불성 되면 집엔 언제 오는데?" 조이가 묻는다.

"오후쯤?"

"그럼 오후까지는 걱정하지 말자." 조이의 말에 고개를 끄덕이던 알릭스가 갑자기 떠오른 생각에 휴대폰을 연다. 알릭스와 네이선은 공동 은행 계좌가 있다. 알릭스가 큰돈을 벌 가능성은 없고 네이선은 이미 큰돈을 벌고 있다는 것이 확실해진 후부터는 공동 계좌를 써왔다. 네이선은 절대 계좌 내역을 확인하지 않는다. 출입금 내역이나 레스토랑 계산서나 영수증을 확인하는 일도 없다. 대략 자신의 소득에 부합하는 수준에서 지출을 하는데, 그 판단이 틀리는 일도 거의 없다.

알릭스는 은행 앱 화면에서 결제 대기 중인 거래 내역을 스크롤하며 네이선의 소재를 알 수 있을 만한 단서를 찾아보려 하지만 아무것도 없다. 지오바니 말대로 웨스트엔드 바에서 지출한 25.6파운드가 있지만 그게 끝이다. 우버 결제 내역도 없고 호텔 결제 내역도 없다. 아무것도 없다. 네이선은 흔적도 없이 사라졌다.

오후가 되었다. 하늘에는 먹구름이 드리우고 드디어 기온이 1~2도쯤 떨어진다. 이미 각자의 집으로 돌아갔어야 할 조이와 맥신은 아직 알릭스의 집에 있다. 발표를 기다리는 대기실의 사람들처럼 집 안의 공기에는 이상한 불안감이 감돈다.

알릭스는 혹시 모를 단서를 찾아 한 시간을 행거 앞에 서서 네이선의 옷 주머니들을 뒤져보지만 성과는 없다. 조이와 맥신이 뭘 좀 먹으라고 권해도 알릭스는 먹을 수가 없다. 생각도 할 수 없고 숨만 겨우 쉰다.

먹구름은 점점 불어나더니 4시가 되자 우르릉 소리가 시작되고 4시 반에 마침내 비가 쏟아지며 열기도 한풀 꺾인다. 공기는 마른 흙을 적시는 비 냄새로 가득하다. 알릭스와 자매들은 집 안 곳곳을 뛰어다니며 창문을 닫는다. 알릭스는 다시 지오바니에게 전화를 해보지만 지오바니는 알릭스의 전화를 받지 않는다. 이제 한 시간 정도 후엔 조이와 맥신도 가야 한다고, 내일은 학교 가는 날이니 아이들 숙제도 해야 하고 고양이 밥도 줘야 한다고 한다. 조이와 맥신이 가고 나면 밖에 볼일이 생겨도 무조건 아이들을 데리고 가는 수밖에 없겠다는 생각이 들어 알릭스는 재빨리 여름 원피스 대신 레깅스와 운동화로 갈아신고 1.5킬로미터 정도 떨어진 지오바니네 집으로 최대한 빨리 걸어간다. 지오바니는 분명히 거짓말을 하고 있다. 그를 직접 만나서 눈을 맞추고, 그의 파트너의 눈을 들여다보고, 어젯밤 대체 무슨 일이 있었는지 진실을 알아내야 한다.

문 앞에 서 있는 알릭스를 보고 지오바니는 깜짝 놀란 모양이다. 빼꼼히 연 문틈으로 내다보던 지오바니가 결국 항복하듯 한숨을 내쉬며 문을 활짝 연다. "아직도 안 왔어요?" 지오바니가 조용히 묻는다.

"네, 아직이에요. 지오바니, 제발 나 바보 취급하지 말고 말해줘요. 어젯밤에 분명 무슨 일 있었잖아요." 알릭스는 신발장 서랍에서 찾은 것들을 주머니에서 꺼내 보인다. "이거 봐요. 네이선 거예요. 어젯밤에 찾았어요. 자기는 티끌 하나 없이 깨끗하다고 주장하는데 여기 냅킨엔 이렇게 여자들 번호가 쓰여 있고 코카인 봉지까지 있잖아요. 정말 솔직하게 말해봐요. 어젯밤에 여자가 있었어요? 그냥 말 좀 해봐요!"

결국 지오바니는 알릭스를 집 안으로 들인다. 부엌 테이블에는 가족들이 점심을 먹고 난 그릇들이며 음식들이 아직 남아 있다. 갑자기 비가 쏟아진 탓에 그릇 가장자리에는 빗방울이 튀어 있다. 지오바니는 파트너와 시선을 주고받은 다음 알릭스에게 다가와 이야기하기 시작한다. "여자가 있긴 있었어요. 있었는데, 알릭즈, 정말 진심으로 솔직하게 말할게요. 아무것도 아니었어요. 맹세컨대 네이선도 처음 보는 여자였고요. 냅킨에 적혀 있는 데이지는 나도 누군지 모르겠어요. 일자리를 구하는 사람이거나 사무실을 찾는 사람일 수도 있죠. 네이선은 절대로, 절대로 다른 여자랑 사라진 적 없어요. 맹세해요. 다만 어젯밤엔 이 여자가 다가와서 우리랑 같이 합석했어요. 케이틀린이라는 여자인데, 친구가 바람을 맞혔다면서 잠깐 같이 어울려 놀 수 있겠냐고 했어요. 그러다가 결국 우리랑 끝까지 펍에서 같이 술을 마셨고요. 소호에 있는 바로 자리를 옮기려고 하니까 그 여자도 우릴 따라왔어요. 하지만 맹세컨대 네이선과 그 여자 사이에는 아무 일도 없었어요. 네이선은 계속 알릭스 얘기만 했다고요. 자긴 유부남이라고 계속 얘기했어요. 알릭스가 엄청 미인이라는 얘기도 하고요."

알릭스는 천천히 눈을 끔벅인다. 그러고는 손가락에 끼고 있는 결혼반지를 한 바퀴 돌린 뒤 다시 지오바니를 쳐다본다. "그 후에는요?"

"무슨 뜻이에요?"

"12시에 네이선을 바에 두고 나왔다면서요. 여자는요?"

지오바니는 시선을 떨구더니 천천히 고개를 젓는다. 그러나 재빨리 알릭스를 쳐다보며 덧붙인다. "그 여자가 네이선을 집까지 데려다준다고 했어요. 네이선이 오늘 뜨거운 밤을 보낼 거라고 얘기했다며, 자기가 꼭 집에 무사히 들여보내겠다고…… 무슨 말인지 알죠?"

알릭스는 무거운 숨을 내쉰다. 머리가 빙글빙글 돈다. "생전 처음 보는 사람한테 우리 성생활 이야기를 해요?"

지오바니가 다시 고개를 끄덕인다. "하지만 정말 그냥 장난이었어요. 짓궂은 장난이요. 그 여자는 그냥 우리랑 별반 다를 바 없었어요. 왜, 알잖아요. 전혀 그런……."

"그런 뭐요?"

"글쎄요. 뭐랄까, 막 네이선을 나쁜 길로 몰고 갈 사람은 아닌 것 같았달까요. 어제도 네이선은 쭉 달릴 분위기였어요. 네이선은 막 달리다 어느 순간 필름이 끊어지는데, 어제도 딱 그랬어요. 그래서 우리는 솔직히 누가 옆에 있는 게 다행이라고 생각했어요. 그럼 우린 집에 갈 수 있으니까요."

지오바니가 민망한 듯 알릭스를 쳐다본다. "곧 집에 들어올 거예요. 네이선 몰라요? 지금쯤 집에 와 있을걸요. 지금 이제 막 문 열고 들어갔겠네요." 지오바니가 알릭스를 쳐다보고 씩 웃는다. 알릭스는 웃지 않는다.

"그 여자는 어떻게 생겼어요? 케이틀린이라는 여자?"

"예뻤……죠." 지오바니의 목소리가 갈라진다.

"몇 살인데요?"

"젊은 편이었어요. 20대 후반 정도? 30대 초반?"

알릭스는 눈을 굴리며 한숨을 쉰다. "진작 얘기해줬으면 좋았잖아요." 알릭스가 말한다. "거짓말을 안 했더라면요."

"미안해요, 알릭스." 지오바니가 손톱으로 종잇조각을 떼어내며 말한다. "진짜 미안해요."

7월 22일, 월요일

다음 날 아침 아이들과 등교하는 길이 흡사 초현실처럼 느껴진다. 시원하고 푸르른 공기에 알릭스는 여름옷 위로 재킷을 걸쳤다. 학교 앞은 하늘색과 남색 교복 물결로 넘실 댄다. 알릭스는 유독 유심히 아이들을 바라본다. 이 중에 주말 사이 아빠를 잃어버린 아이들은 없겠지.

집에 돌아온 지 10분 후 모르는 번호로 부재중 전화 한 통이 와 있는 것을 발견한다. 알릭스는 번호를 구글에 검색해본다. 토트넘 코트 로드 부근에 있는 호텔 번호다. 갑자기 긴장감이 몰아치더니 이내 안도감이 밀려온다. 알릭스는 역대 가장 심각하게 인사불성으로 곯아떨어진 후 드디어 눈을 뜬 네이선의 모습을 상상해본다. 눈을 비비며 일어나 시간을 확인하니 무려 48시간 동안 연락 두절이었던 것을 알고 뒤늦게 휴대폰을 찾지만 이미 배터리는 방전이라 결국 호텔 전화를 쓴 모양이다. 앞뒤가 다 맞아떨어진다. 알릭스는 곧

장 그 번호로 전화를 건다. 손이 약간 떨린다. 젊은 여성인
듯한 목소리가 전화를 받는다.

"안녕하세요." 알릭스는 활기차게 인사를 건넨다. "방금 남
편이 이 번호로 저에게 전화를 한 것 같은데요. 네이선 서머
요. 지금 거기 묵고 있나요?"

잠시 의미심장한 침묵 후 젊은 여성이 대답한다. "아, 안녕
하세요. 알릭스 서머 씨 되시나요?"

"네, 맞습니다. 제 이름을 어떻게 아시죠?"

"실은 제가 방금 전 부인께 전화를 걸었는데요. 달리 방법
이 없어서…… 정말 죄송합니다. 부군께서 주말에 저희 호
텔에 묵으시고 오늘 아침 체크아웃을 하지 않으셔서 마스터
키로 방문을 열고 들어가 보니 방 안에 적잖은 피해가 확인
되어서요. 방에 있던 명함을 보고 부군 휴대폰으로 전화를
시도했습니다만 계속 음성메일로 넘어가서 사무실로 전화
했더니 오늘 출근을 안 하셨다며 부인 연락처를 주셨어요.
이런 일로 전화드려 죄송합니다."

알릭스는 그 자리에 그대로 얼어붙는다. 머릿속에선 갖가
지 시나리오가 펼쳐진다. "아니에요. 괜찮습니다." 마침내 알
릭스가 대답한다.

"죄송하지만 부군께서 기물 파손하신 부분에 대해 청구를
해야 할 것 같은데요."

"저기 혹시 어떻게 된 일인지 설명을 좀 해주실 수 있을까
요? 하나하나 차례차례요. 지금 제가 전혀 상황 판단이 안
되어서요."

"아, 네! 물론이죠!" 젊은 여자가 밝은 목소리로 대답한다. "부군께서 토요일 밤 저희 호텔에 체크인하셨어요. 꽤 늦은 시각이었고, 동행하신 분께서 온라인으로 2박을 결제하셨다고 했어요."

"동행이요?"

"네, 같이 계시던 분이요."

"그게 누구인데요?"

"죄송하지만 그건 저도 잘 모르겠습니다. 토요일 밤에는 제가 근무조가 아니어서요. 하지만 방은 2박으로 사전 결제가 되어 있었어요. 부군께서 체크아웃을 하지 않은 상태로 일요일 중 호텔을 떠나신 것으로 추정되는데 본 사람도 없고 저희 측에도 기록이 남아 있지 않아요. 오늘 아침 방을 비워주십사 직접 찾아가니 이미 방 안엔 아무도 없었고요. 서머 씨도, 동행분도 모두 안 계셨습니다. 방 안은 훼손 상태가 심각했고요."

"훼손 상태가 심각해요?"

"네. 안타깝게도 그 비용에 대한 청구가 진행될 것 같습니다. 동행분 카드는 거절되고 부군께는 연락이 닿지 않는 상황이라 부인께서 이 부분을 처리해주시면 무척 감사하겠습니다."

"방 말인데요." 알릭스가 말한다. "남편이 있던 방이요. 정리가 혹시 끝났나요? 이미 청소가 끝났나요?"

"아니요. 경영팀에서 특별 청소관리팀을 보내기로 해서 기다리고 있어요. 방은 전혀 손대지 않았습니다."

"그렇군요. 음, 제가 직접 방을 한번 볼 수 있을까요? 남편이 아직도 집에 오지 않았어요. 어디로 갔는지 전혀 모르는 상태인데, 혹시 그 방에 무슨 단서라도 있지 않을까 해서요. 남편이 어디 있는지, 어디로 갔는지요. 꼭 좀 부탁드릴게요. 30분 안에 갈 수 있어요."

젊은 여성이 매니저에게 의견을 구하러 자리를 비운다. 잠시 후 여성이 대답한다. "괜찮을 것 같습니다. 그럼 30분 후에 뵐게요."

프런트 직원이 알릭스에게 열쇠를 건넨다. "18호실입니다." 여자가 말한다. "2층이에요. 이쪽으로 쭉 가서 위층으로 올라가시면 돼요."

알릭스는 복도를 따라 걷다가 좁은 계단을 올라간다. 18호실은 왼쪽으로 두 번째 방이다. 카드키를 문 패널에 대자 문이 딸깍 열린다.

커튼이 닫혀 있어 알릭스의 눈도 어둠에 적응할 시간이 필요하다. 카드키 슬롯을 찾아 불을 켜니 그제야 충격적인 광경이 눈앞에 펼쳐진다.

방은 그야말로 난장판이다. 침대 시트는 거의 벗겨져서 매트리스가 보이고 이불도 반만 침대에 걸쳐 있는 상태다. 미니바는 텅텅 비었고 빈 병들이 바닥에 널려 있다. 맥도날드에서 뭘 시켜 먹었는지 케첩이 스며든 종이 패키징이며 프렌치프라이가 담긴 기름에 전 봉투도 보인다. 알릭스는 난장판이 된 방을 조심히 가로질러 욕실로 향한다. 바닥에는 젖은 수건이, 세면대에는 빈 믹서 캔들이 보인다. 그리고 여자 속옷도. 바닥에 널브러져 있는 싸구려 레이스 T팬티를 보자 알릭스는 갑자기 속이 뒤집히는 것 같다. 세면대에 떨어진 곱슬 금발 머리, 유리잔 입구에 남은 틴티드 립글로스 자국, 그리고 이 냄새. 어떻게 봐도 오해의 여지는 없다. 여기엔 분명 여자가 있었다.

알릭스는 욕조 끝에 걸터앉아 욕실을 둘러본다. 그런 다음 천천히 자리에서 일어나 단서가 있지는 않은지 쓰레기통을 살핀다. 다시 침대 쪽으로 돌아가 방 안을 살핀다. 이번에는 단순히 취기와 섹스만으로는 설명할 수 없는 것들이 눈에 띄기 시작한다. 벽에 걸린 그림은 비뚤어져 있고 유리에는 금이 가 있다. 테이블 램프는 넘어져 있고 침대 협탁은 벽 쪽으로 90도 돌아가 있다. 그리고 저쪽 마룻바닥에 마마이트 스프레드 흘린 자국 같은 것도 보인다. 맥도날드 케첩인지도. 알릭스는 자세를 낮추어 손가락으로 마룻바닥에 떨어진 것을 만져본다. 밝은 선홍색 피다.

알릭스는 움찔하며 재빨리 자리에서 일어난다. 머리로 피가 쏠린다. 몸싸움, 여자, 음식, 술, 버려진 T팬티. 방 안 곳곳은 의문 천지다. 답을 구해보려 방 안을 빙 둘러봐도 단서는 찾을 수 없다.

알릭스는 어질러진 침대 끝에 앉아 휴대폰을 꺼낸다. 네이선에게 전화를 걸어도 음성메일로 넘어간다. 프런트로 내려가 젊은 여직원을 찾는다. "부탁합니다. 제발요. 기록 좀 확인하게 해주세요. CCTV 영상을 확인해야 해요." 자기도 모르는 새 알릭스는 울고 있다. "남편이 사라졌어요. 남편이 어디 있는지 모르는 채로 또 하루를 보낼 수는 없어요. 제발요."

프런트 직원이 긴장한 얼굴로 미소를 지어 보인다. "매니저님께 여쭤보고 올게요. 잠시만요."

잠시 후 염색 머리인 것 같은 검정 머리 여자가 프런트 뒤편 사무실에서 나온다. 꽤 눈에 띄는 사람이다. 이름표에는 '아스트리드 파가노'라고 되어 있고 검정 문신이 양 팔뚝을 덮고 있다.

"이쪽으로 저랑 같이 가시죠." 매니저가 부드러운 억양으로 말하며 뒤편 사무실 방향을 가리킨다. 알릭스는 매니저를 따라간다.

작은 방이라 두 사람은 CCTV 화면 앞에 서로 팔이 바짝 닿을 정도로 붙어 앉는다. "정말 유감입니다." 아스트리드가 말한다. "어려운 시간을 보내고 계신다고요. 무슨 단서라도 찾을 수 있을지 한번 보죠."

두 사람이 원하는 답을 찾기까지는 몇 분이 걸린다. 화면에 '일요일 새벽 1시 41분'이라고 날짜와 시간이 표시되어 있다. 먼저 네이선이 예쁜 금발의 여자와 함께 호텔 쪽으로 다가온다. 이 여자가 지오바니가 얘기하던 그 케이틀린인 모양이다. 여자는 알릭스가 생각했던 것보다는 나이가 조금 있어 보인다. 얼굴이 환히 드러나게 풍성한 금발 곱슬머리를 뒤로 넘겨 하나로 단단히 묶었다. 화이트 진, 흰 운동화, 헐렁한 검정 홀터넥 탑에 커다란 금귀걸이, 그리고 굴곡진 몸매. 여신같이 아름답다. 반면 여자 뒤편으로 보이는 네이선의 꼴은 우스꽝스럽기 그지없다. 일자로 걷지도 못하는 수준이 되어 겨우 벽을 짚고 호텔 정문에 들어선다. 카메라 화면이 다른 화면으로 바뀐다. 이제 케이틀린이 체크인을 하는 동안 네이선은 뒤에서 휘청댄다. 알릭스는 그동안 네이선이 취한 모습을 수없이 많이 보았지만 이 정도로, 이 영상에서만큼 취한 모습은 본 적이 없다. 두 사람은 이내 어두운 뒤편 계단 쪽으로 걸어가며 화면에서 사라진다. 아스트리드는 몇 시간 정도 빨리감기를 한 후 정지 버튼을 눌렀다가 새벽 3시경 영상부터 다시 정상 속도로 재생한다. 네이선은 옷을 그대로 입은 채로 여전히 휘청대다 프런트 건너편 콘솔 테이블에 부딪힌다. 잠시 후 가만히 선 채 주머니에서 휴대폰을 꺼낸다. 휴대폰을 보며 네이선은 여전히 휘청거리는 상태로 인상을 찌푸린 다음 다시 휴대폰을 주머니에 넣고 호텔 밖으로 나간다. 두 번째 모니터 화면에 네이선이 나타난다. 네이선은 이제 어두운 길거리를 걸어간다. 이따금 가로등 불빛이 비칠 때 네이선의 모습이 보였다가 다시 그림자에 가려졌다가 한다. 네이선은 헤드라이트를 밝히고 다가오는 차를 보고 돌아서다가 하마터면 균형을 잃을 뻔한다. 네이선이 손등으로 불빛을 잠시 가리더니 웃으며 손을 흔든다.

호텔 왼쪽에 정지한 차가 가까스로 카메라 프레임에 잡힌다. 네이선은 겨우 호텔 입구를 내려와 자동차 조수석으로 향한다. 차 문을 열더니 바로 올라타지 않고 운전자를 쳐다본다. 차를 안 탈 것처럼 하더니 다시 돌아선다. 운전자가 뭐라고 말을 한 것 같다. 잠시 후 네이선은 차에 올라타고 차는 천천히 움직인다. 거리가 다시 어두워진다.

"차를 알아보시겠어요?" 아스트리드가 묻는다.

알릭스는 고개를 젓는다. "앞으로 조금만 돌려감기 가능할까요? 차가 막 도착한 시점으로요. 네, 거기요." 알릭스가 말한다. "거기서 멈춰주세요."

아스트리드가 화면의 정지 버튼을 누른다. 이제 번호판을 완전히 읽을 수 있다. 알릭스는 아스트리드에게서 종이 한 장과 펜을 건네받아 차 번호를 적는다.

"우버는 아닐까요?" 아스트리드가 짐작해본다.

알릭스는 고개를 젓는다. "아니에요. 네이선은 절대 우버 앞좌석에 앉지 않아요. 항상 뒷좌석에 앉죠. 운전자를 아는 사람으로 생각했던 것 같아요. 그러다가 그게 아닌 걸 알게 된 것 같고요. 하지만 어쨌든 차에는 탔으니……." 알릭스의 목소리가 작아진다. 아무것도 말이 되지 않는다. 누구 차라고 생각한 걸까? 새벽 3시에 누가 올 거라고 생각했을까? 호텔을 나오기 전엔 휴대폰에서 누가 보낸 메시지를 본 걸까?

CCTV 영상을 끄려는 아스트리드를 알릭스가 저지한다. "그 사람 나가는 모습도 확인할 수 있을까요? 그 여자요. 괜찮을까요?"

"그럼요, 당연하죠."

잠시 후 케이틀린이 말끔한 모습으로 나타난다. 난장판이 된 호텔 방에서 네이선과 무슨 일이 있었는진 몰라도 겉으로 보기엔 아무런 징후도 없이, 머리카락 한 올 흐트러지지 않았고 화이트 진엔 얼룩 하나 없다. 그러나 여자가 프런트 앞을 지나는 순간 여자의 볼에 빨간 생채기가 보인다. 상처가 난 지 얼마 되지 않은 것 같다. 여자가 고개를 돌리자 더는 상처가 보이지 않는다. 이번엔 화면을 멈춰달라고 부탁하지 않는다. 다시 보고 싶지 않다. 알고 싶지 않다.

"예약을 한 여자요. 그 여자 이름을 알 수 있나요? 그 여자 이름이 혹시 케이틀린일까요?"

아스트리드가 호텔 예약 시스템 화면을 열어 버튼을 몇 번 클릭한다. "한번 봅시다." 아스트리드가 화면을 확인한다. "예약은 입실 당일 예약 엔진을 통해 이뤄졌고요. 예약자명은…… 케이틀린은 아니네요." 아스트리드가 여기서 말을 끊더니 한숨을 크게 내쉰다. "알고 계시겠지만 원칙상 예약자명을 말씀드릴 수 없는데요. 다만 오늘은 제가 책임자고 상황이 대단히 긴급한 것 같으니……." 아스트리드는 다시 화면으로 돌아가 버튼을 몇 번 클릭한다. "예약은 남편분 성함으로 되었고 결제 카드는 다른 사람 명의네요. 카드 명의자는," 아스트리드는 마치 이미 뭔가 알고 있는 사람처럼 알릭스를 쳐다보더니 고개를 한번 딱 끄덕인다. "에린 제이드 페어로 확인됩니다."

〈버스데이 트윈〉
넷플릭스 오리지널 시리즈

(다시 케이틀린 랜드. 빨간 소파에 앉아 한숨을 쉰 다음 말을 시작한다.)

케이틀린: 조시한테 전화가 왔어요. 스티치에서 조시를 만난 지 얼마 되지 않은 시점이었죠. 일감이 있을지도 모른다는 말에 제가 번호를 남긴 그날이요. 알고 보니 그 일감이란 게 뭐냐면 친구 남편이 부정 행각을 벌이는 현장을 잡는 거더군요. 그러니까 이 남자가 몇 년씩이나 바람을 피우고 다녔단 거예요. 남자들이란 참. 아무튼 그런데 이 아내라는 사람은 자기가 직접 보고 들은 게 아니면 믿지를 않는대요. 조시는 친구가 남편의 실상을 직접 자기 눈으로 보고 깨닫길 바랐어요. 그래서 내가 그랬죠. '음, 그건 아닌 것 같아요. 나는 배우지 콜걸은 아니거든요.'

(케이틀린이 웃음을 터뜨리며 고개를 절레절레 흔든다.)

케이틀린: 그런데 조시가 이러는 거예요. '같이 잠을 자라는 게 아니에요. 그냥 호텔방에만 데려다주면 돼요. 같이 잔 것처럼 보이게만 만들어두면 돼요. 그 뒷일은 나한테 맡겨요.' 솔직히 딱 봐도 미친 소리 같긴 했어요. 헛소리 같았죠. 그런데 조시가, 음…… 천 파운드를 주겠다는 거예요. 그래서…… 한번 해보지 뭐, 이렇게 된 거죠. 하룻밤에, 그것도 하룻밤을 보내는 일도 아닌데 천 파운드라뇨. 묻고 따지고 할 거 없이 한다고 해야죠. 그리고 조시의 지시를 기다렸어요.

인터뷰어: (오프 마이크) 조시의 지시는 뭐였는데요?

케이틀린: 옥스포드 스트리트 근처에 있는 펍 야외석에 그 남자가 있으니까 가서 말을 걸라고 했어요. 그때가 7월 중순이었는데 그 주말이 진짜진짜 더웠거든요? 혹시 기억하세요? 한 35도 됐나? 아무튼 펍에 도착해서 그 남자한테 말을 걸었어요. 하아, 참 좋은 사람이더라고요. 그 남자도, 그 친구들도 다 순둥이들이었

죠. 게다가 그 남자는 아내가 오늘 뜨거운 밤을 약속했다면서 집에 꼭 들어가야 한다고 몇 번씩 얘기하는데, 아무리 농담처럼 하는 말이라지만 내심 마음이 편치는 않았죠. 하는 데까진 해보겠지만 성공은 장담 못 하겠다, 그렇게 생각했어요. 솔직히 말해서 천 파운드도 위태위태하다고 생각했죠. 그런데 어느 순간 훅 가더라고요. 다섯 번째 테킬라 샷을 마시고 난 후부터는 아예 눈에 초점이 없고 정신도 흐릿했어요. 아, 오늘 밤 이 남자 아내랑 뜨거운 밤은 글렀네 생각했죠. 부인도 참 안됐죠.

케이틀린: (인터뷰어를 향해 슬픈 미소를 지으며) 둘 다 참 안됐어요.

* * *

정오

알릭스는 팻의 집 앞에서 벌써 10분 가까이 초인종만 몇 번째 누르고 있다. 급기야 이웃집 사람이 나와 팻은 지금 집에 없다고, 토요일 아침에 휴가를 떠났다고 얘기해준다. 스탠스테드 공항으로 갔는데 목적지는 전혀 모르겠고 스페인 어디쯤으로 짐작만 한다고 했다.

"딸하고 함께 갔나요?"

"조시요?"

"네, 조시가 어머니 댁에 묶고 있었거든요. 그렇다고 들었어요."

"조시가 같이 가는 건 못 봤는데." 이웃이 대답한다. "조시는 한 몇 달쯤 못 본 것 같은데요. 토요일 휴가 떠나는 길엔 팻 혼자였어요. 혹시 조시를 보면 찾는 사람이 있더라고 전해줄게요."

"네, 부탁드려요." 대답은 했지만 이미 알릭스는 다른 데에 정신이 팔려 있다.

알릭스는 팻의 집에서 곧장 메이너 파크 로드에 있는 조시의 아파트로 향한다. 창문으로 집 안을 들여다봐도 사람의 흔적은 없다. 지난번 왔을 때 그대로다. 노트북은 그대로 닫힌 채 창가 테이블에 놓여 있고 침대도 여전히 말끔하게 정리되어 있다. 바로 그때 건물 왼편에 바퀴 달린 쓰레기통들 뒤쪽으로 작은 길이 하나 있는 것이 눈에 들어온다. 알릭스는 쓰레기통 몇 개를 옆으로 치운 다음 까치발로 서서 샛길 쪽을 향해 나 있는 지저분한 작은 창문 안을 들여다본다. 커튼이 닫혀 있어 방 안을 한눈에 살필 수는 없지만 커튼 틈새로만 보아도 이미 더러운 방이라는 건 충분히 짐작할 수 있다. 한가득 쌓여 있는 옷이며 박스들, 정리되지 않은 침대, 검은색과 빨간색이 섞인 낡은 게임 의자 다리.

아마 에린의 방인 모양이다.

다시 샛길을 빠져나오려는데 악취가 심하다. 요 며칠 기온도 꽤 높았고 쓰레기통은 전부 가득가득 차 있으니 당연한 일이다. 알릭스는 손으로 입을 틀어막고 인도 쪽으로 나온다. 집 안에 아무도 없는 줄 뻔히 알면서도 알릭스는 초인종을 누른다. 그러곤 한참을 더 대답을 기다려본 후에야 발걸음을 옮긴다.

지난 몇 년간 팟캐스트를 하며 얻은 자산 중 하나는 많은 여성들을 만나 이야기를 나누다 보니 다양한 전문가들을 알게 됐다는 것이다. 때때로 그렇게 얻은 연락처를 유용하게 이용할 때가 있는데, 지금도 딱 그런 경우다. 알릭스는 노트북 앞에 앉아 주소록에서 런던 광역경찰청 부청장 조애나 데포를 검색한다. 몇 년 전 알릭스는 팟캐스트 때문에 조애나를 인터뷰했었다. 조애나도 시베리안 고양이를 키우고 위타빅스를 한꺼번에 네 개씩 먹는다고 해서 서로 공감대를 형성했었다.

조애나, 이런 식으로 연락하면 안 되는 줄 아는데 정말 미안해요. 그런데 남편이 갑자기 사라져서요. 아마 고주망태가 돼서 그냥 어디 곯아떨어져 있겠지만, 그래도 한밤중에 전혀 모르는 차를 타고 간 CCTV 영상을 확인한 이상 가만히 있을 수가 없네요. 우버 같지는 않은데, 차량번호는 알아요. 혹시 이 차 소유주를 확인할 수 있을까요?

잠시 후 알릭스는 학교에 아이들을 데리러 간다. 해는 반짝이고 바람은 선선하다. 3일 후면 끝나는 학기와 다가올 긴 여름방학을 앞두고 들뜬 분위기가 느껴진다. 잠시 모든 것이 일상으로 돌아간 것 같다. 집에 가면 네이선이 멋쩍은 듯이 부엌에서 기다리고 있을 것만 같다. 그러나 그런 순간도 잠시뿐, 조애나 데포 부청장에게서 이메일이 와 있다.

알릭스, 오랜만이에요. 마음이 힘드시겠어요. 힘 내세요. 문의하신 차량은 심부름센터에 등록된 차량으로, 토요일 렌트된 것으로 확인돼요. 계약자명은 에린 제이드 페어고요. 도움이 되면 좋겠네요! 저 대신 스카이 한번 꼭 안아주세요.

알릭스는 이메일을 두 번, 세 번씩 읽는다. 그런 다음 노트북을 밀어내고 손으로 입을 틀어막는다. 머릿속에서 오만가지 생각들이 정신없이 서로 충돌한다. 곧 상황은 명확해진다. 알릭스는 전화기를 들어 경찰에 전화를 건다.

"황당한 얘기 같겠지만," 알릭스가 말을 시작한다. "남편이 납치된 것 같아요."

〈버스데이 트윈〉
넷플릭스 오리지널 시리즈

(키가 큰 창문이 있는 방. 창문에는 벨벳 커튼이 걸려 있고 방 안에는 긴 가죽 소파가 놓여 있다. 바지 정장 차림에 힐이 있는 앵클부츠를 신은 여자가 심각한 표정으로 소파에 앉아 있다.)

(자막) **사브리나 올브라이트 형사**

사브리나: 처음에는 진지하게 접수하지 않았습니다. 퀸즈파크에 사는 부동산 중개인, 그것도 술을 마시고 인사불성이 돼 밤에 집

에 들어오지 않은 전적이 있는 사람이 한밤중 주부가 모는 심부름센터 차에 납치됐다? 외도라든가, 뭐 그런 뻔한 부부 사이 문제, 사적인 문제겠거니 했죠. 후순위 사건으로 미뤄뒀습니다. 그런데 몇 시간 후에 다른 전화를 받았습니다.

인터뷰어: (오프 마이크) 전화요?

사브리나: 네. 브리스톨 공중전화에서 익명으로 걸려온 전화였는데요.

(당시 경찰 신고 전화 음성 재생.)

신고 음성: 어, 안녕하세요. 실종신고를 하려고요. 제…… 친구인데요. 이름은 에린 페어고요. 그 친구 아버지 월터 페어 씨도 같이 실종됐어요. 주소는 43A 메이너 파크 로드 NW6예요. 두 사람한테 연락이 닿지 않는데, 벌써 한 일주일 넘은 것 같아요. 에린은 특수 돌봄이 필요한 친구고 그 친구 아버지는 연세가 꽤 있으셔서 외출을 잘 안 하시거든요. 혹시 직접 한번 확인을 해주실 수 있을까 해서요. 꼭이요. 두 사람이 정말 걱정돼요.

(장면 전환. 다시 올브라이트 형사.)

사브리나: 두 건의 관련성을 확인하기까지는 시간이 좀 걸렸습니다. 하지만 일단 같은 날 같은 이름 '에린 페어'가 두 번이나 등장한 사실을 확인했을 땐…… 예, 감이 왔죠.

(머리가 폭발하는 듯한 제스처를 취하는 올브라이트 형사.)

사브리나: 메이너 파크 로드로 순찰차를 보냈습니다. 그 이후 이야기야 이미 잘 아실 테고요.

7월 23일 화요일, 《이브닝 스탠다드》

월요일 밤 킬번 인근에서 참혹한 현장이 발견됐다. 켄티시 타운 경찰은 브리스톨의 한 여성으로부터 친구 에린 페어와 그 부친의 소재가 확인되지 않는다는 익명의 실종신고를 받고 메이너 파크 로드 소재 아파트로 출동했다. 약 열흘 전 금요일 밤늦게 비명과 고함 소리가 들렸다는 이웃들의 진술을 확보한 경찰은 해당 아파트에 강제 진입했으며, 진입과 동시에 퍼진 심한 악취에 집 안을 수색하여 욕조에서 부패 중인 월터 페어(72세)의 시신을 발견했다. 고인은 발견 당시 팔과 다리가 함께 묶인 채였으며 심하게 구타당한 흔적도 확인되었다. 이어 복도 벽장 안에서 고인의 딸 에린 페어(23세)도 발견됐다. 에린 페어는 가죽 스트랩과 다리를 고정할 수 있는 끈이 달린 유아용 의자에 묶여 있었던 것으로 알려졌다. 에린 페어 역시 구타의 흔적이 있었으며 최초 발견 당시에는 숨진 것으로 추정했으나 이후 생존한 것으로 확인돼 병원으로 긴급 이송, 현재는 중환자실에서 치료를 받고 있다. 아직 의식은 없는 상태로 알려졌다.

이웃들은 한동안 페어 가족을 보지 못했다고 진술했으며 고인의 아내 조시 페어는 월요일 밤 이후 소재가 확인되지 않고 있다. 경찰은 현재 조시 페어를 추적 중이다. 이와 관련하여 경찰은 최근 실종된 네이선 서머 사건에 대해서도 수사를 병행하고 있다. 네이선 서머는 일요일 새벽 런던 중심가의 한 호텔에서 에린 페어 명의의 카드로 결제한 심부름센터 차에 탑승한 후 실종된 상태다. 네이선 서

머의 아내 알릭스 서머는 인기 팟캐스터로 최근 조시 페어와 팟캐
스트를 녹음했으며, 네이선 서머 실종 1주일 전 조시 페어는 남편
에게 가정폭력을 당했다고 주장하며 네이선-알릭스 서머 가족의
집에서 함께 생활했던 것으로 알려졌다. 이웃들의 진술에 따르면
페어 가족은 바깥출입이 드물었으며 대체로 아주 조용한 편이었던
것으로 전해진다.

7월 24일, 수요일

알릭스는 학교에서 아이들을 픽업한다. 내일이 학기 마지막 날이라 아이들은 예전에 했던 프로젝트들, 문제집, 미술 작업 등을 잔뜩 들고 운동장으로 나온다. 알릭스가 아이들에게서 짐을 넘겨받는 동안에도 아이들은 서로 조잘조잘 티격태격하느라 바쁘다. 다른 엄마들은 알릭스에게 다가와 팔을 쓰다듬으며 괜찮으냐고 묻는다. 알릭스는 고개를 끄덕이며 뻣뻣한 미소를 짓는다. 하지만 괜찮지 않다. 전혀 괜찮지 않다.

언론 보도 이후에도 딱히 별 소식은 없다. 심부름센터 차량 목격자도 없고 네이선을 목격한 사람도 없다. 조시를 목격한 사람도 없다. 에린의 카드도 그 후로는 다시 사용된 적이 없다. 케이틀린 소식도 아직 없다. 한쪽 뺨에 크게 상처가 난 호텔 CCTV 영상 속 케이틀린의 모습이 공개됐지만 케이틀린을 안다는 사람 역시 없다. 토트넘 코트 로드의 호텔 바닥에 묻어 있던 피는 검사 중이고 경찰은 현재 에린의 노트북에서 발견한 메시지 발신자를 추적하고 있다. 개를 키우는 사람들과 유기견 보호소를 중심으로 폼치를 주시해달라고도 당부 중이다. 지난주부터 에린의 체크카드로 거의 1만 파운드 가까이 현금이 인출된 만큼 현금인출기 CCTV 영상도 확인하고 있다. 약 2주 전 조시가 한밤중에 집을 나왔을 당시 메이너 파크 로드 CCTV 영상도 확인하고 있고, 조시가 월터에게 맞았다고 주장하는 그날 밤 조시 페어의 집 안 상황을 창문을 통해 목격한 사람이 있는지 확인하기 위해 밤 11시부터 새벽 3시 사이 그 집 앞을 지나간 여섯 대의 버스에 탑승한 승객들도 추적 중이다. 에린이 보낸 메시지도 실종 며칠 전부터 몇 주 전 것들까지 추적하고 있다. 월터가 첫 번째 결혼에서 얻은 두 아들들과도 캐나다로 연락을 취했고 조시의 고용주와 직장 동료들에게도 연락해둔 상태다.

그러나 이제 거의 나흘째인데도 토트넘 코트 로드 호텔 앞에서 네이선을 데려간 것이 조시인지 아닌지는 확인되지 않고 있다. 단서조차 없다. 현재까지는 말이다.

알릭스가 막 현관문 자물쇠에 열쇠를 넣는데 휴대폰이 울린다. 사브리나 올브라이트 형사다. "경찰서로 좀 나와주실 수 있을까요? 오셔서 저랑 브라이언트 형사를 찾으시면 됩니다. 편한 시간에 오시면 되어요. 조시 페어의 집에서 물건들을 조금 찾았는데, 이상한 것들이 많습니다. 외출하셨을 때 조시 페어가 이 댁 분리수거함에서 꺼내 갔다고 하신 인테리어 잡지도 확인했습니다. 다른 것들도 더 있는데……

오셔서 직접 보고 확인을 하시는 편이 어떨까 하는데요.”

“지금 갈게요.” 알릭스가 아이들을 쳐다본다. 아이들은 교복 차림으로 이제 막 복도에서 신발을 벗어 던지는 중이다. 해로에 계시는 엄마가 여기까지 운전을 해서 오려면 시간이 얼마나 걸릴까 재빨리 계산한다. “한 시간 내로는 갈 수 있어요. 한 시간만 주세요.”

알릭스 앞에는 네스프레소 캡슐, 게스트 화장실에 있던 고급 핸드워시, 네이선이 생일선물로 준 작은 크리스털이 달랑이는 팔찌, 알릭스의 생일날 유기농 슈퍼마켓에서 장을 본 영수증, 인테리어 잡지, 반짝이는 티스푼, 3년 전 개 티니가 죽은 후 일라이자가 알릭스를 위해 그려주었던, 부엌 벽에 꽂혀 있던 그림, 일렬로 여러 매 인쇄된 리언의 여권 사진 등이 펼쳐져 있다. 전부 작고 사소한, 별 대수롭지 않은 것들이지만 알릭스와 가족들의 소중한 순간들이 담긴 이 물건들이 차디찬 경찰서 탁자에 놓여 있는 것을 보니 왠지 입안이 쓰다.

하지만 다른 것들도 있다. 어린 여자아이가 양쪽 무릎에 꼬마들을 한 명씩 앉히고 셋이서 환하게 웃고 있는 사진, 핑크 새틴 곱창머리끈, 꽃과 보석으로 장식된 고무 폰케이스, 허바버바 풍선껌 빈 용기, 십자가가 달린 은귀걸이 한 짝, 핑크색 물이 든 구겨진 종이 냅킨, 커다란 실크 재질의 꽃장식이 달린 고무밴드 등등. 알릭스는 고개를 젓는다. “이것들은 제 것이 아니에요. 모르겠어요. 조시 아이들 것 아닐까요?

아, 그런데 이건…….” 알릭스의 시선이 무릎에 꼬마 아이들을 앉히고 환히 웃고 있는 어린 여자아이 사진으로 향한다. “이건 에린도 록시도 아니에요. 그런데…… 낯이 익긴 하네요. 이 아이가 그러니까 누구냐면…….” 알릭스는 이 얼굴을 언제 보았는지 기억해내려 안간힘을 쓴다. 곧 답을 찾아낸 알릭스의 심장이 요동친다. 알릭스가 사진을 가리키며 소리친다. “브룩 리플리예요. 브룩 리플리, 아닌가요? 브룩한테 나이 차가 많이 나는 동생들이 있다고 조시가 얘기했었어요. 이부 남동생? 여동생? 잠깐만요.” 알릭스는 가방에서 휴대폰을 꺼내 페이스북에서 브룩 리플리를 검색한다. “여기요.” 알릭스는 크리스 브라이언트와 사브리나에게 검색 결과를 보여준다. “여기요. 브룩 맞아요. 그리고…….” 갑자기 그 프롬 파티 날 사진에서 전에 미처 보지 못했던 부분이 눈에 띈다. 브룩의 손목에 달린 커다란 흰 꽃. 알릭스는 입안이 바싹 마른다. 자기도 모르게 알릭스는 왼손으로 배를 움켜쥔다. “이것 좀 보세요.” 알릭스는 사진을, 꽃을, 그리고 형사들을 차례로 쳐다본다. “보세요.”

형사들도 물건과 알릭스의 휴대폰에 보이는 사진을 차례로 확인한다. 사무실에 갑자기 냉기가 흐른다.

“열쇠가 있어요.” 알릭스가 사브리나에게 말한다. “조시가 손님방 침대 매트리스 밑에 두고 갔는데, 피가 묻어 있었어요.”

“자세히 말씀해주시겠습니까?” 사브리나가 묻는다.

“작아요. 금 같기도, 놋쇠 같기도 하고요. 열쇠는 딱 한 개고 플라스틱 태그가 달려 있어요. 왜, 투명 플라스틱 창이 있는 여러 개 한 묶음으로 파는 그런 태그요. 플라스틱 창 안에는 숫자 6이 쓰여 있고요. 특징은 이 정도네요. 집에 있어요. 가져다드릴게요. 진작 드렸어야 했는데 미처 생각을 못 했네요. 죄송해요."

"걱정하지 마십시오. 이미 충분히 많이 도와주고 계신걸요. 이것들은 그럼 아주 중요한 단서가 될 수 있겠네요." 사브리나는 실크 꽃이 달린 손목 코르사주와 동생들과 함께 찍은 브룩의 사진을 가리킨다. "브룩의 가족을 찾는 데 힘을 쏟아야겠군요. 일단 그동안은 아이들과 마음 잘 추스르시고요. 새로운 소식 있으면 연락드리겠습니다."

자리를 떠나려다 말고 알릭스가 갑자기 걸음을 멈춘다. 내내 신경 쓰이던 것이 하나 있었는데 막 생각이 났다.

"이게 다인가요?" 알릭스가 형사에게 묻는다. "혹시 목걸이는 없었나요? 금색 꿀벌 펜던트가 달린 목걸이요."

"아뇨," 사브리나가 대답한다. "그건 모르겠습니다. 혹시 찾으면 말씀드리겠습니다."

"감사합니다." 알릭스가 본능적으로 펜던트가 닿던 쇄골 부근을 손가락으로 만지작거린다. "그래주시면 무척 감사할 것 같네요."

30분 후 알릭스는 집에 돌아와 문을 닫는다. 부엌에서 리언과 함께 앉아 있던 알릭스의 모친이 현관문 소리에 고개를 든다. "무슨 소식은?" 어머니가 묻는다.

알릭스는 희미하게 고개를 젓는다. 그러고는 몸을 바쁘게 움직이며 접시를 식기세척기에 넣고, 휴대폰을 충전하고, 스토브 위에 떨어진 고양이 털을 치운다. 정리가 끝나자 알릭스는 어머니에게 정원으로 나가자는 신호를 보낸다. 두 사람은 정원 뒤편을 바라보고 나란히 앉는다. 알릭스의 스튜디오 창문이 이른 저녁 햇살에 금빛으로 반짝인다. 과연 저곳에 다시 들어가 앉아 누군가의 인생 이야기를 듣고 나눌 수 있을까.

"그래서?" 어머니가 잠시 후 묻는다.

"아무 소식도 없어. 전혀요. 그냥……." 알릭스는 경찰이 조시의 속옷 서랍에서 찾아낸 물건들이라며 보여준 것들이 자신의 일상과 이 집과 가족들과의 소중한 순간들이 담긴 물건들임을 확인했을 때의 그 불쾌한 감정이 떠올라 부르르 몸서리를 친다. 일라이자가 그려준 알릭스와 잃어버린 티니 그림이, 살짝 놀란 듯한 표정의 네 살배기 리언의 사진이 하필이면 낡고 서글픈 그녀의 속옷들 사이에 파묻혀 있었던 것을 생각하면 구역질이 날 것 같다.

"그 여자 서랍에서 뭐가 좀 나왔는데 그중 내 것하고 우리 집에서 훔친 물건들이 좀 있었어요. 비싼 건 아니고 다 그냥 자질구레한 것들이긴 해요." 목소리가 갈라진다. 알릭스는 엄마의 손을 꼭 쥔다. 엄마도 딸의 손을 꼭 잡아준다.

브룩 리플리의 코르사주와 조시가 매트리스 아래 숨겨두었던 열쇠 이야기는 굳이 하지 않는다. 그냥 자신을 통째로 집어삼킬 것처럼 무섭게 몰려드는 눈물을 꾹 참으며 알릭스는 엄마의 손을 꼭 잡고 먼 곳만 바라볼 뿐이다.

"네이선은 곧 돌아올 거야." 엄마가 부드러운 목소리로 말한다. "꼭. 엄마는 느낌이 와. 저기 어디 있다는 느낌이 들어. 이번 주말이면 집에 올 거야."

딱 알릭스가 듣고 싶은 말이다. 알릭스도 지금 어딘가에 네이선이 있다는 느낌을 받을 수 있으면 좋겠다. 이번 주말이면 네이선이 저 문으로 들어와 함께 와인을 마시며 그동안 있었던 일을 이야기해주면 좋겠다. 그사이 살이 빠진 네이선은 알릭스를 품에 꼭 안고 집으로 돌아왔다는 안도감에 침대에 함께 웅크리고 누울 것이다. 그리고 알릭스는 네이선의 품에서 네이선이 먼저 케이틀린 이야기를 꺼낼 때까지, 호텔방 이야기를 꺼낼 때까지 기다릴 것이다. 네이선의 이야기를 듣고 상처를 치유하고 화해하고 사랑을 나눌 것이다. 그리고 이 모든 일의 근본적인 원인을 해결할 것이다. 애초에 네이선이 케이틀린이란 여자와 호텔까지 가는 상황이 다시는 오지 않게 할 것이다. 그럴 수 있겠지? 그렇게 믿고 싶다. "고마워요, 엄마. 고마워요." 알릭스는 엄마의 볼에 부드럽게 키스한다.

〈버스데이 트윈〉

넷플릭스 오리지널 시리즈

(다시 붉은 벨벳 소파에 앉은 케이틀린 랜드.)

케이틀린: 네이선은 계속 술을 마셨어요. 똑바로 걷지도 못하면서 집에 가면 아내랑 잠자리를 할 거라는 말만 반복했죠. 소호의 바에 갔는데 결국 그 친구들 무리도 이제 슬슬 지쳐가는 듯했어요. 그날 밤이 정말 더웠거든요? 그러니까 제 말은, 그 사람들이 한창때 젊은이들은 아니잖아요. 그런데도 네이선은 계속 한 잔 더, 한 잔 더, 하는 거예요. 그래서 제가 그랬어요. '저기요. 먼저 가실래요? 이분은 제가 알아서 할게요. 제가 집에 무사히 보낼게요.' 그렇게 친구들을 먼저 보내고 네이선한테는 집에 데려다주겠다고, 그런데 일단 뭘 좀 먹고 정신을 차려야 할 것 같다고 하고는 조시가 말했던 호텔로 네이선을 데리고 갔어요. 조시 말로는 네이선 이름으로 이미 방도 예약해뒀고 호텔비도 결제 다 했으니 체크인만 하면 된다고 했어요. 그런데 말이야 쉽죠. 프런트에서 체크인하는 동안 그 사람은 혼자 제대로 서지도 못해 나한테 거의 기대 있었어요. 그 와중에도 '알릭스는 어딨어요? 여기 있어요? 여기 왔어요?' 하고 계속 묻고요.

케이틀린: (계속) 그래서 제가 그랬죠. '네, 위층에서 기다리고 있어요. 얼른 갑시다, 올라가요.' 그러곤 방에 들어갔는데 네이선이 배가 고프대요. 그래서 맥도날드를 배달시켜 먹었어요. 네이선은 미니바에 있던 것들도 다 마셨고요. 그 와중에도 네이선의 알릭스 타령은 그칠 줄을 몰랐어요. '알릭스는 어딨어요? 오고 있어요? 지금 오고 있어요?' '네, 오고 있어요, 우버래요, 곧 온대요.' 그러다가…… 네, 네이선이 방을 나가려고 시도했어요. (뒷덜미를 만지작대며 멋쩍은 듯 인터뷰어를 보고 웃는 케이틀린.)

케이틀린: 그때는 정말 난리도 아니었어요. 전 계속 휴대폰을 확인

하면서 조시 메시지만 기다렸죠. 대체 언제 온다는 건지, 전화도 몇 번씩 걸고요. 급기야는 방문을 걸어 잠그고 문 앞을 가로막고 서 있었어요. 네이선은 방 안에 있는 것들을 던지고 밀어뜨리면서 난동을 부리기 시작했죠. '가게 해줘요. 그냥 내보내줘요!' 네이선과 실랑이하는 과정에서 뭔가 날카로운 것에 뺨을 긁히긴 했는데 그건 그냥 사고였고, 저한테 직접 손을 대진 않았어요. 하여간 미쳐 날뛰는 인간이랑 호텔방에 갇혀서 조시한테 전화를 하고, 또 하고…… 드디어 새벽 3시쯤 조시가 전화를 받더군요. 알릭스가 밖에 와 있으니 내보내도 된대요. 검은색 기아, 차 번호도 알려줬는데 지금은 기억이 안 나요. 마지막으로 화장실 바닥에 속옷 한 장 던져두고 온 사방에 향수도 잔뜩 뿌리고 침대도 좀 어질러놓고, 그리고 호텔을 나왔어요. 10분쯤 후 페이팔 계좌에 천 파운드가 들어왔고요. 그렇게 그 일은 다 끝난 줄 알았어요. 후……. (한숨을 쉬는 케이틀린. 다시 뒷덜미를 만지작댄다.)
케이틀린: 잘못 짚어도 한참 잘못 짚었던 거죠.

7월 25일, 목요일

　그날 밤 알릭스의 어머니는 알릭스의 집에 머무른다. 다음 날 아이들 학년말 종례식에도 동행한다. 학교 강당 문이 전부 열려 있어도 시원한 공기는 하나도 들어오지 않아 강당 안 공기가 후끈후끈하다. 두 사람은 나란히 벤치에 다리를 딱 붙이고 앉아 있다. 연세치고 정정하신 편이지만 아마 식이 끝나고 다리를 펼 수 있게 되면 엄마도 훨씬 좋아하시겠지.

　오늘은 일라이자의 초등학교 마지막 날이다. 토요일 밤 전까지만 해도 알릭스에게 가장 큰 걱정거리는 오늘이었다. 한 시대의 끝을 알리는 날, 안전하게 아이를 돌봐주는 초등학교라는 안전망을 벗어나는 날. 일라이자는 이제 더는 하늘색 폴로 셔츠를 입지 않는다. 벨크로 달린 책가방도 끝이다. 알릭스가 참석해야 하는 학부모 총회도, 학부모로 동반해야 하는 박물관 견학도 끝이다.

식이 끝나고 학교에서 아이들이 쏟아져나온다. 태양은 빛나고 여름은 시작됐다. 이제부터 아무 걱정 없이 6주간의 자유를 즐기고 나면 일라이자는 인생의 새로운 챕터를 맞는다. 딸의 인생에 이렇게 중대한 시점인데도 알릭스는 아무런 감정도 느낄 수가 없다. 아이들을 공원에 데리고 가 줄을 서서 아이스크림을 사 먹고, 이후 아이들은 친구들과 어울려 논다. 알릭스는 다른 학부모들과는 멀찍이 떨어져 엄마와 둘이서만 앉아 있다.

집으로 돌아와서는 당분간 빨 일 없는 아이들 교복을 세탁기에 넣는다. 알릭스는 버티고 또 버티다 시계가 오후 4시 58분을 가리키자 엄마 것까지 와인 두 잔을 따른다.

잔이 비자 알릭스는 다시 잔을 채울까 말까를 고민한다. 아직 5시 반도 채 되지 않았다. 그때 휴대폰이 울린다. 올브라이트 형사다.

"방금 서로 찾아온 사람이 있어요, 알릭스. 직접 만나보시면 좋을 것 같습니다."

〈버스데이 트윈〉
넷플릭스 오리지널 시리즈

(희미한 불빛만 켜진 텅 빈 방, 팔걸이가 있는 빈티지 의자에 젊은 여자가 앉아 있다.)

(여자는 금발 머리를 한쪽은 짧게 밀고 다른 한쪽은 어깨까지 길렀다. 연파

랑 버튼업 셔츠와 블랙진을 입었고 양쪽 귀에는 귀걸이를 여러 개 찼다. 여자가 긴장된 얼굴로 미소를 짓는다.)

(자막) **록시 페어, 조시와 월터 페어의 딸**

(장면 전환. 프로그램 제목 표시. 에피소드 종료.)

＊＊＊

오후 2시 50분

록시는 손거스러미를 뜯으며 벽에 걸린 시계를 뚫어져라 쳐다본다. 대체 지금 이게 다 무슨 일인지 모르겠다. 누가 일단 나타나면 뭐라도 설명이 되겠지. 잠시 후 문이 열리고 남자 하나, 여자 하나, 경찰 두 명이 들어오더니 미소를 지으며 크리스와 사브리나라고 본인들을 소개한다. 아버지 일은 정말 유감이라고, 그러고는 목소리를 가다듬은 후 노트를 펼치더니 여자가 묻는다. "록시, 혹시 어머니가 어디 계시는지 알고 있나요?"

록시는 고개를 젓는다. "열여섯 살부터 안 보고 살았는데요."

"외할머니하곤 연락이 됐어요. 팻 오닐 씨요."

록시가 고개를 끄덕인다.

"메노르카에서 내일 귀국하신답니다. 록시만 괜찮다면 할머니 댁에서 머물라고 하셨어요."

"머물 순 없어요. 일해야죠. 갈 거예요."

"알겠어요. 괜찮아요. 혹시 뉴스를 아직 못 봤을지 모르니 얘기할게요. 지금 경찰은 아버지에 대한 살인 및 에린에 대한 살인미수 혐의로 어머님을 찾고 있습니다."

록시가 여자 형사를 한 번, 남자 형사를 한 번 차례로 쳐다본다. "정말인가요?"

"네. 많은 일들이 있었죠. 록시가 이해하고 받아들일 수 있도록 하나씩 천천히 이야기해볼게요. 괜찮겠어요?"

록시가 뻣뻣하게 고개를 끄덕인다.

"7월 12일 금요일 밤 록시 부모님 두 분 사이에 다툼이 있었던 것 같습니다. 친구분 댁에서 저녁 식사를 하고……."

록시가 콧방귀를 뀌며 웃음을 터뜨린다. "아, 그래요?"

"록시 어머님은 최근 알릭스 서머라는 분과 가깝게 지내셨어요. 몇 주 동안 같이 프로젝트 같은 걸 진행하고 있었는데 그 일을 계기로 그날 밤 서머 씨 댁에서 부부 동반 저녁 식사를 하게 됐죠. 식사를 마치고 나온 지 몇 시간 후 록시 어머님은 심한 부상을 입은 채로 서머 씨 댁 앞에 나타나서 아버님께 구타를 당했다고 주장했어요."

"우리 아빠요?"

"네. 서머 씨에게 얘기한 바로는 그렇습니다. 본인은 에린과 함께 한밤중에 아파트를 도망쳐 나왔고, 아버님은 멀쩡하다는 취지로 이야기를 했답니다. 그렇게 서머 씨 댁에서 일주일 정도를 지내다가 토요일 아침 록시 외할머님 댁으로 가겠다면서 서머 씨 댁을 나왔고요. 그날 밤 서머 씨 남편분이 친구들과 시내에서 술을 마신 후 실종됐어요. 실종 직전 호텔에서 나와 차를 타고 가는 장면이 CCTV 영상에 찍혔고요. 이게 무슨 상관인가 할 텐데, 실종 당일 서머 씨 남편이 머물렀던 호텔방과 그 호텔 앞에서 남편분을 태우고 간 차가 모두 같은 체크카드로 결제됐습니다."

여자 형사가 말을 멈춘다. 록시는 계속하라는 듯이 형사를 쳐다본다.

"해당 카드의 명의자가 에린 페어였어요."

"잠깐만요. 뭐요? 우리 언니요? 지금 혼수상태에 빠져 있다는 우리 언니가 외간 남자 호텔방을 결제해줘요?"

"언니가 한 일이라고 추정하는 건 아니에요. 저희 짐작은 어머님이 언니의 카드를 쓴 게 아닌가 합니다. 또 하나, 에린 페어의 계좌를 수사 중인데 계좌 잔액이 4만 파운드 이상으로 상당했어요. 그중 지난 2주간 1만 파운드 이상이 퀸즈 파크 일대에서 현금으로 인출됐고요. 록시 어머니께서 서머 씨에게 한 얘기로는 에린이 이유식을 먹고 외출도 하지 않고 특수 돌봄이 필요한 상태라고 한 것으로 확인되는데, 에린 계좌에 매일 현금이 입금되고 있었어요. 입금자는 글리치라는 라이브 스트리밍 회사고요. 이 부분에 대해 아는 것이 있습니까?"

"네, 유명하니까요."

"뭘로 유명하죠?"

"게임이요. 글리치 구독을 하면 게이머들이 플레이하는 걸 볼 수 있어요. 언니는 톱 플레이어 중 하나고요."

"그러니까 게임을 하는 걸로 돈을 번단 말인가요?"

딴 세상에 사는 것도 아니고 이렇게까지 고리타분할 수가 있나. 그래도 록시는 눈을 굴리고 싶은 충동을 억누른다. "네. 맞습니다."

"그래서……." 두 형사가 다시 자세를 고쳐 앉는다. 남자 형사가 종이를 쳐다본다. 여자 형사는 록시를 쳐다본다. "어머님이 어디 있을 것 같나요?"

록시가 웃음을 터뜨린다. "그걸 지금 저한테 물어본다고요?"

"그렇죠."

"죄송하지만 도움이 안 될 텐데요. 엄마는……." 록시가 말을 멈춘다. 잠시나마 삐딱한 태도가 달라진다. "엄마는 날 싫어했어요. 아빠도 싫어했고요. 언니도 싫어했어요. 아마 언니 돈으로 우릴 떠나 새출발을 하려는 거겠죠."

"특별히 갈 만한 데가 있을까요? 어머님께 의미가 있는 곳이라거나? 서머 씨 말씀으로는 어머님께서 따님들 어릴 적 가족들과의 기억을 지나치다 싶을 만큼 많이 추억하고 회상하신다고 하던데요. 가족들끼리 다니던 곳이 있나요?"

록시는 어깨를 한번 으쓱하고 만다. 록시가 생각하는 어린 시절은 방금 들은 것과는 전혀 다르다. 따스하고 반짝이는 기억은 하나도 없다. "여름마다 일주일씩 레이크 디스트릭트에 가긴 했어요. 저는 싫었죠. 카라반 아니면 거미줄 덕지덕지인 오두막 같은 데서 온 가족이 다 같이 붙어 지내야 했으니까요. 엄마는 매일 밤 와인을 마시며 풍경 이야기를 하고 또 하고요."

“자주 다니던 곳이 레이크 디스트릭트 어디쯤인지 기억나나요?”

“네. 앰블사이드요. 물가에 바로 붙어 있는 쪽이요.”

형사들이 록시의 그 말을 받아적는다. 록시는 눈을 가늘게 뜨고 형사들을 쳐다본다. “아빠가 엄마한테 손가락 하나 못 대는 사람인 건 알고는 있죠?”

“어머니의 부상을 찍은 사진 증거가 있어요.”

“어떻게요?”

“서머 씨가 지난주에 찍었습니다.”

록시가 한숨을 쉬고 혀를 찬다. “죄송한데요. 서머 씨, 서머 씨…… 이 서머 씨란 사람이 대체 누구예요?”

“어머니 친구분이요.”

“우리 엄마는 친구가 없어요.”

“그렇지는 않은 것 같네요. 어머님은 친구분과 팟캐스트를 만들고 있었어요.”

“팟캐스트요? 무슨 팟캐스트?”

“인터뷰를 통해 록시 어머님이 그동안 살아온 이야기를 나누는 팟캐스트요.”

록시가 참지 못하고 웃음을 터뜨린다. “지금 진짜로 하는 말이에요?”

“네. 저희도 녹음본을 들었어요. 꽤…… 충격적이었고요.”

“어떤 식으로요?”

“이를테면 록시의 어린 시절이요. 학대라든가 록시의 친구 브룩에게 벌어진 일 같은 것들이요.”

"브룩이요?" 록시는 갑자기 가슴이 철렁한다. 장이 꼬이는 기분이다.

형사들이 시선을 교환한다. "네, 브룩 리플리요. 록시의 학교 친구죠. 아버지와 관계를 가졌다고요."

"관계요? 누구랑?"

"록시가 집을 나갔을 그즈음 브룩도 실종됐어요. 경찰은 브룩 리플리의 실종이 록시의 부모님과도 관련이 있을 가능성을 수사하고 있고요."

"지금 농담하는 거죠?"

"아뇨, 농담 아니에요. 어머니가 팟캐스트 녹음 중에 진술한 내용을 바탕으로 수사 중입니다."

록시가 고개를 저으며 눈을 감는다. "이보세요. 저도 더는 못 참겠네요. 대체 이 여자한테 엄마가 또 무슨 얘기를 했는데요?"

"몇 시간가량 증언이 이어졌어요. 해로운 가정환경 이야기가 주를 이뤘고요. 배우자에 대한 학대라든가 자녀에 대한 학대 같은 내용이요. 에린도 성범죄 피해를 당했습니다." 여자 형사가 말을 멈추고 입술에 침을 바르며 문서를 만지작댄다. "가해자는 록시 아버지고요."

"뭐라고?" 록시가 손바닥으로 책상을 쾅 내리치는 소리에 형사들은 깜짝 놀란다. "지금 장난해요? 우리 아빠요? 엄마가 그 여자한테 그렇게 얘기했어요?"

"아버지가 매일 밤 부부 침실을 떠나 에린의 방으로 가서 돌아오지 않았다고 진술했어요."

"맞아요. 아빠는 언니랑 게임을 했으니까요."

"게임이요?"

"네. 아빠는 언니 콘텐츠의 일부 같은 거예요. 구독자들이 아빠를 엄청 좋아했거든요. 아빠는 언니 뒤에 가만히 앉아서 재밌는 코멘트 같은 걸 하곤 했죠. 닉네임도 있어요. '할배'. 이레이즈드와 할배. 언니 채널이 인기가 많았던 이유 중하나도 아빠 때문이었고요."

"그럼 아버지는 왜 어머니에게 사실대로 말하지 않았죠?"

"엄마는 그냥 아빠가 딸들이랑 같이 시간 보내는 꼴을 참고 보질 못했어요. 우리가 아빠를 너무 사랑하니까 아빠를 너무 질투해서요. 제정신이 아니죠. 정상인 머릿속이 아니에요. 자, 이제 준비 다 됐으니까 얘기 좀 해주시죠. 무슨 일이 있었는지, 엄마가 아빠한테 뭔 짓을 했는지 다요."

록시는 샐스버리 로드에 있는 트렌디한 커피숍 밖에 앉아 있다. 머릿속에선 불이 나는 것 같다. 갖가지 생각들이 서로 충돌하고, 잔상들은 수도 없이 나타났다 사라졌다를 반복한다. 놀랄 일도 아니라는 듯, 남의 일인 양 굴긴 했지만 사실 마음속은 전혀 그렇지 않다. 젠장, 아빠는 죽었고 몸에 전깃줄을 수백 개, 수천 개 달고 병실에 누워 있는 에린은 살지 죽을지도 모른단다. 록시는 긴장 속에 자기도 모르게 종이 냅킨을 잘게 찢고 있다가 뒤늦게 의식하곤 조각들을 한데 모아 공 모양으로 뭉친다. 통창 너머로 바쁜 걸음으로 카페에 들어오는 여자가 보인다. 키가 크고 머리는 아주 밝은 금발인데 가르마 진 곳에 새로 자란 머리 뿌리 색을 보니 자연적인 머리색 같다. 여자는 맨투맨에 플레어 진, 굽 있는 운동화를 신었다. 화장을 하지 않은 얼굴은 며칠 잠을 못 잔 듯 푸석하다. 여자는 카페에 들어와 록시를 보더니 혹시 하는 표정으로 쳐다본다. 록시가 고개를 끄덕인다.

"안녕하세요, 록시." 여자가 자리에 앉는다. "세상에, 이게……." 여자는 할 말을 잃은 것 같다. 마치 잊지 않으려는 듯이 여자는 록시의 얼굴을 한참 동안 쳐다본다. "록시를 만나다니 믿어지지 않아요. 기분이 뭐랄까……." 여자의 손이 어정쩡하게 공중을 떠돌다 무릎 위에 자리를 잡는다. "괜찮아요?"

록시가 고개를 끄덕인다. 록시는 늘 괜찮다. 남들 보기에 괜찮지 않은 것은 싫다.

"아버지 일은 정말 유감이에요."

록시가 다시 고개를 끄덕인다. 그러고는 알릭스에게 묻는다. "우리 엄마가 아빠에 대해 뭐라고 하던가요?"

알릭스는 불안한 표정으로 록시를 바라본다. "사실관계가 다 확인되지 않아서……."

"일단 얘기나 해봐요."

그래서 알릭스는 이야기를 시작한다.

오후 3시

"잘 맞아요?"

스튜디오 안, 알릭스가 데스크 건너편에 앉은 록시를 보며 묻는다. 록시는 헤드폰을 고쳐 쓰고 있다. 록시가 고개를 끄덕이며 엄지를 들어 올려 보인다.

"좋아요."

록시는 150센티미터 초반의 키지만 위압적인 분위기를 풍긴다. 친근하게 굴 때조차도 고개를 꼿꼿이 들고 있다.

"전부 헛소리예요." 조금 전 카페에서 록시는 딱 잘라 그렇게 말했다. 꽤나 큰 목소리에 뒤에서 자기들끼리 이야기 중이던 젊은 엄마 둘이 하던 대화를 멈추고 살짝 고개를 돌려 쳐다볼 정도였다. "그런 소리를 했다니 어처구니가 없네요. 그건……." 록시가 자기 입장에서의 어린 시절 이야기를 시작하려던 찰나 알릭스는 손을 들고 록시의 말을 끊었다.

"혹시 팟캐스트 녹음 한번 해볼래요? 록시 입장에서 이야기를 해본다면?" 알릭스가 묻는다.

"언제요?" 록시가 물었다.

"지금도 괜찮아요. 우리 집이 바로 저기거든요. 여기서 2분 거리예요. 아니 2분도 안 걸릴걸요."

사적인 속얘기는 털어놓지 않고 까다롭게 굴면서 거절할 것이라는 알릭스의 예상과 달리 록시는 곧바로 작은 배낭을 들고 자리에서 일어났다. "그럼 이게 '트루 크라임' 팟캐스트 같은 게 되는 건가요?" 록시의 말에 알릭스는 온몸에 소름이 돋는다. 그동안 공포와 두려움 속에 파묻혀 똑바로 보지 못했을 뿐 알릭스는 이미 실제 범죄 팟캐스트 작업을 하고 있었던 것인지도 모른다. 그것도 자신이 주인공인.

알릭스는 조사와 녹음한 파일 하나를 골라 록시에게 그

일부를 들려준다. 조시가 브룩 이야기를 했던 그날 녹음한 파일이다. 녹음을 듣는 동안 알릭스는 록시의 표정을 살핀다. 섬세한 얼굴에 혼란스러움과 황당함이 교차로 오간다. 이따금 록시는 방금 들은 이야기를 귀에서 털어내려는 듯이 고개도 절레절레 흔든다. 알릭스는 정지 버튼을 누르고 록시의 이야기를 기다린다.

〈버스데이 트윈〉
넷플릭스 오리지널 시리즈

(장면 전환. 클로즈업. 오디오 믹서 데스크의 녹음 버튼을 누르는 손.)

(자막) **이날 알릭스 서머는 네 시간가량 록시 페어의 진술을 녹음했다.**

(화면은 페어 가족이 살던 집을 재현한 세트가 희미하게 비춘다. 그 위로 흐르는 록시의 목소리.)

(재연 장면. 부엌에서 나이 많은 남자에게 조잘대고 있는 10대 소녀의 뒷모습이 보인다.)

록시: 처음부터 브룩 리플리랑 친했던 건 아니에요. 다들 걜 싫어했죠. 걔 덕분에 나한테 시선이 쏠리는 걸 피할 수 있어서 그건 좋았어요. 브룩은 예쁘장한 외모에 나이보다 성숙해 보이고 가슴도 컸어요. 어찌 보면 모두에게 미움받는 둘이라 친해지게 된 거죠. 그리고 맞아요, 꽤 가까운 사이였어요. 아주 가까운 사이였죠. 사

실은 결국 그…… 함께하는 사이가 됐어요. 아주 어릴 적부터 내가 동성애자란 건 알고 있었지만 여자친구는 브룩이 처음이었어요. 한동안 우리는 정말 진지한 관계였어요. 완전히 사랑에 빠져 있었죠. 에린 빼고는 아무한테도 말하지 않았어요. 엄마한테도, 아빠한테도 말하지 않았죠. 크리스마스 때였나, 그때가 유독 기억나요. 아빠가 집에 있었어요. 맞아요, 아빠가 크리스마스 앞치마를 두르고 쿠키를 구웠어요. 우리는 크리스마스 음악을 듣고요. 그때 참 좋았어요. 처음으로 평범한 집처럼 느껴졌어요.

알릭스: (끼어들며) 평소엔 평범한 집이 아니었나요?

록시: 아니었죠. 아무리 너그럽게 보더라도 평범한 것과는 거리가 멀었어요. 하지만 그때는, 그 순간에는 평범하게 느껴졌어요. 아빠는 웃으면서 농담을 하고 난 브룩을 보면서 '너희 아빠가 우리 아빠 같은 사람이면 좋겠지?' 이런 생각을 했죠. 그 생각을 했던 것도 생생하게 기억나요. 자랑스러웠거든요. 물론 엄마는 그걸 싫어했어요. 우리가 다 같이 즐겁게 웃고 떠드는 꼴을 못 봤죠. 우리가 행복한 모습을 보는 걸 엄마는 견딜 수 없어했어요. 얼마 후에 브룩이 '너희 엄마가 날 싫어하시는 것 같아'라고 했어요. 내가 '왜 그렇게 생각해?' 하고 물으니까 브룩은 '모르겠어. 그냥 느낌이 그래.' 하더라고요. 엄마는 브룩을 증오했던 것 같아요. 내가 걜 좋아하는 게 너무 빤히 보여서, 우리 가족 전부 브룩을 너무 좋아해서. 나한테 엄마보다 브룩의 존재가 훨씬 중요하고 내가 브룩을 사랑한다는 걸 엄마는 도저히 감당할 수 없었던 거죠. 엄마는 늘 자기가 세상의 중심이어야 하는 사람이거든요. 질투심이 말도 못 할 정도였어요.

(장면 전환. 학교 운동장. 교복 차림의 청소년들이 어울리고 있다.)

알릭스: 몸싸움이 있었다고 들었어요. 현장 목격자들 말로는 학기 말즈음 록시와 브룩이 학교에서 몸싸움을 벌였다고요.

록시: 네. 걔가 에린에 대해 함부로 말하고 다녀서요. 아니, 그러니까 그땐 그런 줄 알았어요. 다른 애들한테 듣기로 브룩이 에린을 비하하는 말을 했다는 거예요. 그래서 그냥 제가 늘 그렇듯이 멍청하게 앞뒤 확인도 안 하고 막무가내로 쳐들어가서 브룩을 때렸어요. 이제 막 GCSE 시험을 치러야 하는 시점에 학교에서 정학을 맞았죠.

(장면 전환. 텅 빈 바, 록시가 스툴에 앉아 담담히 웃고 있다.)

(녹음 파일에서는 록시의 한숨이 흘러나온다.)

록시: 어릴 때는 제가 좀 충동적이었어요. 솔직히 골치 아픈 아이이긴 했죠. 아무튼 학교 공부는 그걸로 끝이었어요. 학교뿐만 아니라 모든 게 다 끝이었죠. 특히 엄마하고 사이는 완전히 끝이었어요. 그래서 집에서 멀리 달아났어요. 브룩이랑 같이 가고 싶었지만 브룩은 아직 준비가 되지 않았다고 했어요. GCSE 시험도 치르고 싶고, 또 그게 뭐라고 그놈의 프롬 파티도 가고 싶어했어요. 남들 하는 건 다 하고 싶어했죠. 그래서 그냥 혼자 떠났어요. 부디 브룩도 정신을 차리길 바라면서, 부디 날 찾으러 오길 바라면서. 그런데 대신 그냥 어디론가 사라져버렸네요. 연기처럼 갑자기 그렇게 자취를 감춰버렸어요.

알릭스: 그러니까 집을 나간 건 아버지나 브룩하곤 전혀 상관이 없는 일이었단 말인가요? 아버지나 브룩하곤 아무 문제가 없었다? 에린한테서 브룩과 아버지 사이 일을 들은 적도 없다? 그럼 이게

전부 사실이 아니란 건가요?

(록시가 시선을 들어 카메라를 응시하며 고개를 젓는다.)

록시: 살면서 그런 개소리는 처음 들어요.

* * *

밤 11시

그날 밤 록시는 알릭스네 집 빈방에서 잔다. 겉으론 당당하고 무서울 것 하나 없다는 듯이 굴지만 여린 아이의 모습, 끔찍한 환경 속에서 누군가의 손길이 필요한 열여섯 소녀의 모습을 완전히 감출 순 없다. 알릭스는 록시에게 방을 보여주며 어머니가 실종 전 이곳에서 일주일 정도를 보냈다고 설명한다. "매트리스 아래 열쇠가 하나 있었어요. 열쇠에는 숫자 6이 쓰여 있었고요. 열쇠는 경찰에 넘겼는데 부모님 댁에 있는 자물쇠하곤 하나도 안 맞는대요. 혹시 아는 것 있어요?"

록시가 어깨를 한번 으쓱해 보인다. "아뇨."

"외부 창고라든가 아니면 개인 보관 창고라든가, 그런 것 없어요?"

"없을걸요. 아빠한테 차고가 있었던 것 같긴 하네요. 할아버지가 거기 낡은 차를 넣어뒀을 거예요. 어릴 적에 한두 번 가본 적이 있어요. 먼지랑 거미줄이 말도 못했어요."

"그게 어딘지 기억나요?"

"네. 모퉁이 돌아 뒤편이요."

"어디 모퉁이?"

"우리 집이요. 그, 뭐라고 하죠? 뮤즈?* 왜, 한 일고여덟 개쯤 차고들이 양쪽으로 마주 보고 쭉 늘어서 있는 거 있잖아요."

"록시네 집에서는 어떻게 가는데요?"

"정문으로 나가서 모퉁이 돈 다음에 문 하나 지나가면 돼요. 그런데 우리는 화장실 쪽에 바로 차고로 연결되는 창문도 있긴 했어요."

알릭스와 록시는 서로 눈빛을 주고받는다. 하지만 무슨 생각을 했는지는 둘 다 입 밖으로 꺼내지 않는다.

〈버스데이 트윈〉
넷플릭스 오리지널 시리즈

(16세기 스타일의 펍. 소파에 모녀가 앉아 있다. 둘 사이에 작은 갈색 개가 잠들어 있다. 모친은 짧은 흰머리에 빨간 테 돋보기안경을 쓰고 있다. 10대인 딸은 허리까지 내려오는 굵은 컬의 금발 머리를 하고 있다.)

(자막) **클레어 & 조지 스몰 모녀, 앰블사이드 메이너 로지 파크 여행객**

딸 조지: 그러니까 저희가 2019년 7월에 거기 있었어요. 가족들

---

* 뮤즈Mews 하우스는 전통적으로 과거 마차를 주차하기 위한 공간이 포함된 주거 형태를 가리키나, 여기에서는 그와 유사한 형태의 차고 건물을 가리키는 것으로 보인다.

다 같이요. 도착한 지 사흘째 되던 날이었어요. 정말 더운 날이었고, 호숫가라고 해서 딱히 시원하지도 않았어요. 그 사람이 도착한 건 못 봤고요. 다음 날 아침 일어나서 그 여자가 와 있는 걸 알았어요. 거리는 좀 있었지만 손을 흔들어 인사를 했던 것 같아요. 작은 강아지랑 함께 있었는데, 그 여자도 손을 흔들긴 했지만 막 살가운 사람은 아닌 것 같았어요. 어차피 상관은 없었죠. 친구를 사귀러 간 것도 아니니까요.

모친 클레어: 로지들은 그래도 프라이버시가 지켜지는 편이잖아요. 캠핑장에 다닥다닥 붙은 카라반들보다야 아무래도 각각 별채로 되어 있으니까요. 그곳 로지들은 지은 지 한 2년밖에 안 된 새 건물들이고 전부 호수 쪽을 보게 되어 있는 데다 사이사이 공간도 많아서 다른 사람들 머무는 곳을 거의 볼 수가 없어요. 그래서 거기 그 여자가 있다는 거야 알았지만 자주 마주치진 않았어요. 해 질 무렵이면 와인 한 잔 들고 데크에 나와 호수를 바라보는 건 봤네요. 멀리서 잔을 들어 그 여자한테 건배를 청한 적도 있는데, 그 여자도 같이 잔을 들어 보였어요. 하지만 그 외의 교류는 전혀 없었어요. 한 3~4일 지나서 여자가 더는 보이지 않길래 떠났나 보다 했는데 차는 계속 거기 남아 있더라고요. 이상하다 싶긴 했지만 딱히 더 깊이 생각하진 않았어요. 저희는 거기서 총 열흘 있었는데 경찰이 앰블사이드에 도착한 건 휴가 마지막 날이었죠.

조지: (끼어들며) 우리가 거기서 내내 그렇게 휴가를 즐기고 있었다니 믿을 수가 없어요. 거기서 그렇게 놀고 마시고 수상 스포츠도

하고 경치도 즐기고, 다들 얼마나 즐거운 시간을 보냈는데……
우리가 그렇게 행복한 시간을 보내는 동안 다른 한쪽에선…….

(조지의 팔을 어루만지는 클레어, 눈물을 닦는 조지.)

조지: 아니 사람들이 대체 왜 그러는 거죠? 정말이지, 어떻게 그럴
수가 있어요?

7월 28일, 일요일

　록시도, 네이선도, 엄마도 없는 집은 조용하게 느껴진다. 알릭스와 아이들만 있는 일요일, 날씨는 흐리고 하루는 느리게 흘러간다. 병원에 있는 록시에게서는 아까 문자가 왔다. 온몸에 선을 잔뜩 매단 채 아직도 의식이 없는 에린은 여전히 상태가 좋지 않다고 했다. 주변에서 하나씩 들려오는 소식은 마치 쓰나미처럼 알릭스를 강타한다. 혼자 모두 감당하고 소화할 수가 없다. 언니, 동생과는 꾸준히 문자를 한다. 원래대로라면 지금쯤 왓츠앱으로 다가오는 휴가 이야기에 한창이어야 할 때다. 새로 산 원피스와 휴가 중 읽을 것들을 서로 공유하고 예약한 빌라에 헤어드라이어는 있는지 문의하거나, 적지 않은 인원이니 저녁 먹을 식당을 미리 예약한다며 분주했겠지. 그리고 원래대로라면 지금쯤 알릭스는 이 나이에 과연 비키니를 소화할 수 있을까 소심해졌다가 지금이 아니면 또 언제 입겠냐며 뒷모습을 비춰볼 수 있는 거울이 있는 방에서 한창 수영복을 입어보고 있겠지. 배에 힘을 주고 왼쪽, 오른쪽으로 돌아보며 이 정도면 애 둘 딸린 중년 여성치고 나쁘진 않네, 하면서.

그러니까 원래대로라면 알릭스의 일요일은 그렇게 흘러갔어야 했다.

그러나 알릭스는 지금 째깍대고 흘러가는 시간 속에 타들어가는 심지를 바라보듯 악몽같이 길고 괴로운 일요일을 보내고 있다. 그래서 오후 2시경 병원에 있는 팻 오닐에게서 전화가 걸려왔을 땐 알릭스도 내심 반갑다. "록시가 당신 팟캐스트 얘기를 해주었어요. 조시가 했던 이야기에 대해서요. 균형 잡힌 시각과 진실을 위해 아무래도 내가 가서 이야기를 좀 해야 할 것 같네요. 내 관점의 이야기도 들을 필요가 있다고 봐요. 아마 알릭스는 내가 나쁜 엄마라고 생각하고 있을 테고 나도 전적으로 그걸 부정하진 않겠지만, 솔직히 알릭스는 일단 조시가 어떤 앤지, 걔에 대한 진실부터 좀 알아야 할 것 같아요. 그래야 지금 이 상황을 조금이라도 이해할 수 있을 거예요."

"지금 오실 수 있나요?" 알릭스는 팻에게 주소를 알려준 후 부엌에 앉아 팻을 기다린다.

〈버스데이 트윈〉
넷플릭스 오리지널 시리즈

(재연 장면. 흐릿하게. 빛이 잘 드는 모던한 아파트, 짧은 갈색 머리의 어린 소녀가 바닥에 앉아 장난감을 갖고 놀고 있다.)

(젊은 팻 오닐 역 배우가 부엌에서 한 남자와 대화를 나누고 있다. 팻 역의 배우가 남자의 말에 웃는다. 어린 조시 역 배우가 두 사람을 호기심 어린 눈길로 바라본다.)

(자막) **2019년 7월 28일**, 팻 오닐과 알릭스 서머의 대화

팻: 엄마로서 준비가 부족했던 건 사실이에요. 사실 전혀 준비가 안 됐다고 봐야죠. 사회인류학 학위 2년 차 과정이 끝나갈 때쯤이었어요. 그때 난 한창이었어요. 살아 있다는 느낌으로 충만했죠. 그냥 이대로 달리고 싶었어요. 어디까지 나아갈 수 있는지 계속 나 자신을 밀어붙여보고 싶었어요. 그러다가 덜컥 임신이 되어버렸죠. 겉으론 티가 전혀 나지 않아서 손을 쓰려고 했을 땐 이미 너무 늦어버렸고, 그때쯤엔 조시의 아버지 되는 사람과도 멀어진 지 한참 지난 시점이었어요. 지금도 그 사람 성이 기억이 안 나요. 끔찍하죠? K로 시작하는 것 같긴 한데…… 켈리인가? 아무튼, 조시는 태어났지만 난 준비가 안 돼 있었어요. 그래요, 엄마가 될 준비가 안 되어 있었던 건 사실이에요. 무엇보다 조시 그 아이의 엄마가 될 준비가 안 되어 있었던 거죠.

(재연 장면. 어린 조시 역 배우가 카메라를 쳐다본다.)

팻: 조시는 어두운 아이였어요. 물론 내 탓도 없진 않겠죠. 내 양육 방식 때문에 그 애가 그렇게 된 건지도요. 난 그 애가 독립적이길 바랐어요. 강인하고 인상적인 사람이 되길 바랐죠. 어쩌면 너

무 많은 걸 혼자서 하게끔 내버려뒀나 싶기도 해요. 하지만 아이들이 실수를 하면서 스스로 배우는 과정은 중요해요. 아이들이 실패할 수 있게 해주는 것도 필요하죠. 그렇다고 해도 조시는 끊임없이 관심과 애정을 원했어요. 정말 끊임없이요. 내가 줄 수 있는 최대한을 줘도 조시는 늘 목말라했어요. 나한테만 그런 것도 아니었죠. 친구들과의 사이에서도 그런 일들이 간혹 생겼어요. 조시는 다른 사람들과 함께 있으면 늘 우울하고 불편한 존재였어요. 어느 정도냐면, '저 사람은 분명 날 싫어할 거야'라고 일단 단정부터 지은 다음에 그 사람한테서 직접 싫다는 말을 듣게 될 날만 기다리는 사람처럼 굴달까요. 조시는 정말 아무것도 아닌 사소한 이유로 친구들을 밀어냈어요. 그리고 엄마가 남자를 만난다? 턱도 없는 일이었죠. 정말로요. 조시는 남자가 우리 모녀에게 좀 가까이 다가온다 싶으면 사이코로 돌변했어요. 그 남자들한테 못된 짓을 하거나 모욕감을 주거나, 아님 내가 데이트라도 나가려고 하면 아픈 척을 하거나 했어요. 심지어 저주 인형을 만든 적도 있었어요. 농담이 아니고 정말로요. 아니, 그런 생각은 대체 어떻게 하게 됐을까요? 하여간 조시는 그때 당시 내가 만나던 남자를 인형으로 만들어서 그 남자가 날 만나러 올 때마다 보란 듯이 인형에 바늘을 마구 꼽아 밖에 내놓았어요. 그러니 남자들은 결국 다들 떠났죠. 그러다가 월터를 만나기 시작했는데…….

알릭스: (끼어들며) 네?

팻: 월터랑 내가 데이트를 시작했다고요. 조시가 한 열세 살 때쯤?

(긴 침묵.)

알릭스: 조시가 그 얘긴 하지 않았어요.

팻: 뭐, 당연히 안 했겠죠. 자기가 하고 싶은 얘기만, 자기가 꾸며낸 진실만 얘기했을 게 뻔해요. 내가 여기 와서 알릭스한테 지금 이렇게 이야기를 하는 것도 바로 그런 이유예요. 조시가 알릭스에게 하지 않은 이야기들도 너무 많거니와, 걔가 지금 '내 남편은 괴물이었고 난 그루밍 피해자고 우리 아이들도 학대 피해자다'라고 온 세상에 떠벌려놓고 자취를 감춘 이상 세상 사람들한테 그게 헛소리란 건 알려야죠. 알릭스도 그게 헛소리란 걸 알아야 하고요. 월터 페어가 물론 완벽한 남자는 아니었어요. 통제 성향도 꽤 강한 편이라 뭐든 자기 방식으로 하는 걸 좋아했고, 꽤 이기적인 사람이기도 했죠. 그리고 물론 아내를 두고 바람을 피운 건 분명 잘못된 일이었고요. 그걸 모를 리가요. 하지만 월터는 다정한 남자, 진짜 남자였어요. 월터는 그냥 사랑하고 사랑받는 걸 원했을 뿐이에요. 그냥 조용한 삶을 원했을 뿐이라고요. 우리는 꽤 진지하고 깊은 관계였고, 나는 그가 적절한 시기를 찾아 아내를 떠날 때까지 기다릴 생각이었어요. 내가 만나는 남자들한테 늘 그랬듯 조시도 처음엔 월터를 아주 불편해했어요. 그런데 나이가 들어가면서 그 애가 월터에게 집착하는 것 같더군요. 조시는 월터의 관심을 나 대신 자기한테로 돌리려고 애를 썼어요. 월터가 올 때 화장을 한다든가 혹은 월터에게 내가 나이가 많다는 둥 뚱뚱하다는 둥 험담을 했죠. 처음엔 월터도 나도 농담으로 넘겼어요. 그러다가 조시가 열여섯 살이 되었을 때쯤부터 농담을 하지 않게 됐죠. 그러곤 마침내 조시가 열여덟 살이 되자 두 사람이 나에게 찾아와 사실을 털어놓더군요.

(다시 긴 침묵.)

알릭스: 그럼 모르고 계셨던 거군요? 두 사람이 그 이전에도 함께 했단 걸 모르고 계셨던 거죠?

팻: (한숨을 쉬며) 모르면 안 되는 일이긴 하죠. 엄마로서 모르면 안 될 일이었죠. 그리고 내가 부모의 책임을 다하지 못한 부분에 대해선 전적으로 책임을 통감해요. 조시가 독립적인 사람이 되길, 자기 인생을 스스로 펼쳐나가길 바라는 마음이 지나쳤던 거죠. 끔찍한 얘기인 줄은 아는데, 난 그냥 걔가 집 밖에 있는 편이 좋았어요. 집에 있으면 조시는 늘 집안 분위기를, 집안 공기를 무겁게 만들었어요. 그 아이와 이야기를 하고 싶지도 않았고 그냥…… 그냥 그 아이가 싫었어요. 그래서 조시가 어디 있었는지, 어디서 뭘 했는지 묻지 않았어요. 알고 싶지도 않았어요. 그냥 그 아일 상대하지 않아도 되는 게 좋았어요. 하지만 세상에, 두 사람 사이를 알게 됐을 때 그 충격이란…… 그야말로 공포였죠. 내가 월터와 사귀던 당시에 조시가 나한테 유부남을 만난다며 역겹다고 한 적이 있어요. 그러더니 정작 본인은 우리 사이에 끼어들어 그 남자를 아내한테서도, 나한테서도 빼앗아 갔죠.

알릭스: 그럼 팻은 월터가 조시를 그루밍한 게 아니라고 보시나요?

팻: 그루밍이요? 월터가 걜 조종해서 그 둘이 사귀게 됐냐는 말이에요? 전혀 아니죠. 조시는 월터를 원했고 그래서 결국 손에 넣은 거예요. 자신의 행동으로 인해 다른 누군가가 상처받을 거라는 데엔 관심도 없었고요. 애초에 개의치도 않았겠죠. 제 자식을 두고 이런 말 하긴 좀 그렇지만 어차피 나도 완벽한 엄마는 아니니…… 난 조시가 돌심장을 가졌다고 생각해요. 정말 순수하게

100프로 돌로 만들어진 심장이요.

(암전 후 장면 전환. 주민공동시설에 앉아 있는 팻 오닐. 팻이 고개를 가볍
  게 젓는다. 눈가에는 눈물이 맺혀 있다.)

***

오후 6시

팻이 떠난 후 알릭스는 한동안 감각이 없어진 느낌이다.
알릭스의 어머니가 건너와 요리를 하고 아이들이 저녁을 먹
는 동안 그 옆에 함께 앉아 조잘대는 아이들 이야기를 들어
준다. 덕분에 집안 분위기는 한결 차분하고 평화롭다. 엄마
의 도움 없인 이런 평화로운 시간은 지금으로서는 도저히
불가능하다.

"그 사람, 아무래도 죽은 것 같아." 엄마와 단둘이 정원에
나와 있을 때 알릭스가 이야기한다.

엄마가 걱정스러운 눈빛으로 알릭스를 쳐다본다. "아니야.
절대 아니야."

"아냐. 죽었어. 느껴져요. 여태껏 조시가 그렇게 이상한 게
상처를 많이 받은 탓이라고 생각했거든? 그 여자 나름대로
간절하게 도움을 청하는 중이라고, 내 도움이 필요한 거라
고 생각했거든? 그런데 이제 보니까 도움을 청한 게 아니었
어요. 애초에 내 도움이 필요하지 않았어. 그냥 처음부터 계
획이 따로 있었던 거예요. 난 그냥 그 도구였을 뿐인 거지.
네이선도 마찬가지고."

364

"하지만 왜? 그 여자가 네이선을 해칠 이유가 뭐가 있어서? 잘 알지도 못하잖아."

"들어봐, 엄마. 조시는 티 나게 네이선을 싫어했어요. 나한테도 네이선이랑 헤어지는 게 낫지 않으냐고 했었어. 한번은 심지어 네이선이 죽으면 기분이 어떻겠냐고 물은 적이 있는데, 내가 슬플 것 같다고 대답하니까 진짜 실망하는 것 같았다고요. 처음에 나한테 팟캐스트를 만들자고 제안하면서 조시가 했던 말이, 자기가 지금과는 전혀 다른 새사람이 되려고 하는데 내가 그걸 기록해줬으면 좋겠다고 했었어."

"네 말은 그럼 이게 다 계획적으로 벌인 일이라는 거야?"

"나도 정확히 어떤 계획이었는진 모르겠지만 그런 것 같긴 해요. 에린 은행 계좌에 돈이 있다는 것도 알았지, 어떻게 알아냈는진 몰라도 비밀번호도 찾아냈지, 그렇게 인출한 돈으로 사람을 써서 네이선을 유인해 호텔로 데려갔지…… 조시는 그날 밤 네이선이 외출하는 걸 알고 있었어요. 네이선이 말했거든. 조시가 떠나던 날도 그래. 조시가 더 눌러앉으려고 하지 않고 너무 순순히 떠나서 나도 의외라고 생각했는데, 지금 보니까 그게 다 계획의 일부였던 거야. 이젠 정말로 조시가 네이선을 죽일 생각으로 데려갔단 생각이 들어요. 진짜 그런 것 같아. 내가 여기 이렇게 앉아 있는 동안 네이선의 목숨은 점점 더 위태로워지는데 난 정작 뭘 어떻게 해야 하는지도 모르겠어, 엄마. 뭘 어떻게 해야 할지 정말 모르겠어요."

⟨버스데이 트윈⟩
넷플릭스 오리지널 시리즈

(팀, 엔젤, 프레드 등장)

(엔젤이 프레드에게 간식을 건넨다. 카메라가 간식을 먹는 프레드를 줌인, 다시 줌아웃한다.)

팀: 조시가 수배 중인 사람이란 건 전혀 몰랐어요. 한창 신혼여행 중이라 TV나 뉴스도 전혀 보지 않고 있었거든요. 생전 처음 보는 여자가 우리한테 개를 주고 가다니, 엄청 황당한 일이잖아요. 그래서 친구들한테 문자를 했는데 친구들 말이 혹시 경찰이 찾는 여자가 그 사람 아니냐는 거예요? 경찰이 찾는 여자라니? 그제야 우리도 인터넷을 찾아봤는데 조시라는 여자 사진을 보니까 정말 그 여자가 맞는 거죠. 당연히 그길로 곧장 경찰에 신고했어요. 당연하죠.

(장면 전환. 사브리나 올브라이트 형사)

사브리나: 27일 토요일 컴브리아 경찰 측에서 전화가 왔습니다. 관광객 커플이 조시 페어를 본 것 같다고 제보를 했답니다. 이틀 전 낯선 여자가 한 커플한테 작은 개를 주면서 돌봐달라 하고 갔는데, 그 여자가 온라인에서 본 조시 페어의 사진과 같은 인물인 것 같다는 내용이었죠. 여자가 개를 맡기고 간 건 밝은 대낮, 그것도 관광객들이 아주 많은 지역에서 순식간에 벌어진 일이었다 하고

요. 그래도 당시 조시 페어가 후드와 선글라스를 쓰고 얼굴을 감추려고 했다는 정황 정도는 확인되었습니다. 신고자들 말로는 조시 페어가 작은 핸드백을 들고 앰블사이드 마을 중심가 쪽으로 이동했다고 했죠.

사브리나: (계속) 즉시 그 일대 구석구석 수색에 나섰습니다. 한동안 진전이 없다가 수사가 급물살을 탄 건 일요일 늦게 목격담이 나오면서부터였습니다. 그 마을 식당에서 식사 중이던 어느 가족이 로지 파크에서 개와 함께 있는 여자를 보았는데 그 여자가 조시 페어의 모습과 일치한다는 것이었죠. 목격자들 말로 그 여자는 그 전주 일요일 낮에 도착해 목요일 오전에 떠났다고 했습니다. 공원 관리실로 연락하니 조시 페어가 2주 전 온라인으로 로지를 예약했다고 확인해주었습니다. 로지는 모바일키로 입실이 이루어지기 때문에 관리실 측은 조시 페어를 직접 대면하지 않았고, 예약은 다음 주말까지 되어 있어서 조시 페어가 체크아웃 없이 이미 퇴실한 사실도 알지 못했다고 했죠. 경찰은 즉시 인력을 보내 일요일 밤 자정 가까이 된 시각 로지에 진입했습니다.

(늦은 밤 경찰차들이 호숫가 공원에 도착한다. 경찰차의 파란 불빛이 어두운 수면에 반사된다. 그날 밤 경찰 출동 당시 녹음된 음성이 재생된다.)

녹음: 수중수색대 진입한다. 반복한다, 수중수색대 진입한다. 전원 대기.

(페이드아웃-페이드인. 부드러운 배경음악과 함께 아름다운 호수 풍경이 펼쳐진다. 햇살에 수면이 반짝인다. 새떼가 날아들더니 원을 그리며 비행한다. 카메라는 태양을 향해 아치를 그린다.)

(화면 화이트아웃.)

＊＊＊

밤 11시

그날 밤 알릭스가 막 침대에 누웠는데 록시에게서 전화가 걸려온다.

"에린은 어때요?"

"아직도 별 소식 없어요." 록시가 말한다. "그래도 활력징후 값이 계속 나아진다고 몇 시간 안에 깨어날 거래요. 그쪽은요? 무슨 소식이라도 있어요?"

"아직이요. 오늘은 이미 시간도 늦었고, 내일을 기대해봐야죠." 알릭스가 말을 멈춘다. "할머니 통해 오늘 록시의 부모님 이야기를 들었어요. 월터가 원래 할머니 남자친구였다고요."

"으악. 네, 맞아요. 징그럽죠? 그냥…… 우리 가족 다요. 미안해요."

"미안하다뇨? 뭐가?"

"우리 가족 일에 휘말리게 돼서요. 우리 엄마가 알릭스를 여기까지 끌어들인 것도 미안하고, 애초에 알 필요도 없는 이따위 이야기들을 듣게 해서 미안하고."

"내가 선택한 거예요, 록시. 그날 내가 수선집으로 조시를 찾아갔잖아요. 굳이 갈 필요가 없었는데 말이에요. 팟캐스트를 만들자고 했을 때도 충분히 거절할 수 있었고, 록시 아버지한테 맞았다고 우리 집을 찾아왔을 때도 방을 내줄 필요가 없었죠. 언제든 선을 긋고 이 이상은 안 된다고 거절할 수 있었는데 내가 조시에게 권한을 넘겨준 거예요. 결국은 다 내 책임이에요. 전부 다요."

생각에 잠긴 듯 아무 말이 없던 록시가 잠시 후 입을 연다. "우리 엄마의 어떤 부분이 흥미로웠어요? 왜 팟캐스트를 하고 싶었어요?"

알릭스는 그 질문에 대한 답을 곰곰이 생각한다. "솔직하게 말하면, 일상이 지루했던 것 같아요. 지루하기도 했고, 남편과의 문제가 해결이 안 된 상태에서 속으로 계속 화가 나 있던 참인데 그때 마침 조시가 나타나서 그런 심각한 이야기들을 하니까 지금 남편과의 문제 정도는 아무것도 아닌 것 같아지고, 그러니까 더 깊이 고민하지 않게 되더라고요. 내 문제를 덮어둘 수 있다는 것, 그냥 그 이유였어요. 직감적으로 이건 아니다라는 생각이 여러 번 들었는데도 의식적으로 무시했어요. 지금까지 직감을 따랐을 때 결과가 대부분 좋았는데, 그럼 직감을 따르지 않았을 땐 어떻게 될지 궁금하기도 했어요. 굽이진 길을 운전하면서 혹시 여기서 눈을 감으면 어떻게 될까, 호기심에 한번 잠깐 눈을 감아보는 것처럼 내가 조금 무모한 행동을 했을 때 그게 어떤 결과로 이어질지 궁금했어요. 그리고 그 결과가 지금 맞닥뜨린 상황이고요."

통화가 끝나고 알릭스는 천천히 휴대폰을 협탁에 내려놓는다. 막 책을 집으려는데 여우 소리가 방해를 한다. 알릭스는 침대를 나와 창가로 다가간다. 벤치에 두 다리를 올리고 웅크리고 앉아 은은한 달빛이 비치는 정원에서 여우 두 마리가 노니는 모습을 지켜본다. 예전에도 네이선과 함께 이렇게 창가에 앉아 여우들이 노는 모습을 지켜본 적이 있었다. 순간 그때 그 기억들, 그때 그 감각들이 머리부터 발끝까지 되살아난다. 팬티 바람으로 입에 칫솔을 물고 알릭스 곁에 다가와 앉던 네이선. 그 냄새도 기억난다. 뭐라고 해야 할까, 묵직한 냄새? 자동차 같은, 책 같은, 나무 같은 그런 냄새. 반짝이던 그의 등. 침대에 함께 누우면 안정감이 느껴지던 그의 무게. 늘 자신만의 방을 갖고 싶어하면서도 알릭스는 다른 한편으론 또 늘 그 안정감에 안도했었다. 갑자기 몇 주 전 스튜디오에서 조시와 함께 나누었던 대화가 떠오른다. 이제는 진실이 아닌 것으로 드러났지만 월터와 어떻게 사귀게 되었는지를 이야기하면서 조시가 물었었다. "같은 날 태어난 사람들끼리니까 알릭스도 얘기해줘야 공평하죠. 알릭스는 네이선을 어떻게 만났는지 궁금해요. 어디서 만났어요?"

알릭스는 얼른 가운을 걸치고 정원으로 나간다. 여우들은 대범하게 알릭스를 가만히 쳐다보더니 이내 수풀 사이로 사라진다. 알릭스는 스튜디오 문을 열고 헤드폰을 쓰고 무언가를 찾아 녹음 파일을 뒤진다. 찾았다. 조시가 그 이상한, 공허하고 단조롭고 아무런 감정이 느껴지지 않는 목소리로 알릭스에게 묻는다. "어디서 만났어요?" 알릭스의 대답이 이어진다.

〈버스데이 트윈〉
넷플릭스 오리지널 시리즈

(화이트아웃 되었던 화면이 서서히 다시 윈더미어 호수의 일렁이는 물결로 바뀐다. 드론 카메라가 천천히 호수를 가로질러 이동하는 동안 알릭스의 목소리가 오버랩되어 흐른다.)

(자막) **2019년 6월, 알릭스 서머 팟캐스트 녹음본 중**

알릭스: 서른 되기 직전에 네이선을 만났어요. 슬슬 운명의 짝을 만나지 못할까 조바심이 나기 시작했을 때였죠. 그때 당시 출판업계에서 일하고 있었는데 워낙 악명높은 여초 직군이라 누군가를 만날 확률은 거의 희박했어요. 그땐 언니 조이랑 같이 살았는데 우리 둘 다 쭉 남자친구가 없었어요. 언니랑 두 살 차이인데, 언닌 그때 이미 포기 상태였죠. 하지만 난 아직 내 짝이 있다는 확신이 있었어요. 뭐랄까, 바로 손 뻗으면 닿을 거리에 그 사람이 있는 듯한 느낌이 들었어요. 그래서 사람을 만나려는 노력은 포기하지 않았어요. 여러 사람을 계속 만났어요. 물론 성과는 전혀 없었고요.

조시: (끼어들며) 말도 안 돼요. 이렇게 미인인데요.

알릭스: 그게 그렇게 단순한 일이면 얼마나 좋겠어요. 실상은 전혀 그렇지가 않아요. 아무튼 서른 살 생일을 앞둔 어느 날 밤 술에 취해 집에 가는데 갑자기 드라이클리닝 맡긴 옷이 있다는 게 생각났어요. 옷 찾는 걸 족히 몇 주는 미루고 있었는데 왜 갑자

기 화요일 밤 9시에 뜬금없이, 그것도 와인 반병에 진토닉을 마시고 집으로 가는 길에 그 생각이 난 건진 모르겠어요. 그렇게 세탁소에 갔는데 내 바로 앞에서 어떤 남자가 셔츠를 찾고 있었어요. 머리는 밝은 빨간색에 키는 나보다 크고 단정한 셔츠 차림이었죠. 몸도 좋았어요. 하지만 무엇보다 가장 먼저 날 사로잡은 건 그 목소리였어요. 자신감 넘치면서도 오만하게 들리지는 않는, 아주 듣기 좋은 목소리였어요. 그리고 그 남자가 계산을 하고 딱 돌아서는데 처음 그 얼굴을 봤을 때…… 어떻게 설명해야 할지 모르겠네요. 그냥 그 얼굴을 보는 순간 '이 사람이다' 하는 생각이 들었어요. 완전히 초면인데 마치 이미 만난 적 있는 사람, 이미 알고 있었던 사람인 것처럼요. 그냥 확신이 들었어요. 아무튼 내가 '셔츠 엄청 많네요' 이런 식으로 뭔가 민망한 말을 했던 것 같은데, 딱 보니까 이 여자가 취한 거죠. 네이선은 멀쩡한 상태였으니까 장난기가 돌았던 것 같아요. 네이선이 '네, 제가 셔츠를 좀 많이 먹어요.' 이렇게 대꾸했어요. 그래서 저도 '죄송해요, 제가 좀 취해서요.' 하니까 '알아요.' 하더라고요. 그러고는 나를 쳐다보는데 눈동자 색이 또, 음, 마땅한 말이 있는지 모르겠어요. 뭐라 말로 형용할 수 없는 그런 색이었어요. 내 옷을 찾은 후 같이 펍에 갔고, 그렇게 만나기 시작했어요. 그로부터 2년 후엔 결혼식을 올렸고, 결혼 1년 후엔 일라이자를 임신했고요.

(부드럽게 흘러가던 호수 영상이 갑자기 멈추고 빈 녹음 스튜디오로 화면이 바뀐다.)

조시: 아직도 네이선을 사랑하나요?

알릭스: 당연하죠. 그럼요.

조시: 아니, 정말로 사랑하느냐고요. 세탁소에서 처음 만났을 때처럼 그렇게 사랑해요? 아직 이 사람에 대해 아무것도 알지 못했던 그때처럼?

알릭스: 그럼요. 종류가 조금 달라졌다 뿐이지 당연히 사랑해요.

조시: 혼자가 되면 인생이 더 나아질 거라고 생각해본 적은 없어요?

알릭스: 없어요. 전혀요.

조시: 그런데도 알릭스는 스스로를 페미니스트라고 하네요.

알릭스: 네. 페미니스트니까요. 행복한 결혼생활을 하면서도 페미니스트가 될 수 있죠.

조시: 난 그렇게 생각 안 해요. 독신이어야만 페미니스트가 될 수 있다고 생각해요.

알릭스: 아, 흥미로운 관점이네요. 좀 더 자세히 얘기해줄래요?

조시: 그게 설명까지 필요한 일인가요? 그걸 못 알아들어요?

(짧은 침묵.)

조시: 주도권을 가지려면 자유로워야 해요, 알릭스. 알겠어요? 짐 같은 걸 달고 있으면 안 된다고요. 뭐든 깔끔하게 정리된 상태여야죠. 팟캐스트에서 마리 르 잔이 했던 말 기억나요?

(오디오가 앞으로 빨리감기된 후 다시 천천히 재생된다. 곧 영상 위로 다른 사람 목소리가 흘러나온다.)

(자막) 알릭스의 팟캐스트 시리즈 〈올 위민〉 중 마리 르 잔 편

마리 르 잔: (자막 표시) 잔인한 얘기지만 죽음은 모든 걸 깔끔하게

정리해주죠. 회색 영역이라든가 어중간한 뉘앙스를 남기지 않고 그냥 깨끗한 캔버스 같은 상태로 만들어주니까요.

조시: 그런 생각 해본 적 없어요, 알릭스? 남편이 죽으면 모든 게 더 쉬워질 것 같은?

(화면 암전.)

＊＊＊

새벽 12시 45분

알릭스는 정지 버튼을 누르고 헤드폰을 벗는다. 등받이에 등을 기대고 앉아 고개를 젖히고 크게 한숨을 내쉰다. 여기 있었는데, 여기 버젓이 있었는데. 그때 당시엔 이해하지 못했다. 알릭스는 죽음과 깔끔한 정리에 대한 마리 르 잔의 말을 전혀 기억하지 못하고 있었다. 그땐 그냥 조시의 두서없는 이야기 정도로 치부했었다. 사실 조시는 알릭스에게 일종의 선언을 한 거였는데, 일그러진 자신의 신념을 설명한 거였는데 말이다. 그런데도 알릭스는 완전히 놓치고 있었다. 이제야 알겠다. 아이들 학교 앞에서 조시가 무언가 절박한 사람처럼 알릭스에게 다가왔을 때 하고자 했던 말이 바로 이거였다. 조시는 자신이 깨달은 바를 알릭스가 잘 담아 정리해주길 바랐다. 녹음 중에도 그렇게 노골적으로 얘기했건만 알릭스는 다 놓쳤다. 전부 다 놓쳐버렸다.

"멍청이! 이 멍청이!" 알릭스는 녹음 데스크를 주먹으로 쾅 내리치며 자신의 어리석음에 분노와 좌절을 토해낸다.

그때 전화벨이 울린다. 올브라이트 형사다. 알릭스는 애써 분노를 진정시킨다. 시간을 확인한다. 거의 새벽 1시가 다 되어간다. 뱃속이 꼬이는 것 같다. 알릭스는 더는 불가능할 때까지 있는 힘껏 숨을 들이마신 후 통화 버튼을 누른다.

차를 타고 가는 길은 한없이 멀다. 이제 거의 새벽 2시다. 아이들은 맥신네 집으로 보냈다. 알릭스는 아까 사브리나가 했던 말을 떠올린다. "확실히 이곳에 있었던 건 맞아요. 로지에 강제로 잡혀 있었던 것 같습니다. 저항의 흔적이 있어요. 호수 쪽으로 이동한 흔적도 있고요. 지금 수중구조 작업을 시작할 겁니다. 지금 바로요. 혹시 배를 타고 도주했을 가능성을 대비해 호수 전체에 배를 띄울 거예요. 최대한 빨리 이곳에 오시면 좋겠습니다. 혹시 운전해주실 분이 있으신가요?" 전생에서 들은 이야기 같은데 사브리나와의 통화는 불과 한 시간 반 전의 일이다.

엄마와 도로를 달린 지 이제 한 시간이 되어가는데도 아직 런던을 완전히 벗어나지 못했다. 알릭스는 초조하고 속이 텅 빈 느낌이다. 하루 종일 아무것도 먹지 못했다. 뱃속에 든 거라곤 9시, 정원에서 엄마와 함께 마신 와인 한 잔뿐이다. 뭐라도 먹긴 해야겠지만 아무것도 삼키지 못할 것 같다. 게다가 요기를 하기 위해 중간에 차를 멈추면 안 그래도 긴 여정이 더 길어져 싫다. 알릭스는 아무 생각도, 목적도 없이 휴대폰 화면만 고통스럽게 넘겨보고 있다. 지난 며칠간 많은 지인들이 문자를 보냈다. 못 본 지 몇 년씩이나 되는 사람들, 생각조차 잊고 살던 이들까지도 다들 알릭스를 사랑하고 아끼는 마음에서 안부를 물어주었다. 하나하나 답장하고 싶지만 어떤 말을 할 수 있을지, 어디서부터 어떻게 이야기해야 할지 모르겠다. 무엇보다 이게 다 무슨 소용인가 싶다. 알릭스는 문자창을 조용히 닫고 창밖의 암흑을 내다본다. 가끔씩 런던으로 들어가는 차들의 헤드라이트 불빛만이 어둠을 밝힌다.

아직도 레이크 디스트릭트까지 거리는 줄어들 줄을 모른다. 한없이 먼 그곳에 네이선이 있다. 이제 곧 네이선을, 사랑하는 네이선을 찾을 수 있을 것이다. 알릭스는 그 여자를 자신의 세계에 들인 것이 한없이 원망스럽다. 한때는 완벽과는 거리가 먼 자신의 세계가 못마땅한 적도 있었다. 하지만 알릭스는 이제 그 무엇보다 불완전한 그 세계를 간절히 원한다. 우리 가족, 우리 집, 미덥지 못한 남편과 그의 음주 습관까지, 내세울 것 없는 부끄럽고 평범한 일상이 있는 그 세계를 갈구해 마지않는다. 알릭스는 네이선을 원한다. 이런 여행길은 오르고 싶지 않다. 손등뼈가 하얗게 되도록 운전대를 꼭 쥔 엄마의 손도 보고 싶지 않다. 눈이 멀 것 같은 헤드라이트 불빛도, 텅 빈 뱃속과 배고픔도, 이 극도의 무력감도 겪고 싶지 않다. 그냥 네이선을 원한다. 네이선만 돌아오면 된다. 그때 휴대폰 진동이 울린다. 화면을 켜니 모르는 번호로 온 메시지다. 숨이 턱 막힌다. 알릭스는 메시지를 연다. 열자마자 알릭스는 직감한다. 올브라이트 형사의 전화를 받기 전 이미 알 수 있다.

〈버스데이 트윈〉

넷플릭스 오리지널 시리즈

(새벽녘, 여기자의 모습이 흐릿하게 비친다. 기자 뒤로는 경찰차 불빛과 경찰관들, 마이크를 든 기자들로 붐빈다. 멀리 윈더미어 호수 수면에 아침 해가 비친다.)

(자막) **2019년 7월 29일**, **오전 5시 27분**, **윈더미어 호수**

리포터: (차분한 목소리) 저는 오늘 아침 컴브리아의 아름다운 마을 앰블사이드에 나와 있습니다. 몇 시간 전 바로 옆에 보이는 윈더미어 호수에서 최근 실종됐던 네이선 서머의 시신이 발견됐습니다. 런던 북부에 거주했던 네이선 서머는 7월 21일 일요일 새벽 런던 시내 중심부 호텔에서 실종된 것으로 알려졌습니다. 경찰은 호수 뒤편 로지에 진입해 고인의 소지품을 확인하고 밤사이 전면적인 수중 수색 작업을 펼쳤으며, 새벽 2시 30분경 얕은 물가에서 시신을 발견한 것으로 확인됩니다. 고인의 가족들은 현재 이곳으로 이동 중이며, 경찰은 용의자 조시 페어에 대한 추적을 계속하고 있습니다. 지금까지 앰블사이드에서 BBC 뉴스 케이트 멀리건이었습니다.

(장면 전환. 재연. 한밤중 도로를 달리는 차 안, 메시지 알림 소리에 조수석에 앉은 여자가 가방에서 휴대폰을 꺼낸다. 여자가 휴대폰 화면을 켠다. 휴대폰 화면에는 음성 메시지가 떠 있다. 여자가 재생 버튼을 누른다.)

조시: 알릭스. 나예요, 조시. 무슨 말을 해야 좋을지 모르겠네요. 나도 무슨 일이 벌어진 건지 모르겠어요. 대체 무슨 생각이었는지 나도 모르겠어요. 이럴 의도는 아니었어요. 아무것도 의도한 게 아니에요. 난 그냥 도와주려고, 남편이 없으면 알릭스의 인생이 훨씬 나아질 수 있다는 걸 알려주려고 했던 것뿐이에요. 그냥 며칠만 데리고 있다 알아서 집에 찾아갈 수 있게 보내줄 생각이었는데 일이 잘못돼버렸네요. 일이 커져버렸어요. 이제 내가 마치 악한 사람처럼 되어버렸네요. 하지만 나 그런 사람이 아닌 거, 알릭스는 알죠? 내가 알릭스와 내 이야기를 나누고 싶었던 이유도 그거예요. 우리 둘, 알릭스랑 나, 우린 서로 닮았잖아요. 우리 둘 다 형편없는 남편을 둔 완벽한 아내죠. 우리 둘 다, 내면이 아닌 겉으로 보이는 모습만 보고 우리를 택한 남자들의 그늘 속에 살았고요. 우리 둘 다 세상에 기여할 수 있는 것들이 훨씬 많은 사람들이기도 하죠. 이제 에린이 의식을 찾으면 내 이야기를 할 텐데, 에린의 말은 사실이 아니에요. 알릭스, 그건 믿어줘요. 그건 사실이 아니에요. 내가 알릭스에게 한 얘기가 사실이에요. 그건 알죠? 이 세상에서 진짜 내 본연의 모습을 알고 있는 사람은 알릭스뿐이에요. 제발 사람들에게 내가 나쁜 여자는 아니라고 얘기해줘요. 난 그냥 평범한 사람, 나쁜 일들을 많이 겪은 평범한 여자일 뿐이에요. 그 나쁜 일들 가운데 알릭스에게 얘기한 것들도 있고 얘기 못 한 것들도 있어요. 알릭스에게 말하고 싶었던,

가장 끔찍하고 어두운 마지막 진짜 이야기는 용기가 없어 하지 못했어요. 이야기했더라면 좋았을걸. 이제 네이선 일로 이런 바보 같은 실수를 한 이상 나한테 더는 기회가 없겠죠. 어차피 이제 아무도 내 말을 믿지도 않을 테고요. 제발 이제부터 듣게 될 이야기를 믿지 말아요. 정말 미안해요, 알릭스. 진심이에요. 안녕.

7월 29일, 월요일

알릭스를 위해 올브라이트 형사가 로지 입구에서 한 걸음 비켜선다. 알릭스는 신발 위에 종이 덧신을 신었고, 입구에서 더 안쪽으로는 들어갈 수 없다는 점도 주지했다. 아무리 아직 범죄 현장이라지만 이곳은 남편이 생의 마지막 시간을 보낸 곳이기도 하다. 알릭스도 알아야 했다. 해서 올브라이트 형사에게 간곡히 부탁했다. 입구에 서서 보니 꽤 아름다운 곳이다. 이상하게도 그 사실이 왠지 위안이 된다. 로지 내부는 현대적이고 감각적이며 쾌적하다. 벽마다 큰 창문들이 있어 앞쪽으로는 아름다운 호수 경관이, 다른 창으로는 시골 풍경이 펼쳐진다. 신기하게도 알릭스의 집이 떠오르기도 한다. 푸른색 위주의 쿠션들, 구리로 된 수도꼭지, 파스텔 색의 패널을 덧댄 벽이 있는 알릭스의 런던 집 말이다. 부엌에는 앞쪽 발코니를 향해 난 창과 앉을 수 있는 좌석도 있다. 정말 아름다운 공간이다.

이 와중에도 공간이 눈에 들어오다니 알릭스 스스로도 놀랍다. 나란 사람에게 중요한 가치는 무엇이며, 나는 도대체 어떤 사람인가 하는 의문조차 든다. 지난주 내내 알릭스는 스스로에게 되물었다. 나는 어떤 사람인가? 나는 왜 이렇게 생겨 먹었지? 난 그동안 무슨 짓을 한 것이며 이제 뭘 어떻게 해야 하지? 나는 좋은 엄마인가? 좋은 아내인가? 좋은 동생이고 언니인가? 좋은 친구인가? 좋은 여자인가? 나에게 주어진 것을 누릴 만한 자격이 있나? 나는 그냥 얄팍한 사람인가? 존재감 없는? 누군가에게 의미 있는 사람이 되고 싶은가? 나는 페미니스트인가? 아니면 그냥 생물학적 여성에 불과한가? 조시에게 어떤 도움을 줄 수 있었을까? 조시와 비슷한 처지에 있는 여성들에겐? 내 결혼생활을 구하기 위해 내가 무엇을 할 수 있었을까?

밤마다 헤드폰을 쓰고 화면을 뚫어져라 쳐다보는 아들. 휴대폰을 붙들고서 다른 여자애들이 던진 못된 말들에 통곡하는 것이 일상인 딸. 누가 옆에서 머리에 총구를 겨누고 있기라도 한 듯 꼬박꼬박 알릭스에게 현금을 가져다주는 남편. 알릭스는 마이크 앞에 앉아, 그것도 남편이 생일선물로 준 2만 파운드짜리 스튜디오에 앉아 자신보다 훨씬 고된 삶을 살아온 여성들의 이야기를 듣는다. 고통을 버티고 이겨 낸 사람들, 열심히 일해 성공을 거둔 사람들의 이야기를 끄집어낸다. 두 달이 넘도록 관계를 하지 않았던 남편에게 쿠키로 어린아이 달래듯 집에 제때 들어오면 잠자리를 하겠다고 해도 남편은 차라리 소호에 나가 모르는 사람들과 술 마시는 것을 택했다. 아니, 그건 그렇다 치고 처신을 잘하면 보상으로 관계를 해주겠단 페미니스트는 세상에 또 어디 있단 말인가?

알릭스는 페미니스트가 아니다. 아무것도 아니다. 그냥 장식품, 허울뿐인 존재에 지나지 않는다. 그래, 어쩌면 조시의 관점도 나름대로 일리가 있다. 알릭스가 스스로에게 무해할 것 같은 것들로만 영혼의 구멍을 메우고 있는 걸 조시도 분명 보았을 터이다. 알릭스가 조시와 작업을 하기로 결심한 이유가 있다. 설명할 수 없지만 그저 안전한 선택들보단 무언가 위험한 선택을 해보고 싶었다. 그리고 그 결과가 지금 이것이다. 생의 마지막 순간 남편이 마주했을 이 방을 똑같이 이 두 눈으로 마주하는 것. 알릭스는 너무나 고통스럽다. 흡사 누가 손가락으로 창자를 헤집는 듯 아프다. 양손으로 문틀을 부여잡고 울부짖으며 알릭스는 그 자리에서 그대로 무너져 내린다.

오전 8시 30분

에린의 신음 소리에 록시가 벌떡 일어나 앉는다. 혹시 다시 소리를 낼지 모르니 록시는 잠자코 에린을 지켜본다. 얼마 안 있어 에린이 다시 소리를 낸다. 록시는 간호사를 부른다.

간호사는 침대 반대편에서 에린을 살펴보고 손가락으로 맥박을 재어보고 눈동자도 확인하더니 다른 간호사를 부른다. 새로 온 간호사가 에린 침대 주변을 에워싼 기계의 수치를 확인하곤 미소 짓는다. "에린, 안녕하세요! 무사히 돌아와서 다행이에요!"

록시는 에린에게 가까이 다가간다. 에린의 얼굴에 작은 미소가 떠오른다. "와우, 말도 안 돼. 언니! 나야!"

에린의 얼굴이 더욱 환해졌다가 주변을 둘러본 후 웃음기가 가신다. "여기 어디야?" 에린이 속삭인다.

"병원이야. 언니 죽을 뻔했어."

아주 짧은 찰나, 에린의 얼굴에 기억의 순간들이 쏟아져나온다. 기억이 돌아오면서 얼굴에 감정도 함께 드러난다. "엄마는……."

"엄마는……." 록시는 막상 대답하지 못한다. 무슨 말을 해야 좋을지 모르겠다. 엄마는 그러니까 뭐? 어디 있다고 해야 해? "엄마 걱정은 하지 마." 록시는 에린의 손을 부드럽게 잡는다.

"아빠는? 아빠 혹시……."

록시는 짧게 고개만 끄덕이고 눈물을 참는다. 에린 앞에서 약한 모습을 보이면 안 된다. "아빠는 어쩔 수 없었어. 괜찮아. 진정해. 괜찮아, 언니. 내가 있잖아. 할머니도 계시고. 할머니는 막 먹을 것 좀 챙기러 가셨어. 우리가 여기 있어. 참, 언니 없는 동안 언니 글리치 방명록에 다녀간 사람들이 얼마나 많은 줄 알아? 족히 십만 명은 된다니까, 십만 명! 다들 '#세이브이레이즈드' 이렇게 태그 달고, 인터넷에 한동안 언니 이야기 난리였어. 이제 언니 살았다고, 돌아왔다고 얘기할 수 있어! 이레이즈드 복귀!" 록시는 일부러 주절주절 떠든다. 에린이 다시 암흑으로 되돌아가는 건 원치 않는다. 겨우 눈을 떴는데, 최소한 지금은 안 된다. 록시의 말에 에린도 미소를 짓는다. 록시는 기쁜 마음으로 다시 에린의 손을 꼭 잡는다. "언니, 너는 이제 레전드야. 진심. 레전드 등극."

그때 베이컨롤과 맛없는 커피를 들고 팻이 병실로 들어온다. 에린이 일어난 것을 보고 팻은 그 즉시 손에 든 것을 내려놓는다. "세상에, 에린! 일어났구나! 어쩜 겨우 5분 자리 비웠는데 그때를 딱 골라 일어났어!" 팻은 침대 반대편에 앉아 에린의 손을 붙들고 그 손에 입을 맞춘다. "많이 보고 싶었단다." 팻이 말한다. "정말 보고 싶었어."

"오늘이 무슨 요일이에요?" 에린이 묻는다.

"월요일이야. 오늘 날짜가……."

록시가 간호사를 쳐다보자 간호사가 대신 알려준다. "29일이요."

"29일이래."

"기분이 이상해."

록시와 팻이 따스하게 에린을 바라보며 웃음을 터뜨린다.

"배고파."

두 사람이 다시 웃음을 터뜨린다. 간호사가 끼어든다. "음식을 좀 주문할게요. 부드러운 음식 맞죠, 에린? 부드러운 음식을 좋아한다고요?"

에린이 고개를 끄덕인다.

"뭐가 있나 한번 볼게요. 수프는 될 것 같아요."

간호사들은 에린의 검사를 마치고 곧 시간 되는 대로 의사가 들를 거라는 말을 남긴 뒤 병실을 떠난다. 팻이 에린에게 물 한 컵을 건넨다. 병실에 세 사람만 남자 록시와 팻은 어떻게든 암흑의 순간이 밀려오는 것을 막아보려 주절주절 떠들어보지만 몇 분 채 가지 못한다.

"세상에." 에린의 눈에 공포가 어리고 눈물이 고인다. "무슨 일이에요? 무슨 일이 있었던 거야!"

"괜찮아." 록시가 차분하게 말한다. "무슨 일이 있었는지는 내가 차근차근 얘기해줄게. 알았지? 하나씩 천천히 얘기해줄게."

〈버스데이 트윈〉
넷플릭스 오리지널 시리즈

(차고 문이 흐릿하게 화면에 비친다. 카메라는 천천히 차고가 줄줄이 늘어서 있는 골목을 훑는다.)

(자막) **2019년 7월 30일, 런던 NW6 쇼틀랜드 뮤즈 하우스**

(잡음 섞인 경찰 통화 녹음 음성이 재생된다.)

경찰: 본 구역 소유주 로버츠 씨와 차고에 진입한다. 정문 개방 중. 진입 준비 완료.

(클로즈업. 커다란 녹슨 자물쇠에 숫자 6이 쓰인 태그가 달린 열쇠가 들어간다. 천천히 열쇠를 돌리는 손. 자물쇠가 딸각 열리는 소리가 크게 울린다.)

(영상 슬로모션. 화면 암전.)

(장면 전환. BBC 뉴스 보도 영상. 익숙한 BBC 테마 음악이 흐른다. 음악이 잦아들자 헤드라인을 전하는 아나운서.)

아나운서: 안녕하십니까. 오늘 오전 11시 30분경 경찰이 런던 킬번의 한 차고에 주차된 차량 트렁크에서 젊은 여성의 시신을 발견했습니다. 해당 여성은 2014년 6월 학교 파티에 다녀오던 길에 실종된 브룩 리플리로 추정됩니다. 문제의 차량이 있었던 차고 임차인은 72세의 월터 페어로, 그는 이번 주초 자신의 아파트에서 주검으로 발견되었습니다. 고인을 발견할 당시 아파트에는 그의 성년 자녀 에린 페어도 함께였으며, 에린 페어는 유아용 의자에 묶인 채 겨우 생명을 유지한 상태였던 것으로 전해졌습니다. 에린 페어는 7월 13일 토요일 새벽 온라인 게임 스트리밍 이후 자취를 감추었던 상태로, 당시 스트리밍 시청 중에 이상한 소리를 들은 이용자들은 이 23세 게이머의 소재를 찾기 위한 글로벌 캠페인을 벌여왔습니다. 에린은 벽장 안 선반에 놓인 양동이 속 젖은 대걸레에서 물을 빨아 마시며 며칠을 버텼다고 진술했습니다. 한편 에린 페어의 모친 조시 페어는 어제 새벽 윈더미어 호수에서 시신으로 발견된 부동산 중개인 네이선 서머를 살해한 유력 용의자로 경찰 추적을 받고 있습니다. 조시 페어의 현재 소재에 대한 정보를 알고 계신 분들께서는 런던 광역경찰청으로 신속한 제보 바랍니다.

(장면 전환. 사브리나 올브라이트 형사가 어깨를 으쓱하더니 슬프게 고개를 한번 젓는다.)

사브리나: 브룩 리플리는 발견 당시 프롬 파티에 입고 간 흰 드레

스 차림 그대로였습니다. 접촉 즉시 드레스 옷감은 그대로 바스러져 먼지가 되었죠. 나비 날개처럼 훅.

(올브라이트 형사는 굳은 얼굴로 애써 미소를 지어 보인다. 눈에 눈물이 고여 있다.)

사브리나: 슬픈 일이죠. 너무나 슬픈 일입니다.

〈버스데이 트윈〉
넷플릭스 오리지널 시리즈

(텅 빈 영화관 한가운데 40대 전후로 보이는 여자가 앉아 있다. 여자는 짙은 색 긴 머리에 뿔테 돋보기안경을 쓰고 흰 티셔츠를 입었다.)

(인터뷰어가 마이크 너머로 괜찮은지 묻자 여자가 대답한다.)

아비게일: 네. 괜찮아요. 시작하죠.

(자막) **아비게일 커티, 브룩 리플리의 모친**

(장면 전환. 경찰이 자물쇠에 넣은 열쇠를 돌리는 재연 장면과 함께 극적인 음악이 흐른다.)

(다시 장면 전환. 빈 영화관에 앉은 아비게일 커티가 말을 시작한다.)

아비게일: 브룩은 6시경 집을 나섰어요. 너무 예뻤어요. 원래도 예뻤지만 그날 밤 흰 드레스를 입은 브룩은……

(흰 드레스를 입은 브룩 리플리의 사진이 화면에 비친다.)

아비게일: 그러곤 집에 돌아오지 않았죠. 사실 그 상황을 어떻게 받

아들여야 할지 판단이 서지 않았어요. 브룩은 감정적으로 유난스러운 편이었어요. 짜증도 많고 다투는 일도 많았죠. 브룩은 제 남편, 그러니까 새아빠를 싫어해서 둘 사이엔 다툼이 일상이었어요. 집에도 잘 안 들어왔고 그전에도 집을 나간 적이 있었고요. 하지만 이건, 그날은 뭔가 다른 느낌이었어요. 남자 문제라고 생각했죠. 록시 페어에 대해선 전혀 알지 못했어요. 학교에서 싸움이 있었단 건 알았지만 그냥 학교 복도에서 흔히 벌어질 법한 일이라고만 생각했어요. 브룩이라면 놀랄 일은 아니었으니까요. 록시와 브룩이 친구, 아니 그…… 연인이었는지는 몰랐어요. 록시에 대해선 전혀 알지 못했고 록시가 어디 사는지도 당연히 모르니 브룩이 그 정류장에서 내린 게 어떤 의미였는지도 몰랐죠. 그날 밤 브룩이 굳이 그곳에 갈 만한 이유도 전혀 떠올릴 수 없었고요. 세상에, 알았더라면 얼마나 좋았을까요. 그럼 경찰에 얘기할 수 있었겠죠. 경찰은 주변 수색도 하고 조사도 하고 그랬을 거고요. 그 여자…….

(아비게일의 목소리가 갈라진다. 손등으로 입을 가리고 애써 웃어 보이는 아비게일.)

아비게일: 죄송해요.

인터뷰어: (오프 마이크) 괜찮아요. 천천히 말씀하세요.

아비게일: 그럼 다른 피해자가 더 생기기 전, 그 시점에 그 여자를 충분히 막을 수 있었을 텐데요. 브룩도 살았을지 모르고요.

(결국 울음을 터뜨리는 아비게일. 화면 암전.)

〈버스데이 트윈〉
넷플릭스 오리지널 시리즈

(소파에 앉아 있는 록시 페어. 옆에는 에린 페어도 함께 앉아 있다. 에린은 긴 머리를 양 갈래로 나누어 길게 늘어뜨리고 게임 로고 자수가 있는 야구 모자와, 같은 로고가 그려진 티셔츠를 입고 있다.)

(자막) **록시-에린 페어 자매**

(순차대로 자막 처리) **에린 페어는 최근 자폐 스펙트럼 장애 진단을 받았다. 특수한 가정환경에서 자란 에린은 자신만의 보호기제를 갖고 있는데, 속삭이는 듯한 아주 작은 목소리도 그중 하나다. 일부 내용 전달에 어려움을 우려하여 에린의 인터뷰 부분에는 자막을 동반한다.**

에린: 엄마는 아빠가 우릴 좋아하는 것도, 우리가 아빠를 좋아하는 것도 못마땅해했어요. 엄마는 아빠를, 우리를 각각 독점하고 싶어했어요. 우리가 아빠한테 가거나 아빠랑 재밌는 시간을 보내거나 아빠에게 애정을 표현하면 엄마는 기분이 좋지 않았어요. 아빠가 우리랑 같이 시간을 보내고 우리한테 애정을 표현하려고 하면 역시나 엄마는 기분이 좋지 않았고요. 엄마는 아빠와 우리 관계를, 아빠와 딸 사이 관계를 처음부터 끝까지 통제하려고 했어요. 우리가 자라면서 상황은 더 나빠졌어요. 집에 친구들을 데려오면 엄마는 친구들을 아주 불편하게 만들었고, 아빠가 온 가족 다 같이 할 수 있는 뭔가 재밌는 일을 찾으려고 하면 엄

마는 어떻게든 아빠의 계획을 무산시킬 방법을 궁리했어요. 우리 가족의 문제가 그것만은 아니었죠. 록시의 적대적 반항장애도 있었고, 제 문제도 있었으니까요. 아빠가 첫 번째 결혼에서 얻은 아들들이 캐나다에 사는데, 엄마는 아빠가 아들들이랑 연락하는 것도 맘대로 못 하게 했어요. 아빠는 엄마가 일하러 나가고 없을 때 몰래 스카이프로 통화를 했는데, 하루는 엄마가 일하러 가는 척 나갔다가 일하러 안 가고 집 앞 버스정류장에 앉아서 아빠를 감시한 적도 있어요. 아빠가 캐나다에 있는 아들들이랑 스카이프로 한참 통화하다 고개를 들어보니 창밖에서 엄마가 아빠를 쳐다보고 있었던 거죠. 엄마는 그 후로 며칠씩 아빠랑 말도 안 하고, 아빠도 그러니까 그냥 제 방에 와서 통화를 했어요. 엄마는 우리가 외할머니를 만나는 것도 싫어했어요. 할머니는 엄마의 천적이거든요. 엄마는 우리한테 별의별 거짓말을 다 했어요. 외할머니가 예전엔 매춘부였고 집에 손님을 데려왔다느니, 자기를 때리고 굶겼다느니……. 물론 어릴 때는 엄마 말을 믿었죠. 그러다 아빠가 사실이 아니라고, 외할머니가 원래 예전에 아빠랑 사귀었던 사이라서 엄마가 질투하는 거라고 알려줬어요.

에린: 아빠가 북부 쪽에서 새 일을 시작해 주말에만 집에 오고 우린 늘 엄마랑만 있게 되면서 상황이 급격히 악화됐어요. 엄마 혼자서는 우리를 제대로 돌볼 수 없었어요. 특히나 록시는 더더욱이요. 록시가 제 팔을 부러뜨린 적이 있는데, (록시를 장난스러운 표정으로 쳐다보며) 참고로 그건 일종의 사고였어요. 싸우다 화가 나서 그런 건 맞지만 고의로 그런 게 아니었거든요. 아무튼 그 일로 엄마는 록시를 더는 학교에 보내지 않았어요. 록시랑 제가 집

에서 어떻게 지내는지 학교에서 이야기를 한 탓에 사회복지사 선생님이 도와주려고 했는데 엄마가 홈스쿨링한다고 하고 거의 2년간 록시를 학교에 안 보냈어요. 솔직히 말도 안 되는 소리였죠. 엄마는 그냥 하루 종일 록시한테 TV만 보여줬거든요. 주말에 아빠가 집에 올 때면 엄마는 록시를 알아서 잘 가르치고 있는 것처럼 보이게 하려고 집 안 여기저기 교구 같은 것들을 어질러놓았고요. 엄마는 록시를 우리 방에 있던 '못된 아이 의자'에 몇 시간씩 묶어놓기도 했어요. 그러면서 아빠한테 이르면 아빠는 캐나다에 있는 가족한테로 떠나서 우리가 다시는 아빠를 못 보게 될 거라고 했어요. 주말에 아빠가 집에 오면 엄마는 모두 행복하고 즐거운 것처럼 행동했어요. 아빠도 모르진 않았던 것 같아요. 당연히 알았겠죠. 단지 아빠도 별다른 방법이 없었던 것 같아요. 아빠도 갈 곳이 없었으니까요. 나이는 먹었고 이미 아들 둘을 잃었는데 우리까지 잃고 싶진 않았겠죠. 아빠는 할 수 있는 최대한 버텼어요. 엄마의 심기를 거스르지 않게 살금살금 발꿈치를 들고 다니며 엄마를 행복하게 할 수 있는 일은 뭐든 다 했어요. 그러다가 하루는 아빠가 잠이 오지 않아 밤중에 밖으로 나왔는데 제 방 앞을 지나가다가 인터넷 소리를 들은 거예요. 이게 아마 4~5년쯤 전 일일 거예요. 어쨌든 학교는 졸업하고 그때부터 풀타임으로 게임을 시작했거든요. 아빠가 방에 들어오니까 팔로워들한테 너희 아빠냐면서 반응이 왔어요. 그래서 제가 우리 아빠라고 소개도 하고 아빠도 인사를 했어요. 아빠는 뭘 하는 건지 궁금해하면서 의자를 가져오더니 화면 앞에 한 시간쯤 같이 앉아 있었는데 아빠가 완전히 몰입한 거예요. 저는 저대로 아빠가 있으니까 너무 좋았어요. 제가 워낙 말을 조용하게 하니까 가끔은 게이머들이 온라인으로 스트리밍 영상을 보면서 기대하는 그런 열정적인 분위기를 이끌어내기 어려운데 아빠가 그 역할을 대신 해줬거든요. 아빠는 정말 재밌었고 다른 사람들도 다들 아빠를 좋아해서 아빠와 점점 더 자주 게임 방송을 함께 하기 시작했어요. 엄마한텐 당연히 얘기하지 않았어요. 절대 안 되죠. 당장 못 하게 했을 테니까요. 엄마가 알았다면 다 끝이었겠죠. 그래서 아빠는 엄마가 자러 갈 때까지 기다렸다가 몰래 내 방으로 왔어요. 이렇게 게임을 하면서 돈을 벌 수 있게 된 건 다 아빠 덕분이었어요. 아빠가 글리치 계정을 만들어주고 구독자 관리도 해주고 은행 계좌도 열어줬어요. 다 저를 위해서요. 저는 아빠 때문에 유명해진 거예요. 그리고 그해 여름, 그러니까 아빠가 돌아가신 그 여름 원래는 같이 미국 여행을 떠날 계획이었어요. 네바다에서 컨벤션이 있었는데 거기 참석해 처음으로 라이브 청중 앞에서 게임을 하기로 했거든요. 컨벤션이 끝나고 돌아와 독립할 계획이었어요. 감옥 같은 이곳을 탈출해 브리스톨에서 록시랑 같이 살 생각이었죠. 다 곧 현실이 될 수 있었는데, 정말 코앞까지 닥쳤었는데…… 엄마가 알았던 것 같아요. 냄새를 맡았나 봐요. 그래서 알릭스 서머에게 접근해 아빠가 엄마를 때리고 나한테 손을 댄다는 말도 안 되는 이야기를 꾸며냈겠죠. 엄마는 완전히 주도권을 잃기 전에 상황을 바꾸고 싶었던 거예요. 자유와 탈출을 막고 싶었던 거죠. 록시는 이미 탈출했고, 이제 저랑 아빠까지 떠나는 건 아직 준비가 되지 않았던 거예요.

인터뷰어: (오프 마이크) 브룩은요? 브룩은 어떻게 된 거죠?

에린: (한숨을 쉬며) 그때 엄마랑 집에 함께 있었어요. 우리 둘뿐이었
죠. 아빠는 그날 밤 런던에 없었어요. 아빠는 멀리서 일하고 있었
으니까 아빠랑은 전혀 상관이 없어요. 록시는 브리스톨에 있었
으니까 록시랑도 상관이 없고요. 저는 제 방, 저만의 세계에 있었
는데 목소리가 들렸어요. 여학생 목소리. 누구 목소리인지는 금
방 알 수 있었죠. 록시 친구 브룩이었어요. 몇 달 전까진 우리 집
에 엄청 자주 왔는데 한동안 통 얼굴을 못 봤었어요. 문틈 사이로
몰래 밖을 내다봤어요. 브룩은 거실 문 옆에 서 있었는데 딱 봐도
빨리 떠나고 싶은 분위기였어요. 브룩은 예쁜 흰 원피스, 발목까
지 내려오는 긴 원피스를 입고 있었어요. 엄마가 '걘 여기 없어.
도망갔어. 다 네 잘못이야.' 이렇게 말했어요. 브룩이 아니라면서
'난 록시를 사랑했어요. 록시는 아줌마한테서 도망가는 거예요.'
라고 했어요. 그러자 엄마는…….

(에린이 말을 멈추고 잠시 눈을 감았다 뜬다. 그러곤 어색한 미소를 지은
뒤 말을 이어간다.)

에린: 엄마는 브룩을 때렸어요. 얼굴 쪽을 아주 세게요. 브룩은 뺨
을 만지작대면서 가만히 서 있더니 잠시 후에 엄마한테 마구 쏘
아붙였어요. '이거 보세요. 록시가 이래서 도망간 거예요. 아줌마
때문에요. 아줌마가 이렇게 제정신이 아니니까요. 아줌마는 단
단히 미쳤어요. 록시는 아줌마를 증오해요. 나한테 그렇게 말했
어요. 아줌마를 증오한다고.' 그러고는 브룩이 드레스 자락을 잡
더니 나갈 채비를 하길래 저도 문을 닫았어요. 현관 쪽으로 쿵쿵
대고 걸어가는 발소리가 들리더니 갑자기 쩍 하는 소리가 들렸어
요. 뭔가 크게 부딪힌 것 같은 소리였어요. 그런 다음 숨이 막히는

것같이 캑캑대는 소리가 들렸어요. 도저히 밖을 내다볼 자신이 없어서 그냥 가만히 있었어요. 몸싸움이 벌어지는 것 같은 소리에 저도 덩달아 피가 빠르게 도는 것 같았어요. 그러다가…….

(다시 눈을 감는 에린. 록시가 손을 뻗어 에린의 손을 꼭 잡는다.)

에린: 그러다가 갑자기 조용해졌어요. 그 후로 오랫동안 방 밖을 나가지 않았어요. 아주 오랫동안이요.

인터뷰어: (오프 마이크) 얼마나요?

에린: 아주 오래요.

인터뷰어: 그때 들은 이야기를 다른 누구에게 한 적 있나요?

(고개를 젓는 에린.)

인터뷰어: 아빠한테도 안 했어요?

(다시 고개를 흔드는 에린.)

에린: 그때는요. 그때는 아니고 나중에 말했어요. 최근에요. 아빠가 죽기 한 일 년 전쯤?

인터뷰어: 아빠는 뭐라시던가요?

에린: 아무 말도요. 그냥 고개를 젓고 한숨만 쉬었어요. '젠장'이라고 욕을 한 것 같기도 해요.

인터뷰어: 그리고 그 후엔 무슨 일이 있었나요?

에린: 아무 일도 없었어요. 그냥 평범한 날들이었어요.

인터뷰어: 엄마한테는 아무 말도 하지 않았고요?

에린: 네. 엄마한텐 아무 말도 하지 않았어요. 절대로요. 엄마하곤 아예 연을 끊었어요.

인터뷰어: 왜요?

(짧은 침묵. 카메라가 에린과 록시의 깍지 낀 손을 줌인, 줌아웃한다.)

에린: 무서웠으니까요. 브룩한테 그런 짓을 할 수 있다면 저한테도
    할 수 있을 테니까요.

인터뷰어: (오프 마이크) 그날 밤의 진실은 대체 뭔가요? 에린 어머
    니는 아버지에게 손찌검을 당했다고 주장하면서 알릭스 서머의
    집을 찾아갔어요.

(한숨을 쉬는 에린.)

(장면 전환. 재연. 지저분한 방 안, 에린 역 배우가 헤드폰을 쓰고 온라인상
의 친구들과 대화를 나누고 있다. 에린 역 배우의 얼굴에 컴퓨터 모니터 불
빛이 어른거린다.)

(재연 장면. 에린 역 배우가 게임을 멈추고 헤드폰을 벗는다. 문 쪽으로 걸
어가 문에 귀를 가져다 댄다. 재연 장면 위로 에린의 목소리가 흐른다.)

에린: 10시쯤 아빠랑 엄마가 집에 돌아왔어요. 현관 쪽에서 소리가
    났거든요. 한동안 조용하다가 얼마 안 있어서 큰 소리가 오갔어
    요. 아주 심각했어요. 문틈으로 몰래 밖을 내다봤어요. 엄마는 아
    빠 때문에 민망했다고 했어요. 아빠 때문에 부끄럽고 수치심이
    들었대요. 아빠는 언제나처럼 그냥 가만히 앉아서 엄마가 하는
    말을 듣고만 있었어요. 그런데 엄마가 정말 뜬금없이 아빠를 소
    아성애자라고 불렀어요. 그것도 여러 번, 고래고래 소리쳤어요.
    아빠가 엄마를 학대했고 이제는 저까지 학대한다고 했어요. 아
    빠도 그때부턴 같이 큰 소리를 냈어요. 참을 만큼 참았다고, 더는
    엄마를 참을 수가 없다고, 이제 끝이라고요. 그러고는 엄마한테
    미쳤다고, 제정신이 아니라고, 멍청하다고 했어요. 그러니까 엄
    마가 막 소리를 질렀는데, 무슨 동물 소리 같았어요. 그리고 그때
    뭔가 쾅 하더니 다시 쿵 소리가 났고, 그 뒤로 갑자기 조용해졌어

요. 방에서 나와보니 아빠가 바닥에 쓰러져 있었어요. 심장마비가 왔다고 생각했어요. 아빠는 가슴 위에 손을 얹고 있었고 머리 옆쪽에서는 피가 흐르고 있었어요. 아빠한테 달려갔어요. 심폐소생술이든 뭐든 해보려고 했어요. 엄마는 그냥 서서 '너무 늦었어. 노인이잖아. 지금이 아니어도 언제고 곧 일어날 일이야.'라고 하더니 자리를 뜨려고 했어요. 그래서 엄마한테 구급차를 불러야 한다고 소리쳤어요.

에린: 엄마는 구급차를 이미 불렀다고, 오는 길이라고 했어요. 엄마한테 왜 아빠를 소아성애자라고 불렀냐면서 그건 사실이 아니라고 했더니 엄마가 그랬어요. '열여섯 살 여자애랑 잔 사람이야. 그때 너희 아빠 나이가 마흔셋이었고. 그게 소아성애자가 아니면 뭔데? 너희 아빠가 좋은 사람인 줄 아는 모양인데 전혀 그런 사람 아니야. 더러운 노인네, 그 이상도 이하도 아냐. 슬프고 불쌍하고 더러운 노인네지.' 저도 더는 참을 수가 없었어요. '엄만 살인자예요.' 그러곤 리모컨을 들고 엄마한테 달려가 그걸로 엄마를 때렸어요. 마구잡이로 때렸어요. 엄마는 맞서 싸우지 않고 그냥 머리 쪽을 손으로 감싸고 있더니 어느 순간 갑자기 이상한 소리를 내면서 일어나 저를 밀쳤어요. 아주 세게요. 저는 그대로 나가떨어져서 엉덩방아를 찧고 숨을 제대로 쉴 수가 없었어요. 그러더니 엄마는 내 배 위에 발을 올리고 엄청 세게 밟았어요. 도저히 엄마를 밀어낼 수가 없었어요. 그때 아빠가 신음하면서 몸을 일으키려고 했는데 엄마는 다른 발로 아빠를 걸어찼어요. 아빠는 계속 가슴을 부여잡고 끔찍한 소리를 냈어요. 엄마가 거기 서서 우리 둘을 쳐다보는데 엄마 얼굴에는 아무런 표정도 없었

어요. 그리고 계속 이 말만 반복했어요. '난 미치지 않았어. 난 멍청하지 않아.' 이런 말도 했어요. '너희 때문이야. 너희 때문이라고. 너희 둘이 날 이렇게 만들었어. 너희 둘. 난 너희 둘을 돌봐주려고 했어. 그런데 그 대가가 증오야? 너희가 나한테 이럴 수는 없는 거야. 이러면 안 되는 거야.' 그 후론 전혀 기억이 없어요. 그냥 깨어나 보니 의자에 묶인 채로 벽장에 있었어요. 그리고 아빠는…… 그 후의 이야기는 알고 계시죠.

(슬프게 고개를 젓는 에린. 화면 암전.)

4부

4주 후

　예상했던 바지만 네이선의 장례식은 처음부터 끝까지 참
담했다. 네이선은 아는 사람이 무척 많았고, 지인들은 하나
같이 네이선을 아꼈다. 고통과 충격이 화장장 공기를 가득
메웠다. 알릭스와 달리 네이선은 일찌감치 삶의 고통을 겪
어본 사람이었다. 네이선은 열두 살에 어머니를, 스물여덟
에 남동생을 잃었다. 남동생의 자살은 알릭스를 만나기 불
과 2년 전 일이었다. 그럼에도 네이선은 고통과 슬픔을 이겨
내고 자기 삶을 잘 일구어나갔다. 네이선은 대학을 다니지
않고 바로 직업전선에 뛰어들었다. 열심히 일해 한 푼 한 푼
돈을 모았고, 그렇게 힘들게 모은 돈이지만 쓰는 데 인색하
지 않았다. 술 문제는…… 술 문제는 알릭스와는 아무런 상
관이 없는 일이었다. 전혀. 뒤늦은, 뼈아픈 깨달음이지만 술
은 그저 네이선 자신과의 문제였다. 네이선은 술을 통해 상
처를 치유하고 본인만의 균형을 유지했다. 네이선은 알릭스

에게 자신의 어두운 면을 보이고 싶어하지 않았다. 그런 모습만큼은 알릭스에게 감추고 싶었던 것이다. 인사불성이 되도록 술을 마신 건 잔소리꾼을 피해 신나는 밤을 보내기 위해서가 아니었다. 그건 네이선에게 자기 치유와 안도의 시간이었다. 네이선이 집에 오지 않았던 건 네이선 본인도 그런 자신의 모습이 싫었기 때문이었다. 알릭스와 함께 있기 싫어서가 아니라, 알릭스가 그런 자신을 상대해야 하는 상황을 만드는 게 싫어서였다.

네이선의 아버지가 살고 있는 켄설라이즈 부근 화장장에는 거의 3백 명의 사람들이 들어찼다. 묘지 입구 밖으로는 큰길까지 언론과 파파라치가 진을 쳤다. 알릭스는 네이선의 눈 색과 같은 색의 드레스를 골랐다. 가게 점원은 아티초크 색이라고 했다. 아티초크 색이 어떤 색인진 모르겠지만 알릭스에게 중요한 건 그저 이 드레스 색이 네이선의 눈 색과 같다는 것, 그뿐이었다.

날씨는 무척 쾌청했다. 윈더미어 호수에서 네이선의 시신을 인양한 것이 4주 전 일이다. 그나마 물에 퉁퉁 불기 전이라 네이선임을 알아볼 수 있었던 것만으로도 다행이라고 할까. 그로부터 4주간의 기억은 모조리 흐릿하지만 어쩐지 장례식 당일의 기억만큼은 선명하고 날카롭다. 많은 조문객들이 함께 있어 다행이었다. 식이 끝나고는 네이선의 회사에서 운하가 내려다보이는 패딩턴의 한 바에 자리를 마련해주었다. 야외 좌석, 끝없이 제공되는 샴페인, 네이선의 가까운 친구들이 만든 플레이리스트, 반짝반짝 빛나는 아이들, 여름을 즐기는 사람들의 대화와 웃음소리…… 언제고 네이선이 평소처럼 나타나 파티를 즐길 것만 같았다. 네이선이 끝내 파티에 나타나지 않자 알릭스는 네이선이 집에서 기다리고 있을 것만 같다. 집에 돌아와도 네이선이 보이지 않자 남자들끼리만 여행을 갔는지도 모른다고 생각한다. 장례식이 끝나고 10일이 지나도 네이선이 집에 돌아오지 않자 결국 알릭스는 무너진다. 일라이자의 중학교 입학식을 하루 앞둔 날, 알릭스는 그제야 네이선을 잃은 것을 실감한다. 아티초크 색 드레스를 입은 채 침대에서 베개를 붙들고 알릭스는 몸이 들썩일 정도로 고통스럽게 흐느낀다.

〈버스데이 트윈〉
넷플릭스 오리지널 시리즈

(BBC 뉴스 보도 영상. 런던 북서부 켄설라이즈 묘지 앞에 선 남성 기자.)

기자: (엄숙한 목소리로) 오늘 이곳 북런던 켄설 그린 화장장에서 팟캐스트 진행자 알릭스 서머의 남편 네이선 서머의 장례식이 열렸습니다. 조문객들의 발길이 수십 명씩 이어졌고 이들은 사랑하는 가족, 친구, 지인이었던 남자를 향해 마지막 작별 인사를 고했습니다. 그러나 윈더미어 호수 물에서 그의 시신이 발견된 지 한 달이 지난 지금 이 시점에도 네이선을 납치해 항경련제 바르비투르산 과용으로 그를 살해한 여성의 추적에는 아직 진전이 없습니다. 45세의 조시 페어는 7월 25일 목요일 앰블사이드 마

을에서 처음 보는 커플에게 자신의 개를 건네준 것을 마지막으로 완전히 종적을 감췄습니다. 조시 페어는 또한 남편 월터 페어와 당시 16세였던 브룩 리플리에 대해서도 살해 혐의를 받고 있으며 딸 에린 페어에 대해서는 살해미수 혐의를 받고 있습니다. 조시 페어가 자취를 감춘 이후 프랑스 북부와 마라케시, 벨파스트, 아우터헤브리디스까지 목격자 신고가 이어지고는 있으나 아직 조시 페어의 소재는 확인되지 않았습니다.

(묘지 안 알릭스 서머와 자녀들 롱샷. 알릭스는 녹색 드레스에 검정 재킷을 어깨에 걸친 채 선글라스를 끼고 있다. 걸어가는 알릭스에게 위로를 건네는 조문객들.)

기자: 지금으로서는 알릭스 서머가 남편에게 건네는 마지막 작별 인사가 잠시나마 이 사건의 마침표가 될 것으로 보입니다. 켄설 그린에서 BBC 뉴스 맷 설터였습니다.

(장면 전환. 녹음 스튜디오 내부, 노란 민소매 탑에 금발 머리를 뒤로 넘겨 묶은 알릭스 서머가 화면 밖 인터뷰어에게 대답한다.)

(자막) 2022년 1월, 알릭스 서머

알릭스: (스튜디오를 손으로 가리키며) 여기 올 수가 없었어요. 한 몇 달은 들어올 수조차 없었죠. 너무…… 너무 그 여자 흔적이 많았어요. 여기도, 저기도 조시 흔적이 가득했죠. 그래서 이곳은 그냥 방치했어요. 그동안은 아이들에게 집중했죠. 아빠 없이 중학교 첫 학기를 보내야 하는 딸도 챙겨야 했고 아빠가 없어 슬퍼하는 아들에게는 엄마도 아빠만큼 재밌는 사람이란 걸 보여줘야

했죠. 몇 달 후 코로나가 닥치면서 모두의 일상이 달라졌죠. 개를 키운다거나 빵을 굽는다거나 소설을 쓴다거나, 다들 새로운 시도들을 하기 시작했고요. 그러다 문득 이제 내가 모든 걸 짊어져야 하는 가장이라는 생각이 들더군요. 그땐 생명보험도 없고 수입도 없었어요. 네이선 실종 시점에 공동 계좌에 남은 돈이 몇천 파운드 정도였는데 그건 얼마 되지 않아 다 떨어졌죠. 일이 필요했지만 전 세계적인 코로나 팬데믹 중 집에서 두 아이를 돌봐야 하는 한부모 가정의 양육자가 일자리를 찾는 게 어디 쉬운 일이겠어요? 겁이 나서 집을 팔고 작은 집으로 이사 갈 생각을 하기 시작했죠. 그러던 어느 날, 첫 번째 락다운이 시작되고 몇 주가 지난 시점이었는데 정원에서 여우 한 마리가 스튜디오 문 옆에 앉아 날 쳐다보고 있는 거예요. 꼭 날 도발하는 것 같았어요. '그래서 이제 뭘 어떻게 할 건데?' 이렇게 말을 거는 것 같았달까요. '그렇게 슬퍼만 하면서 가만히 앉아 있을 거야, 아니면 이제 시동 걸고 일어나서 뭐라도 해볼 거야?' 그때 암울하긴 정말 암울했어요. 하지만 녹음 파일들은 고스란히 남아 있으니 그걸 다시 들으며 편집하는 고통만 참을 수 있다면 엄청난 이야기가 나올 거란 건 분명했죠. 그건 확실했어요.

알릭스: 그래서 다음 날 아침 커피를 아주 진하게 타서 심호흡을 크게 한번 하고 스튜디오 문을 열었어요. 그리고 생각했죠. '자, 알릭스 서머, 여기 모든 자료가 다 있어. 조시, 록시, 팻, 필요한 녹음 파일이 여기 다 있다고.' 뉴스 보도는 모두 온라인으로 확보할 수 있었고 그동안 올브라이트 형사, 브라이언트 형사와의 통화 내용도 모두 녹음해 두었어요. 엄청난 이야기를 만들 수 있는

자료가 차고 넘치는 상황이었죠. 유명 트루 크라임 팟캐스터 안드레아 뮤즈에게 연락해 제작과 편집 관련 도움을 청했어요. 기존의 제 팟캐스트는 전부 한 자리에서 녹음하는 1:1 인터뷰라 후처리가 편집하며 다듬는 정도로 단순했어요. 하지만 이번엔 편집 작업이 훨씬 복잡할 텐데, 그러기엔 제 편집 실력이 그렇게 뛰어나지 않았거든요. 안드레아가 합류하기로 결정되고 나서 바로 작업을 시작했어요. 그달 말쯤 첫 번째 에피소드를 완성하고 5월 말에 송출을 시작했죠. 네, 아시다시피 큰 호응을 얻었고요. 파급력이 대단했어요. 에피소드 1화를 공개한 후 직접 인터뷰에 응하겠다는 요청이 굉장히 많았어요. 브룩 리플리의 엄마도 있었고 조시의 학창 시절 친구 헬렌, 캐나다에 사는 월터의 아들도 있었죠. 시간이 지나면서 팟캐스트는 점점 더 복잡해졌고 이야기에도 여러 층위가 생겼어요. 그리고 2020년 여름, 그러니까 네이선이 죽고 1년쯤 지난 시점에 케이틀린 랜드의 메시지를 받았어요. 맞아요, 그 케이틀린이요. 그쯤엔 코로나 규제가 많이 완화돼서 케이틀린을 직접 만나는 것도 가능할 때였어요. 그래서 집을 나가 코너만 돌면 나오는 퀸즈파크에서 케이틀린을 만나기로 했죠. 수요일 오후였어요. 겁이 많이 났어요.

알릭스는 케이틀린이 걸어오는 것을 보고 쓰고 있던 선글라스를 머리 위로 밀어 올린다. 심장이 뛰고 긴장과 흥분이 뒤섞인 복합적인 감정이 빠르게 밀려와 속이 울렁거리는 기분이다.

케이틀린은 환하게 웃으며 빠르게 알릭스 쪽으로 걸어온다. 포옹이라도 할 듯이 가까이 다가오더니 뒤늦게 그러면 안 된다는 것이 생각났는지 케이틀린은 2미터쯤 떨어져 거리두기를 하고 앉는다. "와우, 정말 미인이세요." 케이틀린이 먼저 입을 연다. "물론 뉴스에서 보기는 했지만 그래도 실물이 훨씬 더 예쁘시네요."

"그쪽도 미인이세요." 알릭스는 케이틀린과는 달리 건조하게 대꾸한다. 케이틀린이 정말로 미인이긴 하다. 맑고 꿀 바른 듯 광이 나는 피부, 하나로 묶어 올린 부드럽고 풍성한 금발 머리, 보조개, 새하얀 이와 사이가 약간 벌어진 앞니,

스키니진 차림의 늘씬한 긴 다리, 딱 달라붙는 크롭 카디건을 입고 있어 더욱 돋보이는, 아마도 족히 알릭스의 세 배는 될 것 같은 가슴까지, 인상적인 외모다.

케이틀린은 칭찬을 친근하게 웃어넘긴다. 남편의 죽음에 지대한 역할을 한 이 여자에게 알릭스는 왠지 본인의 의지와 달리 호감이 간다. 녹음을 위해 알릭스가 휴대폰과 휴대용 마이크를 준비하는 동안에도 케이틀린은 말을 계속한다.

"팟캐스트 처음 나왔을 때 진짜 깜짝 놀랐어요. 안 들은 사람이 없어요! 저는 원래 팟캐스트를 안 듣거든요. 솔직히 팟캐스트가 뭔지도 잘 모르고요. 그런데 이건 정말…… 이건 제가 안 들을 수 없는 거기도 했고요. 살면서 실제 범죄 상황에 엮이는 일이 과연 얼마나 있겠어요. 그리고 미리 양해를 좀 구할게요. 제가 머리보다 입이 앞서는 경향이 있어요. 머리를 거치지 않고 말을 할 때가 많답니다. 말도 섬세하게 하지 못할 때가 많은데, 제가 정말 그렇게까지 무신경한 사람은 아니거든요. 정말로요. 알릭스가 겪은 일, 실제 벌어진 일에 대해서는 말로 다 표현할 수 없을 만큼 미안하게 생각하고 있어요. 제가 거기 관여돼 있었단 것도 그렇고요. 저도 밤잠을 설쳐요. 가끔 그 생각이 떠오를 때마다 시간을 되돌려 애초 그날 아침 수선집에 가는 날 말리고 싶다니까요."

"조시를 수선집에서 만났어요?"

"네. 아, 원래 알고는 있었어요. 엄마의 남자친구랑 눈맞아 달아난 여자애라고 우리 빌라 단지에선 유명 인사 같은 존재였거든요. 하지만 수선집에서 우연히 만난 거지 몇 년은 얼굴도 못 봤어요. 알릭스, 이건 꼭 좀 믿어줘요. 난 좋은 일을 하는 줄 알고 한 거예요. 여자들끼리 서로 돕는 일인 줄 알았다고요. 조시가 그렇게 얘기했거든요. 자기 물건 간수가 잘 안 되는 남편이랑 사는 친구가 있는데, 그 친구가 결혼생활을 탈출하게 도와주려 한다고요. 나도 그래서 그런 마음이었어요. 물론 돈이 크게 작용하긴 했죠. 땅을 파면 천 파운드가 나오나요? 그래도 기본적으로는 이 여자한테 자기 남편의 현실을 보여주자는 생각이었어요. 남편의 진짜 모습을 알게 되어 남편을 떠날 수 있게요. 물론 알릭스 남편은 전혀 그런 남자가 아니었지만요. 전혀요. 세상에, 네이선이 알릭스를 얼마나 사랑하던지요. 네이선은 나한테 조금도 가까이 다가오지 않았어요. 날 아예 여자로 보지도 않았어요. 많이 취해서 날 그냥 술친구 정도로 생각했던 것 같아요. 맞아요, 네이선은 그냥 술친구가 필요했어요. 아무튼 그렇게 취한 와중에도 알릭스가 어쩌고 알릭스가 저쩌고, 툭하면 알릭스 얘기였어요. 휴대폰에 있는 알릭스 사진도 보여주고요.”

알릭스가 그 말에 고개를 들고 케이틀린을 쳐다본다. “휴대폰. 맞아요, 그게 계속 궁금했어요. 네이선은 왜 나한테 전화를 하지 않았죠? 왜 나한테 문자를 안 한 거죠? 왜 내 전화에 답을 안 했죠? 그쪽하고 같이 있었던 게 언제예요?”

“너무 취했었어요, 알릭스. 얼마나 떡이 됐는지 설명할 방법이 없네요. 아, 저속한 말 써서 미안해요. 이 부분 편집해줄래요? 미안해요. 그때 네이선은 손가락 한 개도 둘로 보이는 상태였어요. 그래서 내가 휴대폰을 넘겨받았고요. 네이선한테는 알릭스더러 데리러 오라고 문자하겠다고 했고요. 조시가 오는 거 알면서 네이선한테 거짓말을 했어요. 알릭스, 정말 미안해요. 진심으로요. 남편분은 정말 좋은 사람, 정말 착한 사람이었어요. 그런 사람한테 내가 도와준다고, 안전하다고, 알릭스 곧 온다고 거짓말을 했으니……." 케이틀린이 슬프게 고개를 젓는다.

케이틀린의 말을 들으며 알릭스는 저 깊숙한 곳에서부터 화가 치밀어오른다. 당장 이 여자를 해치고 싶다. 저 면전에 대고 코앞에서 소리라도 질러주고 싶다.

"날 미워해도 괜찮아요." 케이틀린은 마치 알릭스의 마음을 읽은 듯 말한다. "실컷 증오해도 좋아요. 진심이에요. 내가 여기 나오기로 한 건 알릭스와 잘 지내고 싶어서도 아니고 알릭스에게 용서를 구하기 위해서도 아니에요. 내가 오늘 이 자리에 나온 건 팟캐스트 때문이에요. 난 이 팟캐스트가 성공해서 알릭스가 더 유명해지고 잘나갔으면 좋겠어요. 내가 그날 밤 그 일을 한 목적이 바로 그거니까요. 비록 내가 그렇게 선한 사람한테 거짓말을 하고 알릭스의 삶을 이렇게 망가뜨리긴 했어도, 난 정말로 알릭스가 날개를 펼치고 훨훨 날아갈 수 있게 도와준단 생각으로 한 일이었어요." 케이틀린이 자신의 어리석음에 조용히 혀를 차며 다시금 고개를 젓는다.

"이것 하나는 꼭 기억하세요. 남편분은 알릭스와 아이들을, 자기 인생을 사랑하는 사람이었어요. 다른 사람은 아무도 원치 않았어요. 알릭스뿐이었어요."

알릭스는 고개를 끄덕이며 눈물을 참는다. 그리고 어색하게 미소 짓는다. "좋아요, 그럼 시작할까요? 조시를 수선집에서 만난 날 이야기부터 해보죠." 이어 인터뷰가 시작된다.

〈버스데이 트윈〉
넷플릭스 오리지널 시리즈

(스튜디오에서 헤드폰을 벗고 모니터를 끈 다음 문을 닫고 나가는 알릭스. 카메라는 빈 스튜디오를 천천히 비춘다.)

(자막) **2020년 8월**, 네이선의 장례식 **1주기**에 알릭스 서머는 팟캐스트 마지막 회를 공개했다. 다음은 알릭스의 클로징 멘트다.

(알릭스의 목소리가 흐르는 동안 계속 스튜디오를 비추는 카메라.)

알릭스: 그렇게 해서 오늘 이 자리까지 오게 되었습니다. 전 세계적으로 코로나 팬데믹이 한창인 가운데 앞으로 어떻게 될지, 세상이 어떻게 흘러갈지 모른 채 저는 이 자리에 앉아 있지요. 그 와중에 그래도 한 가지 확실한 건 있습니다. 내일 저는 햄프셔에 가서 강아지 한 마리를 데려오기로 했습니다. 양쪽 눈 색이 다른 오스트레일리아 시프도그인데요. 이름은 뻔하지만 마틸다*로 지

---

* 호주에서 널리 불리던 민요 「왈칭 마틸다」를 비롯하여 '더 마틸다'라는 호주 여자 축구 대표팀 이름 등 '마틸다'라는 이름은 호주와 연관성이 높다.

었습니다. 이 강아지가 부디 가족의 부재로 인한 슬픔을 해소하는 법, 남아 있는 의문과 고통을 다루는 법을 배워가는 저와 아이들에게 작은 기쁨을 가져다주면 좋겠습니다. 또 하나, 오늘 미국의 한 제작사로부터 이 팟캐스트를 다큐멘터리 영화로 만들고 싶다며 판권을 문의하는 이메일을 받았습니다. 앞일이야 알 수 없지만 머지않아 〈버스데이 트윈〉을 영상으로 시청하실 수도 있겠죠. 이틀 전에는 록시가 에린과 함께 살 곳을 찾았다는 소식을 전해주었습니다. 이번 주말이면 에린은 새집에서 다시 게이머로 활약할 수 있게 됩니다. 팟캐스트의 대미를 앞두고 축하할 일이 아주 많죠. 하지만 저로서도, 청취자분들 입장에서도 이 팟캐스트가 결말 없이 막을 내리는 것은 아쉽습니다. 아무리 트루 크라임 팟캐스트에선 흔한 일이라고 해도요. 지금 이 순간에도 조시 페어는 어딘가에서 숨을 쉬며 살고 있습니다. 어쩌면 자유를 되찾기 위해서는 다른 방법이 없었다며 자신이 벌인 짓에 대해 변명하고 있을지도 모르지요. 그러나 조시 페어에게 자유란 없습니다. 전혀요. 이제 그녀는 자신이 만들어낸 감옥 안에 영원히 갇혀 늘 불안에 떨며 주변을 살피고 남들 눈을 피해 숨어 지내야 할 겁니다. 그것만으로도 저는 기쁩니다. 물론 남몰래 이런 상상도 해보았습니다. 이 클로징 멘트가 끝나고 녹음 종료 버튼을 누르기 직전 휴대폰이 울리고 올브라이트 형사의 전화를 받는 거죠. 조시 페어를 찾았다는, 이제 조시가 기소되어 법정에 서고 감옥에 가서 자신이 저지른 일을 속죄하게 됐다는 전화를요. 그럼 얼마나 좋을까요. 그녀가 저지른 범죄들은 너무나 충격적이고 끔찍합니다. 밝은 미래를 눈앞에 두었던 10대 소녀는 아무 이유 없이 구타당한 채 더럽고 퀴퀴한 차고에 버려졌습니다. 전혀 이유랄 게 없었죠. 조시의 남편은 어떤가요? 좋은 남자는 아니었을지 모르지만, 아니 심지어 나쁜 남자였을지도 모르지만, 최소한 자기 아이들에게만큼은 좋은 아빠였습니다. 그러나 그는 심장마비가 온 와중에 구타를 당하고 욕조에 버려져 그대로 숨을 거뒀습니다. 보호가 필요한 첫째 딸에 대한 살인미수도 있습니다. 대체 무엇을 위해서? 딸의 돈을 훔칠 목적이었을까요? 딸의 홀로서기를 막기 위해? 자기 꿈을 좇겠다는 딸을요? 마지막으로 그녀는 네이선 서머를 살해했습니다. 네이선, 나의 네이선, 내 남자를. 아무 이유도, 의미도 없는 끔찍한 살인이었죠. 그녀는 내 인생의 동반자, 내 아이들의 아빠, 많은 이들이 사랑한 친구이자 동료였던 네이선을 죽였습니다. 네이선은…… 네이선은 그냥 좋은 남자였습니다. 물론 우리 사이에 아무 문제가 없었다고 할 수는 없습니다. 우리 부부도 문제가 있었죠. 조시가 네이선을 데려가기 불과 몇 주 전만 해도 네이선 없는 인생을 그려보았을 정도로요. 네이선이 집에 돌아오지 않는 날이면 어둠 속에 홀로 누워 갖가지 생각들로 지독히 긴 밤을 지새웠습니다. 혹시 어디서 죽은 건 아닐까, 낯선 사람과 잠자리를 하고 있는 건 아닐까, 혹시라도 집에 내가 있어 들어오기 싫은 건 아닐까. 네이선과 헤어지면 어떨까도 상상해보았습니다. 어쩌면 언젠가는 정말로 헤어졌을지도 모를 일이죠. 그러나 이제는 그럴 수 없습니다. 조시가 나에게서 그 선택권을 앗아갔으니까요. 조시는 내 삶의 다른 가능성을 빼앗았습니다. 무엇보다 우리 아이들에게서 아빠를, 좋은 아빠를 빼앗아버렸습니다. 그녀도 그녀만의 이유가 있겠죠. 그게 심각한 망상증이든 어린 시절의 트라우마든 단순한 우울증이든 그냥 다른 개인적인 문제든, 뭐가 됐든 간에요. 하지만 그녀가 뭐라든 간에 저는 이렇게 생각합니다. 조시 페어는 악한 사람입니다. 순수한 악의 결정체라서 그런 짓을 벌인 겁니다. 조시, 그러니까 지금 어디선가 내 말을 듣고 있다면 이것만은 꼭 기억해둬요. 다 당신이 자초하고 저지른 일이에요. 다른 사람을 위해 한 일이라고 변명할 것 없어요. 당신은 피해자가 아닙니다. 피해자의 탈을 쓰지 말아요. 애초에 당신은 그렇게 생겨 먹었어. 조시, 당신은 인간 말종이야.

알릭스: (클로징 멘트를 하며) 그럼 지금까지 〈버스데이 트윈〉, 저는 알릭스 서머였습니다. 들어주셔서 감사합니다. 안녕히 계세요.

(녹음 종료를 알리는 딸깍 소리. 화면 페이드아웃 후 암전.)

(클로징 크레디트가 올라간다. 시리즈 종료.)

<h1 style="text-align:center">10월 28일, 수요일</h1>

그해 10월 영국 전역에 두 번째 락다운이 실시되기 직전 올브라이트 형사에게서 전화가 걸려온다.

"이제 거의 수사 종료 단계라 증거물을 정리하고 있는데, 작년에 조시가 알릭스 집에서 훔쳐갔던 것들을 돌려드릴까 하고요. 괜찮다고 하시면 이따 오후에 댁에 들를게요."

4시가 조금 넘은 시각 학교가 끝나고 두 아이들도 모두 집으로 돌아와 있을 때쯤 올브라이트 형사가 집 앞에 나타난다. 강아지는 문 앞에 새로운 사람이 나타난 것을 보고 흥분해서 원을 그리며 정신없이 뛰더니 결국 한쪽에 소변 웅덩이를 만들어놓는다.

"죄송해요, 지금 바쁘시죠? 시간 오래 뺏지 않겠습니다. 그래도 이 말씀은 드리고 싶어서요. 팟캐스트 정말 훌륭했습니다. 끝까지 다 들었는데, 진짜 좋았어요. 형사로서 범죄자의 삶을 그 정도로 깊이 들여다볼 기회는 잘 없거든요. 조시 목소리만 들어도 등줄기가 서늘해지고 소름이 돋더라고요. 소설 읽는 것 같기도 하고, 중간에 멈출 수가 없었습니다. 그리고 그 마지막 멘트! 와우, 저 육성으로 웃음이 터졌습니다. 그리고 팟캐스트 덕분에 제보 전화도 훨씬 많이 옵니다. 대부분은 전혀 말이 안 되는 것들이라 시간 낭비긴 하지만요." 올브라이트 형사가 눈을 굴린다. "그래도 그중 두어 건은 추적해볼 가치가 있다는 판단하에 지금 수사 중입니다. 새 소식 있으면 바로 알려드릴게요. 빠른 시일 내에 좋은 소식을 전해드릴 수 있으면 좋겠습니다. 솔직히, 1만 파운드 정도로 과연 언제까지 버티겠어요? 곧 잠적 생활을 끝내고 세상 밖으로 나오면 어디든 흔적이 남을 테니 이제부턴 시간 문제예요. 아무튼 이게 아까 말씀드린 물건들입니다. 브룩 리플리 모친께도 보여드렸는데 거기 있는 것 중에 브룩 것은 코르사주랑 곱창머리끈뿐이라고 하시더군요. 폰 케이스는 모르겠대요. 록시랑 에린도 나머지 것들을 알아보지 못했고요. 그래서 그건 아직도 미스터리네요. 풀리지 않는 여러 미스터리 중 하나입니다."

올브라이트 형사는 따스한 미소를 지어 보인 후 자리를 뜬다. 알릭스는 마틸다의 실례를 처리하기 위해 애견용 스프레이와 키친타월을 가지러 부엌으로 갔다가 테이블 위의 봉투를 보고 자리에 앉는다. 약간의 망설임 끝에 알릭스는 봉투를 열고 물건을 하나씩 차례로 꺼내 테이블에 나란히 늘어놓는다. 조시가 이것들을 훔쳐다가 어디에 두었는지, 그게 무엇을 뜻하는지 알릭스도 모르지 않지만 애초부터 알릭스에겐 작지만 소중한 의미가 있는 것들이었다. 그렇게 생각하니 아무리 조시 집에 있었다고 해도 소중한 이 물건들을 제자리로 되돌려놓고 싶은 마음이 든다. 알릭스는 벌떡 일어나 하나씩 원래 자리를 찾아준다. 일라이자의 그림이 원래 꽂혀 있던 지점을 찾아 똑같은 자리에 다시 그림을 그대로 꽂는다. 같은 구멍에 핀을 찔러넣을 때 이상한 희열이 느껴진다. 인테리어 잡지는 영수증도 그대로 다시 끼워 넣은 후 종이류 분리수거함 안쪽 깊숙이 집어넣는다. 네스프레소 캡슐은 스튜디오에 있는 캡슐 통에, 티스푼은 식기세척기에 넣고 핸드워시는 계단 아래 손님용 화장실에 갖다 둔다. 리언의 여권 사진도 원래 있었던 잡동사니 서랍에 넣으려다 알릭스는 잠시 주춤한다. 사진 속 리언은 너무나 앳되고 표정은 어색 그 자체다. 그래도 아직 고통을, 상실을, 슬픔을 알지 못하던 시절의 리언이기에 새삼 더 소중하게 느껴진다. 알릭스는 핀을 하나 더 꺼내 코르크판에 리언의 사진을 꽂은 다음 부드럽게 사진을 매만진다. 마지막으로 팔찌가 남았다. 네이선이 생일선물로 사준 얇은 금팔찌다. 네이선에게 혹시 팔찌 보았냐며 묻던 그때의 기억을 떠올린다. "네이선, 내 팔찌 봤어? 당신이 내 생일선물로 사준 거?" 시간을 더 앞으로 돌려 그로부터 1년 전 네이선에게 처음 그 팔찌를 선물 받았던 때도 떠올린다. 바로 이 테이블, 이 자리였다. 알릭스는 팔을 이렇게 들고 있고 네이선은 알릭스의 손목에 부드럽게 팔찌를 채워주었다. 알릭스는 손목을 들고 큰 소리로 리언을 부른다. "리언! 와서 엄마 이것 좀 도와줄래?” 빨간 머리에 옅은 색 눈을 가진 리언이 눈을 깜박이며 문간에 서 있다.

“뭔데요?”

“엄마 팔찌 차는 것 좀 도와줘.”

리언은 테이블에 아이패드를 내려놓고 알릭스 쪽으로 걸어온다. 리언에게서 소년 냄새, 집 냄새, 머리 냄새, 사랑의 냄새를 맡을 수 있다. 리언이 집중해서 고리를 끼우는 동안 아이의 희미한 숨소리가 느껴진다. 몇 번의 실패 끝에 드디어 팔찌를 채운 리언이 말한다. “자, 됐어요.”

막 자리를 뜨려는 리언의 허리에 알릭스가 양팔을 두르고 아들을 끌어안는다. “우리 괜찮지?” 알릭스가 묻는다. “우리 셋만 있어도 괜찮지?”

리언이 고개를 끄덕이곤 알릭스의 머리에 턱을 기댄다. “응, 그럼요.”

〈버스데이 트윈〉
넷플릭스 오리지널 시리즈

(재연 장면. 우체부가 빅토리아 양식 주택의 우편함에 우편물을 넣는다. 알릭스 역 배우가 우편물을 들고 부엌으로 가서 그중 한 통을 열어본다.)

(자막) **2020년 11월 2일, 알릭스 서머의 팟캐스트 마지막 회가 공개된 지 두 달 후 알릭스 서머는 편지 한 통을 받는다.**

(장면 전환. 스튜디오에서 편지를 소리 내어 읽는 알릭스.)

알릭스: 알릭스, 무슨 말을 어떻게 해야 좋을까 고민했어요. 여름에 알릭스의 팟캐스트를 들었어요. 애초에 그렇게 생겨 먹어요? 인간 말종? 진심이에요? 평생 별의별 소리를 다 들어봤지만 알릭스마저 그럴 줄 몰랐네요.

알릭스: (편지를 계속 읽으며) 알릭스를 처음 만났을 땐 알릭스가 특별한 사람이라고 생각했어요. 무슨 운명 같았죠. 드디어 날 알아보고 이해하는 사람, 내 고된 인생을 알아주는 사람을 만났다고 생각했어요. 난 알릭스에게 내가 아는 대로 진실만을 얘기했는데 알릭스는 트루 크라임 어쩌고 하는 싸구려 팟캐스트를 만들었군요. 진실은 전혀 없는. 에린은 그럴 줄 알았어요. 거짓말했을 게 뻔해요. 에린과 록시는 날 나쁜 사람으로 만들려고 하는데, 진짜 나쁜 건 걔들이에요. 걔들 말을 믿다니, 실망스럽네요. 알릭스한테 정말 실망했어요. 아주 많이요.

알릭스: (편지글 계속) 그리고 난 일부러 네이선을 납치한 게 아니에요. 그건 이미 얘기했잖아요. 사고였다고. 원래는 약을 적정량 줬는데 더는 효과가 없고, 자꾸 큰 소리를 내니까 약을 더 먹일 수밖에 없었어요. 약을 더 먹인다고 죽을 줄 내가 어떻게 알았겠어요? 그런데도 알릭스는 여전히 내 탓을 하며 마치 내가 알면서 그런 일을 저지른 것처럼, 내가 무슨 문제라도 있는 사람인 것처럼 말하더군요. 문제가 있는 건 내가 아니라 이 세상 사람들이에요. 그건 알릭스도, 나도 알지 않나요?

알릭스: (편지글 계속) 운명의 끈이 우리를 두 번 만나게 해주었죠. 한 번은 우리가 태어난 날, 그리고 또 한 번은 우리가 마흔다섯이

된 그날 밤. 어쩌면 운명이 우리를 다시 만나게 해줄지도 모르죠. 그럼 그때는 우리도 전과 같은 사이로 돌아갈 수 있으면 좋겠네요. 진심으로 그런 날이 오길 바라요.

알릭스: (편지글 계속) 사랑스러운 아이들에게 안부 전해주세요. 특히 리언에게요. 아주 예쁘고 섬세한 아이예요. 리언은 내 마음속 한구석에 자리잡고 있답니다. 안전하게 잘 키워주세요. 조시가.

(알릭스가 편지를 반으로 접어 데스크에 내려놓는다. 그리고 인터뷰어를 향해 쓴웃음을 지어 보이며 고개를 젓는다.)

(자막) **이후 조시 페어로부터는 아무 연락도 없었다.**

16개월 후

2022년 3월

텅 비어 있던 버스에 젊은 여성 두 명이 올라타더니 조시 바로 앞자리에 앉는다. 조시는 마스크를 고쳐 쓰고 금발로 염색한 머리를 내려 얼굴을 가린다.

언제나처럼 조시는 사람들의 시선을 피해 얼굴을 돌리고 꿋꿋하게 창밖을 내다본다. 중부지방의 어느 소도시, 어두운 거리가 이어진다.

조시 앞자리 여자들은 쉴 새 없이 수다를 떤다. 짙은 안개처럼 잔잔하게 흐르던 여자들의 수다 소리가 갑자기 조시의 귓속을 파고든다. "참, 너 넷플릭스 〈버스데이 트윈〉 봤어?" 한 명이 갑자기 숨을 흡, 하고 들이마시더니 옆 사람에게 묻는다.

"응. 그거 한꺼번에 몰아봤어. 진짜 그거 뭐래?" 옆 사람이 대답한다.

"내 말이! 정말 어휴……. 그 여자 진짜 소름 돋지 않아?"

"응, 자기 자식들한테 어떻게 그런 짓을 해? 그리고 그 남편 납치한 것도 그렇고. 정말 미쳤단 소리가 절로 튀어나오더라니까."

"그 딸들은 어떤 거 같아? 록시랑 에린인가. 딸들 말은 사실인 것 같아?"

"그게 무슨 말이야?"

"그 딸들도 좀 수상하지 않아? 조시라는 여자가 마지막에 알릭스한테 보낸 편지에서 한 말도 그렇고, 혹시라도 이게 다 딸들의 계획인 건지도 모르잖아."

"어머, 전혀 그렇겐 생각 못 했어. 나는 그냥 거기 나온 사람들이 다 좀 수상하던데. 조시만 거짓말을 하는 게 아닌 것 같은? 숨겨진 이야기가 더 있을 것 같아. 아무튼 진짜 이상한 이야기였어. 그런 사람이 실제로 존재한다는 것 자체가 신기하더라."

두 여자는 잠시 말이 없다가 곧 버스에서 내릴 채비를 한다.

마스크를 쓴 조시의 숨이 가빠진다. 입김은 뜨겁고 심장은 거세게 뛴다. 여자 중 한 명이 뒤를 돌아보자 조시는 재빨리 창문 쪽으로 얼굴을 돌린다. 다시 고개를 돌리자 여자들은 이미 버스에서 내리고 없다. 버스의 승객은 다시 조시 혼자다.

조시는 손끝으로 목을 더듬어 꿀벌 펜던트를 찾은 후 체인을 따라 펜던트를 이리저리 움직인다. 심장은 요동치고 생각들은 폭주한다. 조시는 차근차근 이해해보려 애를 쓴다. 인생의 지난 순간들, 자신의 실수들, 거짓말들…… 엄마의 자궁 속에서부터 무시당하고 엄마의 실수를 온몸으로 느끼며 원치 않는 아이로 태어났을 때부터 조시의 삶은 어쩌면 이렇게 마스크 뒤에 숨어 홀로 외롭게 살 운명이었는지도 모른다. 어릴 적 저지른 일들과 어른이 되어 한 일들, 알릭스에게 말하지 않은 것들과 자신이 하지 않았음에도 했다고 얘기한 것들…… 이제는 진실과 상상이 모두 엉키고 뒤섞여 도저히 풀 수 없는 실타래가 되어버렸다. 조시도, 그 누구도 풀지 못할 실타래. 그래도 어쩐지 한 가닥만은 오롯하다. 그날 밤 조시가 집에 돌아왔을 때 흰옷을 입고 누워 있는 브룩 리플리 옆에 무릎을 꿇고 앉아 울부짖던 록시의 모습. "이럴 생각은 아니었어요, 엄마. 정말 이럴 생각은 아니었어." 눈물이 록시의 뺨을 타고 흘러내리고 에린은 문 앞에 서서 손으로 입을 틀어막고 있었다. "이제 어떻게 해? 어떻게 해야 해?" 록시의 울음. 뉴캐슬에 있는 월터에게 전화를 걸자 월터는 아주 차분하고 단호하게 해야 할 일을 알려주었다. 벽장에 있는 비닐 시트, 화장실 창문 쪽으로 연결되는 차고, 그리고 서랍 속에 들어 있던 숫자 6이라고 쓰여 있는 플라스틱 태그가 달린 열쇠. 모든 장면이 실제 있었던 일처럼 생생하다. 상상은 아닌 것 같다. 아니어야 한다. 조시의 인생에서 너무나도 결정적인 순간이었으니 말이다.

그날 이후의 기억도 떠오른다. 열쇠를 손에 쥐고 어쩔 줄 몰라했던 시간들. 누군가 곧 초인종을 누르진 않을까? 무슨 일이 곧 생기지 않을까? 경찰을 찾아가볼까? 이대로 모든 일이 다 끝났으면 좋겠다, 초조해하던 시간들. 며칠 후 록시는 분노에 가득 차 집을 나갔다. "한마디라도 하면 그건 엄마

짓이야. 엄마가 그랬다고 할 거야.”

알릭스의 집에서 저녁을 먹고 돌아와 월터와 다투었던 그 날 밤이 떠오른다. 조시는 서랍에서 열쇠를 꺼내 월터에게 소리쳤다. 지금 당장 알릭스에게 모든 이야기를 털어놓겠다고, 집 뒤편 차고에 주차돼 있는 아버님의 낡은 모리스 마이너 트렁크에 숨겨진 추접한 진실을 세상에 알리겠다고 했다. 월터는 가슴팍을 움켜쥐고 바닥에 쓰러졌다. 월터의 그 충격받은 표정…… 가슴을 부여잡고 쓰러져 있던 월터의 얼굴색이 서서히 창백해지고 있었다. 그 이후 일은 기억이 희미하다. 기억나는 것들이 있다 해도 그게 실제 일어난 일인지 꿈인지 환각인지 모르겠다. 한 가지는 확실하다. 에린은 분명히 거기 있었다. 그리고 조시를 계속 때렸다. 그 이상은 정말 기억이 없다.

차창 밖을 내다보다 문득 모든 것이 명쾌해진다. 그래, 바로 그거다. 조시가 훌륭한 어머니는 아닐지라도 아이를 지키기 위해 엄마로서는 최선을 다했다. 그날 밤 일이 그 증거다. 조시는 딸을 안전하게 지키려던 것뿐이었다. 분노에 휩싸인 딸이 한순간의 실수로 인생을 잃게 될까 봐 그런 거다. 어떤 대가를 치르든 딸의 안전과 딸의 인생을 위해서라면 조시는 다시 그 순간이 닥쳐도 똑같은 선택을 할 것이다. 사실 조시는 아무 잘못도 없다. 그저 자신만의 방식으로 아끼고 사랑하는 사람들을 챙긴 것뿐이다.

그게 바로 진실이다.

조시는 조금도 의심하지 않는다.

이 작품은 참 극적으로 마무리를 지었어요. 2022년 3월에 쓰기 시작해서 9월에 집필을 끝냈습니다. 책을 21권씩이나 낸 사람이라면 글은 어떻게 쓰고 이야기는 어떻게 전개하며 흥미를 위해 어떤 장치가 필요한지 줄줄 꿰고 있을 것 같지만, 실상은 부모들이 자식들을 두고 아이들마다 다르다고 하듯 글을 쓸 때도 책마다 다 다릅니다. 새로운 세계와 씨름할 때면 그동안 책을 내며 배운 것들은 아무 소용이 없는 것 같아요. 아무튼 그렇게 해서 이 책이 탄생했습니다. 저도 이 작품을 이렇게 빨리 쓰게 될 줄 몰랐어요! 이 책에서는 제가 자주 쓰는 이중 구조라든가 플래시백 같은 장치를 쓰지 않았고, 10대의 관점이나 남자 캐릭터도 없죠. 이 책을 뭐라고 해야 할까요? 이 책은 또 어떻게 이렇게 빨리 썼을까요?

아마도 윌 브루커 덕분이라고 해야 할 것 같습니다. 윌, 고맙습니다. 저의 집필 과정을 다루는 책을 쓰는 것도 아니면서 여전히 흥미와 관심을 갖고 저의 글을 읽어주셨습니다. 한 3만 단어쯤 썼을 때 갑자기 자신이 없어지고 두렵고 현기증이 난다고 하니 윌이 "앞으로 이야기가 어떻게 흘러갈진 모르겠지만 벌써 끝내주게 군침이 도는데요."라고 했죠. 윌의 그 말 덕분에 6만 단어를 더 적어 내려갈 수 있었습니다. 다시 한번 감사드립니다.

동생 사샤에게도 감사를 전합니다. 2월 사샤네 집에 갔을 때 부엌에서 제가 "창가에는 나이 든 남자가 노트북을 보고 앉아 있고 복도 저편에 문이 닫힌 방이 하나 있는데, 그 방에 있는 게 누구인질 모르겠어."라고 하자 사샤는 "게임 중독 10대 소녀는 어때?"라는 한마디를 던졌어요. 그 한마디 덕분에 저는 곧바로 이야기를 구상할 수 있었고요. 가끔 사소한 것들이 큰 결과로 이어지곤 합니다.

이 책을 눈 감고도 외울 만큼 읽었을(몇 번 읽었는진 몰라도 많이 읽은 건 확실한) 편집자 셀리나 워커, 그리고 이 책을 위해 애써주신 센추리 출판사의 모든 분들께 감사드립니다. 특히 (진정 올해의 홍보담당자 수상이 마땅한!) 나지마, 클레어 부시, 사라 리들리, 신작들의 성공을 위해 보이지 않는 곳에서 힘써주어 고맙습니다. 클레어 시몬즈, 판매에 열과 성을 다해주어 고마워요. 에이전트로서 늘 방향을 잡아주는 커티스 브라운의 조니 겔러와 팀원들 비올라, 시아라, 케이트, 나디아에게도 감사 전합니다. 덕분에 아무 걱정 없이 책상에 앉아 글만 열심히 쓸 수 있었던 것 고맙게 생각하고 있어요. 미국 에이전트 데보라 슈나이더, 당신에게 받은 도움에 대해서는 지난 몇 년은 물론이고 앞으로도 영원히 감사의 마음 잊지 않을 거예요.

미국의 사이먼 앤 슈스터 출판사 팀에게도 감사 전합니다. 환상적인 편집자 린지 새그넷, 그리고 아직 수상은 안 했어도 충분히 상을 받아 마땅한 홍보담당자 아리엘 프레드만, 저 대신 앞에 나서 끊임없는 열정과 작업을 통해 바다 건너에서도 멋진 독자들과 팬을 갖게 해주어 고맙습니다. 제이드, 데이나, 칼린, 카밀라, 리비에게도 모두 감사 전해요. 여러분 모두 최고예요.

사서분들과 서점들, 책 블로거와 북스타그래머분들, 교사분들 등등 책이 독자들의 손에 닿기까지 힘써주시는 모든 분들께도 감사드립니다. 제 책을 골라서 읽고 감상을 나눠주시는 독자분들은 물론이고요. 독자 여러분들이 계시기에 제가 하는 일도 의미가 갖는 것 같습니다.

마지막으로 제 일상에서 마주치는 모든 분들께 감사드립니다. 친구들, 가족들, 이웃들, 동료 작가들은 물론이고 창문 너머로, 해변가에서, 길을 걷다 지나치는 모르는 분들도요. 아마 이분들은 누군가 자신에게 영감을 받아 책을 썼다는 사실을 절대 알지 못하겠지요. 아이디어를 얻고 이야기를 풀어나갈 수 있는 시간과 공간을 가질 수 있는 건 주위의 여러분들 덕분이랍니다.

고맙습니다!

지오바니 코몰리라는 이름에 대하여

작중 네이선의 친구 지오바니는 소아암 환자들을 위한 자선단체 '영 라이브즈 vs 캔서Young Lives vs Cancer'의 경매 행사 당시 낙찰자 한 분이 지어주신 이름입니다. 이 단체에 대해 약간의 소개를 덧붙입니다.

소아암은 환자 본인은 물론 가족들의 일상까지 위협하는 존재입니다. 순수한 즐거움으로 가득해야 할 어린 시절, 롤러코스터처럼 짜릿한 청소년기를 지나 대학 진학과 독립을 준비해야 할 그 시간이 소아암 환자들과 그 가족들에겐 두려움의 연속입니다. 치료 자체에 대한 두려움은 물론 흔들리는 가족 간의 유대, 엄청난 치료비, 극한까지 치닫는 정신적 스트레스, 의지할 곳도 이야기를 나눌 사람도 없는 외로움까지 함께 밀려오지요.

이런 현실을 잘 알고 있기에 저희는 0~25세의 소아암 환자 및 그 가족분들께 도움을 드리고자 합니다.

각자 처한 상황이 다른 만큼 모두가 꼭 필요한 도움을 받을 수 있도록 아이가 치료를 받는 동안 생활에 어려움을 겪는 부모님들 혹은 치료비를 낼 수 없는 청년을 위한 재정 지원에서부터 가족들이 치료 중인 아이 가까이 머물 수 있도록 병원 인근에 무료 숙소를 제공하는 등 다양한 방식의 지원을 제공하고 있습니다.

제도적 미비점에 대해서는 소아암 환자 가족들을 대신하여 목소리를 내고 이들의 권리를 지키려는 노력도 함께 하고 있습니다. 소아암 환자들도 다른 모두와 똑같은 기회를 누릴 권리가 있습니다. 저희는 이들 곁에서 언제나 든든한 버팀목이 될 것입니다.

후원자 여러분의 친절한 마음이 함께한다면 모든 어려움을 헤쳐나갈 수 있습니다.

보너스 챕터

에린

에린과 록시는 총 3회로 구성된 〈버스데이 트윈〉을 앉은 자리에서 처음부터 끝까지 다 보았다. 크레디트가 올라가는 동안 테마곡이 방 안에 울린다.

록시는 리모컨으로 TV를 끄고 조용히 신음한다.

에린은 슬쩍 록시의 분위기를 살핀다. 화가 난 건지도 모르겠다.

"뭐," 록시가 입을 연다. "저 정도면 양호하네. 내 머리가 완전 거지같이 나오긴 했지만. 그럴 줄 알았다니까. 그러게 만지지 말라니까 그 여자는 말을 안 듣더니."

에린의 뱃속이 요동친다. 뱃속은 텅 비어 있다. 아침부터 아무것도 못 먹고 지금까지 TV만 봤더니 벌써 오후 3시다. 엄마는 그래도 끼니를 거르는 일은 없었다. 절대로. 하루 세 번, 늘 같은 시각, 꼬박꼬박 엄마는 에린이 원하는 메뉴로 식사를 준비해주었다.

“배고파.” 에린이 말한다.

록시가 눈을 굴린다. “언니 너는 맨날 배고프잖아.”

“아니야, 그렇지 않아. 점심을 먹지 않아서 배고픈 거야.”

“시리얼 먹어.”

에린이 배가 고프다고 할 때마다 록시는 늘 저런다.

에린은 ‘시리얼’ 그 말만 들어도 건조하고 바삭거리는 식감이 떠올라 자기도 모르게 움찔한다.

에린은 엄마가 차려주던 식사가 그립다.

엄마가 해주었던 것 같은 음식을 찾으면 록시는 분명히 역겹다면서 못 먹게 할 것이다.

에린의 생각은 다르다. 모든 게 다 잘못된 느낌이다.

다큐멘터리에 나온 얘기는 다 틀렸다. 전부 다. 저걸 보고 나니 속이 불편하다. 화면 속 에린의 모습도 이상했다. 아무도 에린이 거짓말하는 걸, 에린과 록시가 둘 다 거짓말을 하고 있단 걸 눈치채지 못하다니 말도 안 된다. 저렇게 빤히 보이는데, 너무나 빤한데 말이다. 에린과 록시가 거짓말을 한 것이 밝혀지면 사람들은 분노할 것이다. 벌써부터 온 집안의 벽이 조금씩 흔들리는 것 같다. 에린의 돈으로 록시가 찾은 이 신축 주택은 벽이 무척 얇다. 사람들의 분노는 에린과 록시를 향할 것이다. 그리고 녹아내린 용암처럼 두 사람을 집어삼킬 것이다.

“시리얼 먹기 싫어.” 에린이 말한다. “수프 먹고 싶어.”

실은 수프도 싫다. 향신료도 너무 많이 들어갔고 씹히는 것도 많다. 그래도 시리얼보단 낫다.

"부엌에 어제 먹은 당근 수프 아직 절반이나 남아 있잖아." 그러곤 록시는 휴대폰을 집어 든다. "젠장." 재빨리 스크롤을 내리더니 록시가 인상을 찌푸린다. "젠장 이건 뭐야."

"뭔데?"

"트위터에 웬 멍청이들이 우리보고 수상하대."

"사실이긴 하잖아. 우리가 수상해 보이긴 했지."

"아니거든. 그리고 어쨌거나 살인자는 엄마지. 엄마는 진짜로 그 남자를 죽였잖아. 진짜 살인범이 있는데 우리한테 관심 가질 이유가 있어? 우리도 피해잔데."

에린이 입술을 잘근잘근 씹으며 머리를 한 가닥 잡아당겨 배배 꼬다가 툭 놓는다. 머리카락이 스르륵 풀린다. 뱃속에서 꼬르륵 소리가 난다. "나 진짜 배고파, 록시."

"으아." 록시는 자리에서 일어나 쿵쾅대며 부엌으로 걸어간다. 삐 하고 스토브 켜는 소리가 들린다. 서랍을 열었다 닫는 소리도 들린다. 어제 먹었던 당근 수프를 오늘 또 먹어야 할 모양이다. 그래도 괜찮다. 시리얼보단 낫다.

에린은 휴대폰을 들고 팔로워들에게서 온 메시지를 확인한다.

'에린, 진짜 멋져요!!'

'이레이즈드 화이팅. 할배가 기뻐할 거임.'

'님 완전 멋짐.'

'님 엄마도 이제 금방 잡힐 듯.'

에린은 마지막 메시지를 잠시 노려보다 눈을 꼭 감는다.

다큐멘터리 중간중간 삽입된 사진과 짧은 영상들 속 엄마

모습을 보니 기분이 이상했다. 사진과 영상자료 대부분은 록시가 제작진에게 전달했고 더 옛날 것들은 외할머니가 제공했다. 젊은 시절 행복한 엄마의 모습에 에린은 왠지 슬퍼졌다. 엄마는 늘 최선을 다했다. 툭하면 폭발하고 때리고 물고 악을 쓰고 물건을 던지는 록시를 다루기란 쉽지 않은 일이었다. 가족들 모두, 심지어 록시와 가장 가까웠던 아빠조차 록시를 무서워했다. 그래도 엄마는 늘 노력했다. 잘하진 못했어도 노력은 했다.

다큐멘터리에선 핑크색 유아용 의자를 무슨 호러 영화에 나오는 것처럼 무섭게 그렸는데, 사실 그건 록시를 통제할 수 있는 거의 유일한 방법이었다. '지금 그만하지 않으면 분홍 의자에 앉아야 해.' 무서운 벌은 아니었다. 물론 그날 밤 엄마가 에린을 그 의자에 묶었을 땐 솔직히 무서웠다. "금방 올게. 다시 올 거야. 그냥 지금은 같이 데려갈 수 없어서 그래. 미안해." 엄마는 그렇게 속삭였다.

첫날은 엄마가 에린을 침실에 묶어두었다. 그리고 다음 날 돌아와 풀어준 다음 음식과 물을 주고 머리도 빗겨주었다. 엄마와 방에 함께 앉아 있는 건 몇 년 만에 처음이었다. 이상했다.

"아빠는요?" 에린이 엄마에게 속삭이듯 물었다.

"욕조에 있어."

"왜요?"

"글쎄, 그냥 어떻게 해야 할지 모르겠길래. 그나마 거기가 더 시원하잖아."

에린은 고개를 끄덕였다. 무슨 말인지 이해했다.

"왜 아빠를 죽게 그냥 내버려뒀어요?"

"딱히 살려야 할 이유를 모르겠던데."

"하지만 우리 아빠잖아요." 엄마는 잠시 에린의 머리 빗질을 멈추고 한숨을 쉬었다. "맞아." 한참 후에 엄마는 입을 열었다. "맞아. 미안해. 넌 아빠랑 무척 가까웠지. 하지만 심장 문제는 언제든 곧 터질 일이었어. 노인이잖아."

"일흔둘이 무슨 노인이에요!"

"노인까진 아니어도 많은 나이지. 건강은 계속 나빠질 거고 그럼 아빠를 돌보는 건 내 몫인데, 난 그럴 생각은 없었거든. 나도 내 인생 살아야지. 남들 뒤치다꺼리는 그만큼 했으면 됐어."

"나는요? 엄마가 없으면 난 누가 돌봐줘요?"

엄마는 한숨을 쉰 다음 머리를 쓰다듬었다.

"어디다 얘기는 해야죠. 아빠 일이요."

"알아. 그럴 거야. 그냥…… 다른 일들이 좀 있어. 정리가 좀 필요해. 내가 도와줘야 할 여자가 있어. 지금 그 여자랑 같이 지내고 있고. 지금은 그냥…… 생각 정리부터 하고 계획을 세워야지. 아직은 정리가 안 된 상태라서. 천천히 정리하는 중이야. 생각할 게 많아."

엄마는 다음 날, 그다음 날도 에린을 보러 왔지만 머무는 시간은 점점 짧아졌다. 그러다가 에린을 의자째 벽장으로 옮겼다.

"뭐 하는 거예요?"

"밖에서 누가 안을 들여다볼까 봐서. 이틀 뒤에 올게. 사흘 뒤가 될 수도 있고."

"어디 가는데요?"

"그냥 북쪽."

"그럼 나 먹는 건 어떡해요?"

"어차피 넌 먹는 것도 별로 없잖아. 엄마가 바로 확인하러 올 수가 없어서 그래, 알겠어? 괜찮을 거야."

엄마가 미쳤구나, 에린은 그때 그렇게 생각했다. 원래도 강박증이나 집착, 통제병이 좀 있긴 했지만 이번엔 그 정도를 넘어 정말 제대로 미친 것 같았다. 엄마는 그렇게 사라졌고 벽장의 사면은 모두 막혔다. 현관문이 딸깍 닫히는 소리가 꼭 죽음의 종소리 같았다.

실제로 벽장에서, 숨 막히고 더운 그 작은 공간에서 하마터면 죽을 뻔했으니 틀린 말은 아니다.

다시 정신이 들고 록시가 보였을 때 에린은 사후 세계에 온 줄 알았다. 록시가 귀신, 영혼인 줄 알았다.

6년이나 보지 못했던 록시.

에린을 겁주고 해치던 록시.

6년 전 록시는 프롬 드레스를 입은 브룩을 보고 통제 불가능한 수준으로 분노에 휩싸였다.

"나 안 가면 너도 안 간다며. 안 간다고 해놓고 지금 이게 뭐 하자는 거야! 거울 좀 봐라. 아주 그냥 창녀가 따로 없네."

에린이 문틈으로 훔쳐본 광경 중 최악의 모습이었다. 그 사랑스러운 아이가 세상에. 브룩은 정말 사랑스러운 아이였다. 브룩의 등장 이후 집안 분위기가 한 열 배는 나아졌었다. 그런데 그 브룩이 바닥에 누워 있었다. 복도 바닥에, 차게 식은 채로. 아름다웠던 브룩은 그렇게 가버렸다.

엄마가 집에 돌아오자 그때부터 집안은 어수선하고 혼란스러웠다. 아빠와의 통화, 커다란 비닐 커버, 화장실 창문……. 그 후로 브룩이 어떻게 되었는지는 모른다. 묻지도 않았다. 그냥 방에만 있었다. 방 밖으로 나가지 않았다. 엄마는 에린에게 상냥했다. 그러나 에린은 엄마에게 그럴 수 없었다. 엄마가 브룩을 비닐에 둘둘 말아 끌고 가던 그 모습을 본 이후로는.

에린은 가족들이 무서웠다. 모두 다. 아빠마저도 무서웠다. 에린은 늘 방 안에만 있었다. 화장실을 쓸 수 있을 때면 잽싸게 나와 10까지 세고 얼른 볼일을 본 다음 다시 잽싸게 방으로 돌아가 문을 잠갔다. 록시가 돌아와서 브룩에게 했던 것처럼 자신을 목 졸라 죽일지도 모른다. 엄마가 자신을 비닐에 둘둘 말아 화장실 창문 밖으로 던져버릴지도 모른다.

가끔 집에 아무도 없을 땐 방에서 나와 씻었다. 하지만 그때를 빼곤 더러워질 대로 더러워진 방을 절대 나오지 않았다. 침대 시트도 록시가 브룩을 죽인 그날 밤 쓰던 것 그대로다. 엄마가 방문 앞에 깨끗한 시트를 두고 가곤 했지만 에린은 바꾸고 싶지 않았다. 이제 시트는 너무 부드러워져서 거의 한 몸처럼 느껴질 정도였다.

에린이 유일하게 방 안에 들어오도록 허락한 건 아빠였다. 처음엔 게임 의자를 고치는 목적이었다. 아빠가 의자를 고치는 동안 에린은 벽에 등을 기대고 서 있었다. 그러다가 결국 아빠에게 있어도 된다고 했고, 아빠는 에린이 게임을 하는 것을 지켜보았다. 그리고 서서히 다시 관계를 회복했다.

이레이즈드와 할배. 할배와 이레이즈드.

엄마에겐 비밀이었다. 엄마는 좋아하지 않았을 것이다.

엄마는 가족들이 함께하는 걸 좋아하지 않았다. 엄마는 가족들을 모두 따로따로 통제하고 싶어했다.

그러더니 엄마는 알릭스 서머라는 여자한테 아빠에 대한 터무니없는 거짓말을 잔뜩 늘어놓았다. 말도 안 되는 징그러운 거짓말을. 엄마는 알릭스란 여자가 아빠를 싫어하길 바랐다. 온 세상 사람들이 아빠를 싫어하길 바랐다. 거실 바닥에 쓰러져 이미 숨이 끊어진 아빠를 엄마는 때리고 발로 찼다. "당신을 증오해, 너무 싫어, 끔찍해." 아빠에게 발길질을 하며 그렇게 말하던 엄마의 모습이 떠올라 에린은 움찔한다.

"우리가 처음 만났을 때 난 애였어. 그때 내가 열세 살이었다고. 너희 아빤 마흔이었고. 유부남에 나랑 나이 차이도 별로 안 나는 애들까지 있었지. 이 사람은 내가 자길 좋아한다고 생각하게 날 세뇌했어. 아직 생리도 제대로 하지 않을 때였는데. 록시랑 너는 이 인간이 훌륭한 사람인 줄 아는데, 너희 아빠 그런 사람 아니야. 첫 번째 아내도 10대일 때 만났다고. 그건 정상이 아니야. 너희 아빠는 정상이 아니야."

하지만 에린의 엄마도 정상은 아니었다. 록시도, 물론 에린도 마찬가지였다. (비록 에린의 38,000여 글리치 팔로워들은 지금 있는 그대로의 에린이 아무런 문제가 없다고 하지만 말이다.)

이제 에린은 어딘가 숨어 지내고 있을(살아 있다는 가정하에) 엄마 생각을 떨칠 수가 없다. 사람들이 엄마를 찾아낼 것이다. 엄마가 브룩을 죽이고 딸들을 학대하고 남편을 죽였다고 생각할 것이다. 사실은 그게 아닌데. 정말로 사실은 그게 아닌데.

불쌍한 엄마. 에린은 엄마가 불쌍하다.

그때 록시가 쟁반에 당근 수프가 담긴 그릇과 요거트와 스푼을 올려서 들고 나타난다.

"언니 너 말이야." 록시가 에린 앞에 쟁반을 내려놓으며 말한다. "이거 스스로 할 수 있잖아. 어디 고장난 것도 아니고."

"난 그냥 만드는 게 싫어."

"알아. 하지만 내가 너를 평생 돌볼 순 없잖아. 언니도 조만간 혼자 하는 법을 배워야지."

에린은 고개를 끄덕인다. 그리고 고개를 숙인다. 록시 말이 맞는다. 에린은 록시와 영원히 함께 살 수 없다. 그러고 싶지도 않다. 에린은 가끔 록시가 무섭다. 정말로 무섭다.

"다큐멘터리 찍지 말걸 그랬어." 에린이 말한다.

록시가 에린을 쏘아본다. "뭐?"

"이거 하는 게 아니었다고. 이미 다 끝났었잖아. 우리 얘긴 이미 다 쏙 들어갔는데, 다들 잊어버렸는데 이거 보고 사람들이 다시 그 이야기를 꺼내기 시작하고 우리 말을 의심하기 시작하면 나중에 뒤를 캐볼지도 모르고……."

"그래서? 뒤를 캐서 뭘 알아내는데?"

"엄마를 찾을지도 모르잖아."

"그래서?"

"무슨 일이 있었는지 엄마한테 사실대로 말하라고 할지도 몰라."

"무슨 일이 있었는데, 에린? 아무 일도 없었어. 엄마는 정신 나간 사람이야. 이제 세상 사람들 다 엄마가 정신 나간 사람인 걸 아는데 누가 엄마 말을 믿어? 수프나 먹어."

"너무 뜨거워."

록시는 요란하게 한숨을 쉰 다음 휴대폰을 들어 화면을 넘긴다.

에린도 자기 휴대폰을 집어 든다. 쿠션에 등을 기대고 두 다리를 접어 소파 위에 올린 채로 웅크리고 앉는다. 록시에게 휴대폰 화면이 보이지 않는 각도에서 에린은 알릭스 서머를 검색한다. 알릭스에게 연락을 취할 수 있는 웹사이트를 확인하고 에린의 심장박동이 빨라진다. 록시의 시선이 느껴져 에린은 재빨리 페이지를 닫고 다리를 풀고 수프 쪽으로 허리를 숙인다. 그리고 요란하게 입김을 불며 수프를 식힌다. 한 번, 두 번, 네 번, 여섯 번, 여덟 번.

록시가 다시 한숨을 쉬더니 결국 자리에서 일어나 문을 쾅 닫고 방을 나간다.

에린은 휴대폰을 들어 다시 알릭스의 웹사이트를 연다.

'알릭스 님께,' 에린이 타이핑을 시작한다.

'에린이에요. 새 다큐멘터리가 필요할 것 같아요.'

넷플릭스가 주목하는 스릴러 작가, 리사 주얼

통제 성향의 주인공들, 갇힌 공간에서 벌어지는 사건들, 기괴한 실종과 참혹한 살인, 그리고 충격적 결말.

미국 매체 USA 투데이는 리사 주얼의 작품들을 이렇게 요약했다. 리사 주얼을 아직 잘 알지 못하는 독자들이라 하더라도 이 한 문장만으로 주얼이 어둡고 매혹적인 스릴러를 써내는 작가임을 충분히 짐작할 수 있을 것이다. 예상을 뒤엎는 반전으로 열혈 팬층을 거느린 작가이기도 하다.

『진실은 없다』역시 예외가 아니다. 팟캐스트 진행자 알릭스 서머는 마흔다섯 번째 생일날, 자신과 생일이 같은 여성 조시 페어를 우연히 만난다. 이후 조시는 우연한 만남을 가장해 알릭스에게 접근하고, 알릭스는 조시에게 흥미를 느껴 조시를 주인공으로 한 팟캐스트를 만들기로 한다. 그러나 조시는 평범해 보이던 첫인상과 달리 점점 불편하고 충격적인 이야기들을 털어놓으며 급기야 알릭스의 삶을 조금씩 침범하기에 이른다. 진실을 알고 싶은 욕망과 후회 사이에서 갈등하던 알릭스는 결국 갑작스러운 실종 사건에 휘말리게 되는데…….

감사의 말에서 언급하였듯 "일상에서 마주치는 모든 분들"에게 영감을 얻는다는 주얼은 이 작품 역시 어느 날 오후 개 산책을 시키던 중, 아파트 창가에 서 있는 남자를 보고 이야기를 시작하게 되었다고 한다. 남자가 서 있는 저 아파트 안에서 무슨 일인가가 벌어지고 있는 듯한 느낌이 들었다고. 그러나 이 이야기의 핵심은 숨겨진 비밀에 관한 것이라기보다 '잘못된 사람을 삶에 들였을 때 인생이 어떻게 망가질 수 있는가'라는 문제에 관한 것이라고 주얼은 말한다.

이는 『가족주의보』를 비롯해 주얼의 대표작에서 반복되는 주제인데, 작가 본인의 경험이 큰 영향을 미친 모양이다. 주얼은 첫 결혼에서 통제 성향의 남편에게 가스라이팅을 당했다고(『진실은 없다』의 월터처럼) 인터뷰에서 여러 차례 공개적으로 밝힌 바 있다. 현관 열쇠조차 넘겨주지 않고 무엇을 먹을지, 무엇을 볼지 혼자 결정하는 전남편과 5년간의 결혼생활 이후 잘못된 사람을 삶에 들임으로써 인생이 어긋나는 이야기를 하게 되었다는 것이다. 그 이후 오랜 시간 다른 상대와 행복한 결혼생활을 이어가고 있음에도 말이다.

결혼생활에 대한 묘사 자체도 이 작품에서 큰 비중을 차지한다. 실제로 인상적인 캐릭터들과 흥미로운 반전들 외에 이 소설에서 개인적으로 가장 매력적인 부분 중 하나는 조시와 알릭스가 각자의 결혼생활 속에서 자신의 위치와 자기 결정권 같은 것들을 반추하는 부분이었다.

매력적인 스릴러 작품들이 으레 그렇듯 『진실은 없다』도 현재 넷플릭스를 통해 영화화가 추진 중이다. 2025년 6월 작가 본인의 말에 따르면 프로젝트는 아직 초기 단계이나 아주 빠른 속도로 진행되고 있다고 한다.

소설의 영화화가 뚝딱 쉽게 이루어지는 것은 아니기에 주얼은 영화화보다는 독자들을 실망시키지 않는 좋은 글을 꾸준히 쓰는 것을 더욱 중요한 목표로 삼고 있는 듯 보인다. 하지만 당장 이 소설이 아니더라도 주얼의 작품을 화면으로 볼 일이 그리 먼 미래는 아닐 것 같다.

옮긴이 **장여정**
이화여자대학교 통번역대학원을 졸업하고 현재 번역가로 활동 중이다. 옮긴 작품
으로는 『누가 제이슨 벨을 죽였나』, 『핍의 살인 사건 안내서』, 『세상에서 가장 작은
도서관』, 『아무것도 끝나지 않았어』, 『왼손잡이 숙녀』, 『답장할게, 꼭』 등이 있다.

진실은 없다

초판 1쇄 발행 · 2026년 4월 30일

지은이 · 리사 주얼
옮긴이 · 장여정
펴낸이 · 김요안
편집인 · 강희진
디자인 · 김이삭

펴낸곳 · 북레시피
주소 · 서울시 마포구 신수로 59-1
전화 · 02-716-1228
팩스 · 02-6442-9684
이메일 · bookrecipe2015@naver.com | esop98@hanmail.net
홈페이지 · https://bookrecipe.co.kr
등록 · 2015년 4월 24일(제2015-000141호)
창립 · 2015년 9월 9일

ISBN 979-11-93551-61-5 03840

종이 · 화인페이퍼 인쇄 · 삼신문화사 후가공 · 금성LSM 제본 · 대흥제책